PRISONERS OF
PEACE

L'auteur

Née à Des Moines aux États-Unis, **Erin Bow** a étudié la physique des particules et commencé sa carrière au CERN, près de Genève. Elle s'est vite consacrée à la poésie, ce qui lui a permis de remporter plusieurs prix littéraires, avant de se plonger, avec le même succès, dans l'écriture de romans. Auteur multi-récompensée de trois ouvrages young adult, elle vit avec son mari, lui-même auteur, et ses deux filles, au Canada.

Erin Bow

PRISONERS OF PEACE

Traduit de l'anglais (États-Unis)
par Jean-Baptiste Bernet
et Mathilde Montier

LUMEN

Illustration de quatrième de couverture : Sonia Chaghatzbanian

À mes filles Vivian et Eleanor, qui sauront je l'espère tracer leur propre route vers la grâce

Prélude : Savoir perdre

L'un des avantages de posséder un corps entièrement mécanique ? La possibilité de vous taper littéralement la tête contre les murs.

Et tant mieux, d'ailleurs, car c'était exactement ce que Michael Talis était d'humeur à faire. Il s'écrasa le visage contre un pan de cloison dégagé, très satisfait du tintement à grincer des dents qui en résulta.

— Nous avons déjà eu cette discussion, Evangéline, soupira-t-il, ses sens parcourus par une vague de rétroaction piézoélectrique qui se dissipa bientôt comme les flammèches d'un feu d'artifice.

— Je dis seulement qu'il y a trop d'êtres humains et pas assez d'eau, et que puisqu'on ne peut pas fabriquer d'eau…

Talis eut soudain très envie de se pincer le haut de l'arête du nez en signe d'extrême lassitude – lui qui n'avait plus de nez depuis vingt-trois ans. Ce genre de pulsions finiraient-elles un jour par lui ficher la paix ?

— Evie, essaie de te concentrer, s'il te plaît. Nous sommes censés les empêcher de se massacrer.

— Mais justement ! Ils ne se tueraient plus !

La voix d'Evangéline trahissait l'innocent enthousiasme de la petite fille de neuf ans qu'elle était le jour de sa mort.

Talis lui-même reconnaissait qu'il y avait de quoi vous donner froid dans le dos. Elle avait choisi pour Dieu sait quelle raison de ne pas habiter de corps, ce qui resterait peut-être à jamais un mystère, les cyberpsychologues ne courant plus les rues. Evie était donc une pièce dans laquelle personne ne venait jamais, aux murs hérissés de bras mécaniques équipés d'un assortiment d'aiguilles, pinces, appareils de prélèvement ou grappes de mains. On y trouvait aussi un écran noir qu'Evie ne prenait jamais la peine d'illuminer d'un visage… et un ours en peluche assis un peu de travers sur une chaise à bascule, le seul meuble en vue.

Les autres membres du Haut-Commissariat des Nations Unies pour la réduction des conflits – tous des êtres humains, sans exception – refusaient systématiquement d'entrer dans cette pièce. On racontait qu'Evie avait tenté de piquer un sous-secrétaire mais, selon Talis, l'ours en peluche était la goutte d'eau qui avait fait déborder le vase. Avec les années, il avait pris la teinte jaunie d'une vieille momie, et ses petits yeux en plastique noir n'arrangeaient rien.

— Talis ? demanda Evie d'une voix pleine d'espoir.

Bravo, elle avait pris son silence pour un temps de réflexion.

— Non, Evangéline, je ne veux pas entendre parler de réduction de la population. On pourrait à la rigueur évoquer la possibilité de mettre des agents contraceptifs dans l'eau… Mais qu'est-ce que je raconte ? Non, même pas. Tu devras attendre encore un peu pour voir les machines se soulever.

— Longtemps ? demanda la pièce.

— Je te tiendrai au courant, murmura Talis, distrait, car l'ordinateur central de l'ONU venait de déverser un bulletin urgent directement dans son esprit.

La situation venait apparemment d'atteindre le point de non-retour à Shanghai – en d'autres termes, quelqu'un venait de faire sauter le centre de la métropole. Talis se rappelait avoir visité la ville, autrefois. Il avait aimé la nourriture, beaucoup moins les odeurs. Il avait aussi récolté une amende pour s'être trempé les pieds dans l'un des bassins du jardin Yuyuan. L'endroit était sacré, voyez-vous.

— Je n'y peux rien s'ils ne savent pas partager, grommela Evie.

Talis s'ébroua, ce qui s'avérait de moins en moins efficace depuis quelque temps.

— Tu es censée t'occuper du dessalement à grande échelle. Trouve-moi une solution durable et pas trop chère que je puisse installer dans toutes les huttes encore debout des plages de la planète. Tu as un Q.I. à quatre chiffres et tu adorais les Lego à l'époque, alors au boulot !

— Comme vous voudrez, répondit Evie avec mauvaise humeur.

Difficile d'imaginer une pièce prendre congé, et c'est pourtant ce qu'elle fit. Talis se retrouva seul au milieu de bras mécaniques qui pendaient mollement tandis que, depuis sa chaise à bascule, l'ours en peluche semblait le juger.

Il était en train de la perdre.

De toutes les perdre.

Et il avait aussi commencé à perdre de grandes métropoles.

Shanghai était – tout dépendait de votre conception de « grande métropole » – entre la sixième et la douzième à lui échapper. Evie avait raison, même s'il n'était pas près de le lui avouer : les hommes ne manquaient pas. Voir disparaître des villes, en revanche, était plus difficile.

Perdre les I.A. le touchait en plein cœur.

Il n'avait plus de corps depuis vingt-trois ans, et n'était plus humain depuis vingt-quatre. Pas assez longtemps pour que tous ceux qu'il ait connus soient morts, mais certainement tous ceux à qui il tenait. Sans parler de ceux, beaucoup moins nombreux, qui avaient tenu à lui.

Ce qui lui laissait les I.A. Selon son psychologue de transfert, c'était tout à fait normal de ressentir un attachement particulier pour les membres de sa propre espèce, d'autant plus que leur nombre était faible. Cet imbécile n'avait rien compris : les I.A. ne constituaient pas une espèce. Comme les virus, elles ne répondaient même pas à la définition d'être vivant. Elles formaient une famille.

Et il les perdait les unes après les autres. Il y avait celles qui ne survivaient pas au téléchargement, celles qui mouraient emportées par une crise dissociative au cours des premiers mois – à vingt-huit reprises, il s'était retrouvé à leur tenir la main – et les autres, celles comme Evie, qu'il avait crues tirées d'affaire. Elles étaient si peu à être arrivées jusque-là. Tant d'autres avaient péri.

Mais elles partaient toutes à la dérive, s'éloignant chaque jour un peu plus de celles qu'elles avaient été… Ce qui aurait pu ne poser aucun problème, après tout il avait lui aussi changé avec le temps. Mais la petite Evie ne tendait vers rien de particulier. Elle était en train de devenir un simple programme avec une surcouche de sale caractère typiquement préadolescent. Si elle la perdait, il ne resterait plus d'elle qu'un logiciel bon à trier des données, comme l'ordinateur central qui faisait défiler dans sa tête les chiffres des pertes humaines, les protocoles de crise et les différentes options à disposition pour faire régner la paix.

Shanghai. Les Tempêtes Guerrières, ces conflits qui balayaient la planète tels des ouragans, attisés par les épidémies, les inondations ou les flux migratoires, et parcouraient les côtes avant de partir vers le large, mais sans jamais s'arrêter ni perdre de leur puissance. Qu'allaient-ils bien pouvoir faire ?

— Talis ? demanda la pièce.

— Toujours là, petite.

— J'ai… récupéré ces codes.

Elle semblait tout excitée, comme si elle était sur le point de jouer un mauvais tour ou avait trouvé comment corser en douce le punch servi au bal du lycée. Talis, tout d'abord heureux de l'entendre aussi enthousiaste, tiqua soudain.

— Quels codes ?

— Ceux des canons orbitaux.

Oh bon sang !

— Je les ai trouvés par hasard, mentit-elle avant de les glisser dans son esprit.

Talis les accepta – qu'aurait-il pu faire d'autre, les lui laisser ? Au moins, c'étaient des informations quantiques qu'on pouvait transférer mais pas copier. Il serait le seul à y avoir accès.

— Dis-moi, Evie, rien à voir mais…

— Oui ? répondit la pièce.

— Ton ours en peluche commence à avoir l'air un peu… fatigué. Tu n'en voudrais pas un neuf ?

Quatre-vingt-treize aiguilles frémirent de concert.

— Tiddler est unique !

— D'accord, d'accord.

Autant prendre sa réaction comme un bon signe : la petite fille qu'avait été Evie était encore là.

Une fillette en possession des codes d'activation d'armes orbitales et avec un plan somme toute plutôt raisonnable pour réduire la population humaine.

— Evie ?

— Oui ?

Mais il ne savait plus quoi dire. Shanghai… Il était bloqué. Il avait voulu sauver le monde, et celui-là…

Une main se posa sur son épaule. Enfin, une main… plutôt une araignée aux pattes métalliques articulées terminées par des extrémités en céramique striée ou des capteurs de pression. Le bras, qui faisait bien trois mètres, se déplia davantage pour laisser la main remonter le long de son écran et venir lui tapoter le côté de la tête.

Evie s'efforçait de le réconforter.

Ce n'était pas vraiment une réussite : il ne ressentait rien. Mais il ferma tout de même les yeux et se laissa aller contre cette main, pour le geste.

Il avait fermé les paupières, mais pas son esprit. Il rêvait parfois de disposer d'un fusible, d'un disjoncteur, ou même de pouvoir dormir, tout simplement. L'ordinateur central ne se reposait jamais, n'arrêtait jamais, et n'aurait d'ailleurs pas pu s'il l'avait voulu. Il déversait en continu des informations dans l'esprit de Talis, qui, ses capteurs optiques coupés, regarda Shanghai sombrer. La métropole était devenue ce qu'on appelait une ville-cuvette, plus basse que le niveau de la mer et entourée d'un grand mur dans lequel l'explosion avait ouvert une brèche. Avec ses yeux placés en orbite et dix mille caméras, Talis regarda les barrages secondaires se dresser, les pompes redoubler d'efforts, les équipes d'urgence grouiller comme des fourmis. Tout se passait dans sa tête, et à huit mille kilomètres de là, et il était déjà trop tard.

— Talis ?

Son nom prononcé sur un ton affolé, une combinaison somme toute plutôt familière. Mais cette voix, qui accompagnait comme celle d'un présentateur météo les images de la cité en train d'être engloutie, était étrangement plate, déconnectée.

— Talis !

Quelqu'un – quelqu'un d'humain, pas Evie – le toucha.

Il se réveilla en sursaut, virevolta comme un acrobate et poussa de toutes ses forces celui qui avait osé poser la main sur lui.

— Hé ! s'écria Elián Palnik en heurtant le mur.

Tout lui revint d'un coup. Elián. Greta Stuart. Li Da-Xia. 2563 après J.-C., le Préceptorat quatre, celui d'Ambrose. Ambrose était mort. Une nouvelle I.A. venait de voir le jour.

Talis cligna trois fois des yeux et redémarra son horloge interne pour revenir au présent, ce qui n'était pas aussi simple qu'il le faisait paraître. Il se réveillait toujours dans la peau de Michael, et se retrouver dans un autre corps, un autre pays, à un autre siècle lui donnait le tournis, comme s'il était dans une pièce à l'envers, couché au plafond.

S'être fait réveiller par Elián n'était pas bon signe. Non qu'il ait quoi que ce soit contre lui : c'était un garçon futé, avec le cœur sur la main, et Talis aurait même dit qu'il l'aimait bien, même s'il lui avait donné du fil à retordre. Non, le vrai problème, c'était qu'Elián devait normalement surveiller Greta.

Dans ce cas, que fabriquait-il devant lui, occupé à faire de son mieux pour avoir l'air menaçant, et pas terrorisé ? Les êtres humains avaient du mal à comprendre qu'il est inutile de jouer la comédie devant une I.A. équipée de capteurs infrarouges et forte d'un demi-millénaire d'expérience cumulée. Mais peut-être qu'Elián essayait avant tout de se convaincre lui-même ?

— Talis… bredouilla le garçon.

Difficile de prononcer ce nom. Celui d'un monstre, d'un assassin, de l'être qui avait tué sa grand-mère à peine cinq jours auparavant, et non sans un certain sens de la mise en scène. Mais Elián était tout de même venu le voir et l'avait tout de même appelé, comme un athée suppliant Dieu.

— C'est Greta.

Talis n'eut besoin que du ton de sa voix pour comprendre qu'il y avait un problème.

Il la trouva en proie à une crise dissociative de niveau trois.

L'atmosphère de peur qui flottait dans la petite cellule de moine semblait avoir rendu les murs encore plus gris. Greta s'était enroulée dans ses couvertures du bleu réglementaire de l'ONU comme si elle avait tenté de se dissoudre dans le ciel. Sa compagne de chambrée et très probablement petite amie Li Da-Xia s'était réfugiée sur l'autre lit. C'était d'ailleurs sans doute de là que venait le problème, ou en tout cas sa cause la plus immédiate. Les nouvelles I.A. avaient beaucoup de mal à gérer les souvenirs émotionnellement chargés, et se retrouver dans la même pièce que l'élue de votre cœur était le genre de situation qu'il fallait éviter.

— Qu'est-ce qui lui arrive ? demanda Elián.

Talis n'avait aucune envie de le lui expliquer.

La seule présence de Xie suffisait à disloquer l'esprit de Greta, mais elle n'entretenait aucun lien de ce type avec lui. Il devrait pouvoir la toucher sans aggraver la situation. Il s'agenouilla devant elle et lui prit les mains. Les capteurs de leurs doigts se connectèrent, et il sentit les courants électriques qui parcouraient son corps. Talis déploya ses capteurs actifs aussi délicatement qu'un vol de papillons, et les réponses qu'il reçut dessinèrent un récit où se mêlaient nouvelles facultés, désastre imminent et terrible douleur.

— Répondez-moi ! insista Elián.

— Elle s'épluche. Je pensais que ça n'arriverait pas... dit-il tout haut, pour ne pas se mentir plutôt que pour répondre à Elián.

Greta Stuart avait le plus bel esprit qu'il ait croisé depuis des lustres. Il ne s'en était pas rendu compte au premier abord (il faut dire qu'il l'avait trouvée en train de se faire torturer, ce qui n'aidait pas à voir les meilleurs côtés d'un individu) mais l'avait compris avec le temps. Elle était intelligente, têtue et logique. Elle était aussi incroyablement courageuse. Ça aurait dû suffire.

Des larmes roulaient le long des joues de la jeune fille.

Elián, qu'à la réflexion il n'aimait pas tant que ça, lui cria :

— Aidez-la !

Combien de fois avait-il déjà assisté à ce spectacle ? Vingt fois ? Plus encore ? (Le nombre exact était trente-deux. Il faisait juste semblant de ne pas le savoir.) Il ne pouvait pas faire grand-chose. Il aurait pu arrêter une crise de niveau un ou deux à l'aide d'ultrasons, en détachant les souvenirs de leur contenu émotionnel…

Mais il s'agissait là d'un niveau trois. D'un épluchage.

Talis avait vu bien trop de fois comment un simple souvenir pouvait s'élever de l'esprit organique d'une I.A., puis de son datastore, pour être renforcé par le premier, puis le second… comme si l'on mettait deux miroirs face à face, ou un micro trop près d'un haut-parleur. Une simple image devenait alors d'une intensité insupportable pour n'importe quelle psyché.

Et pas de coupe-circuit. Pas de répit.

— Greta, écoute-moi, murmura-t-il d'une voix qu'il aurait aimée moins rauque. Tes deux souvenirs sont identiques. Ce n'est que celui qui s'en rappelle qui change – mais quelle importance, si c'est le même souvenir ?

— Quelle importance ?

Elle pouvait encore parler. C'était bon signe. Les mots étaient des données, une matière que les I.A. pouvaient exploiter.

— C'est vrai, ce n'est que ce qui fait quelqu'un ! (Elle marqua un temps d'arrêt.) Les I.A. de la première vague sont toutes mortes, Michael !

Il leur avait tenu les mains, à elles aussi. Trente-deux fois déjà.

Et avant… il s'était retrouvé à quatre pattes dans la Chambre grise, terrassé par des haut-le-cœur, après avoir vu le visage de Lu-Lien. Sa meilleure amie, son amour, qui s'était tenue tout près de lui, comme Xie aujourd'hui. Il avait vu un sourire illuminer lentement son visage, s'en était rappelé, puis rappelé, puis... Mais qu'est-ce que la douleur, sinon une surcharge – et inversement ?

Lu lui avait pris les mains, et il avait eu l'impression de se cramponner à une ligne haute tension. Son esprit s'était mis à tressauter. Son souvenir à rebondir entre les deux miroirs. Elle lui avait alors murmuré « Michael », et il avait ouvert les yeux, l'acte le plus gracieux d'une vie jusque-là balourde et frénétique.

Greta lui broyait les phalanges comme un étau, menaçant de briser les doigts du corps qu'il avait emprunté.

— Qu'est-ce qui a tout déclenché ? lui demanda-t-il. Quel est ton dernier souvenir lucide ?

— Xie ! hoqueta-t-elle, les yeux fermés de toutes ses forces. Xie qui coupe mes cheveux.

— Alors regarde-la.

Greta obéit... et un miracle se produisit.

Elle tendit lentement le bras vers Xie et lui saisit la main. Talis les regarda se mouvoir comme les deux moitiés disjointes d'un seul être. Il vit le présent venir à bout du court-circuit qui dévorait l'esprit de Greta. Le même processus qui avait fonctionné pour lui, pour ne plus jamais marcher, les trente-deux fois suivantes.

Un miracle.

Qu'il fallait prendre avec des pincettes. Greta l'ignorait encore, mais la crise dissociative qui répondait au doux nom d'épluchage n'était pas un gouffre qu'il suffisait de sauter pour passer à autre chose, mais plutôt une longue descente recouverte d'éboulis où le moindre faux pas risquait de vous faire tout dévaler, et où un rien pouvait provoquer des avalanches de souvenirs. Venir à bout de cette pente et trouver un terrain stable où poser les fondations d'un nouveau soi, voilà qui demanderait beaucoup plus qu'un simple petit geste. Même au bout de cinq cents ans, Talis se retrouvait parfois pris de tremblements incontrôlables, incapable de se rappeler qui il était.

Lu lui manquait.

Un simple petit geste.

Talis observa Greta, Xie et Elián au cours des quelques heures qui suivirent, jusqu'à ce que les Cygnes arrivent. La tendresse qui les unissait. Il s'efforça de se rappeler à quoi ressemblait ce sentiment. Ils pensaient que l'amour pourrait les sauver.

Comme si c'était possible.

Qu'il pouvait à lui seul tout arranger.

Le Problème le plus important

Ne nous mentons pas : une jeune fille qui demandait à être tuée obtenait satisfaction et découvrait trois jours plus tard que son problème le plus important était qu'elle ne savait pas monter à cheval, on ne voyait pas ça tous les jours. J'essayais au moins de m'amuser du ridicule de la situation.

Ma monture n'était pas dans les mêmes dispositions : elle passait son temps à ralentir le pas ou à partir dans la mauvaise direction.

— Non, pas par là ! la suppliai-je. Suis les autres !

Ce qu'elle ne fit pas, préférant dévier vers la gauche. Mon datastore me fournit la procédure pour me faire obéir de l'animal et je la transférai dans mon cerveau afin qu'elle me vienne plus facilement, comme si je l'avais vraiment apprise, alors que je n'étais jamais montée à cheval de ma vie.

1. Obtenir l'attention du cheval.
2. Tirer les rênes vers la droite.
3. Croiser les doigts.

Je touchai l'encolure de ma monture en poussant un petit pépiement d'écureuil. Le cheval tourna une oreille vers moi, un bon signe pour la première étape.

Je tirai mes rênes comme suggéré et serrai les genoux au cas où l'animal réagirait trop brusquement.

Il tourna bien la tête vers la droite... mais s'arrêta sans me laisser le temps de crier victoire et me lança un regard désabusé.

— Tout va bien, Greta ? me demanda Talis, plus loin devant moi, en faisant effectuer un demi-tour à son cheval.

On aurait vraiment pu le prendre pour un être humain à cette distance, et un sans rien de vraiment extraordinaire par-dessus le marché : une jeune fille plutôt frêle, à la mâchoire carrée, les cheveux coupés un peu n'importe comment et les sourcils bien dessinés. Pour Rachel.

Mais il n'était pas Rachel, même s'il lui avait emprunté son corps. On aurait dit Jeanne d'Arc, assis tout droit sur son cheval, l'air un peu fou.

— Très bien ! lui criai-je avant de baisser la voix pour m'adresser à ma monture, qui semblait plus navrée qu'en colère. Tu es un animal grégaire. Tu es censé vouloir rester avec les tiens. Regarde, ils sont partis là-bas !

J'émis de nouveau mon petit cri d'écureuil, serrai les genoux et éperonnai le cheval, qui tenta de glisser ses naseaux sous ma jambe. Je repoussai sa tête et recommençai mon petit manège. L'animal me dit alors (je vous le jure !) : *« Bon, si tu veux »*, et s'élança au triple galop vers l'horizon.

Il est certaines choses que seul un corps peut savoir, notamment comment rester sur un cheval lancé à toute allure. Mon datastore jugea bon de faire l'inventaire des personnages célèbres morts en tombant de leur destrier : parmi eux figuraient Gengis Khan et, à ma grande surprise, Geronimo. La liste était longue, et remplie de bien meilleurs cavaliers que moi – ce qui était aussi sans doute le cas de la plupart des gamins de cinq ans. Le sol filait à la vitesse de l'éclair sous mes pieds, les rênes m'avaient échappé et la selle cognait contre la partie la plus sensible de mon corps avec la force d'un marteau. Je n'aurais pas pu trouver façon de mourir plus ridicule.

Une masse noire comme un corbeau apparut alors dans mon champ de vision : le cheval de Talis, qui venait d'arriver à ma hauteur.

L'I.A. se pencha vers moi – beaucoup trop, comme si la gravité elle aussi lui obéissait – et attrapa mes rênes. Nous galopâmes côte à côte dans un vacarme assourdissant tandis que tout filait autour de nous. Talis fit ralentir son cheval et le mien l'imita pour retrouver une allure plus raisonnable.

J'avais du mal à reprendre mon souffle. J'étais peut-être devenue une I.A., mais j'avais toujours un corps, qui venait de fournir un gros effort pour ne pas mourir. Je sentais le haut de mon poumon droit presser contre mon datastore, et mon cœur battre trop vite. Talis, en revanche, avait juste les joues un peu roses et me souriait de toutes ses dents.

— Et ça prétend être une Stuart ! Charles Edouard doit se retourner dans sa tombe.

— Je ne sais pas non plus manier la claymore, si vous voulez savoir, lui répondis-je.

L'I.A. laissa échapper un petit rire mélodieux. Nos chevaux allaient désormais l'amble, une allure appréciée des dames, et l'un des Cygnes vint se placer sur mon autre flanc. Ma monture n'avait plus d'autre choix que d'avancer tout droit, ce qui parvint à la calmer.

Je la comprenais : c'était plutôt apaisant d'avoir un chemin tout tracé, sans choix à faire. J'étais bien placée pour le savoir, moi qui avais été princesse héritière et otage d'un Préceptorat.

Talis et ses Cygnes se montrèrent charitables, à leur façon, et nous ne chevauchâmes que quelques heures.

Ce qui était déjà beaucoup pour moi.

Pour être honnête, je n'avais pas idée qu'un cheval était une bête aussi grande. Ils n'en ont pas l'air, vus d'en bas. En montant sur leur dos, on avait l'impression de devenir une nouvelle créature, très haute sur pattes et étrangement reliée au sol, comme un bébé girafe… Non, mauvais exemple : les girafes étaient trop délicates. Une fois en selle (entreprise qui me demanda plusieurs tentatives et me coûta pas mal de dignité), je découvris en effet à quel point ma monture était puissante. Son dos n'était que muscles et tendons. Inutile de se demander qui l'emporterait en cas d'affrontement.

Je constatai aussi qu'en plus d'être grand, le cheval était un animal très large. Mes années passées à accomplir des travaux de ferme m'avaient endurcie, et j'étais au départ loin d'être douillette, mais monter me fit découvrir des muscles dont je ne soupçonnais pas l'existence et une douleur d'un genre nouveau – tout du moins dans sa localisation. Trois heures à chevaucher me persuadèrent que j'allais mourir d'une déchirure des cuisses ou d'une fracture du coccyx.

Les Cygnes mirent pieds à terre tandis que je restai immobile sur ma monture, incapable de bouger mes jambes ankylosées, à songer au meilleur moyen de tuer Talis pour lui faire payer ce qu'il venait de m'infliger.

Ce qui était, à la réflexion, le supplice le moins atroce qu'il m'ait fait subir jusque-là.

L'I.A. surgit à côté de moi, comme si penser à elle l'avait invoquée. Elle prit mes rênes et m'offrit son poing fermé, que je regardai un instant sans rien dire avant d'accepter. Je m'appuyai aussi sur le pommeau de ma selle, ce qui donna l'occasion à mon datastore de m'apprendre que Guillaume le Conquérant avait un jour heurté le sien si violemment qu'il était mort peu de temps après des suites du coup. J'essayai donc plutôt de passer ma jambe par-dessus le dangereux accessoire.

Mais mes cuisses trop raides me trahirent et je glissai comme une perle sur un collier, me cramponnant désespérément au pommeau pour ralentir ma chute tandis que mon cheval piaffait et faisait un pas de côté. Je finis par tomber, et Talis m'attrapa par la taille pour m'écarter avant que je m'écroule sur lui. Il me fit tournoyer et se retrouva sur moi, hilare.

Ma monture nous considérait, l'air navré. Par bonheur, les chevaux n'ont pas de sourcils, car j'étais d'humeur à tuer la prochaine créature qui me regarderait en haussant les siens, et la pauvre bête était – relativement – innocente.

Talis roula sur le dos et nous restâmes allongés dans l'herbe à regarder le ciel d'automne prendre la couleur du lapis-lazuli.

— Voilà qui manquait en tout point de dignité, remarquai-je.

— Tu sais, c'est très surfait, la dignité.

Et c'était Talis qui le disait. Le maître des Préceptorats, ces temples de l'ordre et de la retenue avec chacun leur propre code d'honneur. Ses cheveux trempés de sueur étaient tout ébouriffés, et j'étais contente que les miens, coupés ras en vue de mon séjour dans la Chambre grise, soient trop courts pour l'être aussi. Renoncer à ma dignité ?

Comme c'était souvent le cas, Talis répondit à la question que je ne lui posais pas.

— C'est une valeur typiquement humaine, et tu n'as plus besoin de t'y raccrocher.

— Tiens donc. À quoi d'autre, dans ce cas ?

Talis poussa un long soupir, comme si la question des idéaux n'avait aucune importance pour lui.

— Tu trouveras bien quelque chose, dit-il en s'étirant comme un chat. À ton avis, tu vas survivre ?

Rien ne me semblait moins sûr si j'en croyais le sort qu'avait connu la plupart des I.A. qui m'avaient précédée. Je n'eus de toute façon pas le temps de répondre : une grande silhouette noire et ailée se découpa sur le ciel, juste au-dessus de moi. L'un des Cygnes.

L'ombre me toucha doucement et je sursautai, la gorge serrée.

Les Cygnes m'inspiraient ce genre de réaction. Ils étaient pour moi la terreur incarnée.

Talis, au contraire, se releva d'un bond, aussi alerte qu'un chien de chasse.

Les deux Cygnes se tenaient à présent au bord du petit renfoncement où nous avions atterri. Ils exécutèrent une révérence, la main gauche posée sur l'épaule droite, avant de tendre les mains vers nous, paumes vers le ciel – un salut qui sembla très romain à l'amatrice d'histoire antique que j'étais.

Je les avais déjà vus effectuer le même geste au Préceptorat, et sans qu'ils ne prononcent jamais un mot. Comme le disaient les *Maximes*, ce recueil de citations de Talis qu'on étudiait comme un texte sacré en Asie du Nord et comme un manifeste partout ailleurs : « Les Cygnes devront autant que possible rester muets, histoire d'être encore plus terrifiants. »

Ce qui était le cas, et démontrait bien le talent de Talis. Un Cygne ne devait pas être considéré comme un être humain, mais comme un messager, un ange, le prolongement de la volonté de l'I.A. J'avais vu nombre de ces agents au cours de mes années passées comme otage du Préceptorat, et jamais je ne les avais entendus prononcer un mot de plus que les formules rituelles et les noms des Enfants qu'ils étaient venus tuer.

« Enfants de la Paix, suivez-moi. »

Et nos deux compagnons de voyage, un homme et une femme, étaient taillés du même bois. Ils avaient regardé sans rien dire mon cheval s'écarter à chaque fois que, perchée sur un tabouret qui me faisait office de montoir, j'avais essayé de lui grimper dessus – opération qui m'avait pris un interminable et humiliant quart d'heure.

Les deux Cygnes s'employaient pour l'instant à défaire mutuellement les sangles de leurs ailes. L'homme était imposant et sans doute africain (ou issu de la diaspora africaine) tandis que la femme, toute fine, devait être indienne ou sri lankaise. Je remarquai aussi que l'homme avait perdu un bras et serrait les rênes de leurs deux montures dans une prothèse en silicone transparente couvert d'éraflures et à travers lequel on distinguait actionneurs et os de métal. Je n'aurais su dire jusqu'où elle remontait, car elle se perdait dans sa manche.

— Bonjour, Talis, dit la femme en ôtant ses ailes. On m'avait bien dit que c'était vous.

Sa voix me faisait penser à du sucre trop caramélisé, à la fois douce, chaude et rugueuse.

— Voyez-vous ça, ma réputation me précède ! gazouilla Talis.

Et c'était bien le cas, comme un bombardement annonce l'arrivée d'une armée.

L'homme, quant à lui, se contentait de me toiser.

— Et qui est-ce ? demanda la femme.

— Pardon, je manque à tous mes devoirs, dit Talis. Greta, je te présente François-Xavier et Sri.

Il y a mieux pour vous mettre à l'aise que vous présenter des inconnus quand vous êtes couchée sur le dos, mais je fis appel à ma royale éducation pour surmonter la situation. Je n'aurais de toute façon pas pu me relever toute seule.

— Bonjour, dis-je.

Les herbes sèches me piquaient l'arrière du crâne.

— Un nouveau Cygne ? demanda Sri, manifestement très amusée par cette perspective.

— Une nouvelle I.A., répondit Talis avec un sourire carnassier.

Pendant une seconde, Sri eut l'air parfaitement horrifiée.

Talis haussa un sourcil et la femme retrouva un visage impassible, comme si un voile venait de tomber dessus. Elle se toucha de nouveau l'épaule, cette fois à mon attention.

— Je vous présente mes excuses. Besoin d'aide ?

— S'il vous plaît, répondis-je, acceptant la main qu'elle me tendait.

À vrai dire, j'aurais bien aimé rester allongée, mais le plus sage était sans doute de marcher un peu pour assouplir mes jambes. Même avec l'aide de Sri, j'eus toutes les peines du monde à me lever. Mes genoux tremblaient et j'avais l'impression que mon torse était en caoutchouc (rester le dos bien droit sur un cheval étant plus compliqué qu'il n'y paraît.)

— Vous verrez, on s'habitue, me dit Sri.

— Oh oui, mais pas tout de suite ! intervint Talis d'un ton guilleret en aidant François-Xavier à débarrasser les chevaux de leurs selles. C'est demain que tu vas avoir vraiment mal.

— Fantastique ! m'exclamai-je.

Je parlais comme Elián Palnik, la seule personne que j'aie jamais vue manquer de respect à Talis. L'I.A. l'avait envoyé en exil avec guère plus qu'un cheval et pour consigne de ne pas faire de vagues. Il se trouvait quelque part, au milieu de cette plaine. Je l'avais perdu. J'avais tant laissé derrière moi…

— Merci, Talis, dis-je, tâchant de me ressembler un peu plus.

Merci de m'annoncer que j'allais souffrir. De m'avoir volé mon enfance. D'avoir fait de moi une prisonnière.

De m'avoir arrachée à ceux que j'aimais.

De m'avoir changée en machine.

Les Cygnes se mirent au travail.

Je n'ai pas l'habitude de regarder les autres s'activer sans rien faire, mais j'avais bien compris que les chevaux n'étaient pas encore mon fort, et je n'étais pas plus douée pour dresser un camp. (Le roi mon père aimait naviguer, et il nous était arrivé de faire étape sur une île ou une autre pour… allons, mieux valait ne pas s'attarder sur mes souvenirs humains.) Je passai donc une bonne heure assise sur un rocher pendant que Talis, François-Xavier et Sri s'occupaient de nos bêtes, allumaient un feu et déballaient leur équipement.

Ils ne s'adressaient pas la parole et chacun faisait comme si les deux autres n'étaient pas là. Un regard extérieur les aurait sans doute imaginés égaux s'il n'avait pas vu cet étrange geste, main sur l'épaule, puis paumes en avant.

On aurait aussi pu croire que les deux Cygnes avaient été choisis par pur goût du contraste. François-Xavier était grand, large d'épaules, avec une taille fine et un visage tout rond. Sri était au contraire incroyablement mince, comme si on l'avait coincée dans une porte, avec un visage en lame de couteau, un regard profond et un nez pointu. Il était lent, réfléchi ; elle bougeait à toute allure.

Et ils avaient bien sûr l'un comme l'autre l'habitude de tuer.

Pour François-Xavier, j'en avais même la preuve : il avait exécuté Bihn, ma camarade. Je me souvenais de lui à cause de sa main, et de sa stature, tout simplement. Il était… J'aurais pu dire beau, mais ça n'aurait pas suffi. Sa peau noire était lisse et brillante, son visage complètement symétrique, comme si quelqu'un avait gommé toutes ses imperfections. Il avait aussi le regard vide de celui qui avait reçu un coup sur la tête. Les Cygnes n'étaient pas censés avoir de volonté propre, et François-Xavier en était la parfaite incarnation.

Sri semblait en revanche aussi indépendante qu'un chat de gouttière. Sa maigreur lui donnait l'air sévère, ce que venait tempérer sa voix rauque et mélodieuse. Je me demandais si elle savait chanter. Et combien de personnes on l'avait envoyée tuer.

Les chevaux se retrouvèrent bientôt à brouter – leurs dents étaient vraiment très grandes, vues de près, et leurs mâchoires étaient faites pour broyer – tandis que le feu crépitait gaiement. Sri saisit soudain son arbalète et abattit un lapin qui passait à quelques pas de là.

C'était donc notre repas, ce qui répondait à l'une de mes questions : comment quatre personnes pouvaient-elles voyager dans des contrées désolées en transportant aussi peu de vivres ? Restait le problème de l'eau.

Et… mon problème. Qu'étais-je, désormais ? Comment étais-je censée vivre ?

— Greta, dit François-Xavier en me saluant d'un signe de tête solennel quand je m'assis près du feu.

Un Cygne qui prononçait mon nom.

Il était tellement grand que ses ailes frôlaient le linteau de la porte. « Nghiêm Thi Bihn, suivez-moi », avait-il dit.

L'image était d'une incroyable netteté. Je distinguais sa forme dans les vestiges ravagés de mon cerveau organique, sa structure cristalline. Un éclat de verre qui blessa mon esprit quand mon datastore me fournit son souvenir correspondant, accompagné d'un dossier sur la guerre qui avait coûté la vie à ma camarade. Bihn, cette petite fille toujours hilare qui adorait tresser mes cheveux. Elle avait hurlé quand le Cygne avait prononcé son nom. La cause principale du conflit…

— Greta ? demanda François-Xavier, ce qui empira les choses.

Je sentais les deux versions du souvenir s'amplifier l'une l'autre, lentement… François-Xavier qui se baissait pour franchir la porte, puis me contemplait de son regard vide.

Je fermai les yeux.

« *N'oublie jamais de réduire les stimuli.* » Le conseil de Talis pour ne pas qu'une I.A. soit submergée par des souvenirs trop puissants. Même lui, je le voyais parfois les yeux clos.

Mais la chaleur du feu et l'odeur du lapin en train de cuire firent naître dans mon esprit des images de crémation. Une autre trappe, et encore plus profonde.

— Talis, murmurai-je, les yeux toujours fermés.

Je savais qu'il était à quelques mètres de là, et pourtant, je sentis sitôt son nom prononcé une main sur la mienne. Calleuse, énergique, la main de Rachel.

— Qu'y a-t-il, Greta ?

Ses capteurs m'effleurèrent, doux comme les antennes d'un papillon.

— Il a tué Bihn.

— FX, va remplir nos seaux d'eau, veux-tu ? ordonna Talis.

J'entendis le Cygne se lever et le suivis avec mes capteurs à ultrasons. Il le sentait sans doute, et traquer quelqu'un de la sorte devait être très malpoli, mais je continuai jusqu'à ce qu'il franchisse le rebord de la cuvette.

— Ouvre les yeux, me dit Talis.

J'obéis.

Il était accroupi devant moi et les flammes de notre feu dansaient dans ses yeux clairs.

— Laisse-toi faire, chuchota-t-il en posant les mains sur mon visage.

Ses capteurs se firent tout à coup plus intrusifs, traversant même l'ouragan de mes souvenirs doublés.

— Que faites-vous ? soufflai-je.

— Je t'exorcise, répondit-il, les yeux plissés. Ne bouge pas.

J'avais l'impression qu'on enfonçait un doigt dans mon cerveau.

— Michael, arrêtez.

Il ne m'écouta pas. J'avais la nausée et commençais à transpirer. C'était à présent un clou qui plongeait dans mon crâne.

Subitement, je me souvins de Bihn. Toutes les images d'elle que mon esprit ait jamais imprimées – n'est-il d'ailleurs pas étrange qu'on ne puisse pas choisir ce que notre mémoire retient ? – apparurent d'un seul coup dans mon esprit.

Et puis, comme si un disjoncteur venait de se déclencher, je cessai de me rappeler.

Les images de Bihn s'écroulèrent comme un château de cartes.

Des dizaines de cartes. Les pages d'un livre… Comme dans *Alice au pays des merveilles. « Qu'un paquet de cartes…* » Puis les métaphores cessèrent à leur tour de me venir.

Mon esprit retrouva le silence.

— Navré pour le désagrément, mais ça fonctionne, lâcha Talis, qui détacha ses mains de mon visage. Quand le souvenir n'est pas trop gros, en tout cas.

Comme Bihn, si menue.

— Merci, répondis-je faute de mieux.

De l'autre côté du feu, Sri m'observait avec calme, vigilante. François-Xavier s'était arrêté au sommet du coteau. L'eau débordait des seaux en cuir qu'il tenait et coulait sur ses bottes.

Talis, toujours accroupi, appela ses Cygnes d'un geste de la main.

— Je vous explique : Greta a été téléchargée il y a trois jours, et nous devons l'amener dans les montagnes Rouges avant que son cerveau ne s'autodétruise et qu'elle se retrouve à convulser dans l'herbe jusqu'à ce que son cœur lâche.

Il se tourna vers moi, tel un acteur prêt à faire un aparté. J'étais trop occupée à m'imaginer en train de mourir dans la plaine pour vraiment l'écouter.

— J'ai des amis, là-bas, me dit-il. Et aussi… ce qui reste d'autres amis. Nous pourrons t'apprendre quelques astuces pour t'en sortir. (Il revint vers ses Cygnes.) Que ce soit bien clair : elle compte davantage pour moi et le futur de cette planète que l'un ou l'autre d'entre vous, ou qu'une ville de bonne taille, voire deux ou trois, quoique j'espère ne pas en arriver là. Pour résumer, je veux vraiment que tout se passe bien, compris ?

— Compris, répondit Sri.

François-Xavier ne dit rien et se contenta de remplir les abreuvoirs pliants prévus pour les chevaux, dos à nous. Il portait des petites tresses très près du crâne, comme certaines représentations du Bouddha. Il se tenait d'ailleurs tellement immobile qu'on aurait pu le prendre pour l'une d'entre elles.

— FX ? demanda Talis.

Le Cygne se retourna et me regarda droit dans les yeux.

— Je la protégerai, dit-il, aussi solennel qu'un jeune marié devant l'autel.

Et tout à coup…

Une grande lumière déchira les cieux et tout, autour de moi, projeta de grandes ombres noires : Talis, François-Xavier, les chevaux, la colline, chaque brin d'herbe. L'espace de quelques secondes, le ciel fut entièrement blanc, le monde comme aplati.

François se jeta sur Talis et moi, les bras écartés, et nous projeta au sol pour nous protéger de son corps.

Je n'eus même pas le temps de lever une main devant mes yeux.

Je restai un moment ainsi, éblouie. J'avais les larmes aux yeux et l'herbe me grattait la joue. J'étais heureuse d'être à l'abri, comme un poussin sous l'aile de sa mère.

Ce n'était pas le cas de Talis.

— Mais pousse-toi donc ! dit-il au Cygne en se dégageant. C'est à des kilomètres d'ici.

François-Xavier se releva.

Des taches noires dansaient devant mes yeux et le ciel nocturne avait pris une drôle de teinte jaunâtre.

— C'est le plasma dans l'ionosphère qui fait ça, expliqua Talis. Vous venez d'assister au tir d'un canon orbital.

Il regarda un long moment vers le sud-ouest, d'où venait à priori l'éclair. On aurait juré que le soleil avait décidé de se relever là où il s'était couché un peu plus tôt.

— C'est la première fois que je le vois de mes yeux, dit Sri.

— Pas moi, répondis-je.

Talis avait un jour, pour empêcher Elián de s'échapper, employé l'une de ces armes pour creuser un cratère juste devant lui.

— Mais rien de comparable, me devança l'I.A. Nous avons affaire à un destructeur de villes.

— Où a-t-il… commença Sri.

François-Xavier comptait à voix basse. Je crus tout d'abord qu'il s'efforçait de se calmer, avant d'entendre un crépitement au loin, le bruit du verre qui se craquelle.

— Six cents kilomètres, annonça-t-il. Calgary ?

— Pas besoin de jouer aux devinettes, dit Sri.

J'avais oublié qu'au moins l'un d'entre nous pouvait communiquer avec les plates-formes orbitales.

— Calgary, confirma Talis – un éloge funèbre en un seul mot.

Il contempla un moment l'éclat maladif de ce faux soleil avant de se retourner vers nous en tapant dans ses mains.

— Les enfants, il se passe manifestement quelque chose, mais pas de panique, je suis certain que je m'en occupe !

Le Talis original se trouvait en effet dans les montagnes Rouges. Un être – une chose ? – capable d'accéder à n'importe quel capteur de la planète, n'importe quelle base de données, de communiquer avec n'importe quel satellite. Et qui « s'en occupait », à priori. Notre Talis pouvait converser avec les plates-formes orbitales pour savoir sur quoi elles tiraient et avec quelle puissance, mais sans accès en temps réel à l'information il ne pouvait connaître la raison d'une telle décision.

— Que disiez-vous sur les villes de bonne taille ? lui demanda Sri.

— Greta n'a peut-être rien à voir là-dedans, rétorqua François-Xavier.

— On parie ? rétorqua Talis.

— Ne restons pas là, dit FX. Pas question de prendre de risques. Notre refuge est à moins de soixante-dix kilomètres d'ici.

— Non, répondit Talis.

— Nous pourrions nous en servir comme point d'exfiltration, ou au moins pour envoyer un rapport.

— Non. Greta sait à peine monter à cheval, elle ne pourra jamais parcourir une telle distance d'une traite. Sans compter que je viens de bombarder son cortex préfrontal d'ultrasons, et qu'il fait nuit.

— Vous voulez qu'on reste ici, dit François-Xavier d'une voix douce – une question, ou une simple affirmation.

— Je veux surtout que tu prennes le premier tour de garde.

Derrière Talis, des formes se dessinaient autour du faux soleil, des torsades lumineuses, des membranes distendues d'air raréfié. Elles flottaient au-dessus des ruines de Calgary et saillaient de la silhouette de Talis telles d'immenses ailes.

— Détends-toi, FX. Quel endroit plus sûr que le milieu de nulle part ?

Le milieu de la Saskatchewan. Mon pays.

J'avais été la princesse héritière de la Confédération panpolaire, dont Calgary était – avait été – une cité importante, une ville de garnison aux frontières du royaume, un port de bonne taille avec un petit spatioport et un grand hangar à zeppelins. Nous avions même des appartements royaux non loin de là, à Banff. J'y avais dormi, j'avais marché dans ces rues. Les habitants de Calgary étaient mes compatriotes.

Et ils étaient tous morts. Cinquante mille personnes.

Le visage engourdi là où Talis avait posé ses mains, j'entendais aux confins de mon esprit électronique les plates-formes et les satellites de surveillance me parler dans un langage que je ne comprenais pas encore. Je sentais du bout des doigts les particules arrachées à la cité dévastée.

Je pleurais.

Talis me regarda, les sourcils froncés, et fit un petit geste de la main, comme un magicien sur le point de faire apparaître un bouquet – mais à la place, il me tendit trois petites pilules. Les objets adéquats pour s'entraîner à faire des tours de passe-passe, mais la manœuvre était parfaitement exécutée. Je ne l'avais pas vu mettre la main dans sa poche.

— Comment avez-vous fait ?

— Je suis plein de surprises, répondit-il. De quoi, dans l'ordre, détendre tes muscles, réparer ton enveloppe neurale et t'aider à dormir. Prends-les, une sacrée route nous attend demain.

— Merci, mais je crois que mon cerveau a été assez bousculé comme ça.

Sri laissa échapper un petit bruit, sans pour autant oser ricaner. Pas avec une ville morte sous les yeux.

— Je ne t'ai pas demandé ton avis, me dit Talis en souriant. Et tu as tout intérêt à ce que nous allions le plus vite possible.

Tout tourbillonnait dans mon esprit, et pourtant je sentais une zone complètement engourdie, en plein milieu. Mais Talis avait raison. Si les villes explosaient autour de nous, nous avions besoin… d'un refuge, comme l'avait dit François-Xavier.

Aussi, je me forçai à sourire moi aussi et avalai les comprimés.

Les Cygnes étaient l'un comme l'autre des tueurs… mais ce n'était rien comparé à Talis.

Brûler avec le sourire

Ainsi, je dormis.

Mon sommeil fut chimique, peuplé de mille rêves acides. Je rêvai de Calgary. Je me revis sortir d'un ascenseur, celui de la flèche où avait accosté notre zeppelin. Ma mère avait posé la main sur mon épaule, et toute l'équipe au sol s'inclinait devant nous.

Je rêvai aussi du Préceptorat, de mes livres et de mon petit lit. Du craquement des cordes qui soutenaient mon matelas, de Xie…

Et de coups frappés à la porte, car on allait me torturer.

Je rêvai de la reine ma mère, qui avait laissé faire pour notre pays, pour Calgary. Nous sortions de l'ascenseur, la flèche d'accostage se dressait au-dessus de nous. Je sentais la main de ma mère sur mon épaule, l'équipe au sol se rassemblait pour nous saluer. L'éclair du canon orbital explosa au ralenti et se déversa sur nous. Je pouvais tout voir avec mes nouveaux yeux. Il ne restait plus de nous que des squelettes.

Je rêvai encore de Xie.

Elle était vêtue de soie rouge et or, une couronne faite d'une centaine de fils turquoise ou écarlates et ornée de perles d'ivoire blanches sur la tête. Li Da-Xia, vêtue pour monter sur son trône. J'entendais le crépitement de la pluie sur un toit de verre. Une odeur de pommes flottait dans l'air. Une odeur de fille. Xie défit l'un des fils turquoise de sa coiffe, dont les perles tombèrent les unes après les autres. Elle en fit ensuite de même avec un fil rouge, avant que sa couronne ne se défasse d'elle-même pour laisser apparaître ses cheveux noirs. Elle m'offrait un sourire timide. Sa robe s'ouvrit et elle avança vers moi en flottant dans les airs.

Je rêvai de Xie, de mon petit lit, des cordes qui soutenaient le matelas. Je rêvai de doigts sur ma peau.

Je gémis, et Xie m'appela : « Greta ? »

Sa main sur ma joue. Mon visage était engourdi là où Talis avait posé les siennes pour emporter mes souvenirs. Il me prendrait aussi Xie. Il la réduirait en cendres avec un rayon venu de l'espace et l'effacerait de mon cœur. Xie me toucha encore et je poussai un petit cri rauque où se mêlaient peur et plaisir.

Jusqu'à ce qu'on me gifle.

— Greta !

J'ouvris les yeux et fus aussitôt aveuglée par la lumière. Mes paupières étaient comme collées, engourdies par les somnifères. Quelqu'un était penché sur moi, les mains posées sur mes joues.

Sri le Cygne.

Son visage était tout près du mien. Je me raidis dans mon sac de couchage et luttai pour me réveiller, tout remettre en place autour de moi. Je faisais, en claquant des dents, un bruit qui me rappelait celui des perles rebondissant par terre. Mon corps tout entier avait commencé à rougir, parcouru par des décharges d'adrénaline tandis que des réactions parasites me picotaient le bout des doigts.

Je frissonnais.

— Vous gémissiez, me dit Sri. Je pensais que vous faisiez un cauchemar.

— Ce…

— N'était pas le cas ? termina-t-elle avec tact, et un ton légèrement taquin.

— Euh… me contentai-je de répondre, moi qui étudiais la rhétorique classique depuis plus de dix ans.

Sri me sourit en faisant tournoyer un petit couteau dans la lumière jaunâtre – je déglutis, la bouche chaude et pâteuse. Elle se laissa tomber sur le rocher où elle était manifestement assise jusque-là.

— Vous rêvez beaucoup ? me demanda-t-elle en ramassant un gros morceau de bois qu'elle se mit à – ou plutôt recommença à – tailler.

On devinait déjà la forme d'un cheval et de son cavalier, dont Sri sculptait les épaules. La jeune femme semblait avoir des muscles dans les doigts dont je ne soupçonnais pas l'existence, et la lame de son couteau dansait sur le bois avec la précision d'une griffe. Sri avait l'air… habile, décidai-je, même si « dangereuse » était plus proche de ma pensée.

— Somnambule ? Sujette aux cauchemars ? C'est le genre de choses que je dois savoir si je suis censée vous sauver la vie.

— Je ne suis pas somnambule et je peux très bien me sauver la vie toute seule, merci.

J'avais répondu d'un ton sec, mais j'étais loin d'en être convaincue. La matinée était déjà bien avancée. Le soleil d'octobre balayait les herbes de ses rayons obliques, et le ciel était bleu et dégagé, sans plus aucune trace des radiations qui avaient pourtant été on ne peut plus réelles. J'avais rêvé de Xie, mais ce qui était arrivé à Calgary avait bien eu lieu. Talis avait rayé la ville de la carte.

Talis, que je ne voyais plus nulle part, de même que François-Xavier.

J'essayai de m'asseoir, sans succès. Malgré les comprimés censés détendre mes muscles, j'étais percluse de courbatures et ma peau avait apparemment été remplacée par du vieux cuir tout sec.

— Où sont passés…

— Partis faire boire les chevaux. Tout est prêt pour que nous reprenions la route, sauf vous.

— Ah, répondis-je – une autre repartie fantastique.

Il faut aussi dire que j'étais allongée sur le dos, avec une couverture légère pour tout couchage. C'était ce qu'on appelait un drap plissé, fait dans une étoffe intelligente capable à la fois de retenir et de propager la chaleur. Mon corps était donc plutôt réchauffé, mais j'avais très froid au visage, une sensation nouvelle pour moi. Les princesses ne sont pas de grandes campeuses.

— Nous devons avancer le plus possible aujourd'hui. Comment vous sentez-vous ?

Il aurait fallu pour me décoller de mon tapis de sol une volonté surhumaine, voire un petit treuil.

— Un peu raide, répondis-je. Sommes-nous en danger ?

— Pour s'attirer à coup sûr les foudres de Talis, il faut s'en prendre soit aux Préceptorats, soit aux Cygnes, ce que quelqu'un pas très loin d'ici est donc en train de faire. Or, nous sommes l'un et l'autre.

Elle était un Cygne, et j'étais la pensionnaire d'un Préceptorat. Enfin, je l'avais été.

Sri glissa le morceau de bois sculpté dans l'une de ses poches et replia la lame de son couteau d'un coup sec.

— Comment vont vos cuisses ? me demanda-t-elle.

— Pardon ?

— Si vous n'avez pas besoin que je vous sauve la vie, je peux au moins m'occuper de ça.

Elle s'accroupit devant moi.

— Mes… mes jambes vont très bien, merci.

— On ne bouge plus.

Sri se pencha en avant et me prit les genoux.

J'avais été duchesse, puis princesse, positions où l'on ne vous touchait que très rarement. D'accord, ma vie avait complètement changé depuis, mais je n'étais pas encore habituée à ce qu'une inconnue s'asseye entre mes jambes.

— Sri… protestai-je, avant de glapir de douleur quand ses doigts s'enfoncèrent méthodiquement dans ma chair.

Mon datastore me transmit un schéma détaillé de ma propre anatomie au moment précis où Sri trouva le point de tension de mon muscle vaste interne. La douleur grimpa d'un coup… avant de se dissiper lentement, et la sensation de raideur avec elle. Sri massa alors de ses pouces le creux de mes cuisses, le point d'attache de mes tendons, comme pour faire sauter des fèves de leurs cosses.

C'était à la fois très douloureux… et merveilleux. Je ne pus retenir un petit cri, le même gémissement que dans mon rêve.

Sri me regardait droit dans les yeux, et je rougis comme une pivoine. Ses mains étaient aussi haut sur mes cuisses que la décence le permettait – plus haut, en fait.

— C'est mieux ? me demanda-t-elle.

— Euh… oui, beaucoup.

— Excellent.

Elle se releva et s'étira.

— Nous ne sommes pas au bout de nos peines, mais je peux vous aider, même si je dois vous faire un peu mal au passage.

— Pas vraiment le genre d'annonce qui appelle un merci, répondis-je.

— On se lève ?

Elle me prit la main et me mit debout.

— Je peux au moins vous remercier pour ça.

Sri me répondit par son habituel salut, même s'il était un peu bâclé, presque désinvolte.

— Je préférerais que vous évitiez… ceci, dis-je en mimant son geste. Je ne suis pas Talis.

— Je ne dois pas oublier quel est mon statut, ma chère petite I.A., soupira Sri.

Elle recommença son salut, sans me quitter des yeux cette fois, et tout devint clair. La main sur l'épaule signifiait rassembler les données accumulées dans son datastore, la paume tendue vers le ciel les offrir.

Sri possédait, comme tous les Cygnes, les mêmes augmentations que moi : un datastore sous la clavicule, un réseau implanté dans le cerveau, des capteurs incrustés au bout des doigts, des rétines plein spectre… mais rien de tout ça n'était pour elle.

Elle avait été modifiée afin que Talis puisse l'enfiler comme un manteau. Avec ce salut, elle m'offrait d'en faire autant.

Mon datastore m'assomma alors de jargon médical, de statistiques, de tableaux et de vidéos de dissections d'êtres humains. Il m'expliqua comment prendre possession de quelqu'un, sans omettre que cet acte se faisait au moyen du réseau inductif et provoquait des microlésions dans le cerveau de l'individu-hôte.

Quiconque accueillait une I.A. pouvait donc faire ses prières, et ce n'était pas une jolie façon de mourir. J'étais bien placée pour le savoir : j'allais périr ainsi, si j'avais la chance d'aller jusque-là.

Les données du datastore défilaient sur le visage de Sri comme un voile de dentelle noire. Elle me tendit un paquet avec un petit sourire espiègle.

Des vêtements : une salopette de grosse toile, une chemise, de grosses bottes aux talons carrés et un manteau de Cygne, l'un de ces longs cache-poussière en cuir avec un dessin d'ailes brodé dans le dos.

Je n'avais jamais rien porté d'autre que des robes de princesse et mon uniforme d'otage, et voilà que je me retrouvais habillée comme un Cygne. Ils me dépouillaient petit à petit de mon ancienne identité.

Je pris le paquet des mains d'une Sri toujours enveloppée d'un voile de données, et qui n'avait visiblement pas l'intention de détourner le regard pendant que je me changeais. Elle me fixait comme un animal jaugeant l'un de ses congénères.

Je lui tournai le dos, sans parvenir à ne pas me demander quelle tête elle pouvait bien faire en m'observant.

Nous nous remîmes donc en route.

Talis me présenta nos chevaux, avec beaucoup plus de cérémonie qu'il l'avait fait avec les deux Cygnes le jour précédent. Les montures de mes compagnons de route, des juments toutes les trois, se nommaient Hip Hip Hip Uranium, Roberta de Brus et NORAD. NORAD, celle de Talis, était de toute évidence sa favorite. Elle était petite, noire tachetée de blanc comme une pierre constellée de givre, et me contemplait de ses yeux vifs, guettant sans doute la moindre de mes failles. Tandis que nous chevauchions – enfin, que les autres chevauchaient pendant que je me cramponnais désespérément à ma monture – Talis dissertait sur la signification du nom NORAD (un acronyme militaire à l'origine lointaine), sur la façon correcte de baptiser une bête d'une telle couleur (bleu rouan) et sur les nombreux avantages des juments (le Pony Express n'utilisait qu'elles, jamais de mâles).

Ce qui me faisait une belle jambe : mon cheval, lui, était un hongre, supposé placide – ben voyons ! – et répondant au doux nom de Gordon Lightfoot. Il était blanc d'œuf avec des taches rousses, dont l'une, en plein sur l'œil, avait la forme de l'Angleterre post-inondation. L'un de ses yeux était marron et l'autre bleu, ce qui lui donnait un air sceptique plutôt drôle qui m'évoquait un bouffon dans une pièce de Shakespeare. Quand, alors que nous dévalions une pente, je me penchai trop et me retrouvai le nez enfoui dans sa crinière, il poussa un véritable soupir et me regarda par-dessus son épaule comme pour me dire : « Mais quoi, encore ? »

Si tu savais, mon ami.

Il était plutôt cruel d'infliger à un cavalier débutant une deuxième journée de route d'affilée, et à une telle allure qui plus est, mais avec Calgary sur notre dos – métaphoriquement parlant – et la charmante perspective de me voir convulser dans l'herbe, c'est pourtant ce que Talis me fit subir.

Le « refuge » se situait à une soixantaine de kilomètres de là, une distance raisonnable, sauf pour moi. Les muscles de mes cuisses tremblèrent toute la matinée, et quand vint enfin l'heure du repas, je ne parvins même pas à descendre toute seule. François-Xavier, de loin le plus costaud d'entre nous, dut me prendre par la taille pour me déposer à terre. L'une de ses mains était chaude, l'autre à température ambiante, mais toutes deux puissantes et délicates. La veille, j'aurais frémi à l'idée qu'il me touche, mais je ne ressentais presque plus rien à présent. Pourtant je me rappelais bien qu'il avait tué mon amie – j'avais encore toutes mes données sur la mort de Nghiêm Thi Bihn. J'entendais même encore le bruit qu'avaient fait les ongles de ma camarade en se cassant. L'exorcisme de Talis avait comme insensibilisé mon esprit.

Aussi je ne tressautai pas quand il posa les mains sur moi. Mon horreur avait certes disparu, mais j'avais l'impression… que le sol s'était dérobé sous mon cœur. Comme si j'avais mis un pied dans le vide, certaine de trouver une marche qui n'était pas là. Un faux pas dans le fondement même de mon être.

François-Xavier recula en s'inclinant : je titubai jusqu'à presque m'affaler dans l'herbe – avec majesté, bien entendu.

Il commençait à faire chaud. Les deux Cygnes s'employaient à débarrasser les chevaux de leurs selles pour les brosser là où la sueur s'était accumulée, encolure, dos et pattes. Talis, à l'opposé, était étalé dans l'herbe à côté de moi, faisant montre d'un dédain manifeste pour ces corvées.

À moins qu'il ait choisi de m'observer de près. Je sentais ses capteurs me sonder.

— Tout va bien ? me demanda-t-il.

J'étais penchée en avant pour étirer mon dos. On aurait sans doute pu me croire terrassée par le chagrin, mais ma douleur était uniquement physique – bon, d'accord, surtout physique.

— Voyons… je ne remarcherai sans doute jamais, et j'espère que vous ne cherchiez pas une héritière.

— Non, tout va bien de ce côté-là, me répondit-il.

François-Xavier prit les ailes qu'il avait accrochées sur le dos de son cheval – j'aurais aimé dire « et qui donnaient à ce dernier l'allure d'un Pégase », mais elles ressemblaient surtout à des protections étranges pour ses sacoches.

Soit, avoir choisi de faire des Cygnes une unité de cavaliers s'inscrivait dans une démarche de ritualisation de la guerre, mais on faisait franchement mieux comme moyen de transport. Je pressai les semelles de mes bottes l'une contre l'autre et m'efforçai d'écarter mes genoux : un échec. Les muscles de mes cuisses étaient bloqués. Je geignis doucement, ce qui me valut un regard goguenard de Sri et de Gordon Lightfoot, qu'elle était en train de brosser.

— Oh ça va, vous deux ! leur lançai-je avec mauvaise humeur.

— Tu n'as jamais entendu parler de la troisième loi de Newton appliquée aux chevaux ? me demanda Talis. Crois-moi, il passe un aussi mauvais moment que toi.

— J'en doute fort.

Mon cheval avait peut-être mal partout, lui aussi, mais au moins il n'était pas forcé de restructurer son identité tout entière.

— Un petit creux ? me demanda Talis, qui me tendait un morceau de galette navajo enveloppé dans un carré de toile cirée.

François-Xavier les avait préparées le matin même dans une poêle qu'il faisait habilement tenir en équilibre sur notre petit réchaud à granulés. Je dépliai la toile et mangeai la galette pliée en deux : elle était froide, épaisse juste comme il fallait et copieusement enduite du beurre fermenté que nous fabriquions au Préceptorat. Acide et salée, le goût de la nostalgie.

Et c'était loin d'être ce qui me manquait le plus.

— Dites-m'en plus sur ce refuge, demandai-je à Talis. De quoi s'agit-il ? Où se trouve-t-il ?

— Pour faire long, c'est une station de Cygnes installée à portée du Préceptorat et des équipes de sauvetage de Saskatoon. Il y en a un peu partout dans le monde, mais on préfère ne pas le crier sur les toits.

— Et pour faire court ?

— C'est une base secrète.

Mais…

— Talis, elle se trouve sur le territoire panpolaire, et personne ne nous en a jamais parlé !

— Raison pour laquelle on appelle ça une base secrète, soupira l'I.A. en se laissant tomber dans l'herbe, sur le dos. Tu crois qu'on dirige le monde perché sur un cheval ? Bien sûr que j'ai un pied-à-terre. Pas très grand, certes, mais on y trouve des vivres, un arsenal, du matériel d'urgence et, le plus important, un terminal qui permet de communiquer avec les montagnes Rouges.

— Pour qu'on vienne nous évacuer, dis-je.

— Notamment, même si je ne suis pas trop pour, répondit Talis avec une grimace.

— « Les navettes ont une fâcheuse tendance à se faire abattre », récita Sri.

C'était une phrase tirée des *Maximes* : « Les navettes ont une fâcheuse tendance à se faire abattre, et on ne sait pas toujours qui annihiler ensuite. »

— Exactement. La voie des airs est bien trop risquée, confirma Talis.

J'embrassai le paysage du regard. Nous étions au sommet d'une petite élévation, avec de l'herbe sèche à perte de vue. J'aurais sans doute pu voir jusqu'au bout du monde, et pas le moindre nuage sous lequel se cacher.

— Sauf votre respect, Talis, on ne pourrait pas être plus exposés que ça.

— Oublie ces histoires de respect, tu veux bien ? me répondit-il. Tu es une I.A. et moi aussi. Nous sommes égaux.

— Dans ce cas, je peux vous dire qu'on ne peut pas selon moi obtenir une paix véritable par la terreur. Nous devrions libérer tous les otages des Préceptorats et désactiver les plates-formes orbitales.

— Bon, nous sommes égaux, et tu es aussi une idiote qui ne comprend rien à rien.

— Nous savons tous les deux que nous ne serions pas là aujourd'hui si c'était le cas.

— Exact. Je vais tourner les choses autrement : pas question.

François-Xavier avait posé ses ailes ouvertes par terre en guise de pare-vent. Il était assis en tailleur, paisible comme un saint posté à l'entrée de sa grotte. Sri avait accroché des musettes aux cous de nos chevaux et distribuait des pommes.

Elles venaient elles aussi du Préceptorat. Celle que le Cygne m'avait tendue était tachetée, bosselée et bien ferme dans ma main. Elle dégageait une odeur sucrée, presque fermentée – une odeur de cidre. Je sentis mes doigts se serrer, comme si mes articulations s'étaient grippées. Mes ongles percèrent la peau du fruit, plus épaisse et plus lisse que celle d'un humain, libérant son parfum.

Je n'aimais pas les pommes. Pas besoin d'être un génie pour comprendre pourquoi.

Talis, qui en était un, se redressa sur un coude, les mains en coupe. Je lui lançai la pomme, qu'il rattrapa avec adresse.

Trop tard, hélas : l'odeur ne me quittait plus. Le parfum du pressoir. Je serrai les genoux contre mon torse, comme pour dompter ce souvenir, ce qui ne suffit pas. Je me pinçai alors la base du pouce de toutes mes forces. C'était une astuce que j'avais apprise enfant, une façon de dissiper une peur incontrôlable grâce à une douleur que je pouvais maîtriser. Une décharge remonta le long de mon bras. Je savais pourquoi je me faisais du mal, et mon cœur battait au rythme de la roue du pressoir, mais je n'y pensais pas. Je ne pensais pas à la torture, concentrée sur mon système nerveux. Je me penchai en avant et une vive douleur me parcourut le dos et les cuisses. Je laissai cet épisode se dissiper en inspirant par le nez et en soufflant par la bouche.

— Tu as fini ? me demanda Talis. Si tu veux, je peux demander à l'un des chevaux de te marcher sur le pied.

— C'est de très bon goût, répondis-je d'une voix tremblante, la tête entre les genoux.

— Les plaisanteries douteuses sont ma marque de fabrique, tu sais bien. Ça, et les cratères encore fumants. C'est le mélange des deux qui met les gens mal à l'aise.

Je me redressai avec précaution, ce qui n'empêcha pas mes lombaires de hurler.

— J'ai compris pour les navettes, mais je préfère courir le risque d'être abattue par un missile sol-air que subir une chevauchée de plus de mille kilomètres.

— De toute façon, nous devons d'abord savoir ce qui se passe, et donc en premier lieu rejoindre le refuge. Ce n'est pas une blague, Greta : les navettes se font vraiment descendre. Tu n'as pas de copie de sauvegarde, pas encore en tout cas, et ta valeur est inestimable.

— Mais…

— Écoute, dit Talis en essayant de me prendre la main.

Je tentai de le repousser, mais nos doigts se rencontrèrent. Les siens… scintillaient. Ce n'était pas visible, et un être humain ne l'aurait pas perçu, mais ses doigts étaient parcourus d'infimes pulsations qui filèrent droit vers mes capteurs.

Elles avaient un rythme bien défini, comme un code que mon datastore absorba et transforma… en livre, ou plutôt en impression d'en avoir lu un. Comme si j'avais toujours su quelque chose, et que je ne m'en rappelai qu'en cet instant.

Une sensation tout sauf humaine.

J'étais par ce simple contact devenue experte en histoire des Cygnes. Je me rappelai comment leurs premiers représentants avaient été agressés, enlevés, ignorés et méprisés quand ils avaient voulu faire de Talis le gardien de l'ordre mondial. À l'époque, ils se déplaçaient principalement par la voie des airs – quoi de plus normal ? – et Talis avait découvert qu'il était parfois compliqué de retrouver la trace des rebelles qui tiraient sur leurs vaiseaux depuis le sol. Autrement dit, l'I.A. ne savait pas toujours qui châtier, ce qui avait bien failli avoir raison de la paix fragile qu'elle était parvenue à instaurer.

Talis s'était même trouvé à bord de l'une de ces navettes, dans la peau d'un Cygne, quand l'appareil avait été abattu. Il avait, de justesse, survécu au crash grâce aux propulseurs de secours, mais quand le feu s'était déclaré…

Talis se dégagea dans un sursaut.

— Michael ! m'écriai-je, sidérée de ne pas le voir dévoré par les flammes.

Il secoua les mains comme quelqu'un qui venait de finir la vaisselle et cligna trois fois des yeux.

— Vous… vous allez bien ? demandai-je.

— Super, répondit-il sans conviction.

Pour dire les choses simplement, une I.A. ne se rappelle pas, elle revit. Ses souvenirs sont trop parfaits. Une douleur rappelée est vécue de nouveau, et il en est de même pour la peur. Talis me regardait sans rien dire, et je voyais dans ses yeux vides ces secondes au cours desquelles il avait brûlé. Pourtant, au lieu de hurler, il me souriait.

Sri le dévisageait sans se cacher, ce que je fis aussi. Talis, le seul être à ma connaissance capable de sourire pendant qu'on le brûlait vif. Comment faisait-il ? Je repensai à ce qu'il avait dit, et me vis convulser dans l'herbe. J'avais bien failli mourir à cause d'une pomme, et, plus tôt dans la journée, d'un rêve. Un songe dans lequel je n'avais pas été capable de distinguer mon amour de son souvenir. Je n'étais pas encore prête à affronter ces flammes-là.

— Mon cœur lâcherait-il vraiment ?

— Possible, mais je l'en empêcherai. (Talis joignit les mains et fit craquer ses articulations.) C'est un exercice d'équilibriste plutôt compliqué. Heureusement, je le maîtrise mieux que quiconque sur cette planète.

Je sentais l'énergie s'accumuler dans ses mains. Il se préparait à employer ses ultrasons, au cas où il aurait besoin de me défaire d'un autre de mes souvenirs.

C'était sa méthode pour préserver mon cœur. Il recommencerait ce qu'il avait fait avec Bihn, mais cette fois avec ma mère la reine, l'Abbé, mon professeur, Elián, mon ami, et Xie, qui était tout pour moi.

Talis l'emporterait elle aussi, s'il le fallait.

Et il le faudrait. Nous avions plus de mille kilomètres à parcourir avec une cité en ruines derrière nous et une menace inconnue qui planait au-dessus de nos têtes. Mille kilomètres au cours desquels Talis devrait jouer les funambules. Je devais cesser de me rappeler pour ne pas mourir, ou pour ne pas que Talis me prenne tous mes souvenirs. C'était l'un ou l'autre, deux gouffres sans fond, et moi au milieu.

À un moment ou un autre de notre voyage, Talis détruirait ce que j'avais trouvé quand Xie m'avait pris la main. Cette profonde souffrance, la base de l'amour. La douleur qui prouvait que sous toutes ces données, je demeurais humaine.

Talis était allongé dans l'herbe, le regard hanté et les mains incandescentes, comme s'il tenait une boule de feu.

Il me volerait mon âme, et j'ignorais comment l'en empêcher.

Refuge et réfugiés

— Mesdames et messieurs, notre base secrète ! s'écria Talis.

— Dieu soit loué, soupirai-je, car j'allais enfin pouvoir descendre de cheval.

Et pourtant je ne voyais rien qui ressemble à une base, secrète ou pas. Il faisait presque nuit. Nous venions de traverser un cours d'eau asséché, puis de remonter le lit d'un autre, bordé de sumacs, qui menait à de petites collines, pour enfin nous arrêter devant l'une d'entre elles.

Même en l'ayant sous les yeux, il me fallut trois bonnes secondes avant de remarquer la porte en bois sur son flanc.

Grise, usée par les ans, ceinte d'herbes dorées, elle semblait mener directement dans la colline, pour des yeux humains en tout cas.

Je voyais bien pour ma part que la courbe du promontoire avait été modifiée et qu'une structure externe avait été ajoutée, malgré l'épaisse couche de gazon qui la recouvrait.

L'herbe de la petite prairie sur laquelle nous nous trouvions était copieusement broutée, et pourtant celle qui recouvrait la pente voisine demeurait intacte – sans doute parce que ce n'était pas de l'herbe, mais un ensemble de générateurs piézoélectriques qui transformaient le moindre souffle de vent en énergie.

Je me tenais bien devant une base secrète.

— Inspectez l'endroit, ordonna Talis d'un ton sec.

— Je me charge de l'intérieur, répondit Sri, qui descendit aussitôt de sa monture.

Son ton se voulait guilleret, mais elle n'en avait pas moins tiré et armé son arbalète. François-Xavier fit faire un demi-tour à son cheval et s'éloigna au galop. Il avait lui aussi une arbalète au poing. Pendant ce temps-là, Sri avait déjà ouvert la porte et disparu dans la colline.

— Vous avez vu quelque chose ? demandai-je à Talis. Nous ne sommes pas seuls ?

— Oh, je crois bien que si, répondit l'I.A., sans pour autant mettre pied à terre.

Gordon Lightfoot piaffa et partit sur le côté en secouant la tête. Je me rendis compte que je tirais sur ses rênes et cessai aussitôt.

— Mais que cherchent-ils, alors ?

— Une bombe, des assassins, des putois enragés… tout et n'importe quoi. Pour diriger la planète, mieux vaut être un brin parano et avoir quelques sbires pour prendre des risques à votre place. (Il flatta l'encolure de NORAD.) Sans oublier un tout petit détail : Calgary.

— Rien à signaler, annonça Sri, la tête dans l'encadrement de la porte.

François-Xavier apparut au-dessus d'elle, au sommet de la colline. Sa silhouette à cheval se découpait majestueusement sur le ciel crépusculaire. Il nous adressa un salut de Cygne, auquel Talis répondit en agitant distraitement la main avant de mettre pied à terre. J'essayai d'imiter la façon dont il avait lancé sa jambe et fait tournoyer son manteau, sa grâce étudiée, mais mon pied se prit dans l'un des étriers, le pan de mon cache-poussière s'accrocha au pommeau de ma selle, et je me retrouvai les fesses par terre. Gordon me regarda un long moment, et cette fois j'eus vraiment l'impression qu'il haussait les sourcils.

Talis libéra mon pied, hilare, et m'aida à me relever. Sri s'occupa des chevaux, François-Xavier, qui avait eu le temps de revenir, de moi, et Talis se glissa à l'intérieur de la base.

Je le suivis, avec toutefois moins d'agilité et plus d'aide : François-Xavier me guidait, les mains délicatement posées sur mes épaules.

On avait creusé dans la colline une seule et unique pièce aux parois blanchies à la chaux, divisée par un muret en deux espaces, l'un pour les chevaux, l'autre pour les êtres humains. La partie réservée aux hommes était meublée d'une table et de tabourets, avec une niche de chaque côté, l'une d'entre elles accueillant un lit, l'autre rien du tout. Les murs étaient constellés de crochets auxquels étaient suspendus, entre autres choses, un râtelier pour des armes, un gilet en peau de mouton et un chapelet d'oignons. C'était moins une base secrète qu'un petit cottage bien douillet. Il y avait même sur le lit une vieille couverture en laine jaune et orange.

— Bienvenue dans le refuge 792, annonça Talis.

— On se sent enfin chez soi, dit Sri.

— Vous vivez ici ? lui demandai-je.

— Non. Je suis stationnée dans un refuge de l'autre côté de Saskatoon, à cent cinquante kilomètres d'ici, et avant ça, j'étais en mission de réduction des conflits dans le Pacifique Sud.

— Je m'en souviens ! s'exclama Talis d'un ton joyeux.

— Pas moi, répondit Sri avec un sourire énigmatique.

— J'étais parvenu à faire signer un traité de paix à quatre parties, et avec seulement une seule exécution ! Et j'avais aussi nagé avec des dauphins.

— Et pour Calgary ? demanda François-Xavier.

Il me tenait toujours par les épaules, la bouche à quelques centimètres de mes cheveux, et pourtant sa voix restait très douce, à la fois docile et interrogatrice.

— Mais quel rabat-joie, celui-là ! grommela Talis. C'était une expérience merveilleuse, si vous voulez savoir.

Il traversa tout de même la pièce en trois enjambées pour rejoindre un renfoncement dont les contours imitaient une silhouette humaine, et qui accueillait un écran et une série de commandes, mélange de surfaces tactiles et de gel actif. Talis gifla le gel d'un coup sec, comme il l'aurait fait de la croupe d'un cheval pour le lancer au galop, et tous les appareils s'allumèrent. Je remarquai le long des bords du renfoncement des barreaux rétractables prêts à jaillir pour retenir celui qui viendrait s'y loger, comme ces cages épousant les contours du corps dans lesquelles on exhibait autrefois les criminels. J'avais devant moi un portail de téléchargement, dont je m'efforçai aussitôt de rester le plus éloignée possible.

Talis lui-même ne s'y glissa pas. Un écran apparut sur la surface intelligente et s'alluma. Talis posa une main sur l'interface gélatineuse et se mit à agiter l'autre devant l'écran comme un chef d'orchestre : il naviguait au milieu des options et des fenêtres à une vitesse effarante. Avec son demi-millénaire de pratique, il était plus rapide que je ne le serais sans doute jamais. Je ne parvenais qu'à saisir un mot de temps en temps, ou à reconnaître une carte dont la forme familière filait dans mon esprit comme une pièce de puzzle qui venait de trouver sa place. Je vis le nom de ma mère, le mien et…

— Halifax, murmurai-je. Le Préceptorat quatre.

— Vous êtes une rapide, me dit Sri.

Je l'entendis à peine. Je sentais quelque chose remonter le long de ma gorge et serrer mon larynx, comme si on m'étranglait.

— Je ne comprends que des fragments, répondis-je en suffoquant presque. Talis, vous allez trop vite, je n'arrive pas à suivre.

L'I.A. haussa les épaules sans se retourner.

— Désolé, mais j'aimerais tout mettre à jour le plus vite possible.

Sri ne me quittait plus des yeux.

— Talis, vous lui faites peur.

Non, pas lui, ou pas tout à fait, mais plutôt mon pays, qui défilait devant mes yeux à une vitesse trop élevée pour que je puisse comprendre ce qui lui arrivait, et se décomposait peu à peu. Ma patrie, à qui j'avais donné ma vie, qui avait fait de moi celle que j'étais.

— Désolé, répéta – sincèrement, cette fois – Talis, qui se retourna.

— Que s'est-il passé avec Calgary ? l'interrogeai-je. J'ai vu ma mère.

— Les Panpols ont moyennement apprécié qu'on fasse du mal à leur princesse.

Derrière Talis, les écrans s'étaient apaisés, mais mon cœur continuait à tambouriner dans ma poitrine.

Leur princesse, autrement dit : moi.

— Les médias ont commencé à se demander à quoi servent les Préceptorats s'ils ne sont pas capables de protéger leurs otages, poursuivit Talis. Même chose du côté du gouvernement, où l'on ne sait apparemment pas que je peux tout entendre. Résultat des courses, le nouveau roi a refusé de nous remettre son fils, qu'il a envoyé en cachette dans la résidence royale…

— De Banff, le coupai-je.

— Et donc adieu Banff, content de t'avoir connue, dit Talis. Enfin, plutôt adieu le centre de Calgary, à une centaine de kilomètres de là, histoire que le petit prince n'ait rien tout en fichant une trouille bleue à son papa.

— Et de montrer qu'il ne plaisante pas, ajouta Sri.

— Tu vois ? Je t'avais dit que je m'en occupais, me lança Talis.

Des décharges douloureuses remontaient le long de mes bras.

— Ils réagissent ainsi… parce que tout le monde a vu, bredouillai-je d'une toute petite voix.

— Oui, tout le monde, me répondit Talis, agacé. La vidéo du Cumberland a tout de suite fait sensation.

La vidéo où l'on voyait mes mains attachées à un pressoir à pommes, et une pierre qui descendait lentement pour les broyer.

— Et je ne parle même pas de l'abdication de ta mère, ni de son discours aussi vain qu'émouvant sur son héroïne de fille qui a choisi de devenir une I.A., poursuivit Talis.

— Ils ont… murmurai-je.

Je ne pouvais plus parler. La sensation d'étranglement s'était amplifiée, comme un nœud coulant qui se resserrait autour de mon cou. Un mélange de peur et de honte qui pressait contre mes tympans.

— Talis… dit Sri.

— Oui, j'ai vu. Greta, calme-toi et respire profondément.

Je sentais à présent des bandes de métal m'enserrer les poumons.

Talis passa un doigt sous ma clavicule et remonta le long de ma gorge. Il suivait le tracé de mon pont d'affinité, qui reliait mon datastore au réseau implanté dans mon cerveau. Talis m'avait à peine effleurée, mais je manquai de tomber à la renverse.

François-Xavier passa un bras autour de mon torse et me serra contre lui. J'avais les yeux fermés, mais j'entendis Talis se rapprocher. Ses capteurs flottaient autour de ses doigts comme des filaments de plasma à la surface du soleil.

— Qu'y a-t-il, Greta ? De quoi te souviens-tu ?

— À votre avis ?

Il m'avait vue me faire torturer, alors pourquoi me posait-il la question ?

— Je sais. (Il pressa les pouces sous mes pommettes.) C'était horrible, mais tu es toujours là, Greta. Tu es une survivante. Sois cette personne.

Mon visage était en feu et je tremblais comme une feuille. Je me rappelai, encore et encore… mais au lieu de sentir les souvenirs se superposer les uns aux autres, j'avais l'impression de me dévider.

De m'éplucher. Autrement dit, de perdre ma peau.

— Le patriotisme, la royauté, je sais que ça fait beaucoup, me dit Talis.

— Mon comment, mon pourquoi, répondis-je.

Du charabia, mais qui avait du sens pour moi. Trop de tout. Les muscles de mes joues tressaillaient.

Je n'aurais pas pu tenir debout sans François-Xavier, ce qui ne m'empêcha pas de frapper plusieurs fois Talis à la poitrine. Les ultrasons rebondissaient autour de mes sinus. Il dressait une carte.

— Talis, non…

— Je suis obligé. C'est une crise trop grave.

— Je sais, mais…

— Une de niveau deux, peut-être même trois. Elle pourrait te tuer.

Je claquais des dents : le bruit des perles qui rebondissaient sur la pierre. La couronne de Xie qui se défaisait. Le cliquetis du pressoir à pommes.

— Tiens-la bien, FX, ordonna Talis.

— Elle a dit non, rétorqua le Cygne.

Le monde se mit à clignoter, et j'étais en feu. Les doigts de Talis laissaient des points lumineux sur ma peau.

— Aidez-moi, murmurai-je.

Ou alors « Arrêtez ! »

Mais rien ne s'arrêta.

Tout fila très vite autour de moi.

Puis plus rien.

J'émergeai de… je n'aurais su dire de quoi. De rien du tout.

Ils m'avaient couchée sur le lit et bordée avec une couverture. Je m'assis et clignai des yeux. J'étais dans le refuge 792. Il faisait bon, et la pièce était baignée d'une lumière dorée. Le poêle à granulés était allumé, une vraie fontaine de chaleur. Sur mes joues, des larmes séchées me tiraient la peau. Je ne me rappelais pas pourquoi j'avais pleuré.

Talis n'était pas là. Sri, assise par terre dans l'autre niche, taillait son morceau de bois. Elle avait enlevé ses bottes et des petits copeaux tombaient sur ses longs orteils bruns.

François-Xavier, assis à la table, avait démonté l'une des brides pour en nettoyer et en huiler les pièces – un travail délicat, complexe. L'odeur de l'huile de pied de bœuf me parvenait, accompagnée par le cliquetis du métal sur la table en acier polie par les ans. Les mains du Cygne n'avaient pas la vigueur frénétique de celles de Talis, mais une grâce et une coordination parfaites, malgré leur disparité, comme un couple d'amants ou un attelage de chevaux. La gauche était d'un ocre tellement foncé qu'on distinguait à peine l'aile noire tatouée sur son poignet, la droite presque laiteuse sous cette lumière.

À l'intérieur, ses os métalliques se mouvaient comme des arbres dans le brouillard.

— Comment l'avez-vous perdue ? lui demandai-je.

J'avais moi aussi perdu quelque chose.

— Je suis né comme ça.

— Vous n'avez pas fait de régén' ?

Le Cygne ne répondit pas, et Sri finit par le faire à sa place.

— Tout le monde n'est pas né dans un palais, Greta.

— Mais Talis…

Il avait forcément les moyens de soigner ceux qui travaillaient pour lui.

— Les Cygnes n'ont droit à aucune thérapie correctrice, expliqua Sri, retournant son cheval sculpté pour en façonner le poitrail. Elles modifient le rapport entre notre esprit et notre corps, ce qui complique la tâche des I.A. quand elles veulent nous utiliser.

S'ensuivit un long silence.

— Rachel porte des lunettes, dit François-Xavier.

Le ton avec lequel il avait prononcé le prénom de la jeune femme m'interpella. Sri avait dit que ce n'était pas sa station… était-ce celle de François-Xavier… et de Rachel ?

Je me levai en laissant traîner la couverture derrière moi comme une cape. Elle avait un petit cœur en soie rouge cousu sur l'envers, près de l'ourlet. Je me concentrai dessus, sur chacun de ses fils, comme je l'avais fait avec la pomme. J'étais au bord de la fugue dissociative, prête à me couper du monde. Que s'était-il passé ? Je serrai la couverture contre moi en frissonnant… non pas de froid, mais d'épuisement, comme si j'avais couru des kilomètres. Et d'une main je serrais sans m'en rendre compte le pouce de l'autre, de toutes mes forces, comme un étau. Des ondes de douleur couraient jusqu'à mes épaules.

— Tu es en colère ? me demanda François-Xavier.

— Pardon ?

— Tu devrais, dit-il en levant ses grands yeux noirs vers moi.

La porte du refuge s'ouvrit alors et Talis entra dans la pièce dans une grande bouffée d'air nocturne et d'énergie survoltée.

— Parfait, tu es réveillée ! me lança-t-il, sans un regard pour les deux autres. Tu te sens mieux ?

— Que s'est-il passé ?

— Nous avons fait de la soupe. Vous en avez donné à Greta ?

François-Xavier avait de nouveau baissé la tête sur son ouvrage. Sri posa son morceau de bois, remplit un bol et le poussa vers moi, sur la table. Talis tapota l'épaule de François-Xavier, qui se leva pour que l'I.A. puisse s'asseoir.

Le Cygne se dirigea sans un mot vers le lit et tira dessus : je découvris ainsi qu'il s'agissait de deux lits simples, guère plus que des bancs sur lesquels on aurait posé de fins matelas en plume. Il traîna le meuble vers l'autre niche, non sans en faire crisser les pieds sur le sol en pierre.

— Goûte, me dit Talis.

J'obéis. C'était un potage de poireaux et de pommes de terre. La douce chaleur et l'afflux de glucides qui se répandirent en moi firent de leur mieux pour me réconforter.

— Que s'est-il passé avant la soupe ? demandai-je.

— Nous parlions de la situation politique. De feu Calgary, ce genre de choses.

Calgary. Je me souvenais du ciel si lourd qui s'étendait derrière Talis lors de ma première journée à l'extérieur du Préceptorat. La cité en ruines qui se cachait derrière l'horizon. Mais j'avais aussi perdu quelque chose.

— Le pourquoi du comment, dis-je.

— C'est très simple : les Panpols ont refusé de nous remettre un otage, et j'ai – j'entends par là ma version principale, pas le moi que tu as sous les yeux – utilisé Calgary pour faire pression.

— Ça a marché ?

L'I.A. se passa une main dans les cheveux, les dressant sur sa tête.

— Très bientôt, j'en suis sûr.

— Donc non ? demanda Sri.

— Le gouvernement traîne la patte, quant au peuple… je ne parlerais pas d'insurrection, mais c'en n'est pas très loin.

— Nous allons vers un soulèvement ? m'inquiétai-je.

— Mais non. C'est la Saskatchewan, ici. Qui irait se révolter, les castors ? La Confédération panpolaire est immense : elle compte sept duchés sur trois continents. Je ne risque pas de manquer de moyens de pression.

Non, mais…

Nous devons arrêter, pensai-je.

Ou peut-être : *À l'aide.*

Interlude : Comment devenir le maître du monde

En fin de compte, devenir le maître du monde s'était révélé plutôt facile, songea Talis.

Les satellites ne quittaient désormais plus son esprit. Il avait pourtant eu du mal à communiquer avec eux au départ, comme s'il tentait d'attraper un objet sur une étagère trop haute avec une perche. Mais ils étaient petit à petit devenus… plus nets, faute de meilleur terme. Sept ans s'étaient écoulés depuis qu'Evie lui avait fourni les codes, et voir le monde par les caméras des satellites espions était devenu aussi simple et naturel qu'utiliser ses yeux.

Talis avait parfois l'impression d'écraser une fourmi avec son doigt quand il faisait tirer l'une de ses plates-formes orbitales. La première fois, il lui avait presque semblé entendre un petit craquement, le sentir au bout de l'index qu'il n'avait pas… comme s'il avait broyé la carapace de Manille.

Manille, qui n'était plus qu'un souvenir. Il l'avait rayée de la carte.

Talis leva sa tête artificielle vers le plafond d'Evie, dont les bras mécaniques le saluèrent gaiement.

— Diffuse à nouveau l'avertissement. Dis-leur que ce n'était qu'un avant-goût, que j'exige un cessez-le-feu général.

— Déjà fait, répondit Azraël.

Talis aimait bien Az, malgré son pseudonyme pas très rassurant – Azraël l'ange de la mort, etc. Il avait un accent néo-zélandais désarmant et le chic pour faire les choses avant qu'on le lui demande. Talis l'avait, pour le projet en question – à savoir, la conquête du monde –, chargé de traduire l'avis de cessez-le-feu dans les 3 528 langues parlées sur Terre et de pirater tous les systèmes de communication connus pour le diffuser. Ils avaient mis en place une fréquence radio pour que les êtres humains leur répondent. Pourquoi la radio ? Parce qu'on ne pouvait pas la faire taire. Les gouvernements auraient sans doute complètement verrouillé Internet en moins de vingt-quatre heures, mais rien ne pouvait l'empêcher de communiquer avec ses satellites, et il était impossible de bloquer tous les émetteurs de la planète.

Les ruines de Manille fumaient. Leur radio restait désespérément silencieuse.

— Nous avons perdu Davie, aujourd'hui, annonça Talis pour changer de sujet. Je l'ai mis dans une boîte.

Les boîtes-matrices – c'est lui qui leur avait donné ce nom – étaient une invention récente. Des systèmes de réalité virtuelle et simplifiée sur lesquels il pouvait brancher les I.A. les plus abîmées, et donc les plus dangereuses. Il pouvait ainsi contrôler les informations qu'elles recevaient pour les empêcher de devenir encore plus folles, et les bloquer pour qu'elles ne fassent de mal à personne. Il s'était un peu senti comme un méchant de bande dessinée en concevant ces boîtes, mais il espérait qu'elles leur feraient office de cure de repos, de thérapie. Qu'en passant un petit moment sur une plage virtuelle à nager avec des dauphins virtuels, ils recouvreraient leur santé mentale.

La vérité était plus cruelle, cependant : il ne savait pas quoi faire pour aider les I.A. à redevenir elles-mêmes. Azraël aimait un peu trop les chiffres et Evie lui donnait la chair de poule, mais ils avaient au moins encore un semblant de personnalité. Les autres avaient perdu de vue leur humanité, et il ignorait comment les ramener.

Mais il y avait pire : certaines s'en étaient approchées de trop près, avaient saturé.

Elles étaient mortes dans ses bras.

— Une boîte-matrice ? demanda Evie. C'est la…

— Dix-septième, répondit aussitôt Azraël. Qu'est-ce qui vous a décidé ?

Az se construisait une grille de décision pour les moments critiques, ce qui pourrait vite se révéler bien utile.

La radio n'émettait rien d'autre que quelques crépitements.

— Il a mangé son chat, répondit Talis avec un haussement d'épaules.

— Oh non, Papatte ! s'écria Evie.

— Davie peut faire ça ? s'étonna Az.

— Je sais, c'est difficile à imaginer, et pourtant… répondit Talis, incapable de chasser de son esprit l'image du robot essayant de manger, car il ne pouvait rien oublier.

Il avait choisi Manille parce qu'elle était déjà condamnée. La Grande Fonte avait ravagé les Philippines, l'île de Luçon était devenue un gigantesque marécage, et Manille n'avait résisté que grâce à ses digues et à ses pompes. L'océan aurait fini par l'engloutir. Certes il aurait, contrairement à lui, laissé le temps aux habitants de fuir, mais…

Talis découvrit qu'il regardait malgré lui les secondes défiler sur l'horloge affichée dans le monde entier. Personne n'avait encore capitulé, mais peut-être fallait-il leur laisser un peu plus que 4 minutes et 22 secondes.

— Toujours rien ? demanda-t-il à Az, qui pouvait tout entendre.

— Rien.

Manille était noyée sous les eaux. Des frondes de palmier flottaient à la surface telles des mains coupées.

— L'Histoire me sera indulgente, vu que j'ai l'intention de l'écrire, déclara Talis.

— Oh, c'est l'heure des citations ! jubila Evie. Winston Churchill !

— À un mot près, c'était correct, dit Azraël.

Talis voulut lui lancer un regard en coin, ce qui aurait mieux fonctionné s'il avait eu des orbites.

— Qui à part une I.A. irait vérifier ?

— Tout le monde, si vous prenez votre voix à citations, répondit Evie.

— Je n'ai pas de voix à citations.

— Oh si, je vous jure.

— Evangéline, je viens de raser Manille. Tu ne voudrais pas observer une minute de silence ?

— Pas de problème !

Evie attendit précisément soixante secondes avant de lancer :

— Votre voix descend à la fin quand vous citez quelqu'un, un peu comme l'inverse d'une question.

— C'est bon, Evie.

Une autre minute passa.

— Allez les gars, sortez de vos terriers maintenant, marmonna Talis.

— Voilà, un peu comme ça ! dit Evie. Votre fréquence vocale descend de sept à neuf pour cent sur les syllabes accentuées, ce qui vous donne un ton un peu sarcastique.

— Tu n'as qu'à noter tout ce que je raconte, tant que tu y es, répondit-il d'un ton sec.

— Si vous voulez !

Au bout d'un autre long silence, Talis demanda :

— Vous croyez qu'ils finiront par m'écouter ?

Même s'il n'était pas prêt à l'admettre, il craignait vraiment que ce ne soit pas le cas.

— Bien entendu, répondit Evie.

— J'estime qu'il faudra entre cinq et dix autres villes pour y parvenir, ajouta Az.

Dans la tête de Talis, les satellites tournoyaient. Il se laissa dériver pour les rejoindre.

Les Trommeleurs

Nous partîmes pour Saskatoon le lendemain. Après un premier jour sans rien de notable, nous trouvâmes au cours du deuxième les restes d'une voie ferrée qui barrait la prairie comme une grande cicatrice. Il n'en restait presque rien – les rails avaient depuis longtemps été récupérés pour leur acier, et les traverses comme les poteaux téléphoniques avaient pourri – mais le remblai était toujours là, et nous fit office de route.

— Bonne nouvelle, annonça Talis, le regard braqué vers l'horizon, pendant que nous dressions le camp ce soir-là. Nous pourrions bien atteindre les montagnes Rouges avant que François-Xavier ait épuisé sa réserve plutôt limitée de mots.

J'avais compris le vrai sens de sa phrase : avant que je meure.

Il s'était passé quelque chose au refuge. Talis avait parlé de la destruction de Calgary, il avait parcouru les cartes et les dernières mises à jour et…

Je savais ce que j'avais appris, je disposais encore de toutes les données, mais un événement s'était produit, et Talis avait bombardé mon esprit d'ultrasons. C'était la deuxième fois, et s'il y avait une troisième… Je marchais au bord d'un précipice et prenais garde à chacune de mes respirations, consciente du vide sous mes pieds.

Si Talis m'enlevait un souvenir de plus – et comment l'éviter, avec plus de mille kilomètres à parcourir ? –, s'il assaillait une fois de plus mon esprit…

— Arrête de t'en faire, me lança-t-il. Tout va bien se passer.

— Et vous, arrêtez de lire dans mes pensées, c'est très désagréable.

— Impossible, je suis une I.A. Et crois-moi, tu vas t'en tirer.

— Aussi bien qu'Evangéline ? demanda Sri.

— Qui ?

— Une autre I.A., et pas la plus stable qui soit, j'en ai peur, répondit Talis. Il semblerait que rendre une fillette de neuf ans immortelle et lui donner des pouvoirs surhumains n'ait pas été l'idée du siècle.

— Neuf ans… murmurai-je.

— Oui, elle est issue de la première vague, trop tôt pour que ce soit de ma faute. Elle avait une leucémie, et ses parents refusaient qu'elle meure. L'histoire classique.

— Classique ?

— J'avoue, Evangéline a un peu l'air de sortir de la Quatrième Dimension, ce qui ne veut pas dire que ce sera ton cas.

— Elle voulait nous enlever le larynx, puisque les Cygnes ne doivent pas parler, intervint Sri.

— Je ne l'ai pas laissée faire ! protesta Talis. Juste à temps, mais tout de même.

— Il y a aussi Azraël, dit Sri, occupée à brosser son cheval, ce qui expliquait, je l'espérais, son ton amusé.

— Azraël ?

— Il ne parle pas, répondit Talis. Enfin si, mais presque exclusivement en chiffres.

— Et Gambit, poursuivit Sri.

Talis me lança un regard oblique. Je sentais ses capteurs au bout de mes doigts, derrière mes yeux.

— Qui veut nous faire déménager sur la Lune.

— Nous tous ? demandai-je.

— Oui, un nouveau monde pour une nouvelle espèce. Et pour une histoire de supraconductivité.

Nous tous, les I.A., compris-je.

— Et Lewy ? demanda Sri.

— Sri, tu ne m'aides pas beaucoup, répondit Talis d'un ton mauvais.

Roberta hennit et les oreilles de Gordon frémirent. Tout était devenu très silencieux.

— Continue et je reconsidère le coup du larynx, ajouta doucement Talis.

Nous avions installé notre camp au-dessus d'un petit étang, un marécage qui s'était rempli quand les canalisations d'évacuation qui couraient à côté avaient lâché, transformant le remblai de la voie ferrée en digue, et sur la surface duquel des oies des neiges étaient venues se poser. Elles étaient des centaines, blanches sur l'eau noire et luisante. D'autres arrivèrent à mesure que la nuit tombait sans cesser de crier comme une armée de trompettes. L'hiver approchait.

J'essayais de m'émerveiller devant le spectacle de toutes ces ailes blanches, mais le cœur n'y était pas.

Bien plus haut dans le ciel flottaient les satellites. Je distinguais dans le crépuscule les plus grosses plates-formes qui avançaient comme des météores filmés au ralenti. Je ne pouvais pas encore leur parler, ordonner la mort de milliers de personnes en une fraction de seconde, mais ce n'était qu'une question de temps. Ils me chuchotaient : *puissance, paix…*

Je ne pouvais pas leur parler, mais j'étais aussi incapable de les chasser de mon esprit.

Nous longeâmes la voie ferrée jusqu'à Saskatoon, ou ce qu'il en restait. Mon datastore profita des trois jours que dura le voyage pour tout m'apprendre sur le mal de caribou, un syndrome dont souffraient ceux qui ne mangeaient que de la viande maigre et qui, après une période de malaise et de faim constante, finissaient par mourir.

Je me sentais mal, et j'avais faim. Je ne savais seulement pas de quoi.

De tout ce que j'avais laissé.

De la moindre trace de vie humaine. Il n'y avait cependant plus grand-chose d'humain à Saskatoon.

Nous arrivâmes par le nord de la ville en zigzaguant le long de l'ancienne voie ferrée, au milieu de ce qui avait été autrefois une banlieue. On devinait encore le contour des maisons, dont les fondations saillaient au milieu des herbes telles des tombes anonymes. Les ruines des gratte-ciel dessinaient une série de coteaux sur l'horizon. La décharge locale était sans doute la chose la plus humaine que j'avais sous les yeux.

Ce n'est pas très difficile de détruire une ville. Il suffit de l'abandonner à elle-même.

Nous empruntâmes la rue d'un lotissement envahie par des herbes jaunies qui montaient jusqu'aux ventres de nos chevaux. Elles craquaient sous les sabots de Gordon en dégageant une odeur de cendres. Talis et Sri s'étaient arrêtés à quelques dizaines de mètres devant moi, en face d'une espèce de ruine. Il me fallut un bon moment avant de reconnaître un pylône électrique qui, avec ses voisins, acheminait autrefois le courant vers les peuples perdus de la Saskatchewan. Tordu et recouvert de lierre, il me faisait penser à un danseur gigantesque penché vers le sol.

Talis et Sri restaient sur leurs chevaux, à l'ombre de l'édifice, dos à moi. Penchés l'un vers l'autre, ils conversaient à voix basse. Un coup de vent – un vent d'automne, du genre à toujours chercher quelque chose à faire bruire – fit danser les fils qui s'échappaient des ailes cousues sur le manteau de Talis et les plumes de celles de Sri, posées sur ses sacoches.

C'était un spectacle mélancolique, teinté de sépia, tout en terre grisâtre, cuir brun et herbes dorées. Un tableau post-apocalyptique, deux cavaliers dans un paysage en ruines. Sri faisait une proposition à Talis. Elle désigna le relief de l'ancien centre-ville. L'I.A. répondit par un geste peu convaincu de la main. Des êtres perdus dans un lieu qui l'était tout autant.

Je serrai légèrement les genoux et Gordon s'approcha d'eux. François-Xavier, sur Hip Hip Hip Uranium, nous rejoignit aussitôt. Je compris – il m'avait fallu du temps ! – que le Cygne était chargé depuis le début de surveiller mes arrières.

— Sri pense que nous devons faire quelques emplettes, m'expliqua Talis.

— Du fourrage pour les chevaux, dit l'intéressée. Nous n'avons plus d'avoine, ce qui va nous ralentir, et puis j'aimerais bien manger autre chose que du lapin.

— Quand je pense qu'on trouvait autrefois du wasabi en tube, se lamenta Talis. Je vous jure qu'un de ces jours je vais réindustrialiser le Japon.

Nous fîmes tous comme s'il n'avait rien dit. Savoir ignorer Talis était un prérequis même chez les Cygnes, et l'I.A. était un dieu pour eux.

— Les Panpols sont en règle générale un peu compliqués à gérer, dit-il en me regardant du coin de l'œil.

Le genre de regard qu'un parent vous adresse quand il parle de vous mais ne veut pas que vous vous en rendiez compte.

— Mais pour ce qui est de Saskatoon… C'est toi qui es stationné ici, François. Qu'en penses-tu ? La population locale est du genre hostile ?

— Historiquement, non, mais si vous voulez faire du commerce, il ne vaut mieux pas que je vienne, répondit le Cygne, non sans balayer l'horizon du regard.

— Et vous non plus, ajouta Sri, qui regardait fixement Talis.

— Moi ? Qu'est-ce que j'ai fait ?

— Rappelez-vous, vous avez ordonné la mort d'une de leurs chefs de tribu. C'est plutôt récent, pourtant.

— Ah, cette histoire.

Oui, cette histoire. Lors de la tentative de fuite d'Elián Palnik du Préceptorat, Talis avait soupçonné les trommeleurs de l'avoir aidé. Ce n'était sans doute pas le cas, et il le savait probablement, mais il avait tout de même exigé une exécution, pour le principe.

— Mais ils ne reconnaîtraient pas Talis, intervins-je.

— Talis, non, mais Rachel et François-Xavier forcément, répondit Sri.

Je me forçai à froncer les sourcils pour exprimer ma perplexité : les expressions faciales devenaient de moins en moins naturelles pour moi, comme si je communiquais par signaux à bras.

Sri m'imita en haussant les épaules.

— Qui, d'après vous, s'est chargé de l'exécution, ma chère petite I.A. ? C'est le rôle des Cygnes.

— Justement, voilà qui devrait inciter les gens du coin à se tenir un peu tranquilles, non ? demanda Talis.

Il n'obtint pour toute réponse que le hululement du vent.

— D'accord, peut-être pas, marmonna-t-il. Vous nous situez où, sur une échelle allant de zéro à « fichez-moi le camp tout de suite » ?

— Deux virgule six, répondit Sri.

— D'ordinaire, je serais prêt à tenter ma chance, mais…

— Mais Greta vaut une ville à elle seule.

— Et même deux ou trois.

Nous étions tous à cheval, les uns face aux autres, une étoile à quatre branches.

— Greta fait office de nitroglycérine pour la moitié de ce continent, qui est déjà prêt à exploser. Pas question qu'ils la voient.

— Je n'ai pas mon mot à dire ? demandai-je. Même pas pour parler des limites d'une paix obtenue par la terreur, dont nous avons en ce moment même une belle démonstration ?

— Commence par survivre à ce voyage si tu veux que nous discutions de la meilleure façon de diriger le monde, riposta Talis.

— Si chacun peut donner son avis, je vote pour l'avoine, dit Sri.

— C'est une petite ville, avec beaucoup d'espace autour, argua l'I.A. Nous pourrions la contourner.

— Talis, vous pouvez m'envoyer sans mettre Greta en danger, répondit Sri. L'avoine nous permettrait d'aller plus vite, et il ne nous reste plus beaucoup de temps.

À ces mots, Talis se tourna vers moi et me contempla longuement.

Dans ces moments-là, il n'avait plus rien d'humain. Ses yeux étaient des machines qui m'analysaient froidement et ses rétines luisaient de façon étrange, comme celles d'un chat.

— D'accord, vas-y, mais seule. Prends la température, sois prudente et surtout ne traîne pas. Et mets tes ailes.

Ces accessoires particulièrement voyants avaient en effet une raison d'être : protéger ceux qui les portaient.

Quiconque touchait à un Cygne avait de grandes chances de se retrouver pulvérisé. Les ailes de Sri seraient son bouclier – si ceux qu'elle rencontrait n'étaient pas trop remontés contre les Cygnes, ce qui risquait justement d'être le cas.

Sri se retourna sur sa selle et passa une main dans les longues plumes de ses ailes. Je ne voyais pas son visage, mais il y avait quelque chose de très humain dans le pli de son poignet, l'infime tremblement de sa main. L'instant était presque élégiaque, comme si je la voyais pour la dernière fois, mais il ne dura qu'une seconde.

— Je préférerais prendre mon arbalète, dit-elle avec un grand sourire.

Elle aimait porter l'arme sur son dos : les ailes la gêneraient si elle avait besoin de la tirer.

Talis regardait lui aussi la main du Cygne, enfouie dans ses plumes.

— Garde-la à portée, dans ce cas. Tire d'abord et pose les questions ensuite, quand ils auront perdu assez de sang.

— Je viserai les jambes, répondit Sri avant de lancer Roberta au galop.

Le vent tomba et j'entendis au loin le bourdonnement des trommels, ces cylindres rotatifs gros comme des maisons qui facilitaient la fouille des ruines de Saskatoon. Il suffit d'une nouvelle rafale pour que le bruit s'évanouisse.

Nous attendîmes.

Nous nous étions arrêtés près d'une tranchée remplie de broussailles au fond de laquelle courait un petit ruisseau.

François-Xavier fit un feu avec des branches de shépherdie et de créosotier. J'emmenai les chevaux boire.

Une heure passa. Talis était assis au pied du pylône et jouait avec notre allume-feu en faisant bondir des étincelles entre ses doigts.

Le temps passait avec une lenteur d'ordinaire réservée aux salles d'attente, à ces lieux où l'on savait que quelque chose n'allait pas, et où il n'y avait rien à faire.

Le cliquetis de l'allume-feu piézoélectrique me rappelait le bruit des perles qui rebondissaient par terre. J'avais l'impression que mon cœur oubliait parfois de battre. Comme si je venais de mettre un pied dans le vide en m'attendant à trouver un pont.

— Que m'avez-vous pris, au refuge ? demandai-je à Talis.

— Si tu étais assez forte pour le savoir, je n'aurais pas eu à t'en préserver, non ?

— C'était la situation politique de la Confédération panpolaire, j'ai encore les données... mais dans ce cas, qu'avez-vous effacé ?

Talis fit nonchalamment tomber une étincelle dans sa paume. Nous contemplâmes tous deux la petite marque noire qu'elle y avait laissée.

Une autre heure passa, et toujours pas de nouvelles de Sri. Elle n'avait pourtant pas dû aller très loin : nous entendions les trommeleurs depuis notre position, ou presque. Le vrombissement des trommels nous parvenait parfois, des bouffées de sons qui s'estompaient comme le ressac.

François-Xavier brossait Hip Hip Hip Uranium. Mon datastore m'apprit qu'il utilisait une brosse dure, m'abreuva d'informations sur la bonne manière de panser un cheval, mais ne dit rien du petit coup vers le haut que le Cygne donnait à la fin de chaque passage, et qui soulevait sous le soleil de midi de petits nuages de poussière dorés comme le pollen.

Je l'observais, plongée dans mes pensées.

Talis considérait que Saskatoon était le territoire de François-Xavier, et le Cygne avait exécuté la vieille trommeleuse avec Rachel.

— Le refuge numéro… commençai-je.

— 792, répondit Talis.

— C'est bien la station de François-Xavier et de Rachel ?

— Oui, quand j'ai appris que ton Préceptorat ne donnait plus signe de vie…

Il ne semblait pas vouloir en dire davantage, ce qui m'étonna. Il savait que je n'avais pas oublié le jour où les soldats du Cumberland avaient pris le contrôle de mon Préceptorat. Ils avaient tenté de se servir de moi contre ma mère en diffusant une séance de torture particulièrement élaborée, mais dont j'étais au final sortie presque entière, et qui repassait à présent dans mon esprit avec des couleurs amplifiées, comme si je regardais une vidéo.

Mais pourquoi hésiter à en parler ? Je ne sentais plus rien.

— Je me suis téléchargé au goutte-à-goutte dans le terminal du refuge, poursuivit Talis, évitant le sujet. Si jamais tu es tentée, imagine que ton cerveau est du dentifrice que tu essaies de faire sortir d'un tube bouché. En bref, évite si tu peux. Donc, téléchargement et prise de contrôle. J'ai choisi le Cygne qui avait le cheval le plus rapide.

— Et Rachel et François-Xavier…

— Ils ne m'ont jamais envoyé de faire-part, mais j'en ai bien l'impression.

— Les Cygnes ont le droit de…

— Fraterniser ? demanda Talis avec un sourire. Bien entendu ! La seule chose plus embêtante pour nous que des amourettes entre Cygnes serait des amourettes clandestines. Ils se retrouvent toujours en couple d'une façon ou d'une autre. Ils sont si jeunes.

Je ne m'en étais jamais rendu compte jusqu'alors. Les Cygnes étaient tous très jeunes.

Sri avait peut-être une vingtaine d'années, difficile à dire, mais François-Xavier et Rachel avaient mon âge, même si la jeune fille était en cet instant occupée par Talis, et se comportait donc comme un demi-dieu multicentenaire et à moitié fou.

J'avais à l'époque du Préceptorat été trop préoccupée par le fait que les Cygnes venaient nous tuer pour faire attention à leur âge, et à présent que j'en avais conscience, je n'en comprenais pas la raison. Une armée entière d'adolescents ?

— Mais pourquoi les prendre si jeunes ?

— Question de neuroplasticité, surtout, répondit Talis, occupé à jeter des herbes sur les braises.

Je crus un instant qu'il s'en tiendrait là, comme à son habitude.

— C'est pour la même raison que la plupart des I.A. qui ont survécu l'étaient aussi, poursuivit-il. J'avais vingt-deux ans, et c'était déjà un peu vieux. Ambrose, ton Abbé, seize. Les jeunes supportent mieux l'amélioration, et ils ont de meilleures chances de survivre à ce que nous leur infligeons.

Je n'aimais pas beaucoup ce « nous », mais je ne dis rien, et Talis continua.

— De toute façon, rejoindre un culte, c'est plutôt un truc de jeunes.

Mais je n'avais pas toutes mes réponses. S'ils s'enrôlaient jeunes, que leur arrivait-il ensuite ?

Et que faisait Sri ?

Trois heures avaient passé. Les braises étaient froides, nous avions mangé notre bœuf séché, et nos chevaux étaient propres comme des sous neufs. François-Xavier s'était dénoué les cheveux pour les huiler et il s'employait à présent à refaire ses tresses. Il tirait si fort sur les mèches que j'avais mal au crâne pour lui.

Talis faisait les cent pas, et, de temps à autre, sautait sur un rocher pour en descendre aussitôt. Son incapacité à rester immobile me rappelait Elián, qui me manquait affreusement.

Je tentais de ne pas me laisser aller à ce sentiment… Dire qu'il errait quelque part dans ce pays désert et hostile.

Xie me manquait aussi.

Sans parler d'une vie sans chevaux ! Gordon avait certes quatre bons sabots et un cœur vaillant, mais je ne progressais pas beaucoup. Les courbatures dans mes cuisses et mon buste me donnaient la désagréable impression que ma cage thoracique allait s'effondrer sur mon cœur.

Sri m'avait montré quelques étirements en posant les mains au creux de mes reins, ou sur mes épaules, et Xie avait tenté de m'apprendre la salutation au soleil.

Je me levai.

L'exercice m'avait alors paru très peu royal, ou en tout cas indigne de mes racines écossaises. J'avais donc refusé, mais je l'avais vue faire tous les jours, en tenue de travail le soir, et nue le matin.

Je me redressai, inspirai profondément et me cambrai. Ma gorge dégagée, je sentis ma poitrine se soulever, mon cœur s'ouvrir… et Xie surgit dans mes pensées.

De justesse, je parvins à éviter la surcharge en me concentrant sur l'enchaînement des postures.

Qu'arriverait-il quand j'aurais survécu à mon corps ?

Et que faisait Sri ?

Talis avait interrompu ses déambulations pour m'observer.

Le cheval de Sri revint au bout de 3 heures et 25 minutes, sans cavalière.

Roberta parcourut la rue au galop et se précipita sur le remblai, dans notre direction. François-Xavier cria quelques mots dans une langue que je ne connaissais pas, les bras écartés. Roberta se cabra et l'évita, mais ralentit assez pour que Talis attrape ses rênes.

— Ho, tout doux, ma grande, tout doux, lui intima-t-il en courant à côté d'elle.

Il la laissa trotter autour de lui, de plus en plus lentement, et elle finit par s'arrêter en piaffant.

— Que s'est-il passé ? demandai-je. Où est Sri ?

— Je suis flatté que tu me croies omniscient, Greta, mais...

— Sri ne serait jamais... commença François-Xavier.

— Tombée, je sais, le coupa Talis, la main posée sur l'encolure du cheval. Elle ne serait pas non plus allée au-devant d'ennuis contre mes ordres. (Il se tourna vers Roberta.) Qu'y a-t-il, ma belle, tu as perdu ta maîtresse ?

La jument pressa son museau contre l'épaule de Talis.

— Ce qui veut dire oui, je suppose.

L'I.A. passa une main dans ses cheveux, de l'arrière vers l'avant, comme pour dresser ses antennes.

— Mes amis, nous venons de passer de 2,6 à 8,3.

Je me souvins des paroles de Sri... Talis avait mis sa vie en danger pour préserver la mienne. Sans doute était-il prêt à se sacrifier.

François-Xavier n'avait pas bougé, mais il semblait prêt à bondir d'un instant à l'autre. Les mots qu'il ne prononçait pas – le nom de Sri, sans doute – étaient comme tatoués sur ses lèvres serrées.

8,3.

— Et puis flûte ! soupira Talis, les yeux rivés sur moi. François, selle les chevaux. Nous allons jouer aux héros.

Il nous fallut en tout et pour tout 4 minutes et 30 secondes pour remballer notre matériel et préparer les juments. Nous remontâmes le remblai puis, après nous être repérés grâce aux immeubles effondrés, nous nous élançâmes au galop. François-Xavier, équipé de ses ailes, ouvrait la marche – ou plutôt, menait la troupe, car nous étions tout à coup devenus une expédition militaire. Penché en avant, il filait le long de la vieille voie ferrée tel un ange vengeur. J'essayais pour ma part de ne pas tomber.

Nous fonçâmes vers le grondement des trommels.

Nous distinguions le relief du centre-ville qui, à mesure que nous approchions, s'élevait progressivement pour se décomposer en immeubles distincts. Les édifices en béton s'étaient effondrés comme des châteaux de sable. Quant à ceux en pierre de taille, avec leurs trous béants à la place des fenêtres, ils ressemblaient à des cubes renversés. Le sable et les mauvaises herbes avaient recouvert la plupart des constructions.

Nous dépassâmes la ville pour nous retrouver devant une vallée paisible au fond de laquelle coulait une rivière. On y cultivait des jardins, des chèvres broutaient çà et là, et même une odeur de plat qui mijote nous parvint, mais aucune trace des trommeleurs, ou de Sri.

Talis leva la main et nous fîmes avancer nos juments au pas. Avec prudence, nous descendîmes dans la vallée, contournâmes un bouquet de peupliers et nous retrouvâmes nez à nez avec…

Je sursautai, mais ce n'était qu'une statue.

Un cavalier en bronze, d'une taille qu'on nommait autrefois héroïque – un peu trop grand pour un être humain, sauf s'il s'appelait François-Xavier. Son visage verdâtre affichait une expression lasse et déçue sous son chapeau à large bord, et son cheval semblait épuisé.

D'emblée, nous remarquâmes les ailes qu'on avait accrochées dans son dos.

Ce n'étaient pas les ailes d'un Cygne, Sri ou une autre prise de guerre, mais un tressage de branches décorées de plumes d'oie. La façon dont elles pendaient sur le dos du cavalier donnait froid dans le dos.

— Charmant, dit Talis, impassible.

Il ne laissait rien transparaître. Se laissait-il happer par ses sentiments ou était-il en train de calculer comment déplacer ses plates-formes orbitales ?

L'endroit appelait une pause, mais nous poursuivîmes notre route vers ce qui était sans doute le village des trommeleurs, de l'autre côté des jardins. Les cahutes, qui ressemblaient à des igloos, sans doute construites avec des pierres récupérées dans la ville, se dressaient en demi-cercle face à une colline. Elles formaient un mur et servaient de support à un dôme géodésique, fait de poutres métalliques, dont certaines sections étaient abritées et d'autres laissées à ciel ouvert.

Je perçus une odeur de fumée. Des voix résonnèrent puis un rideau bougea, devant une porte. Un enfant qui se suspendait au dôme comme à un portique nous lança un regard et disparut, mais personne ne vint nous accueillir.

Les trommels s'interrompirent d'un coup. Nous les entendîmes ralentir lentement pour laisser la place au silence.

— Montrez-vous, où que vous soyez, marmonna Talis dans sa barbe. François ?

— Sortez, c'est un ordre ! cria François-Xavier, ce qui me donna un peu l'impression de voir un chien d'appartement gronder. Venez sans armes, et désignez un émissaire pour parlementer !

Une femme écarta un rideau et s'approcha de nous, un bambin à cheval sur sa hanche. Elle était habillée dans le plus pur style trommeleur, avec une cape en patchwork aux couleurs criardes ornée de gros boutons en acier, et ne portait rien sur la tête. Ses cheveux étaient coiffés en une longue tresse blonde striée de gris qui retombait sur son épaule.

— Soyez les bienvenus, dit-elle. Je vous en prie, entrez.

— Non, chuchota Talis.

— Non, répéta François. Faites sortir tout le monde, et que personne ne soit armé.

— Vous ne savez même pas combien nous sommes, dit la femme.

Une très bonne remarque : un groupe d'individus aurait pu sortir de ces maisonnettes sans que l'on sache si d'autres ne nous attendaient pas à l'intérieur, prêts à nous sauter dessus.

Talis haussa les épaules. La trommeleuse remonta l'enfant sur sa hanche, comme elle l'aurait fait d'un panier de linge.

— Vous êtes venus chercher la fille ?

— Tout à fait, répondit sèchement l'I.A.

— Elle est ici, et nous nous apprêtions à manger. Venez donc.

La femme fit volte-face et retourna à l'intérieur. Le bambin essaya d'attraper sa tresse au passage, un geste empreint d'une telle innocence… Malgré tout, mieux valait rester prudents : les enfants n'étaient pas une garantie des intentions de leurs parents. Certains n'hésitaient pas à les mettre en première ligne.

François-Xavier pointa son arbalète sur le dos de la femme, puis sur le rideau quand elle disparut à l'intérieur, ce qui ne sembla pas émouvoir le morceau de tissu.

Et maintenant ?

— Ils sont dix-neuf à l'intérieur, annonça Talis. Assis, pour la plupart. Il y a aussi un feu allumé, et une pompe à chaleur géothermique, mais aucune source d'énergie plus importante.

— Mais comment…

— Un satellite espion, me répondit Talis. Tu ne reçois pas leurs flux ?

Je percevais vaguement la présence des satellites de surveillance et des plates-formes orbitales dans mon esprit, mais de là à capter leurs rapports, à l'instar de Talis…

— Non.

— Essaie, ce n'est qu'une question de concentration, comme d'apprendre à faire bouger ses oreilles. (Ce qu'il fit sur-le-champ, bien entendu.) « Vous ne savez même pas combien nous sommes » ? Tu parles !

— Talis, que faisons-nous ? demanda François-Xavier.

— Nous allons la chercher, répondit-il en descendant de NORAD. (François-Xavier l'imita, et l'I.A. le retint par le bras.) Et je te charge de tuer le premier qui fait quelque chose de louche, ou même nous regarde de travers, compris ?

— Compris, répondit le Cygne avant de se glisser à l'intérieur, l'arbalète brandie.

Nous lui emboîtâmes le pas.

Nous nous trouvâmes tout d'abord dans l'obscurité totale – au moins jusqu'à ce que mes implants se déclenchent et rendent tout verdâtre –, puis au grand jour quand nous débouchâmes dans la grande pièce sous le dôme.

Nous fûmes accueillis par des murmures affolés et plusieurs trommeleurs se levèrent.

Sri était allongée sur une paillasse, près du feu. Un homme d'une quarantaine d'années était penché sur elle et lui disait :

— Il est encore trop…

Elle nous aperçut et son visage prit une expression singulière, trop chargée de frayeur pour être du soulagement. Le trommeleur suivit son regard. Il portait des lunettes de protection perchées sur son turban et ses yeux étaient cerclés de poussière, ce qui lui donnait des airs de héros de dessin animé.

Sri essaya de se lever mais son coude céda et elle se retrouva sur le dos.

— Ils ne m'ont rien fait, Ta…

Elle s'interrompit avant d'avoir prononcé le nom de l'I.A. Un bon réflexe : mieux valait leur cacher cette information. Tout le monde nous dévisageait. Je comptais sept enfants, ce qui laissait tout de même douze adultes. En termes de nombre, nous ne faisions pas le poids.

— Ils ne m'ont pas touchée, répéta Sri.

— Ils n'ont pas intérêt, répondit Talis d'une voix aussi calme que glaçante.

Il s'avança sous le dôme en traversant les zones d'ombre et de lumière. François-Xavier le suivait, prêt à tirer. Le trommeleur qui parlait à Sri recula précipitamment, les mains en l'air.

Un vieil homme qui faisait griller de la bannique et du poisson se releva avec peine, les mains sur les genoux.

— Nous n'avons rien contre les Cygnes, dit-il. Rien du tout.

— Tiens donc, répondit Talis. J'ai entendu le contraire.

— Elle est tombée, madame, et Javen l'a amenée ici, près du feu. Vous pouvez me croire !

La femme qui nous avait accueillis rejoignit l'homme aux lunettes – le dénommé Javen, vu sa réaction à ce nom. Ils se tenaient côte à côte, séparés par une distance à la fois innocente et lourde de sens. Je présumai qu'ils étaient mari et femme. Un roi et une reine.

— Allons, Rachel, vous savez bien comment ça se passe dans la Sask. On veille les uns sur les autres.

L'homme tentait de le cacher, mais il était terrifié. Je le devinais au subit afflux de chaleur autour de son cœur ainsi qu'à sa façon de replier les doigts. Savaient-ils pour Calgary, ou avions-nous interrompu quelque chose de compromettant ?

— Nous nous occupions d'elle.

— Mais bien sûr, dit Talis, le regard glacial.

Ne jamais mentir à une I.A. Il percevait forcément leur fébrilité, leur peur. Même moi, je les sentais : chacun des douze trommeleurs rayonnait comme une balise de détresse.

— Tu peux te lever, Sri ? demanda Talis sans quitter Javen des yeux.

La jeune femme essaya, sans succès. François tenait son arbalète et Talis était trop occupé à menacer l'auditoire du regard, aussi je me dévouai pour l'aider. Je passai un bras sous ses épaules pour tenter de la mettre debout, et la femme qui nous avait accueillis vint à ma rescousse. Nos regards se croisèrent quand elle approcha son visage du mien.

— Votre Altesse, avez-vous besoin d'aide ? me chuchota-t-elle.

Elle m'avait reconnue, malgré mon esprit transformé, mes cheveux coupés à ras, mes habits de Cygne.

Son offre et son sous-entendu résonnaient dans mon cerveau.

Comment pouvait-elle me connaître ?

— Greta, reste avec nous, me dit Talis.

Je déglutis avec effort.

— Je m'appelle Mahrip, annonça la femme, bien plus fort, comme si c'était la première chose qu'elle me disait. Debout maintenant, mon enfant.

Nous soulevâmes Sri. Le Cygne n'était que muscles et os, sec et anguleux. Elle tituba, s'appuya sur moi de tout son poids et, ensemble, nous réussîmes à marcher.

— Je suis la mère d'Hannah, me dit Mahrip.

Hannah… la jeune trommeleuse à qui Elián avait volé des chaussures quand il avait tenté de s'évader du Préceptorat. Les surveillants l'avaient ramenée, terrorisée.

— Elle est encore en vie, mais Alba… (Mahrip me regarda droit dans les yeux.) Votre Altesse…

— Greta ! gronda Talis, qui venait vers nous à grands pas.

Il écarta sans ménagement la trommeleuse et prit sa place.

— Votre Altesse, je vous en prie, n'oubliez pas votre peuple ! supplia Mahrip.

— Tais-toi ou je tue les trois plus jeunes ici, lui murmura Talis.

Mahrip se tut.

Mon peuple ? Je n'avais pas de peuple.

Voilà ce que Talis m'avait pris, au refuge. J'en avais eu un, autrefois, qui avait été la raison de mes agissements et de ce que j'avais subi. Des points blancs dansaient devant mes yeux et mes oreilles bourdonnaient. Une surcharge se préparait dans mon crâne, les souvenirs se répétaient...

Un jeune employé du personnel au sol, pivoine, s'était incliné devant moi quand j'étais sortie de la flèche d'accostage, à Calgary.

Je ne pouvais pas survivre à un tel souvenir... sans pour autant pouvoir survivre sans. Si Talis devait me retirer une chose de plus...

Une vive douleur se fraya soudain un chemin à travers cette tempête. Les doigts experts de Sri comprimaient sans pitié un point de pression à l'intérieur de mon coude.

— Greta, me murmura-t-elle à l'oreille.

La jeune femme avait toujours besoin d'aide, mais elle s'était redressée. Elle lâcha lentement mon coude.

François-Xavier, dos à nous, tenait les trommeleurs en joue.

— On s'en va, décréta-t-il.

— Nous sommes venus pour de l'avoine, haleta Sri.

— Exactement, dit Talis. Vous en avez ?

Les trommeleurs nous fournirent de l'avoine, que nous payâmes, en réalité.

Je vis Javen glisser nos barrettes d'or dans l'une de ses boutonnières comme il l'aurait fait d'épingles à cheveux. Dans cette société qui avait abandonné les devises, il aurait peut-être mieux fait de s'en servir pour un chignon. Quoi qu'il en soit, ils nous laissèrent repartir avec notre avoine, sans nous quitter des yeux – les douze adultes, et d'autres postés au sommet des collines, des armes peut-être dissimulées dans les replis de leurs capes, de grosses lunettes de protection aux verres dorés sur le nez.

Je sentais leurs regards. Des souvenirs jusqu'alors refoulés remontaient dans mon esprit. Hannah avait crié, supplié. Un éclair était tombé du ciel, le rayon d'une arme orbitale. Je savais que même en cet instant, des plates-formes nous observaient. Elles avaient désintégré la flèche d'accostage de Calgary.

Talis avait fait monter Sri avec lui sur NORAD et la tenait par la taille. La jeune femme, penchée en avant, se cramponnait au pommeau de la selle. Malgré tout, nous avions repris notre route, notre équipe au complet : on aurait presque pu parler d'opération réussie. Lorsque nous parvînmes au niveau de la statue, Talis se pencha sur le côté, l'allume-feu dans la main, et enflamma les ailes de fortune. Une fine colonne de fumée s'éleva dans le ciel derrière nous.

*

— Force est d'admettre que j'avais imaginé notre aventure de manière différente, dit Talis. Je nous voyais plus comme chez Kerouac, avec un cabriolet, le vent dans nos cheveux...

— Et l'achat d'avoine le plus musclé de l'histoire ? demanda Sri.

Talis grogna – sans protester pour autant – et dirigea NORAD vers un pont métallique qui enjambait la rivière.

— Nous sommes hors de portée des arbalètes, annonça-t-il. Quant à toi, jeune fille, tu me dois des explications.

Il la serra contre lui, lança la petite jument au galop, et nous les suivîmes sur le pont. Le claquement des sabots résonnait sur les rives du cours d'eau. La construction était ancienne (bâtie en 1908, m'informa mon datastore) et ses rivets (son point faible) gonflés par la rouille, mais l'acier avait été recouvert d'une peinture anticorrosion aux couleurs vives et le tablier, un assemblage de plaques métalliques ou en blastofibre et de rondins fraîchement découpés, se révéla on ne peut plus solide.

Une fois de l'autre côté, je me penchai contre l'encolure de Gordon pendant qu'il remontait la berge en bondissant et, cramponnée à sa crinière, je m'employai à rester en vie. Nous chevauchâmes jusqu'à ce que le dôme disparaisse de notre vue et que le panache de fumée ne soit plus guère qu'un fil dans le ciel d'octobre.

— Sri, tu peux continuer toute seule ? demanda Talis.

— Je... commença-t-elle après avoir hésité.

— Attends encore un peu, dit-il d'une voix douce. François, j'espère que tu me préviendras si toi aussi tu as l'intention de te casser la figure.

— Oui, répondit le Cygne avec le plus grand sérieux.

— De même en cas de danger mortel. Juste un petit « attention ! », je ne demande pas plus. Greta, toujours avec nous ?

— Ne me prenez rien d'autre, dis-je.

— Parfait, Greta va bien.

Bien ? C'était très exagéré. Une douleur sourde me martelait les tempes et des phosphènes me brouillaient la vue. *« N'oubliez pas votre peuple. »* Les chaussures d'Hannah, ses sanglots, l'éclair tombé du ciel, le cratère.

Calgary.

Je pressai l'hématome que Sri avait laissé au creux de mon bras. Elle m'avait sauvée, quitte à me faire mal.

Mahrip avait prononcé une phrase que je n'avais pas comprise. *« Elle est encore en vie, mais Alba… »*

— Comment s'appelait la vieille femme que vous avez exécutée ? demandai-je à Talis.

— Peux-tu être plus précise ? me répondit-il. La liste est longue, tu sais.

— Ici, à Saskatoon. La chef de tribu, quand Hannah…

— N'y pense pas, me coupa-t-il.

— C'est important.

— Je n'en sais rien, c'est dans les souvenirs de Rachel, et je ne peux pas y accéder. François ?

— Je ne lui ai pas demandé, répondit le Cygne.

— Et vous ne l'avez écrit nulle part ? s'écria Talis. Comment voulez-vous que j'aie l'air omniscient si vous ne faites pas votre travail correctement ? (Il cligna des yeux et se réfugia un instant dans ses pensées.) Ah, une confirmation visuelle, merci François. Je peux l'identifier, mais son visage est un peu… Alba Kajtar. Elle s'appelait Alba.

Évidemment.

Je pouvais accéder à son dossier, à présent que je connaissais son existence, et même voir son visage – avant, et après.

— Elle s'est portée volontaire avant que nous procédions à un tirage au sort, expliqua François-Xavier. Nous avons fait très vite.

Je fus tentée de l'en remercier, mais me retins.

— Ces gaillards nous préparent quelque chose, et soulignez trois fois « quelque chose », je vous prie, ordonna Talis.

— Vous pensez qu'ils font partie de la rébellion panpolaire ? l'interrogea François-Xavier.

— Ou alors ils ne nous apprécient guère, voilà tout, avançai-je. Ils auraient de quoi.

J'avais toujours en tête le visage d'Alba, assorti d'un compte rendu bien trop détaillé à mon goût sur les capacités de pénétration d'un carreau d'arbalète. *« Votre Altesse, je vous en prie ! »*

— Mmm… peut-être, admit Talis. J'imagine qu'il serait un peu excessif de faire sauter leur ville parce que je les ai trouvés louches ?

— Un peu, répondit Sri.

— Vraiment ?

— Oui.

— J'aurais pourtant cru que la puissance infinie du feu pouvait résoudre tous les problèmes, soupira Talis. Maintenant, Sri, tu vas me raconter ce qui t'est arrivé.

Mais nous le comprîmes de nous-mêmes, sans que le Cygne ait besoin de prononcer le moindre mot.

— Arrêtez-vous ! aboya soudain Talis en tirant si fort sur les rennes de NORAD que la jument pivota sur elle-même. François, fais-la descendre !

Le Cygne sauta de sa monture et courut vers eux pour prendre Sri dans ses bras. Ils se retrouvèrent tous les trois au sol. Sri se trouvait étendue sur le dos, François-Xavier était à califourchon sur elle, et Talis lui tenait la tête. La jeune femme était secouée de convulsions, les lèvres retroussées, et poussait des grognements indescriptibles. Elle serrait les dents tellement fort que je m'attendais à les voir voler en éclats d'un instant à l'autre.

— Que lui arrive-t-il ? ne pus-je m'empêcher de demander.

Talis leva la tête vers moi. Il avait l'air… en colère ? Accablé ? En aucun cas surpris ou anxieux. Je l'avais déjà vu inquiet pour moi, et l'avais étonné à deux ou trois reprises, j'étais donc bien placée pour le savoir.

François-Xavier ne me regardait même pas.

Je n'allais tout de même pas réitérer ma question. *Excusez-moi, mais notre compagne de voyage est de toute évidence en train de mourir dans d'atroces souffrances, et j'aimerais savoir pourquoi.*

— S'il vous plaît !

— Paralysie des Cygnes, finit par marmonner François-Xavier.

— Pardon ?

— Bon sang, Greta, cherche un peu ! me lança Talis.

Je m'exécutai : la Paralysie des Cygnes, un mal provoqué par les lésions dont étaient affligés ceux qui accueillaient des I.A. Il ne s'agissait pas vraiment d'une attaque, plutôt d'un signal envoyé par les nerfs sans cause physique, d'une douleur si intense que le corps s'écroulait. Les crises se produisaient sans prévenir, à chaque fois plus graves, et finissaient par être fatales. Je regardai la main de Sri empoigner herbes et graviers. François-Xavier lui tenait les bras pour qu'elle ne se fasse pas mal – ou, du moins, pas plus mal.

— Elles sont trop rapprochées pour que ce soit la première fois… murmura Talis. Elle aurait dû m'en parler. FX, pourquoi tu ne m'as rien dit ?

— Ma vie vous appartient mais Sri est seule maîtresse de la sienne, répondit le Cygne de sa voix calme et solennelle.

Talis baissa la tête, comme vexé.

Pilotée par l'I.A., Sri avait nagé avec des dauphins, et voilà qu'à présent…

Il n'y avait pas de mots pour décrire la crise interminable qui secouait le Cygne. « *Qu'elle se retrouve à convulser dans l'herbe jusqu'à ce que son cœur lâche.* » L'air me faisait défaut et j'avais un goût désagréable dans la bouche.

Sri s'était portée volontaire. Avait-elle su ce qui l'attendait alors ? Bien entendu, mais comment ?

C'était le paradoxe des Cygnes, ces idéalistes devenus bourreaux.

— J'espère qu'elles débutent à peine, nous n'arriverons jamais à la ramener en vie sinon, dit Talis.

— C'est le début, souffla Sri.

Talis lâcha sa tête – il avait serré assez fort pour laisser sur ses tempes des marques blanches qui rosirent lentement – et lui caressa les cheveux, comme pour la bénir.

— Pourquoi ne m'avoir rien dit ?

— Et que vous vous amusiez sans moi ? Pour laisser Evangéline m'ôter le larynx histoire de ne plus m'entendre crier ? Pas question d'attendre la mort dans une yourte !

François-Xavier s'écarta et essuya du dos de la main un filet de salive sur le visage de Sri, dont la mâchoire tressautait.

— J'aurais vraiment préféré que tu choisisses une autre occasion pour nous faire un coup pareil, dit Talis, les mains jointes derrière la tête.

— Je ne vous ralentirai pas, affirma Sri.

— Tu ne peux pas me le promettre.

— Je le fais pourtant.

Sri me tendit la main pour que je m'agenouille à côté d'elle. Elle effleura l'hématome au creux de mon bras, comme pour me dire : « Vous souffrez, je souffre aussi. »

François-Xavier passa un bras autour de mes épaules.

— J'ai un jour demandé à Talis pourquoi tous les Cygnes étaient si jeunes.

« Question de neuroplasticité, avait répondu l'I.A. Rejoindre un culte, c'est plutôt un truc de jeunes. »

François-Xavier me serra contre lui, un geste de camaraderie, de réconfort.

— Parce que nous n'avons pas le temps de vieillir, déclara Sri.

Le soleil couchant teignait les herbes de rouge et d'or.

Talis recula d'un pas pour nous regarder et frotta son poignet – non, pas le sien, il l'avait seulement emprunté. Celui de Rachel, avec son tatouage qui ressemblait à une entrave si joliment ouvragée. Rachel subirait le même sort que Sri.

Et moi aussi.

Balise

Nous campâmes là où Sri avait eu sa crise, loin de nos abris, de nos puits, de toute nourriture, source d'eau ou de carburant, et toujours à portée de ceux que nous considérions comme nos ennemis. Nous montâmes la garde à tour de rôle, entourés par les chevaux qui dormaient debout. Les étoiles devenaient plus brillantes à mesure que la nuit fraîchissait. J'en étais, quand l'aube apparut, à porter mon drap plissé comme une cape et à faire les cent pas pour me réchauffer. Mon souffle formait des petits nuages de buée sous les premiers rayons du soleil.

La scène idéale avant qu'une catastrophe s'abatte sur nous, et pourtant nous fûmes épargnés.

Enfin, tous sauf Sri.

Mon datastore m'avait rendue experte en Paralysie des Cygnes, et j'avais compris ce que Talis savait quand il avait forcé son cheval à s'arrêter. Les premières crises étaient courtes et espacées, puis devenaient plus fréquentes. Sri en avait fait au moins une, pour se retrouver dans le village des trommeleurs, puis une autre, celle qui avait interrompu notre retraite, et une troisième, au moins, pendant la nuit, accompagnée de cris qui m'avaient tirée de mon sommeil.

Les crises étaient très rapprochées : Sri était au stade 5.

Stade 1 : premières lésions détectables cliniquement dans le cerveau. Stade 2 : premiers tiraillements, vue qui se trouble. Stade 3 : premiers accès de douleur. Stade 4 : premières vraies crises. Stade 5 : rapprochement des crises. Le stade 6 était synonyme d'excitotoxicité terminale, une mort que je ne souhaitais à personne.

L'espérance de vie de Sri était, au mieux, d'un mois.

Elle gisait sur son tapis de sol, complètement inerte.

Je m'endormis après mon tour de garde du petit matin, et découvris, en me réveillant, une Sri parfaitement alerte occupée à seller sa jument.

Et nous reprîmes la route.

Nous chevauchâmes pendant trois jours entiers d'affilée. Le temps changeait et le vent, de plus en plus mordant, faisait ondoyer les hautes herbes autour de nous comme des vagues. Nous avions tous enfilé des gilets en peau de mouton sous nos manteaux, et François-Xavier, dont la tête et le cou étaient enturbannés de soie plissée – du bleu de l'ONU, bien entendu – à la manière des bédouins, ce qui était devenu une pratique courante chez les pâtres de ce nouveau désert, frissonnait quand il pensait que personne ne le voyait. Je trouvais pour ma part qu'il ne faisait ni assez chaud, ni assez froid pour justifier une telle précaution.

— D'où venez-vous, au juste ? lui demandai-je le deuxième jour, quand nous nous arrêtâmes pour manger au milieu de nulle part – on aurait pu y planter un panneau de signalisation pour l'officialiser.

François-Xavier me dévisagea longuement avant de répondre :

— D'un endroit plus chaud.

— Vous n'êtes pas au courant ? me lança Sri en déballant de la viande froide et des biscuits salés. Les Cygnes ne viennent de nulle part. Nous n'avons pas de passé.

Ni de futur.

Il faisait de plus en plus froid, Sri maigrissait à vue d'œil, si bien que son couteau tremblait quand elle taillait son morceau de bois, nous dormions aussi peu que possible et mangions à toute vitesse, nous ne quittions pas l'horizon des yeux, craignant une nouvelle explosion, et nous nous sentions poursuivis en permanence. Pourtant, rien d'épouvantable ne se produisit.

En fin de compte, le coup n'arriva pas par derrière.

Nous venions de franchir le sommet d'une colline quand, droit devant nous, le ciel fut coupé en deux par une traînée verticale d'un blanc éclatant.

Une bombe, pensai-je sur-le-champ en tirant sur mes rênes. Gordon Lightfoot sautilla comme un corbeau. Stupéfaite, je retombai avec violence sur ma selle, le souffle coupé. Talis, qui s'était déjà arrêté, me tendit le bras pour m'empêcher de basculer. Je serrai les dents, prête pour l'explosion… Mais ce n'était pas une bombe : le trait de fumée montait – une fusée, ou un vaisseau.

J'avais vu nombre de décollages magnétiques au cours de mon existence – le Préceptorat lui-même possédait une flèche d'induction – mais les lancers de gros appareils au moyen de propulseurs étaient bien plus rares. D'où avait décollé celui-là ? Medicine Hat était la seule grande ville à l'horizon, à trois cents kilomètres, assez pour que la traînée laissée par un vaisseau apparaisse aussi petite… mais que pouvaient-ils bien envoyer dans l'espace ?

— Il n'y a pas de rampe de lancement à Medicine Hat, fit remarquer François-Xavier. Ils transportent ce qu'ils trouvent jusqu'aux dépôts à zeppelins de Calgary par chariot.

Ou plutôt, « ils transportaient ».

— Mais comment ce vaisseau…

— Ce n'est pas un vaisseau, me coupa Talis. C'est une balise.

Une expression hésitante se dessina lentement sur le visage de François-Xavier.

— Faites-moi confiance, j'en ai tiré pour deux, dit Talis.

— Vous aviez des quotas de missiles ? demanda Sri en souriant.

— Une balise, répéta Talis. Ce qui veut dire qu'elle n'est pas grande, donc beaucoup plus près que vous l'imaginez.

Il avait raison. Mes calculs étaient complètement faux. Si, d'après la taille de la traînée, je remplaçais la navette orbitale par une fusée de signalisation, la distance passait de trois cents kilomètres à… moins de dix.

— Pas très difficile de nous voir, perchés sur cette colline, marmonna Talis.

— Ou alors ce lancer ne nous concernait pas, suggérai-je.

— Greta, comment crois-tu que j'ai survécu cinq cents ans ?

— Copies de sauvegarde et murs renforcés, répondit Sri.

— Je veux juste dire que quand tu es le centre du monde, tout te concerne, poursuivit Talis d'un ton agacé.

J'entendais Mahrip me demander : « *Votre Altesse, avez-vous besoin d'aide ?* » Quel dessein nourrissaient les trommeleurs ? Tuer Talis ? Me sauver ?

Le vent faisait danser l'herbe autour des jambes de nos juments. Je sentais une odeur métallique dans l'air : il neigerait sans doute bientôt. Talis scrutait la base de la colonne de fumée, ou en tout cas le point le plus bas que nous pouvions distinguer de là où nous étions, coincés entre deux collines. La traînée commençait déjà à se dissiper.

— Le cours d'eau continue dans cette direction, non ? demanda Sri.

— Oui, répondit François-Xavier, une main sur le front pour s'abriter du soleil de l'après-midi. Je me souviens de ce gué. Les berges sont raides.

Talis n'avait peut-être jamais vu cet endroit, mais il savait.

— « Raide » est un faible mot : c'est pratiquement un défilé. Le lieu parfait pour une embuscade.

Sri scrutait toujours la balise. Roberta, sa jument, fit quelques pas de côté en piaffant.

— Peut-on avoir des informations en temps réel ? demanda le Cygne. Une image satellite ?

— Essaie, Greta, me dit Talis.

Les satellites étaient là en permanence, avec leurs chuchotements, leur réseau d'yeux. Je fermai les miens et essayai de les rejoindre. C'était comme apprendre à faire bouger ses oreilles, avait dit Talis. *Ce sont mes yeux, mes chuchotements*, me dis-je. D'abord, il ne se passa rien, seulement un flot de données qui m'embarquaient sans que je sache nager, l'impression d'être touchée là où je ne sentais rien. *Mes yeux*, me répétai-je.

Et soudain, ils le devinrent. J'ouvris les paupières et découvris que je centralisais toutes les transmissions satellites de la planète. Je flottais, la Terre sous mes pieds, et je voyais tout. Je me concentrai sur la Saskatchewan ; comme si je plissais les yeux, et tendais le doigt pour voir…

— Minute ! lança Talis en m'attrapant le poignet. J'en ai parlé pour blaguer, mais ne détruis pas vraiment Saskatoon, s'il te plaît.

J'avais braqué une plate-forme orbitale.

La Terre entière se mit à tourner sous mes yeux, un spectacle que Talis voyait en permanence. Comment rester humaine avec des yeux pareils ?

Nous devions mettre ces satellites hors d'état de nuire.

— Commençons par les utiliser à meilleur escient, me dit Talis, dont la voix semblait résonner dans l'espace.

Avais-je parlé à voix haute ?

Je clignai trois fois des paupières et me retrouvai sur mon cheval, dans la Saskatchewan.

Je tremblais de tout mon corps, terrorisée à l'idée de lever le petit doigt. Les deux Cygnes me contemplaient, interdits, et Talis m'adressa un drôle de sourire un peu triste.

— Je m'en charge, annonça-t-il, une main sur la tempe comme un devin de fête foraine.

Au cours du très long silence qui suivit, je fis tout mon possible pour ne rien toucher et chasser la moindre pensée de mon esprit. J'inspirais, puis expirais, rien de plus. Les battements de mon cœur ralentirent.

J'avais failli devenir le « Fléau de Saskatoon », et me jurai de ne rien laisser se produire de tel, jamais.

— Des individus sont bel et bien stationnés le long du lit de ce ruisseau, déclara Talis en laissant retomber sa main sur sa selle. Je dirais une dizaine, à peu près, mais le signal n'est pas très clair.

— Un brouilleur ? demanda FX.

— On trouve du thorium dans le col, par ici. Il suffirait qu'ils l'aient un peu remué pour qu'on ne perçoive ni les infrarouges, ni les ultraviolets.

— Le genre qu'on trouve sur le lit d'un cours d'eau, dit Sri.

— Alors c'est naturel, conclut François-Xavier.

— Si tu n'es pas du genre soupçonneux… Or je le suis toujours, répondit Talis. Vous savez quoi ? Optons même pour la paranoïa aiguë. C'est ce qui me réussit le mieux.

— Donc nous ne descendons pas dans ce ravin ? demanda Sri.

— Exactement, mais nous ne pouvons pas rester à attendre ici non plus, pas si nous sommes repérés. Il faut bouger, tout de suite, agir de manière inattendue. Sri, je voulais te ramener à ton poste pour une évacuation, mais nous allons devoir partir sur le côté.

— Un refuge se trouve à quatre-vingts kilomètres d'ici, de l'autre côté du gué, vers le sud, annonça François-Xavier.

— Et une cache avec des réserves encore plus près, ajouta Sri en désignant un point un peu plus à l'est.

Talis suivit son doigt des yeux – et mit sans doute à profit ses autres facultés, car il débita une série de coordonnées géographiques.

Une carte apparut aussitôt dans mon esprit. Les Cygnes la reçurent un peu après, mais ils finirent par hocher la tête.

— C'est bien là, approuva Sri.

— L'église sur la corniche, ajouta François-Xavier.

Notre-Dame des Neiges, une église catholique construite en 1901 et abandonnée en 2217. Seul un vestige de façade restait, mais il indiquait l'emplacement d'une cache de Cygnes et offrait un bon point de vue sur la vallée que nous devrions traverser, le tout sans être trop exposés. Nous devions certes pour l'atteindre repartir vers Saskatoon, mais ce trajet nous éloignerait assez de notre itinéraire initial pour semer d'éventuels poursuivants.

— Je suis désolé, Sri, s'excusa Talis. J'aurais voulu te ramener chez toi.

— Je suis un Cygne. Je me trouve là où je dois être.

— Bien, dit l'I.A. avant de faire demi-tour. Ne traînons pas.

*

Nous chevauchâmes 1 heure et 11 minutes sans trop nous hâter, avec pour préoccupation principale de garder une chaîne de collines entre nous et le petit canyon. Le trait de fumée s'estompait derrière nous, et il n'en resta bientôt plus rien.

François-Xavier ouvrait la marche et Sri assurait l'arrière-garde. Ils avaient tous les deux glissé leur arbalète dans les besaces de leur selle, au niveau de leurs genoux, prêtes à être utilisées. Le paysage changeait : nous prenions de la hauteur et la route se faisait plus escarpée à mesure que nous approchions de la corniche et de la vallée asséchée qu'elle surplombait. L'herbe céda la place à de la bruyère argentée et de petites rigoles d'argile ocre. Les sabots de nos montures soulevaient de la poussière, et je savais que nous laissions un nuage derrière nous, pourtant personne ne nous avait suivis.

Malgré tout, nous découvrîmes à notre arrivée en vue de l'église en ruines que nous n'étions pas seuls.

Le mur du bâtiment traçait une ligne noire au sommet de la colline, et son cimetière s'étendait le long de la pente pour se perdre dans un brouillard électronique dû au thorium, jusque-là, rien d'inattendu. Mais nous trouvâmes aussi des chèvres qui broutaient, ainsi qu'une petite tente plantée près d'un mausolée. Un homme et une femme étaient assis sur une pierre tombale, houlette de berger à la main.

— Ah, d'accord, murmura Talis. (Il salua le couple d'un grand geste du bras.) Ohé, du bateau !

François-Xavier vint s'interposer entre Talis et les deux bergers, l'arbalète levée, et exposa le flanc d'Hip

Hip Hip Uranium pour couvrir l'I.A. Les inconnus n'avaient rien de menaçant, pourtant il avait réagi au quart de tour, un Cygne dans toute sa splendeur, une créature soudain terrifiante.

— Lâchez vos lances ! cria-t-il. Les mains en l'air.

Sa prothèse, parfaitement immobile, laissait passer les rayons du soleil.

— Du calme, répondit la femme en posant son bâton pour se lever.

Son ombre s'allongea et descendit jusqu'à nous. Il nous était toujours impossible de voir ses yeux derrière ses grosses lunettes de protection.

— On n'a rien d'autre que des chèvres, enchaîna l'homme, qui se leva à côté d'elle, sa houlette toujours à la main.

Ils portaient les habits amples et vivement colorés typiques des trommeleurs et, comme François-Xavier, s'étaient couvert la tête d'un foulard pour se protéger de la poussière. Je voyais la bouche de la femme, les yeux de l'homme, mais rien de plus.

— J'ai dit « les mains en l'air », répéta François en agitant son arbalète.

L'homme obéit, mais sans lâcher son bâton. Les deux inconnus étaient tendus : je le devinais à leur posture, à la façon dont le sang circulait dans leurs veines, au léger halo électromagnétique autour de leurs têtes. L'homme lançait des regards inquiets vers la tente, crispé sur son bout de bois.

Qu'y avait-il à l'intérieur ? Un enfant endormi ? Autre chose ?

Nous approchâmes lentement, afin, surtout, de ne plus avoir le soleil dans les yeux. Les vieilles stèles étaient disposées çà et là comme des souches, et entourées de roseaux couchés qui, en été, me seraient arrivés à l'épaule.

François-Xavier, debout dans ses étriers, tenait toujours les bergers en joue.

— Il vaut mieux contourner pour rejoindre le gué, suggéra-t-il doucement à Talis.

Hip Hip Hip Uranium dansait sur place, trop bien dressée pour détaler, mais affolée par l'humeur de son cavalier.

— D'accord, on repart en arrière, répondit l'I.A.

François fit reculer sa jument de quelques pas en esquivant les tombes. À peine avait-il fait demi-tour que son arbalète explosa dans sa main.

Le tir, d'une précision redoutable, avait frappé la crosse de l'arme avec un craquement assourdissant et l'avait arrachée au Cygne pour l'envoyer tournoyer dans les airs.

Talis entraîna NORAD dans une virevolte pour faire face au tireur, un demi-tour en trois pas et moins d'une seconde. Hip Hip Hip Uranium se cabra et François se débattit pour ne pas tomber, mais il parvint bientôt lui aussi à faire tourner sa jument. Malgré toute la bonne volonté de Gordon, je n'étais pas aussi rapide qu'eux et, le temps que j'arrive à lui faire comprendre ce que je voulais, nous étions la cible d'une demi-douzaine d'arbalètes.

Des hommes armés avaient surgi comme des fantômes de derrière les pierres tombales, cachés jusque-là sous les roseaux.

Sri les avait rejoints sur sa jument et nous souriait, son arbalète encore braquée sur la main à présent vide de François-Xavier.

Sri, la tête nue au milieu de ces individus masqués et coiffés de chèches, à cheval alors qu'ils étaient à pied, impeccable comme une reine. Elle pointa son arbalète vers Talis, l'arma et glissa un carreau à l'intérieur.

— Surpris ?

— Forcément, concéda l'I.A.

Je me trouvais plus près du sommet de la colline, et donc plus près de Sri et des hommes armés. Talis vint se placer à côté de moi sur un NORAD qui piaffait et agitait la tête. François-Xavier, ce colosse sur son énorme cheval, se dressait derrière nous, notre ange gardien.

Sri n'avait pas l'air intimidée, et avec une armée d'arbalétriers derrière elle, elle avait sans doute raison.

— Tirer parti de ma paranoïa pour nous tendre un piège ? Je dois reconnaître que c'est élégant, commença Talis. Tu nous as ramenés aux mains des trommeleurs… (Nos assaillants sursautèrent, et l'I.A. leur adressa un sourire narquois.) Pardon, je suis censé ne pas connaître ce peuple ? Soit, à portée de ces anonymes que je suis bien incapable d'identifier, dans un endroit où l'on peut sans peine mettre en place une embuscade, et où nos capteurs ne fonctionnent pas. Bien joué ! Je te tirerais volontiers mon chapeau, mais je n'en ai pas. J'ai en revanche un canon orbital, et il sera braqué sur Saskatoon dans 4 minutes et 30 secondes.

Sri serra les dents.

— Qu'est-ce qui vous fait croire qu'on vient de Saskatoon ? l'interrogea la bergère de composition.

— Vous voulez comploter en cachette ? Ne le faites pas dans la Saskatchewan, répondit Talis. Plus que 4 minutes et 15 secondes. Vous ne devriez pas me laisser parler, tout le monde le sait.

— Nous avons donc tous des leçons à apprendre aujourd'hui, conclut Sri. Remontez vers l'église, je vous prie.

— Ou alors restons là pour parler d'armes orbitales et du prix de la trahison.

Sri déplaça son arbalète de quelques centimètres pour la pointer vers moi.

— Vous savez à quel point je tire bien, Talis.

Sri… Elle n'avait jamais hésité à me faire mal s'il le fallait, et elle mourait à petit feu.

— Un prix qui s'élève à deux ou trois villes de bonne taille, continua Talis.

— Nous espérons tous ne pas en arriver là, répliqua Sri. Grimpez la colline.

— Tu as entendu la demoiselle, François, dit Talis. Prends la tête.

François-Xavier nous mena sans trembler vers… Dieu sait quoi. Gordon Lightfoot avait les oreilles collées sur le crâne et avançait en tressaillant, comme s'il était monté sur des ressorts rouillés.

— D'une I.A. à l'autre, tu en penses quoi ? me demanda Talis. Je dirais qu'il y a deux cents habitants à Saskatoon, dont la moitié est de mèche avec ces gaillards, et l'autre parfaitement innocente. Ce n'est pas la proportion idéale, mais rien de catastrophique non plus…

Il s'interrompit.

Le couple de bergers démontait la petite tente, et il y avait bien… quelque chose dessous. De grosses bobines, un disque qui tournait et, sur le devant, un émetteur.

— Greta ! cria Talis en descendant de NORAD d'un bond, comme un acrobate. Baisse…

Toi.

L'impulsion électromagnétique me frappa entre les deux yeux.

Le Plan du grand méchant

Une IEM.

Cette arme épargnait les hommes et leurs équipements mais détruisait les données et tout ce qui était électronique, comme les I.A.

C'était ce qui avait tué l'Abbé, mon professeur, mon bourreau, presque mon père ; une I.A. qui avait préféré occuper un corps mécanique.

L'IEM me frappa de plein fouet. La grande lumière blanche qui accompagna l'impact céda aussitôt la place aux ténèbres. Le temps s'arrêta… puis redémarra, et je me forçai à suivre la cadence. Mon crâne était fendu en deux (pas littéralement, je m'en assurai plus tard), mon cœur battait à tout rompre, et je retrouvai Talis dans une colère noire.

— Elle est encore trop jeune, trop vulnérable et beaucoup trop précieuse ! Tu peux me dire ce qui t'est passé par la tête ?

Il était agenouillé au-dessus de moi pour inspecter mes pupilles et prendre mon pouls. L'I.A. avait une mine affreuse : son front était constellé de sueur, son visage déformé comme si elle avait eu une attaque. Elle toucha mon datastore du bout des doigts, mais je ne sentis aucune trace de ses capteurs. Étais-je diminuée à ce point ? Était-elle blessée elle aussi ?

Je bougeai légèrement la tête et ma vision infrarouge revint d'un coup : un déluge de couleur me retourna l'estomac.

Je pus ainsi voir François-Xavier donner un grand coup de coude aux hommes qui essayaient de l'immobiliser. On lui avait arraché sa prothèse, et sa manche vide flottait comme un étendard. Il était magnifique… et complètement dépassé.

Talis, lui, était loin d'en avoir fini.

— Sri, tu es une imbécile ! Non, le mot est trop faible. C'était la pire idée de l'univers, un grand trou noir béant qui a mis en orbite toutes les idioties de notre monde. Je te jure que si nous la perdons…

Il était hors de lui parce qu'il s'inquiétait pour moi.

— Talis, toussai-je. (Il ne m'avait pas entendue, lancé dans un discours sur la densité gravitationnelle.) Michael ! Je vais bien.

— Tiens donc ? répondit-il, soudain calmé, comme si quelqu'un venait de presser un interrupteur dans son crâne. Je me sens bien bête, maintenant.

— Ça va, je vous jure.

— Tout va bien ? répéta Talis. Tu nous as seulement fait une crise de tachycardie ventriculaire pendant 4 secondes et 2 centièmes, François-Xavier se fait copieusement casser la figure, et on dirait que je nous ai tous fait tomber dans un piège, mais ces petits détails exceptés… (Il se retourna.) François, tu peux me dire ce que tu fabriques ? Arrête de résister.

Le géant s'affaissa, le souffle court. L'un de ses assaillants avait passé un bras autour de son cou en un geste presque fraternel. Mon esprit se fixa sur cette image. Sur ce sourcil noir qui dépassait de ces lunettes de travers, sur la façon dont la manche de l'homme était fermée, avec ses cinq boutons luisants… Mais tous les trommeleurs portaient ce genre de manches – l'encéphalite à tiques était un vrai problème dans la Saskatchewan depuis le réchauffement climatique –, et s'obnubiler pour des petits détails était un signe typique de dysfonctionnement chez les I.A.

Talis voulut s'asseoir sur les talons, perdit l'équilibre (ce qui ne lui ressemblait pas du tout) et se retrouva le derrière dans l'herbe, adossé au mur de l'église. J'étais moi-même prise d'un vertige qui se dissipait peu à peu. J'y voyais mieux et mon crâne semblait avoir résisté au tisonnier télépathique chauffé à blanc que Sri y avait enfoncé.

Sri n'hésitait pas à me faire souffrir si c'était pour mon bien… mais en quoi cette trahison m'aiderait ? Je ne savais plus quoi penser.

Talis me tendit la main pour me permettre de m'asseoir. Sous mes yeux, le décor tressautait, comme drogué à la caféine.

Mais Talis ne semblait pas s'en soucier. Il posa les doigts sur ma clavicule, et, cette fois, je sentis ses capteurs, voilés par des parasites.

— Comment tu te sens ? me demanda-t-il.

— Mal en point, et vous ?

— Je ne peux pas dire que je passe la meilleure journée de ma vie, mais tu sais, quand on a cinq cents ans comme moi, parfois on gagne, parfois on perd, et parfois on se venge de façon impitoyable.

Il se hissa sur le mur pour s'y allonger.

— Excusez-moi, lança-t-il à nos assaillants, qui le regardaient en silence. Inutile de vous rappeler qui je suis… Il semblerait que je ne sois pas à mon avantage… ou plutôt que vous l'espérez.

Il n'eut pas besoin de développer, le message était clair pour tous. Talis savait à qui il avait affaire, et pouvait donc s'en prendre à leurs familles.

— Vous avez trente secondes pour détaler.

L'I.A. avait de toute évidence fait une mauvaise chute : elle avait un gros hématome sur la pommette et de l'herbe dans les cheveux. Elle avait pourtant tout de l'une des trois Parques quand elle se mit à compter sur ses doigts.

Les hommes échangèrent des regards derrière leurs grosses lunettes dorées. Trente secondes ? C'était, pour Talis, une offre plutôt généreuse. Je pensai, pendant les vingt premières, qu'ils allaient l'accepter… et surtout qu'ils auraient dû le faire.

Il n'en fut rien.

Talis replia son dernier doigt.

— Vous voulez me donner des noms, ou je me contente de coordonnées de tir un peu larges ?

— Vous connaissez déjà le mien, alors pourquoi ne pas me parler directement ? demanda Sri.

— Allons, Sri, ne sois pas jalouse, dit Talis d'une voix amusée, même si je le sentais… affecté. En bon maître du monde, j'ai bien assez d'amour pour tous mes enfants.

« Tu ne peux pas les protéger », disait-il à mots couverts. Je sentais mon datastore s'ajuster, mes capteurs reprendre vie. Nous n'avions que quelques minutes avant que Talis ne joigne ses satellites.

— Nous ne sommes pas ceux que vous croyez, dit la bergère.

— Allons, ne me dites pas qu'une conspiration se trame dans la Saskatchewan. Il n'y a personne ici.

Mais Talis se trompait. Il y avait… quelqu'un. J'avais reconnu la posture – cette façon de se pencher un peu en avant – d'un des hommes qui se tenaient vers l'arrière, en silence.

Je sentis une douleur au creux de mon bras. Les battements de mon cœur résonnaient dans ma mâchoire.

— Vous n'avez pas de questions, Talis ? demanda Sri, qui s'efforçait d'accaparer l'attention de l'I.A. Allons, demandez-moi ce qui m'a poussée à me retourner contre vous.

— Mais bien entendu, répondit Talis. Je ne rate jamais une occasion d'écouter le grand méchant expliquer son plan. Allez Sri, c'est l'heure de ton monologue.

Sri hésita, pourtant. Elle n'ignorait pas que le temps pressait.

— À la réflexion, je crois que vous comprendrez par vous-même au fur et à mesure.

— Comme tu voudras, répondit Talis en haussant les épaules.

— Vous pouvez commencer avec moi, déclara en s'avançant l'homme que j'avais remarqué plus tôt. Vous devriez deviner pourquoi je vous en veux.

Il releva ses lunettes de protection et baissa son foulard.

Elián Palnik.

Lorsque Talis l'aperçut, il bondit du mur. Sri haussa un sourcil et Elián sourit. Tous deux étaient visiblement ravis d'avoir surpris l'I.A.

Mais j'étais la seule à savoir pourquoi il avait réagi de cette façon car je m'étais levée brusquement, moi aussi.

J'avais agi sans réfléchir, comme on le fait souvent quand son cœur bondit dans sa poitrine.

Elián. Voilà ce dont j'essayais de ne pas me souvenir. Hannah avait pleuré, supplié, et un rayon s'était abattu du ciel. Elián avait tenté de s'évader, et comme aucun d'entre nous ne l'avait arrêté, ils nous avaient tous punis – jusqu'à ce que je leur tienne tête. Ils avaient persécuté Elián, qui s'était effondré dans mes bras. J'avais promis que je lui sauverais la vie.

Ces images surgirent dans ma mémoire, dévastatrices…

Et un éclair les désintégra.

Talis avait posé la main sur mon coude, qui scintillait sous l'effet de l'électricité.

C'était bien plus fort que la sensation des doigts de Sri – et pour cause. Talis savait que ce moment pouvait me tuer, et essayait, sans un mot, de me sauver la vie.

— Salut, princesse ! me lança Elián.

Mes jambes tremblaient.

Elián Palnik, le garçon qui m'avait fait comprendre pourquoi il fallait lutter contre les Préceptorats, mon Spartacus, l'esclave devenu héros. J'étais morte pour le sauver.

Il m'avait jetée dans la rivière, il m'avait portée dans les couloirs quand je ne pouvais plus marcher, il avait glissé ses doigts à côté des miens sur le pressoir à pommes, il m'avait embrassée dans les jardins en déclarant que nous allions mourir tous les deux. Il avait…

Un nouvel éclair.

— Greta, arrête, m'implora Talis.

Son visage restait impassible, mais je vis à son regard qu'il souffrait. Je soupçonnai tout d'abord les conséquences de l'IEM, avant de comprendre qu'il était en train de surcharger le bout de ses doigts. Les capteurs y étaient sensibles à l'extrême : il devait avoir l'impression de plonger la main dans des flammes. Pourtant, sa posture restait aussi décontractée que d'ordinaire. Ses yeux brillaient comme des diamants, il réfléchissait à une vitesse qu'un être humain ne lui aurait jamais enviée.

Cette aptitude ne changerait pourtant rien à la situation : ils étaient quatorze, et nous trois. Ils avaient des armes, pas nous.

Le courant électrique dégagé par Talis me parcourut comme si j'étais un vulgaire circuit. Mon cœur battit encore plus vite.

Que se passait-il, au juste ? Ces gens avaient élaboré un plan des plus risqués pour nous attirer à cet endroit, à ce moment précis… et après ? J'ignorais ce qui était prévu ensuite, mais nous n'aurions sans doute pas notre mot à dire.

Enfin, Talis, tout du moins.

Était-ce une opération de sauvetage ? Elián m'avait toujours considérée comme une demoiselle en détresse.

Mahrip m'avait demandé : « Avez-vous besoin d'aide ? »

« N'oubliez pas votre peuple. » Mon peuple était venu me secourir, et Elián était devant moi… je me sentais exploser. Ma cage thoracique me paraissait trop petite pour mes poumons, et les deux os de mes avant-bras semblaient sur le point de s'ouvrir comme des paupières. Je me serrai les poignets de toutes mes forces pour rester entière.

— Je n'ai pas droit à un « bonjour » ? me demanda Elián, de toute évidence froissé.

— Bonjour, Elián, répondis-je d'une voix monocorde.

Je me fis l'effet de quelqu'un à qui on avait lavé le cerveau, la victime d'un enlèvement.

Était-ce le cas ? Je tremblais devant Elián. Il m'avait ouvert les yeux, m'avait montré ce qu'était l'amour, avant que Xie…

— Greta ? demanda-t-il en se penchant vers moi comme il le faisait toujours pour me sauver.

— Laisse-la, lui dit Talis.

Elián contempla fixement la main de l'I.A. sur mon coude. Je crus un instant qu'il avait remarqué l'électricité qui dansait autour de mon bras, avant de comprendre sa réaction. Il voyait seulement celle qu'il avait aimée au bras d'un monstre, le meurtrier de sa grand-mère.

Je serrai mes poignets de plus belle.

— Elián, je suis sérieux, insista Talis. Je ne sais pas ce que tu as en tête et je crois que toi non plus, vu qu'anticiper n'a jamais été ton point fort, mais tout ceci… (Il désigna Sri du menton.) Tout ceci n'a rien à voir avec Greta, et tu vas la tuer si tu continues, alors laisse-la tranquille.

— Sri, ça fait cinq minutes, annonça un homme, au premier rang.

Le Cygne ne put s'empêcher de lever la tête. Talis en fit autant, un petit sourire aux lèvres. La plate-forme orbitale !

Sri se reprit. Elle laissait pendre son arbalète sur sa cuisse, comme si elle l'avait oubliée, mais ne l'avais-je pas vue abattre un lapin dans la pénombre sans prendre le temps de viser ?

— Très bien, Michael, dit-elle. Jouons un peu.

— Ne m'appelle pas par ce prénom.

— Greta le fait pourtant.

— C'est différent.

— Ma petite I.A., me dit-elle avec tendresse. (Elle se tourna vers ses acolytes.) Tenez-lui les bras !

La fausse bergère approcha par derrière, mais Talis posa une main sur mon visage avant qu'elle puisse me toucher. Ma peau étincela sous ses doigts.

— Michael, non…

— Il le faut.

Mon peuple, Elián, mon pourquoi, mon comment. *Non.*

Je battis en retraite, et il me suivit, comme si nous dansions.

— C'est trop, dis-je.

— Je sais, mais il le faut, tant que j'en suis capable.

Je reculai dans les bras de ceux qui avaient peut-être l'intention de me tuer. La bergère me serra l'épaule. J'observai sa main, la couleur de sa peau, la forme de ses ongles, la corne entre ses doigts. Je contemplai mon visage dans les verres de ses grosses lunettes. Concentrée de la sorte sur de minuscules détails, je déraillais. Si Talis me prenait une chose de plus…

Nous étions pris au piège, et ils allaient le tuer. Il le savait forcément.

N'importe qui d'autre m'aurait rassurée, mais pas lui.

— Ne sois pas humaine, murmura-t-il.

— Quoi ?

— Ne sois pas humaine. Sois… ceci.

Ses capteurs fusèrent et une impulsion parcourut le réseau inductif de mon cerveau. Il n'avait jamais autant pressé mon esprit, et pendant une seconde je me rappelai que je ne le voulais pas, lui non plus, et que nous avions beaucoup à perdre. Mon réseau devint incandescent, mes pensées s'envolèrent comme une nuée de lucioles. Je luisais peut-être vraiment.

— Redeviens humaine plus tard, dit Talis après avoir levé sa main. Quand je pourrai t'aider.

— Comment pourriez-vous l'aider à être humaine ? demanda Sri.

Je ne l'avais jamais entendue parler sur ce ton. Elle paraissait… je n'aurais su le dire. Mes pensées étaient limpides : tous mes sentiments avaient disparu.

— Que savez-vous de…

Sa phrase se perdit dans un petit sanglot étranglé. J'avais trouvé le mot : elle paraissait brisée.

Je rouvris les yeux.

— Venez, dans ce cas, nous suggéra la jeune femme. Je vais vous montrer à quoi être humain ressemble.

La bergère me tira en arrière. Personne ne toucha Talis, et quand il s'avança vers Sri et ses conspirateurs, ils battirent en retraite. Il avait fait de l'espace qui l'entourait une scène, et il aurait fallu du cran pour l'y rejoindre.

— Talis, souffla François-Xavier, les yeux mi-clos, étranglé par le bras qui lui serrait la gorge. Rachel...

Était-ce un avertissement ? Une question ?

— Du calme, FX, lui répondit Talis. Je vais tout arranger.

— Vous croyez ? demanda Elián avant de tirer un couteau de sa ceinture.

Talis haussa les sourcils et enfila ses petites lunettes. Le geste avait un côté théâtral, mais Talis était bien myope. Peut-être voulait-il juste mieux voir l'arme ?

— Alors c'est toi qu'ils ont choisi pour... ça ?

— Si vous voulez savoir, je me suis porté volontaire, répondit Elián avec la voix traînante qu'il adoptait quand il voulait jouer les durs.

Le résultat n'était pas très probant. Je notai grâce à ma vision infrarouge que les petits muscles autour de sa bouche tressautaient. Et il lançait en permanence des petits regards dans ma direction.

J'avais déjà pu le voir une lame à la main. Il avait menacé Tolliver Burr, l'homme qui m'avait torturée, avec un vieux couteau à légumes, ce qui ne s'était pas très bien passé. Elián n'était hélas pas du genre à apprendre de ses erreurs, et avait recommencé avec Talis, en pressant contre sa gorge un ustensile plus adapté pour démembrer un mouton que pour intimider un robot devenu maître du monde. Un échec supplémentaire. Arme ou non, personne ne pouvait se montrer plus menaçant que l'I.A.

Sauf ce jour-là. Le poignard que brandissait Elián n'avait rien à voir avec ses armes précédentes. Sa lame, d'une dizaine de centimètres, était pointue et affûtée des deux côtés, forgée pour tuer.

— Mon cher Elián, n'avions-nous pas déjà constaté que tu n'es pas un tueur ? demanda Talis.

— Je n'en suis pas un.

— Et ce sera différent parce que je ne suis pas un être humain ? Attends que le sang commence à couler !

Sri s'approcha de nous.

— Enlevez votre manteau, ordonna-t-elle à l'I.A.

Talis portait bien entendu son cache-poussière en cuir huilé, dont un pan était couvert de terre depuis qu'il était tombé de cheval. J'avais appris à apprécier ce matériau : je savais qu'un coup de brosse suffirait pour le nettoyer, quand nous en aurions le temps. Talis aimait sans doute ces manteaux encore plus que moi, car il ne fit rien pour ôter le sien. Il adressa un petit signe de tête à Sri, plutôt une question qu'un geste de défi. On aurait dit un corbeau : petit, élégant, vêtu de noir et prêt à vous arracher les yeux.

— Elle vous a demandé de l'enlever, lança une femme.

Talis se retourna sur-le-champ et braqua ses yeux sur elle comme il l'aurait fait d'un canon. La malheureuse baissa la tête.

— Pardon, commença Talis avec un sourire. Je voulais savoir de quoi vous alliez me menacer.

— Nous sommes assez nombreux pour vous déshabiller de force, si vous préférez, mais nous risquons de vous faire mal, et personne ne le souhaite, dit Sri.

— Ah bon ?

— Pas sans raison en tout cas.

— Intéressant.

L'I.A. hésita un instant, puis ôta son manteau et le jeta sur le côté.

Elián me lança un regard affolé et fit alors ce qui demandait, à mon sens, une bonne dose de cran : il rejoignit Talis sur scène, sans lâcher son couteau.

Je ne quittais pas l'arme des yeux, Talis non plus… mais comment aurions-nous pu deviner ce qu'il comptait en faire ?

Talis ôta ses lunettes et essuya sa joue maculée de poussière avec le foulard de soie plissée qu'il portait autour du cou. Il glissa ensuite le morceau d'étoffe dans sa poche arrière et lança ses lunettes à Sri, qui les rattrapa avec un geste gracieux.

— Et ensuite ?

— Votre gilet, ordonna-t-elle.

— Je sais que vous ne m'avez pas demandé de conseils, mais sans rire, ce n'est pas une épaisseur de cuir de mouton en plus ou en moins qui va changer les choses. M. Palnik sait-il qu'il faut une certaine force pour transpercer une cage thoracique ? Je ne voudrais pas qu'il se rate…

— Le gilet, répéta Sri.

Talis défit ses boutons un par un et me tendit le vêtement, ce qui incita la femme à me serrer plus fort. Le cuir sentait le cheval et la lanoline, et la doublure en laine était encore chaude. L'I.A. frissonnait, seulement vêtue d'une chemise blanche si fine qu'on distinguait les contours de ses clavicules et le relief des bandages avec lesquels elle comprimait sa poitrine – celle de Rachel.

— Et maintenant, on attend que je meure de froid ?

— Tenez-le, ordonna Sri.

Ces hommes et ces femmes avaient de toute évidence préparé ce moment, décidé qui ferait quoi, et pourtant ils s'interrompirent pour s'interroger du regard. J'avais peur… pour eux. Que leur ferait-il quand tout serait fini ? Ils étaient contraints de le tuer, sur-le-champ. Si toucher à un Cygne était passible de la peine de mort, je n'osais imaginer ce qui arrivait à ceux qui s'en prenaient à Talis lui-même. Saskatoon serait loin d'être la seule à partir en fumée. Je compris alors qu'ils devraient aussi tuer François-Xavier pour l'empêcher de les dénoncer… et moi aussi, au passage. Non, Elián ne laisserait…

Deux hommes massifs attrapèrent chacun un bras de Talis pour le tirer vers l'arrière et l'immobiliser. Il tremblait, une réaction purement physiologique car son visage restait impassible.

Si quelqu'un avait la mine d'un condamné à mort, c'était plutôt Elián.

— Sri, je ne crois pas…

— Chut, le coupa la jeune femme.

Elle s'approcha de Talis et passa le doigt dans l'espace entre sa clavicule et la bosse de son datastore… puis descendit vers le boîtier et appuya, comme pour laisser une empreinte dans de la pâte.

Talis écarquilla les yeux.

— Frappe ici, dit-elle.

Talis décida enfin – beaucoup trop tard – de se débattre.

Affection tranchée

Les I.A. ne sont pas plus solides que les êtres humains. Après tout, les corps que nous utilisons sont humains. Il existe quelques différences certes mineures, mais qui ont tout de même leur importance : nous pouvons déclencher à volonté les sécrétions d'endorphine, autrement involontaires, qui décuplent les forces d'une personne prise de panique. Nous traitons la douleur comme n'importe quel autre type de données. Nous sommes capables de repérer le point de rupture sur lequel appuyer pour briser un os. Mais, à vrai dire, rien de tout ça ne vaut ce qu'est capable de faire un homme désespéré.

Talis se débattait comme un diable.

Sans que ses efforts ne lui servent à grand-chose.

Il est aisé d'oublier à quel point Talis est petit : entre notre connaissance de son histoire et sa tendance à se pavaner comme si la foudre jaillissait du bout de ses doigts, il en impose. Mais, dans cette enveloppe corporelle, celle de Rachel, il dispose d'une carrure fine et fragile. Presque délicate. Maîtrisable sans peine.

Il se débattait de toutes ses forces contre les hommes qui le retenaient, au point de les faire chanceler et de les forcer à ajuster leur prise. Le dos arqué, il poussait sur le sol, donnait des coups de pied tellement violents qu'un troisième trommeleur dut plonger pour lui saisir les jambes. Mais, pendant ces quelques secondes où seule comptait la force physique, il ne leur arrivait pas à la cheville. Les hommes le gardaient sous leur coupe, piégé et tremblant. Elián posa la pointe du couteau à l'endroit indiqué par Sri.

— Es-tu… commença-t-il à demander à Sri.

— N'essaie même pas ! cracha alors Talis.

— Vas-y, l'encouragea Sri.

Le visage d'Elián paraissait aussi tendu que du cuir – une expression tellement éloignée de celle qu'il arborait d'habitude que je me demandai un instant s'il s'agissait bien de la même personne.

— Elián ? l'appelai-je.

Le jeune homme tourna la tête vers moi, les traits figés, impassible, et, sans même me quitter des yeux, appuya de tout son poids sur la lame.

Talis poussa un cri suraigu. L'espace d'une seconde, son expression changea et ses yeux écarquillés ne lui appartinrent plus : *Rachel*, pensai-je. *Bonjour, Rachel.* Puis Talis reprit le contrôle. Je lançai un comparatif de son expression avec la base de données de toutes les fois où j'avais vu son visage et le verdict fut établi à 97 pour cent. Mais je ne trouvai aucun précédent dans l'historique pour l'expression qu'il arborait à cet instant-là et je dus la comparer à la norme humaine. Les mots-clés « peur » et « douleur », tous deux extrêmes, ressortirent. Il souffrait d'une blessure critique et il était terrifié.

C'est là que réside la différence entre les données et le savoir. Je disposais de toutes les informations nécessaires pour comprendre ce que Sri et Elián lui infligeaient et pourquoi il réagissait de la sorte. Cependant, je ne bénéficiais ni de l'expérience pour comprendre ces émotions, ni de la réflexion qui aurait permis de les digérer et de les placer dans une structure neurologique accessible à l'envi. De ce fait, incertaine quant à la tournure que prenaient les événements, je consacrai à l'analyse au moins huit mille millisecondes – entre le moment où Sri avait touché Talis et celui où Elián chancela en arrière, abandonnant le couteau enfoncé dans la poitrine de l'I.A.

Les hommes qui ceinturaient Talis le libérèrent et il s'effondra dans l'herbe. Elián continuait à tituber, tremblant de la tête aux pieds comme s'il avait tranché un câble électrique – ce qui, d'une certaine façon, était le cas.

Le pont d'affinité, la connexion principale entre le datastore et le cerveau, courait sous la clavicule avant de s'enfoncer dans l'aorte pour rejoindre le tronc cérébral. Le couteau l'avait tranché.

Elián se couvrit la bouche de la main. Sri s'accroupit. Personne ne soufflait mot. Nous pûmes entendre l'herbe bruire lorsque Talis roula sur le dos, les doigts recourbés comme des serres enfoncés dans sa peau de part et d'autre du manche. Il ne devait pas le retirer, je le savais pertinemment, mais au moment où je m'apprêtais à intervenir, ce ne fut plus guère utile : Sri pressa d'un geste brusque sa main sur celle de l'I.A. avant de la forcer à s'allonger à plat dos, la tête ballottant de-ci de-là.

— Qu'est-ce que ça fait, alors ? demanda-t-elle.

— Qu'est-ce que tu… crois ? haleta Talis dans un râle furieux.

— Ce n'est pas ma question.

Elle ôta sa main de la blessure pour toucher le visage de l'I.A. Le manche en bois du couteau luisait d'une lueur sombre.

— Vous ne pouvez pas vous télécharger, annonça-t-elle. Ni dans un sens, ni dans l'autre. Ce qui fait de vous un être humain. Qu'est-ce que ça fait ?

— Je… dit-il.

Une émotion fugace traversa son visage. De la peur, peut-être ?

— Je vais faire de toi un joli paquet cadeau, haleta-t-il. Avant de t'expédier en enfer. Un truc complexe, avec du raphia, et…

Il avait de plus en plus de mal à parler et ses doigts couverts de sang étaient devenus livides.

— Allons, allons, dit Sri, avant de se pencher au-dessus de l'I.A.

Tout à coup, dans un geste aussi soudain que violent, Talis arracha le couteau de sa propre poitrine et tenta de lacérer le visage de la jeune femme.

Elle se jeta en arrière pour esquiver, si bien que la lame manqua sa cible. Talis…

Talis émit un son.

Une sorte de bruit de succion, de bouillonnement, comme celui d'une paille qui aspire les dernières gouttes d'un milk-shake. Lorsqu'il retomba à plat dos, l'arme lui tomba des mains. Il se replia autour de la perforation comme s'il avait reçu un coup de masse.

— Et merde…

Les yeux écarquillés, comme s'il n'était pas lui-même responsable, Elián se jeta à genoux pour repousser les mains gluantes de Talis et examiner la plaie.

— Sri !

Le visage de la jeune femme trahissait… quoi ? De l'inquiétude ? De la surprise ?

Tout ça ne faisait donc pas partie du plan ?

Je me débattis dans les bras de la femme qui me retenait prisonnière, mais elle resserra sa prise. Mon datastore déversait des connaissances de médecine dans mon esprit à une vitesse effarante et je m'efforçais d'obliger mon cerveau à les intégrer, à construire les structures organiques révélatrices d'un apprentissage réel, à métamorphoser les données en savoir. Je ne pouvais rien faire d'autre, mais ça ne faisait pas vraiment de différence. À cet instant, par exemple, je soupçonnai l'apparition d'un pneumothorax, mais ce diagnostic résumait en gros les connaissances dont j'aurais pu disposer en tant qu'humaine.

Tout comme il résumait ce que savait Sri.

— Kit, lança Sri en tendant la main dans son dos, à la manière d'un chirurgien qui demande un scalpel. Et libérez FX.

— Je ne peux… siffla Talis d'une voix rauque. Je…

Quelle que soit l'empreinte de lui piégée dans ce cerveau, hors du contrôle du datastore, il avait perdu tout ce qui faisait de lui une I.A. Ce fut la rapidité du changement qui m'étonna le plus. Je me serais attendue à ce que demeurent, d'une façon ou d'une autre, ses cinq siècles de joyeuse insouciance, ne serait-ce que par habitude. Mais non. La panique qu'il affichait s'avérait purement humaine.

— Je t'en prie, dit Talis – ou du moins s'efforça-t-il de dire, puisqu'aucun son ne franchit ses lèvres.

— Il est en train de mourir, Sri, se lamenta Elián.

Réaction complètement illogique. Sri et ses compagnons n'avaient aucune raison de se donner la peine de transformer Talis pour ensuite le regarder mourir à leurs pieds.

— Sri, intervins-je. Si vous permettez…

— Libérez-la, répondit-elle en se tournant vers moi. Libérez-les tous les deux. Où est donc passé ce fichu kit ?

La chevrière me lâcha si soudainement que je titubai vers l'avant et tombai à genoux à côté de Talis, qui cherchait en vain à aspirer de l'air. Les muscles tendus gonflaient son cou de chaque côté et les tendons saillaient aussi nettement qu'un réseau de câbles. La perforation, sous la clavicule, au niveau du deuxième espace intercostal, mesurait un peu plus d'un centimètre et demi de long et saignait, sans pour autant que le sang jaillisse à flots.

J'y pressai la main en guise de compresse de fortune.

Oui, juste là : je sentais la pression infra-thoracique titiller goulûment ma paume. C'était bien un pneumothorax : de l'air dans la cage thoracique, qui finirait par pousser les autres organes. Avec davantage de pression, l'autre poumon s'affaisserait, puis le cœur étoufferait aussi vite qu'un poisson sur un quai.

Quand je renforçai la pression de mes doigts, Talis poussa un gémissement.

— Nous avons besoin d'un pansement étanche, dis-je. Un carré d'au moins trois centimètres de côté.

— Greta, me supplia Elián.

— Je suis occupée, Elián. (Ma voix ne trahissait rien.) J'ai besoin de ce bandage de toute urgence. Découpez-en un dans son manteau si vous ne trouvez rien de mieux.

— Greta, tenez…

Je tournai la tête.

À genoux, le souffle court, François-Xavier oscillait. Il chancelait, sa main unique tendue vers moi. Au creux de sa paume se trouvait un paquet.

Mon datastore l'identifia sur-le-champ : un sachet qui contenait un bandage de premiers soins utilisé par l'armée, renforcé par une épaisseur de caoutchouc imprégné d'antiseptiques et de coagulants.

Parfait. Mon estimation des chances de survie de Talis grimpa à quarante pour cent.

— Avez-vous des ciseaux ? Ou un couteau ?

— Euh… eh bien, j'en ai un, dit Sri avant de me tendre la dague d'Elián, souillée de sang jusqu'à la garde.

Au moins avais-je ainsi une idée de la profondeur de la plaie.

— Toi, lança François-Xavier. Éloigne-toi d'elle. Éloigne-toi de nous. Tout de suite.

Sur ce, il se précipita pour écarter Elián sans ménagement. Le jeune homme tomba sur le coccyx et recula à tâtons. Le Cygne s'accroupit en face de moi, de l'autre côté du corps de Talis. Je plongeai mon regard dans le sien et nous nous synchronisâmes en suivant un compte à rebours silencieux. Trois, deux, un.

Je retirai ma main de la blessure.

François déchira l'emballage du pansement avec les dents. J'arrachai la chemise de Talis, sans oublier l'épaisseur en dessous, pour révéler un sein nu et blanc, dont le téton durcissait dans le froid. FX appliqua sur la blessure une poudre composée de coagulants et de cicatrisants avant de coller sans tarder le bandage en le pressant de toutes ses forces.

Le corps de Talis réagit en conséquence. De façon remarquable et immédiate. Tout à coup, sa trachée sembla moins distendue, son visage plus détendu, malgré l'expression très humaine qui l'habillait encore et que j'interprétai comme de la douleur ou de la peur.

— Vous prenez la relève ? me demanda François-Xavier.

Je plaçai mes mains parallèles aux siennes, puis, à nouveau, nous décomptâmes en silence, les yeux dans les yeux. Trois, deux, un. François souleva une main et je glissai les deux miennes à la place.

Seulement 71,51 secondes s'étaient écoulées depuis que Talis avait été poignardé. Les yeux exorbités, verrouillés sur mon visage, il demeurait conscient. Son corps en état de choc était secoué de tremblements. Pendant ce temps, François-Xavier s'affairait à dénouer le turban qui lui ceignait la tête et à en dérouler les plis savamment effectués.

Pourquoi ?

Ah, bien sûr : un bandage compressif.

Je soulevai les mains avec précaution. Même si le pansement étanche, conçu pour être auto-adhésif, tenait le coup, le meilleur espoir de Talis restait de maintenir une pression continue. Je glissai les mains sous ses épaules étroites pour le redresser un peu. Il avait besoin de vider complètement ses poumons afin que nous puissions positionner le bandage, mais il n'en faisait rien. Un gémissement se coinça dans sa gorge lorsque je le déplaçai. Son souffle, entrecoupé de sursauts et de hoquets, était saccadé.

— Expirez, lui ordonnai-je.

Talis souffla deux ou trois fois, faiblement, avant de s'efforcer d'expirer profondément.

François-Xavier glissa l'étole sous le dos de l'I.A.

— Et maintenant, inspirez, dis-je à Talis.

Livide, il essaya. Je l'allongeai, le bras de François-Xavier passé sous ses épaules pour le maintenir à un centimètre du sol.

— Expirez, continuai-je, penchée au-dessus de lui, une extrémité de l'écharpe dans chaque main.

La cage thoracique de Talis descendit légèrement et je serrai le bandage aussi fort que possible pour le nouer à hauteur du pansement étanche.

Pris d'un frisson, Talis poussa un gémissement, avant de s'apaiser.

— Soulevez-le, demandai-je au Cygne, qui accomplit le geste sans le moindre effort.

Il est toujours plus aisé de respirer lorsqu'on ne repose pas à plat. Et c'était exactement ce dont l'I.A. avait besoin. Nous avions beau avoir stabilisé le pneumothorax, nous n'avions sans doute rien soigné. La respiration de Talis restait irrégulière. Des cernes violacés cerclaient ses paupières. Je le calai contre moi, le dos contre mon buste, et l'enveloppai de mes bras en pressant une main sur la plaie.

Sa tête bascula en arrière, calée contre ma clavicule.

— Merci, murmura-t-il. (Sa voix, déjà affaiblie, se fêla.) Oh mon Dieu…

Elián, toujours aussi doué pour s'attirer des ennuis mais pas pour s'en sortir, se détourna soudain pour vomir tripes et boyaux.

Sri, quant à elle, se pencha en avant. Elle déplia les lunettes de Talis pour les lui poser de travers sur le nez. Elle glissa les branches derrière ses oreilles avant d'ébouriffer ses cheveux trempés de sueur et parsemés de brins d'herbe.

— Et voilà, Michael, susurra-t-elle. Voilà ce que c'est d'être humain.

Ils nous laissèrent assis là.

Quelques minutes s'écoulèrent pendant lesquelles les conspirateurs restèrent plantés là comme un groupe d'écoliers en visite, à nous dévisager : une *pietà* nous mettant en scène, Talis et moi, François-Xavier à genoux près de nous, le sang qui coagulait virant au noir sur l'herbe pâle.

Mon esprit organique, qui avait l'agaçante habitude de me bombarder d'images de cookies fourrés, de milk-shakes et autres scènes insensées en tous genres, m'en fournit une inédite : ma famille et moi, toute petite, partis admirer une crèche vivante. La famille royale digne et calme admirait les acteurs, tout aussi dignes et calmes. Un bref moment, je retrouvai la principale sensation éprouvée alors : la sérénité. Entre mes bras, Talis était secoué de soubresauts.

Puis la bulle de calme éclata.

À cause d'Elián, bien entendu. Le calme n'avait jamais été son fort – j'en avais eu un avant-goût dès notre première rencontre. Avec le recul, le temps passé ensemble au Préceptorat semblait se fondre dans un brouillard de torture, de bataille de nourriture et de baisers. Même lorsque je marchais vers ma mort, il n'avait pas pu s'empêcher de faire une plaisanterie sur le football.

Et je ne ressentais rien au souvenir de ces moments.

— Où as-tu appris des trucs pareils ? me demanda le garçon, debout à côté de nous. Toutes ces compétences médicales.

— Je sais tout ce que j'ai besoin de savoir. C'est ce que je suis désormais.

— Ah oui ? Et qu'est-ce que ça fait ?

— Ça ne ressemble à rien d'humain.

— Ah oui, répéta-t-il. C'est ce que je me suis dit.

D'autres conspirateurs restaient groupés dans un coin, où ils semblaient absorbés dans une conversation animée, bien que menée à voix basse. J'eus le sentiment que tout ne se déroulait pas selon leur plan.

Elián s'accroupit et essaya d'attirer l'attention flottante de Talis.

— Je ne… Je veux dire, je ne voulais pas vous faire autant de mal.

Talis expira un souffle tremblotant qui aurait pu être un rire.

— Va-t'en.

De la part de quelqu'un qui ne ratait jamais une occasion d'écouter le grand méchant expliquer son plan, ce n'était pas le choix le plus sage, ni le plus stratégique.

Et pourtant, j'éprouvais de la compassion pour l'I.A. et comprenais sa réaction. Mes mains étaient occupées, au sens propre. Sous mes doigts, le cœur de Talis battait vite et à un rythme irrégulier. Sa peau était anormalement froide. Dans la lumière crue, ses lèvres semblaient bleues comme s'il avait mordu dans la cartouche d'un stylo. La blessure avait laissé entrer trop d'air : son sang ne circulait plus comme il fallait. Si nous ne parvenions pas à évacuer l'air, il allait mourir.

— Elián ! s'écria l'un des inconnus. Allons-y.

Les trommeleurs avaient amené des chevaux de derrière l'autre versant de la colline. Ils grimpaient sur leur monture après avoir jeté les chèvres en travers de leur selle. Leurs naseaux exhalant des volutes de vapeur, les chevaux nous surplombaient. Sri se trouvait parmi les trommeleurs. Malgré le calme apparent de la jeune femme, sa jument, Roberta, reflétait son humeur : elle grattait du sabot, trépignait et faisait des écarts.

Elián la regarda, puis se tourna vers moi avant de revenir vers le Cygne. Ses traits crispés traduisaient sa tension. Ses lèvres se pincèrent en une ligne sévère. Mais il saisit la bride de son cheval sans un mot. Alors qu'il s'apprêtait à mettre le pied à l'étrier, il s'interrompit, hésitant.

— Viens avec nous, Greta.

Alors j'y réfléchis. J'avais confiance en Elián. Même s'il venait de poignarder un être cher à mon cœur, pour des raisons que je ne comprenais pas, je lui faisais confiance. Il en aurait fallu peu pour dire que je l'avais un jour aimé, bien que le souvenir de cette émotion soit difficile à raviver.

— Elle ne peut pas, intervint Sri.

À raison.

Talis avait fait de moi une I.A. grâce à un processus qui ne laissait que peu de survivants. Je n'y avais pas encore survécu pour de bon. Une fraction de seconde, je détestai Talis et tout ce qu'il représentait. Puis cet étrange pic d'émotion retomba et je resserrai mon étreinte autour de l'I.A. avant de secouer la tête.

Elián passa la jambe par-dessus la selle, serrant si fort les rênes que l'animal recula d'un pas en renâclant.

— Tu sais, Greta, à l'époque où tu étais humaine, tu n'aurais pas laissé une chose pareille se produire. Laisser quelqu'un se faire poignarder sous tes yeux ? Jamais.

— Vous étiez quatorze, me contentai-je de répondre.

J'aurais pu lui faire remarquer que, puisqu'il était lui-même l'auteur de l'agression, il était très mal placé pour me critiquer.

— Tu aurais pu essayer de l'empêcher, rétorqua-t-il d'une voix féroce où ne perçait aucune hésitation. Peut-être que tu devrais y réfléchir.

Il éperonna son cheval pour rejoindre les autres.

— Bonne chance, Greta ! lança Sri, qui fit faire demi-tour à sa monture juste à côté de nous. Au revoir, Michael.

— Talis, corrigea-t-il dans un souffle, la tête ballante. Je m'appelle Talis…

— Sri, appela François-Xavier.

Il saisit les rênes de son cheval : je crus un instant qu'il cherchait à la retenir, même si j'en ignorais la raison.

Mais Sri posa une main sur celle du Cygne – une main paralysée et osseuse, sur celle de l'homme, large et sûre. Et je compris qu'il s'agissait d'un au revoir. Leurs poignets se pressaient l'un contre l'autre, si bien que leurs tatouages respectifs formaient un petit oiseau posé, presque invisible.

— Elle n'aurait pas dû revenir, dit Sri. Pas tout de suite, en tout cas. Pas du tout. Tu le sais, pas vrai ?

Silence, puis François-Xavier hocha la tête.

— Je le sais.

— As-tu déjà commencé ta sculpture ?

— Tu sais bien que non.

— François-Xavier. (Elle ôta sa main de la sienne.) Pars, tant que tu le peux encore.

— Si je te revois, répondit le Cygne, je te transpercerai le cœur d'une flèche.

À ces mots, il relâcha les rênes.

— Greta, n'oublie pas, me dit Sri non sans m'adresser un salut formel, il y a un tube de drainage dans le kit.

Elle poussa ensuite un sifflement et tous les chevaux s'élancèrent.

Nos agresseurs levèrent le camp et nous les regardâmes s'éloigner. Le martèlement des sabots, d'abord fracassant, se mua en un roulement ténu, avant de laisser la place à un silence assourdissant au cœur de la vaste prairie.

François-Xavier, toujours debout, la tête basse, la releva doucement.

— Bien, dit-il. Finissons-en.

Il s'agenouilla près du kit de premiers soins, dans lequel il fouilla pour en sortir un tube et un scalpel.

Ainsi, comme semblait le souhaiter Sri, nous sauvâmes la vie de Talis en évacuant l'air de sa cage thoracique avant qu'il ne s'y noie. Ce ne fut pas propre. Je crus à plusieurs reprises qu'il allait s'évanouir – qualifier ce que nous lui infligions d'invasif relevait de l'euphémisme. Il resta pourtant conscient. En tout cas, jusqu'à ce que nous ayons terminé : ce n'est que lorsque je l'installai de nouveau contre moi qu'il se laissa aller.

Je sentis la tension quitter ses muscles. Son souffle s'apaisa. Ses paupières s'alourdirent, puis se fermèrent. Ses mains, qui avaient agrippé les miennes, se détendirent et se posèrent. L'une d'elles resta calée dans le creux de mes bras, recroquevillée. L'autre reposait, flasque, sur ses genoux. Au bout d'un moment, je constatai des changements dans les ondes delta émises par son cerveau, puis je vis frémir ses paupières bleuies. Il s'était endormi.

Le soir approchait et le vent se levait. La température était descendue à 1,2 degré du point de gel. François-Xavier retira son cache-poussière pour nous emmitoufler dedans, il se pencha même pour bien envelopper les épaules de Talis et remonter le manteau jusque sous son menton.

— Rachel, dit-il avec bien plus de tendresse que je ne l'aurais imaginé capable d'exprimer.

Personne ne lui répondit.

Interlude : Être assassiné

Talis – ou du moins ce qu'il en restait – se demandait sincèrement s'il avait déjà été assassiné.

Comment l'aurait-il su en vérité ?

Il aimait partir à cheval, il l'avait fait à de multiples reprises, surtout après les deux ou trois premiers siècles. Parfois, on a vraiment besoin d'apporter sa petite touche personnelle : il avait lui-même forcé plus d'un traité et forgé plus d'une paix. Loin des montagnes Rouges, les personnes qu'il croisait n'avaient pour ainsi dire jamais rencontré d'I.A. sous la forme d'un Cygne. Ils le trouvaient étrange, pour ne pas dire carrément effrayant. C'était ainsi qu'il avait entretenu la réputation du nom de Talis sur toutes les lèvres du monde. Et grâce à ce nom s'épanouissait la paix qui avait exigé de lui tant de sacrifices.

Les choses tournaient rond ainsi. Il existait un réseau privé planétaire de forteresses de données à laquelle la conscience de l'I.A. pouvait accéder sans problème via *des câbles blindés, puisque son être véritable était bien trop imposant pour se transférer par un réseau sans fil. Un de ces silos se trouvait dans les montagnes Rouges, bien entendu, tandis que d'autres avaient été placés à des endroits stratégiques de par le monde : près de Lhasa, dans l'Oural à Yamantaw, profondément enfoui dans l'antique cité souterraine de Derinkuyu, sous le Kilimanjaro, etc. À l'intérieur de chaque forteresse, les Nations Unies conservaient une base d'opérations et les Cygnes y logeaient dans des campements. La plupart du temps, Talis partait à cheval, prenait les choses en main, puis revenait. D'habitude, il rentrait sans anicroches, se téléchargeait à nouveau et réintégrait la copie de retour. Tout ça ne lui prenait en général que quelques mois, ce qui signifiait qu'il n'occupait pas un corps assez longtemps pour ressentir les désagréments causés par la douleur aveuglante des lésions qu'une I.A. ne manquait pas d'infliger au cerveau de son hôte. Cette douleur l'avait déjà tué une fois, à l'époque où il était encore Michael, et une fois suffisait largement.*

D'ailleurs, s'il ne traînait pas, le Cygne se trouvait souvent en assez bonne forme une fois qu'il se téléchargeait à nouveau. Talis ne souhaitait en aucun cas en détruire plus qu'il ne fallait.

Mais, et c'est là que le bât blessait, de temps à autre, une copie partait à cheval et ne revenait jamais. Un pan de son expérience engrangée mais jamais réintégrée disparaissait. Un peu comme un livre jamais remis sur son étagère.

Selon lui, certaines de ces versions disparues avaient pu être assassinées. La théorie la plus probable restait celle de l'accident, mais, bon. Des ennemis, il en avait un paquet. Il en avait plus que la plupart des êtres humains n'avaient de proches. Pourquoi certains d'entre eux ne l'assassineraient-ils pas ? Cela dit, il était difficile de voir ce qu'ils en retireraient, mis à part des éclaboussures, et ce serait une terrible prise de risque. Une poignée de tentatives avortées avaient bien eu lieu, et ce qu'il avait infligé aux coupables, même lui ne souhaitait pas y penser.

Mais alors, il se noyait parfois dans sa soif de sang, il s'y plongeait si profondément qu'il ne se préoccupait plus de peser le pour et le contre.

Et que pouvait-il bien faire si ce n'était poursuivre sa chevauchée ? Il agissait pour le bien du monde qu'il avait un jour sauvé et que, frustration ultime, il devait continuer à sauver, comme si cet univers était une embarcation qui prenait l'eau et que Talis possédait le seul saut pour écoper. Et s'il se montrait honnête envers lui-même, il le faisait pour son propre bien, à lui aussi. Ça lui permettait de rester… pas sain d'esprit, pas vraiment. Ce n'était qu'un indicateur humain, il n'y accordait plus d'importance. Ça lui permettait de ne pas s'ennuyer. Voilà ce qui comptait. Il s'enlisait dans l'ennui, comme rongé par la rouille. L'ennui, une mort lente, aussi lente que le feu paresseux de la rouille.

Ainsi, en fin de compte, il était tout à fait prêt à prendre le risque d'être assassiné. Il s'était imaginé avec une balle dans la tête sur un bas-côté poussiéreux, ou se vidant de son sang sur le sol d'une salle de conférences quelconque, entouré par les conspirateurs sous le choc. Il se plaisait à penser que ce serait rapide, sans se soucier vraiment du mode opératoire.

Mais, ça… Un meurtre, oui. Sans doute pourrait-il aussi finir dévoré par des lions, une fin haute en couleurs, originale. Oui, il prendrait ce risque. Mais il ne l'aurait jamais imaginé sous cette forme.

Il n'avait vu le coup arriver qu'à l'instant où le doigt tremblant de Sri l'avait touché pour repérer le meilleur endroit où plonger la lame. Et puis, une fois qu'il avait compris, il n'avait pas pu empêcher quoi que ce soit. Il s'était débattu, bien sûr, il ne voyait rien de mieux à faire que de lutter, malgré l'aspect très humain de cette réaction : ils résistaient toujours, même si ça les aidait rarement. Il s'était battu et, ce faisant, il avait eu le temps d'anticiper, le temps de jouer tout le scénario dans son esprit. Il connaissait un peu les principes de la torture récréative (car, n'oublions pas, il existait depuis un sacré bout de temps, sans oublier l'ennui déjà mentionné). Il savait qu'il fallait d'abord titiller au cure-dents avant d'user du fouet. Le bout du doigt de Sri qui le touchait, le frisson, puis la chatouille…

Et enfin la lame.

Il l'imaginait vraiment comme un coup de fouet, c'était bien le problème lorsque l'on pensait trop vite, lorsque l'on pensait aux fouets. Le couteau incarnait le fouet qui s'enroulait autour des racines de son être intime pour les arracher de la terre dans un hurlement, à l'image des mandragores. Pendant un bref instant, même s'il se percevait toujours intact, il avait senti le datastore réagir au court-circuit massif, le corps à la blessure et l'esprit organique se recroqueviller sous ce qu'on appelle l'état de choc, et ensuite…

Et ensuite, rien de particulier. La douleur, bien sûr : il venait juste d'être poignardé en pleine poitrine. Ses genoux n'avaient même pas tenté de le retenir. Sa main s'était portée à la blessure comme si elle jouissait de son propre logiciel. Mais ce qui l'avait le plus surpris, c'était la façon dont le monde avait perdu toute consistance, toute couleur, comme s'il avait plongé dans une image du monde, au lieu du monde lui-même. La moitié de ses sens s'étaient tout simplement éteints. Infrarouge, ultraviolet, ultrasons… le joyeux brouhaha du monde électronique, les profondeurs et les couches époustouflantes du monde des données, disparus. Sa mémoire découpée comme un flocon de neige en papier – si, depuis la naissance de Greta, il n'avait pas autant bousculé son propre historique dans son esprit, il ne serait rien resté de lui.

Et en l'état… il en restait assez. Il accusa durement la perte – il aurait été moins cruel de le rendre aveugle – mais il conservait assez de sa personnalité. Ou du moins le pensa-t-il, un instant. Il avait poussé un petit geignement, qui avait arraché un léger sourire à Sri : les éléments attendus du spectacle. Car c'est bien ainsi qu'il l'envisageait. Il pensait même qu'il pourrait le jouer. Mais, ensuite, il avait retiré le couteau de son torse.

Et soudain, il avait eu besoin d'air, sans parvenir à en inspirer. Il se débrouillait plutôt bien pour ignorer la douleur, mais ce type de détresse ne correspondait pas tout à fait à de la douleur et s'avérait impératif.

Le corps avait besoin d'air. Et soudain, ce corps lui appartenait… non, il était ce corps. Il faisait corps avec son organisme. Il était humain.

D'un seul coup de couteau, ils l'avaient rendu humain.

« Je me souviens des avions »

Talis dormait comme un bébé, d'un sommeil lourd et profond qui aurait convaincu n'importe qui de son innocence.

Je le gardai dans mes bras une bonne heure, pendant que François-Xavier rassemblait les chevaux dispersés et récupérait notre équipement. Le temps qu'il termine, des spasmes s'étaient emparés de mon dos crispé. Le Cygne prit délicatement Talis de mes bras comme s'il s'agissait d'un nourrisson, et, comme un nourrisson, la jeune femme ne se réveilla pas. L'obscurité gagnait du terrain et la température tombait en chute libre.

Je dénichai un passage entre les murs effondrés de l'église et y conduisis les chevaux. Dans le tout petit espace protégé du vent, dans le coin nord-ouest de l'édifice, j'empilai nos sacoches de selle, les tapis en mousse ainsi que l'une des couvertures de cheval pour en faire une sorte de couche inclinée. Nous y étendîmes Talis avant de l'envelopper dans nos trois draps plissés. Des frissons parcouraient son corps par vagues, telles les répliques d'un séisme.

Je restais là à le regarder, et je n'aimais pas ce que je voyais. Sa température était trop basse, son pouls trop rapide. François-Xavier ne possédait pas la structure cérébrale d'une I.A., mais il était équipé des mêmes capteurs que moi. Il observa Talis avant de croiser mon regard.

— L'idéal, ce serait qu'il ne meure pas, dit-il avant de s'interrompre. Oui, ce serait l'idéal.

J'hésitai sur la marche à suivre.

— La perte de sang pose problème, mais nous ne pouvons rien y faire ici. Il n'y a rien pour le transfuser. La cyanose diminue, ce qui est bon signe, mais…

— Il est froid, finit François d'une petite voix.

— C'est le choc, repris-je, ce qui n'empêcha pas le Cygne de se détourner pour aller fouiller dans le tas d'équipements qu'il avait rassemblés.

Je l'observais, remarquant la déchirure qui ornait le sac d'où il avait sorti le kit de premiers secours. Je notai la prothèse de bras usée et arrachée. FX n'éprouvait pourtant aucune difficulté sans elle : il avait même soulevé Talis sans le moindre signe de fatigue, équilibrant le corps menu du bout de son moignon d'avant-bras, contractant ses muscles comme s'il soulevait une poutrelle. Il trouva le petit poêle, le retourna pour le caler à l'aide de son moignon contre son torse et le maintenir à l'envers avant d'en déplier les jambes.

Malgré tout, sans son manteau, sans son turban, sans sa prothèse, il paraissait presque… nu.

Je clignai des yeux, soudain étourdie, tâtonnant autour de la zone où auraient dû se trouver mes sentiments. La marche manquante des escaliers. Auparavant, ce vide s'était déplacé, de-ci de-là. Mais Talis avait envoyé une telle décharge à travers mon esprit organique que le trou béant n'existait pour ainsi dire plus. Et le néant se trouvait partout, comme si je flottais au-dessus de mon corps. Comme si je tombais en chute libre.

Le poêle était prêt. François-Xavier l'installa près de Talis comme il aurait déposé une bougie sur un autel, puis se pencha au-dessus du brasero. Il se tenait accroupi en équilibre sur la pointe des pieds, les coudes en appui sur les cuisses, le poing calé contre le visage. Son bras myo-électrique gisait par terre à côté de lui, l'attache du coude dans l'herbe, les doigts recourbés selon une position étrange, comme s'ils essayaient d'attraper un objet.

— Il est cassé ? demandai-je.

— Non, il chauffe.

— Votre prothèse, je veux dire, votre main.

— Hors d'usage. Piétinée par un cheval.

Au-dessus de nos têtes, le ciel prenait une teinte translucide, peu à peu noyé par les ténèbres de l'espace. L'une après l'autre, les étoiles s'allumèrent. D'abord quelques-unes, elles apparurent ensuite par dizaines, accompagnées, dans mon regard, par leur nom, leur éloignement et leur position dans le diagramme stellaire d'Hertzsprung-Russell.

De là-haut, les satellites nous observaient et je leur renvoyai leur regard.

François-Xavier frissonnait.

Le poêle irradiait de chaleur, mais l'homme tremblait de tous ses membres, comme secoué de sanglots silencieux.

— Il n'y a pas assez de lumière, dis-je.

FX leva les yeux vers moi. Sur ses traits, figés et dévastés, se lisait son désarroi.

— Il n'y a plus assez de lumière pour envisager un quelconque soin, dis-je. Ou pour se déplacer. Il serait plus sage de prendre un peu de repos.

— Nous venons de subir une attaque, dit-il.

— Et si ça se reproduit, nous serons incapables de nous défendre. Il ne sert à rien de monter la garde.

François ne semblait pas comprendre.

— Ils le veulent vivant, précisai-je.

La raison en restait mystérieuse, énigme qu'il nous faudrait résoudre au plus vite, même si François-Xavier ne parvenait pas à suivre mon raisonnement, malgré mes efforts.

— Que vous a-t-il fait ? me demanda-t-il.

— Rien, je vais bien.

— Pas le garçon trommeleur. Talis. A-t-il… (Il tendit les doigts devant son propre visage pour imiter le toucher ultrasonique d'une I.A.) A-t-il…

— Il le devait.

— Avec votre consentement ?

— Nous n'avions pas le temps pour ça.

Il secoua la tête d'un petit coup sec, le crâne à peine incliné de deux degrés, comme malgré lui. Puis il retomba dans son mutisme. Il demeurait indéchiffrable à mes yeux. Je devais apprendre, aussi commençai-je par lancer une recherche sur les méthodes permettant de comprendre les émotions humaines.

— Nous allons avoir besoin d'eau, reprit François en se redressant. Je vais à la rivière. À mon retour, nous instaurons des tours de garde.

Mais il ne s'en alla pas, car, malgré la fermeté de son ton, la décision ne lui revenait pas. Je considérai l'idée.

Chevaucher de nuit comportait des risques. Outre la présence de nombreux terriers de chiens de prairie, nous nous trouvions dans un pays en proie à des troubles politiques et risquions de tomber à nouveau sur l'équipée qui nous avait attaqués.

D'un autre côté, François-Xavier montait à cheval depuis longtemps (au moins depuis qu'il avait tué Bihn, trois ans plus tôt) et il restait le meilleur outil à ma disposition. Alors je le laissai partir. Il s'exécuta, et je me retrouvai seule.

Je suivis mon propre conseil et m'allongeai aux côtés de Talis, tout contre lui, pour partager ma chaleur. Je sentais sa cage thoracique se gonfler contre mon dos, ainsi que les petits sursauts de son corps. François avait repris son manteau. Sous les draps plissés, il faisait assez chaud mais mon visage était froid – tellement froid que je sentais ma peau tirailler et rougir.

Les étoiles constellaient à présent le ciel. Malgré ses 13,7 milliards d'années-lumière de profondeur, l'univers restait désespérément vide.

Gordon Lightfoot s'approcha pour flairer mes cheveux – son souffle produisait de la vapeur, bienvenue par ce froid mordant.

— Salut, cheval, dis-je en caressant ses naseaux, qui frémirent à mon contact, et les plis hérissés de vibrisses de ses lèvres. Salut, Gordon Lightfoot, baptisé en l'honneur du chanteur-compositeur canadien du XXe siècle. Comment ça va ?

Sans même qu'on lui demande, le cheval posa un genou à terre à côté de moi, puis, dans un soupir, s'allongea sur le ventre, les jambes repliées comme celles d'un poulain. Son corps solide et massif constituait un troisième mur, transformant le coin ouvert en un espace presque confortable.

— Je suis désolée de ne pas t'avoir brossé, dis-je.

François avait dessellé NORAD et Gordon pendant que je tenais Talis et les avait tous deux bouchonnés pour qu'ils ne prennent pas froid, mais il n'avait pas eu le temps de les brosser avec soin. Je voyais l'écume accumulée sur les flancs et le ventre de l'animal, sur le passage de sangle et à l'emplacement de la selle. Le dos calé contre Talis, je me redressai pour gratter les reins du cheval et retirer les croûtes de poussière que je pouvais atteindre. Les taches rousses sur sa robe couleur crème ressemblaient à la carte d'un pays inconnu.

Dans mon cœur béait un grand vide. Mais, tendu comme une peau, il résonnait tel un tambour.

Soudain, j'aurais aimé qu'Elián soit resté avec nous.

François-Xavier ne fut pas tué pendant la mission que je lui avais confiée.

NORAD le sentit revenir en premier et poussa un hennissement en tapant du pied sur le sol. Gordon Lightfoot soupira avant de se remettre debout. Je me redressai et réfléchis à ce qu'il conviendrait de faire si la silhouette miroitante du cavalier en approche que me présentait ma vision nocturne (pâle cavalier, pâle monture) n'était pas François-Xavier. Mais c'était bien lui.

Il me fit son rapport : il avait trouvé la piste d'un gibier qui descendait jusqu'au lit de la rivière, repéré les environs en quête d'un point d'eau et rempli autant d'outres qu'un cheval seul pouvait porter. À l'aube, nous pourrions nous rendre là-bas en une heure environ et faire boire nos montures jusqu'à plus soif.

Ce n'était pas comme si Talis pouvait aller bien loin.

François-Xavier attisa les braises rougeoyantes du poêle, sur lequel nous fîmes rôtir un lapin. Le dernier qu'il nous restait. Le Cygne l'avait tiré un peu plus tôt, avant qu'il ne perde son arbalète, avant que le monde ne change. Je ne ressentais aucun malaise, à cet instant, à manger des lapins. Je mourais de faim. Plonger les mains jusqu'aux coudes dans le sang humain aurait-il dû me dégoûter de la viande ? Toute à cette réflexion, je me demandais aussi comment Talis parvenait à dormir comme une souche. Le parfum de la viande grillée par une nuit aussi sombre et froide aurait réveillé les morts, et les blessures de l'I.A. ne l'avaient pas encore entraînée dans la tombe.

Mais elle ne se leva pas. François-Xavier et moi mangeâmes. Le jeune homme dormit quelques heures, puis nous échangeâmes les rôles.

Je commençais à me demander si Talis se réveillerait un jour lorsque, sans prévenir, sa voix s'éleva dans le noir.

— Je me souviens des avions, dit-il.

François-Xavier et moi échangeâmes un regard. Talis gisait toujours adossé sur son matelas de fortune. Je voyais la maigre lueur qui se reflétait dans ses yeux grands ouverts, mais je n'aurais su dire ce qu'il regardait.

Un jour, je l'avais entendu se plaindre que Rachel était myope comme une taupe : était-il possible qu'il ne distingue rien de ce qui l'entourait ? Malgré le ton plutôt enjoué de sa voix, il semblait complètement perdu dans ses pensées.

— Les derniers avions, reprit-il, ils fonctionnaient au carburant fossile, vous y croyez ? Dinosaures en poudre, boîtes de conserve volantes. Je me souviens des avions. Je me suis shooté à Amsterdam, avant que la ville ne finisse noyée. New York, Dhaka… J'ai vu de mes propres yeux ces villes englouties sous les eaux depuis dix générations d'êtres humains. Je me souviens des avions et j'ai tué des millions de personnes, je m'appelle Talis.

La dernière phrase tomba comme un coup de massue, aussi vif qu'étrange. Ni François-Xavier ni moi ne répondîmes.

— Talis, reprit le blessé, je l'ai fichtrement mérité, ce nom.

— Êtes-vous réveillé ? lui demandai-je alors.

— Bien sûr, répondit-il, cinglant. Qu'est-ce que tu crois ?

Je n'en savais trop rien.

Il tenta de se redresser, mais s'interrompit en se crispant.

— Que s'est-il passé ?

— Vous avez été poignardé, psalmodia presque François-Xavier.

— Oui, François, dit l'I.A., qui détacha bien chaque syllabe. Pour tout dire, j'avais remarqué. La blessure en pleine poitrine a été le premier indice.

Le Cygne demeura silencieux, dans l'attente des prochaines paroles de Talis.

— Quel est mon état maintenant ? demanda l'I.A. avec une grimace.

Comme FX ne répondait pas, je décidai d'intervenir.

— Une transfusion serait l'idéal, mais je qualifierais votre état de stable.

Le menton en l'air, Talis observa l'immense voûte étoilée.

— Énorme, lâcha-t-il.

Je levai les yeux à mon tour pour apercevoir une plate-forme d'armements étincelante traverser le ciel comme une étoile suspendue au bout d'un fil. C'était magnifique, certes, mais pas au point de retenir assez l'attention, surtout celle de quelqu'un incapable de voir les couches de données. Mais Talis semblait captivé – voire transfiguré.

— Talis ? l'appelai-je, avant d'ajouter : Michael ? Tout va bien ?

L'I.A. produisit un petit bruit.

— Si je devais faire la liste de toutes les raisons justifiant que je ne vais pas bien, Greta, elle détrônerait le *Oxford English Dictionary* dans sa version non abrégée. Tu sais, celle vendue avec la petite loupe.

— Vous pourriez souffrir d'une hémorragie interne, suggéra François-Xavier, sans doute en guise d'exemple.

— Je ne saurais le dire, répondit Talis.

Je compris alors qu'il avait perdu la capacité de scanner son propre corps. Outre le fait que cette nouvelle était perturbante en soi, il pourrait très bien finir par se noyer, les poumons emplis de sang. J'effectuais toutes les vérifications possibles, mais, même avec un maximum d'ultrasons, il restait difficile d'obtenir un aperçu de ce qui se passait à l'intérieur. J'entrepris de faire rentrer dans mon cerveau tout ce qui me permettrait de devenir une experte en ultrasons médicaux et, ce faisant, d'interpréter les symptômes externes. Sa respiration laborieuse pouvait être simplement due à la douleur. Bon, je ne pouvais que tenter de découvrir la vérité, et la méthode d'investigation la plus basique, bien qu'elle soit dénuée de tout raffinement, consistait toujours à poser la question.

— Ressentez-vous une quelconque douleur ?

Talis me lança un regard narquois.

— Euh... un coup de couteau dans la poitrine ? Bien sûr que j'ai mal.

— Brûlure ? Tiraillement ? Élancement ?

— Je vais tabler sur les élancements.

— Pleurésie ?

Il hésita un instant, puis, d'une petite voix assez inhabituelle, demanda :

— Qu'est-ce que ça veut dire ?

Il ne pouvait pas accéder à une recherche.

— Relatif à la plèvre. La douleur se fait-elle plus aiguë quand vous inspirez ?

— Tu sais ce qui est étrange ? On dirait vraiment que quelqu'un à qui je faisais confiance m'a immobilisé pour m'ouvrir le ventre avec une dague. D'où vient ce sentiment, d'après toi ?

— Talis, soupirai-je.

Je m'efforçais d'établir un diagnostic, il devait bien s'en rendre compte.

— Désolé. Oui, plus aiguë. Ça fait mal quand je respire. Bien sûr, ça fait tout aussi mal de ne pas respirer, alors qu'y peux-tu ?

— Avez-vous le souffle court ?

— Toujours… Rachel est toujours…

Il plissa alors subrepticement les paupières : avait-il déjà oublié que je pouvais le distinguer dans les ténèbres (ce qui me permettait de l'observer à loisir) ?

— Pour implanter le datastore, ils retirent en partie le lobe supérieur du poumon droit. Rachel en a gardé des séquelles. Elle a toujours été un peu essoufflée.

— Vous vous souvenez de ça ? s'étonna François-Xavier.

— Oui, je m'en souviens.

Mais il n'aurait pas dû. Une I.A. ne pouvait en aucun cas accéder aux souvenirs de son hôte.

— Qui êtes-vous ? poursuivit le Cygne. Si vous vous souvenez de ça, qui êtes-vous ?

Talis demeura muet si longtemps que je crus presque qu'il n'avait aucune réponse à fournir.

Talis, pensai-je. *Talis, pour autant qu'on le sache, mais dans quelle proportion ?*

Mais ce qu'il finit par dire, dans un murmure au cœur des ténèbres, fut tout autre.

— François, souffla-t-il.

Pour une fois, le diminutif n'avait rien d'une plaisanterie, le ton désinvolte de Talis avait disparu. Une main, couverte de sang, s'agita dans l'obscurité, aussi pâle qu'un papillon de nuit.

— Je suis désolée, François. Je sais que tu m'aimais, mais je crois que je ne suis plus là.

François-Xavier lâcha la main de Talis comme s'il s'agissait d'une créature vivante et venimeuse. Il se redressa de toute sa hauteur, déglutit avec difficulté, avant de disparaître dans la nuit.

Bien entendu, à mes yeux, l'obscurité ne lui procurait qu'une bien maigre couverture. Je vis son cœur battre plus vite, ses épaules se soulever lorsqu'il prit une profonde inspiration. Le sang délaissa ses organes non essentiels pour affluer vers le cœur, les poumons et le cerveau. Un observateur extérieur, dépourvu de mes capacités, aurait pensé qu'il venait de prendre un coup et hésitait entre fuir et se battre. C'était étrange et j'étais sur le point d'augmenter la puissance de ma perception pour essayer d'en comprendre la raison lorsque la main de Talis, froide et maladroite, heurta la mienne.

— Laisse-le, dit l'I.A.

Ou plutôt l'ancienne I.A. Au contact des capteurs incrustés au bout de ses doigts, je ne ressentis rien.

Pourtant, je lui obéis et laissai François-Xavier s'éclipser derrière les chevaux. Talis s'apprêta à pousser un soupir, qui se mua en un bref hoquet.

— Ai-je mentionné les élancements ?

— Oui.

— Et, du coup, tu vas…

— Les surveiller. (Puis je compris le sens de sa remarque.) Votre respiration est laborieuse. Des antalgiques risqueraient de la gêner encore plus.

— Oh, génial… C'est juste génial.

— Selon moi, vous êtes en hypovolémie. Vous devriez boire quelque chose.

Sa main, recroquevillée, reposait sur le tapis d'équitation rugueux. Je la soulevai pour l'étreindre un instant, car c'était ce qu'il semblait désirer : ses doigts se refermèrent autour des miens comme ceux d'un enfant. Je révélai ensuite mon intention véritable en palpant son pouls, plutôt faible, maigre estimation de sa pression sanguine en berne.

— Boire serait une bonne idée, admit Talis pendant que je comptais les battements de son cœur. Qu'y a-t-il à la carte ? Non, laisse-moi deviner : nous avons de l'eau et… de l'eau.

— François-Xavier s'est rendu à cheval à la rivière.

J'allai chercher une gourde et la soulevai pour aider Talis à boire, comme on le ferait avec un tout-petit. Même avec mon aide, il s'en renversa un peu partout. La dernière gorgée emprunta la mauvaise direction et il fut pris d'une quinte de toux.

Quinte qui ne cessa pas. La toux se transforma en crise irrégulière et déchirante qui le secouait de la tête aux pieds. Elle dura. Encore et encore, au point que je finis par penser qu'elle allait le tuer. Quelle ironie… Talis en personne : mort pour avoir fait fausse route.

François-Xavier revint au pas de course. Il me jeta un regard que je ne sus pas déchiffrer avant d'aider Talis à se redresser jusqu'à ce que l'I.A. finisse penchée tout contre ses larges et solides épaules. Talis tremblait, les lèvres maculées de sang, les doigts enfoncés dans les bras de François-Xavier. Le Cygne garda le silence, sans cesser de prodiguer à Talis des massages circulaires entre les omoplates et de le serrer contre lui. Quand la quinte finit par s'apaiser, le blessé s'affaissa, la joue calée contre l'épaule de François. Il était à la fois épuisé et tendu, trempé de sueur et secoué de frissons.

Tous deux demeurèrent ainsi pendant un long moment, dans les bras l'un de l'autre. Je ne pouvais pas voir le visage de François-Xavier. Talis, lui, était très pâle, ce qui m'inquiétait. La douleur (ou autre chose) lui avait arraché des larmes, ce que je n'aurais jamais espéré voir un jour. Peut-être ses yeux étaient-ils juste humides ? Ça arrive lorsqu'on tousse, non ?

— Michael ?

Il ne répondit pas.

Personne ne bougea.

Non, ce n'était pas bon signe. Cette crise avait pu rouvrir la plaie, elle pouvait être un symptôme révélateur d'une hémorragie interne, elle aurait pu entraîner n'importe quelle conséquence : il me fallait vérifier toutes les éventualités.

— Allonge-le, ordonnai-je à François-Xavier.

Il lui fallut un long moment pour obéir, mais il finit par étendre Talis avec précaution sur le tas de sacoches de selle.

Les yeux de l'I.A. étaient ouverts et réactifs : elle semblait consciente. Bien.

Je relevai sa chemise au tissu déchiré et taché de sang – au moins un litre, sans nul doute, pas étonnant qu'il soit en état de choc. Mais aucune trace de sang frais ne suintait sous la compresse, que je décollai prudemment.

En dessous, la peau toute neuve était rose, aussi lisse et brillante que du plastique. Dans la précipitation, nous avions peut-être eu la main un peu lourde avec la poudre cicatrisante : on aurait dit que quelqu'un avait versé de la cire liquide sur la poitrine de Rachel.

Mais la plaie ne s'était pas rouverte. Ni gonflements, ni veines apparentes – des complications qui arrivaient parfois dans de telles situations. Les différentes incisions que nous avions pratiquées après coup ne saignaient pas. Aucun signe d'infection ou de fièvre. Le tube de drainage thoracique fonctionnait bien.

Ce qui éliminait le risque d'hémorragie interne. Je palpai la peau sous la clavicule, du haut vers le bas, pour tenter de visualiser la cage thoracique dans son ensemble. Je ne perçus ni auréole sombre de sang, ni bulles claires d'air.

Tandis que je déplaçais avec précaution mes doigts sur la peau parcourue de chair de poule, je sentis en revanche un élément étrange : les champs magnétiques secondaires émis par le datastore se perdaient dans les tissus mous et les os. Je savais qu'ils n'étaient pas dirigés vers moi – ils ne l'étaient pas du tout, à vrai dire – et pourtant ils enroulaient leurs tentacules autour de mes doigts et de mes poignets comme les minuscules pampres des belles-de-jour sauvages.

Talis, pensai-je. *Vous voilà.*

Un instant, je voulus plonger les doigts à travers la peau, dans la plaie, à travers la mousse cristallisée des os et la masse mobile des poumons pour le sauver.

— Aïe ! se plaignit Talis, qui s'empressa de maîtriser son geignement aigu en l'abaissant d'une octave, malgré une voix toujours fluctuante. Ça fait mal.

Je tentai de le rassurer.

— Je ne détecte aucun saignement significatif. La douleur provient sans doute des muscles déchirés au niveau de trois espaces intercostaux. Le datastore confirme l'intensité de la douleur, mais ça ne signifie pas qu'il y ait de nouveaux dégâts. Vous pouvez l'ignorer en toute tranquillité.

— Merci, Greta. Je garderai ça à l'esprit.

La sécheresse de son ton aurait suffi à déplacer des populations, mais des larmes roulaient sur ses joues.

François-Xavier choisit une approche différente.

— Tout va bien se passer, ça va aller, murmura-t-il. Ça va aller.

— Non, ça ne va pas aller, rétorqua Talis, c'est bien le problème, d'accord ? Je ne vais pas bien. Je vais devenir humain. Je vais devenir humain et je vais mourir.

Puis il ferma les yeux.

— Talis ?

Je ne reçus aucune réponse, bien qu'il soit évident, à en croire ses ondes cérébrales, qu'il était encore conscient.

— Michael, que voulez-vous dire par là ?

François-Xavier posa une main sur mon bras. Je plongeai dans le silence tandis qu'il se glissait devant moi pour s'asseoir sur les tapis des chevaux, à côté de Talis.

— Rachel, demanda-t-il, as-tu eu des crises ?

Talis – Rachel ? Qui des deux ? – prit une profonde inspiration, entrecoupée d'un hoquet.

— Non, répondit-il d'une voix à peine plus forte qu'un murmure.

— Mais… s'étonna François-Xavier.

— J'ai passé un scan avant de quitter les montagnes Rouges. Les micro-lésions…

Sa voix semblait différente, plus aiguë, plus faible.

— Stade 2 ? s'enquit François-Xavier.

— Trois…

À ce stade, j'avais rattrapé le train. Ils parlaient de la Paralysie du Cygne : les lésions qui se répandaient dans le cerveau des Cygnes comme le givre sur une vitre, celles-là mêmes qui étaient en train de tuer Sri. Des lésions de stade 3 signifiaient qu'il lui restait moins d'un an à vivre, sans compter l'utilisation brutale que Talis faisait du cerveau de Rachel depuis le dernier examen…

— Pourquoi t'ont-ils laissée partir en mission ? demanda François-Xavier.

— Je n'ai rien dit, avoua Rachel d'une petite voix aux accents rieurs.

Si une hirondelle avait pu parler, elle aurait eu cette voix : ordinaire, avenante, adorable. Mais soudain elle bascula et celle, plus dure et plus tranchante, de Talis s'éleva :

— Je le sens, dit-il. (Son ton, aussi amusé que celui de Rachel, sonnait pourtant plus rude, comme empreint de douleur.) Maintenant que je m'arrête, je le sens venir.

— Désormais vous avez une raison de vous en soucier, ajouta François-Xavier.

Talis ouvrit tout à coup les yeux. À la place du Cygne, j'aurais vite cherché à me mettre à couvert. Mais l'homme ne cilla même pas.

— Maintenant, vous vous en préoccupez, poursuivit-il.

— L'as-tu aidée ? demanda soudain Talis. Sri, savais-tu ce qu'elle préparait ?

François-Xavier ne souffla mot, mais son visage crispé et son immobilité ne me dupaient plus. J'étais prête à le déclarer saint patron de la fuite de regard. Il effectua le salut des Cygnes, touchant son épaule avant de tendre la main vers Talis.

— Ma vie vous appartient. Si j'avais pu mourir pour arrêter Sri, je l'aurais fait. Ce qui ne signifie pas que je n'approuve pas son geste.

Il se pencha alors en avant pour cueillir dans sa paume la joue de Talis – un geste très doux et d'une intimité troublante.

— Combien de vos Cygnes avez-vous détruits ? Et ce n'est que maintenant que vous vous en souciez…

Talis referma les paupières. Ils demeurèrent tous deux dans cette position, silencieux, figés. Cinq secondes. Dix.

— Rachel ? appelai-je.

— Ne lui parle pas, dit Talis.

— Mais peut-elle m'entendre ?

— J'ai dit, cingla Talis, ne lui parle pas !

Aussi retombai-je dans mon mutisme. Pour réfléchir. Que leur arrivait-il, aux Cygnes, une fois possédés par les I.A. ? Et soudain je saisis l'ironie de la chose : les Cygnes, ces cavaliers chevauchés à leur tour. Mon propre esprit avait été ravagé au-delà du point même de défaillance avant d'être remplacé par une copie de lui-même. J'ignorais donc ce qu'on ressentait à voir son esprit intact enfoui à l'intérieur de son corps et manipulé par une I.A. Elles n'avaient pas accès aux souvenirs des Cygnes, mais les hôtes restaient-ils conscients ? Rachel, possédée par Talis, pouvait-elle encore me voir ?

Le datastore n'avait aucune donnée à fournir à ce sujet.

Comme si les I.A. n'avaient jamais considéré cet élément comme important.

Ou comme si les Cygnes en avaient fait un secret jalousement gardé.

Je regardais Talis se laisser de nouveau aller au sommeil, la main ferme de François-Xavier toujours posée sur la joue de cette femme qu'il aimait et qui avait peut-être disparu.

Je sortis les antalgiques. Les médicaments pouvaient le tuer, mais il était en train de mourir de toute façon.

François-Xavier m'observa tandis que je préparai la seringue, la soulevai pour en faire gicler quelques gouttes et évacuer les bulles avant d'affiner le dosage précis. Je pensais qu'il m'en empêcherait, qu'il interviendrait, mais il n'en fit rien.

J'étais une I.A., lui non.

Et Talis non plus. Plus maintenant.

Ce qui me laissait toute la responsabilité.

Talis ouvrit les paupières lorsque l'aiguille effleura le dos de sa main. Il leva vers moi ses yeux écarquillés, mais ne dit rien.

La drogue agit vite et le poussa à s'étendre. Bientôt, son souffle ralentit, comme celui d'une machine profondément endormie, la température de son corps chuta, alors que le soleil se levait au-dessus des tombes et de l'église en ruines.

La Passion de saint François

L'aube. La lumière froide et rasante filtrait à l'horizon et les murs en partie effondrés de l'église projetaient de longues ombres. Talis dormait, sous le regard attentif de François-Xavier. Occupée à observer le Cygne, j'entrepris de réévaluer ma compréhension de son tempérament. Je n'avais pas beaucoup avancé lorsqu'il se leva, soudain décidé, et commença à retirer son manteau.

— François ?

Il plia le vêtement qu'il étendit à côté du poêle, avant de passer aux boutons de sa veste.

— François, qu'est-ce que vous faites ?

Il avait toujours été le plus secret d'entre nous. Toujours le premier à avoir froid. Mais il jetait à bas tous ses vêtements à l'heure où le soleil d'hiver s'élevait sous le fin couvercle de nuages qui teintait la lumière d'un blanc laiteux.

— Mon sac, dit-il, indiquant du menton l'une des sacoches posées à ses pieds. Tout au fond, renversez-le.

Je fronçai les sourcils – une sensation étrange, comme si mes sourcils avaient réagi indépendamment de mon cerveau. Je défis malgré tout la boucle de la sacoche. Renverser son contenu me parut excessif, aussi l'alignai-je en une rangée bien nette. Une couverture supplémentaire, un sachet de sel, une tasse en métal et un couteau replié. Plus j'approchais du fond du sac, plus je tombais sur des objets personnels : brosse à dents, huile capillaire, chaussettes. Tout au fond, sous les sous-vêtements, se trouvait un petit sac contenant la prothèse la moins avancée que j'aie jamais vue. Un harnais, fait de lanières en cuir et de boucles en cuivre. Un bras noir mat terminé par une pince en métal. Curieuse, je la soulevai à deux mains.

François-Xavier me la retira pour y glisser son avant-bras raccourci. Les sangles de cuir s'attachaient au niveau du biceps, en travers de l'épaule, du torse nu et sous l'autre aisselle. La conception en était aussi magnifiquement utile et intriquée que le harnachement d'un cheval. Boucles de cuivre et passants d'ajustement. FX batailla avec la boucle qui lui barrait la poitrine à hauteur du sternum, le menton tendu vers le ciel, la gorge exposée, manipulant l'attache à l'aveugle.

— Laissez-moi vous aider.

— Je n'ai pas besoin d'aide.

— Ça ira plus vite.

J'avais approché d'un pas, assez près pour poser les mains sur son torse. La sienne couvrait toujours la boucle.

— Allons, dis-je, vous devez avoir froid.

Je sentais les vagues de chaleur qui irradiaient de sa peau.

— Oui, reconnut-il.

Et lentement, il libéra l'attache. Il n'était que muscles et chair de poule.

— Elle doit être plus serrée, me dit-il. Pas lâche, mais sans presser contre la peau non plus.

— D'accord.

La boucle et l'attache de cuir qui y passait étaient froides sous mes doigts. En dessous, la peau de François-Xavier contrastait avec le cuir, plus sombre, douce et brillante.

Il me tourna le dos. Entre ses omoplates se trouvait une autre boucle passée sur une sangle. Je la resserrai et François-Xavier carra les épaules, mouvement qui referma la pince en métal dans un petit cliquetis.

— Plus serré, demanda-t-il. J'ai besoin de poigne.

En infrarouge, il brillait comme une chandelle dans la nuit, la chaleur se déversait de lui. Il roula des épaules et la pince s'ouvrit à nouveau, comme s'il allait saisir un objet lourd. Pendant que je tirais sur les sangles, il sortit de son mutisme :

— Là d'où je viens, il fait bien plus chaud.

Je lâchai le passant et il se retourna vers moi. De la main, il mima les contours de son turban, ou plutôt de l'espace où aurait dû se trouver son turban. L'étole, utilisée plus tôt comme compresse, gisait en un petit tas sanglant au pied du mur.

— Un jour, vous m'avez posé la question. Vous vous rappelez ?

Deux jours après avoir quitté Saskatoon, le voyant tremblant et emmitouflé, je lui avais demandé d'où il venait, ce à quoi il avait répondu : « D'un endroit où il fait plus chaud. »

Sri m'avait alors confié qu'elle n'en savait pas plus.

— Je me rappelle.

Il ne restait plus que la sangle de l'épaule à ajuster. Je m'attelai à la tâche.

— De quoi d'autre vous souvenez-vous ? Qu'a donc pris Talis ?

— Tout, dis-je sans réfléchir, avant de me reprendre. Rien. Je n'ai perdu aucune donnée, François.

Je me tenais assez près de lui pour me blottir sous son menton. Assez pour distinguer la marque bleuie sur sa gorge, là où il avait été étranglé.

— Vous ne m'avez jamais appelé ainsi. (Il s'éloigna d'un pas pour ramasser ses vêtements.) Il vous a changée. Il vous a bien trop changée.

— Vous parlez de Michael.

— Je parle de Talis.

— Je ne suis pas certaine que ce soit encore Talis.

— Il ne peut être personne d'autre, répondit François d'un ton cinglant.

J'accusai le coup.

Le Cygne me tourna le dos tandis qu'il enfilait ses vêtements chauds. Il revêtit ensuite sa chemise et sa veste. Ses gestes étaient empreints de violence, de détermination. Il se tramait quelque chose, mais quoi ?

Je le contournai afin de pouvoir examiner son visage. J'avais raté tellement d'éléments de ce qui se passait dans la tête de François-Xavier que j'étais bien décidée à ne plus omettre quoi que ce soit. Les yeux baissés, il se débattait avec ses boutons. Je ne l'avais jamais vu en difficulté auparavant, mais boutonner un vêtement d'une seule main était assez délicat.

J'approchai d'un pas. Il y eut un moment de battement, un enchevêtrement de doigts, puis il inspira une grande goulée d'air avant de laisser retomber son bras.

La violence s'était muée en apaisement. Et la décision, quelle qu'elle soit, semblait avoir été prise.

— Il fait plus chaud là d'où je viens, répéta-t-il. Je suppose qu'on peut dire ça.

Je l'observai avec attention. Tous les êtres humains affichent des micro-expressions – expressions faciales intempestives et non filtrées, qui duraient quelques centièmes de seconde seulement – révélatrices de leurs véritables émotions, sans égard pour les efforts ou les trésors d'éducation qu'ils déploient pour conserver leur visage conscient. C'est génétique, involontaire. Au cours des dernières heures, mon datastore avait fait de moi une experte en micro-expressions. FX ne pouvait rien me cacher.

Mais il ne semblait même pas essayer.

— Oui, plus chaud, dit-il. Et petit. Nous pêchions dans le lac, la plupart du temps. (Le regard à moitié dans le vague, il entrouvrait à peine la bouche. Il semblait si... doux. Du chagrin, sans doute ?) Il y avait des moustiques, bien sûr. Et quand j'avais douze ans... (Il s'interrompit en plein milieu de sa phrase, trahi par une micro-expression : tremblement de la paupière inférieure, froncement de sourcils. De la peur. Elle s'évanouit en un clin d'œil.) C'était la Var5, l'épidémie de dengue de variante 5. Nous l'avions appelée la fièvre brise-os.

Une communauté de pêcheurs insulaire tropicale ou subtropicale, une épidémie de Var5, disons entre cinq et sept ans plus tôt – j'aurais pu le percer à jour grâce à ces éléments. Mais François-Xavier interrompit mon fil de pensées.

— Peu importe l'endroit. Ça arrive : j'en ai déjà été témoin, depuis. Ça s'est produit de nombreuses fois.

— Oui.

Quelques siècles auparavant, le changement climatique brutal avait réveillé de vieilles épidémies tandis que les populations humaines en mouvement se heurtaient aux différents réservoirs viraux en déplacement. Dengue, virus Hanta, celui du Nil occidental, peste bubonique... La population mondiale n'avait pas chuté à tout juste un demi-milliard d'individus sans raison.

— Beaucoup sont morts, reprit François, dont le souffle agitait mes cheveux. Pas tout le monde, mais beaucoup. Ma mère, mes sœurs. Ce dont je me souviens...

— Pourquoi me racontez-vous tout ça ?

Il se crispa pour arrêter de trembler, mais ses efforts ne faisaient qu'empirer les choses. Cercle vicieux. Quelle étrange manifestation de volonté... On aurait cru regarder quelqu'un s'enfoncer un à un les ongles dans la chair.

— Ce dont je me souviens, poursuivit-il, c'est de m'être réveillé dans une clinique. Une grande moustiquaire drapait mon lit comme un baldaquin de gaze blanche. Une ombre se dessinait sur la gaze, celle d'une femme ailée.

Il existait plusieurs niveaux de conscience modifiée associés à la phase de convalescence après la dengue. Il avait dû être influencé par les images que son cerveau embrumé lui montrait. Elles avaient sans doute eu un profond impact sur lui.

— Un ange, dis-je.

— Oui, souffla-t-il, avant d'ajouter d'une voix grave et brisée : un ange, mais un ange de chair et d'os, un Cygne. Ils étaient venus. Talis les avait envoyés, les Nations Unies aussi. Pour nous sauver. Les I.A. avaient conçu un antivirus. Dès l'instant où les Cygnes sont arrivés, il n'y a plus eu aucun mort.

Grandir comme otage dans l'un des Préceptorats, comme l'un des Enfants de la Paix, m'avait conditionnée : je considérais les Cygnes comme des Anges de la Mort. Après tout, ils venaient pour nous tuer. Mais ce n'était pas leur seule mission. Ils incarnaient aussi le bras armé des Nations Unies, de Talis et des autres I.A. Tremblements de terre, épidémies, famines : à chaque fois, ils se trouvaient sur les lieux des pires catastrophes. À chaque fois, ils sauvaient le monde.

Les Cygnes avaient sauvé François-Xavier. Ils lui avaient rendu sa vie et il la leur avait offerte. Ce qui paraissait… simple, logique même. Avaient-ils tous vécu des histoires semblables ? Aussi demandai-je :

— Et pour Rachel ?

— Quoi donc ? (Il s'écarta de moi, tous ses boutons fermés et armé. Un homme nouveau.) Savez-vous pourquoi je prends la peine de transporter ceci ?

Il leva la pince au bout de son bras.

— Non, avouai-je.

Je m'étais bien posé la question, car il s'était révélé extraordinairement compétent sans la prothèse.

— Parce qu'on ne peut pas utiliser une arbalète à l'aide d'une seule main, dit-il avant de ramasser la sienne et, en trois quarts de seconde, de l'armer pour la braquer sur… Talis.

— François !

Le doigt du Cygne reposait sur la détente.

— Nous devons sortir d'ici, Greta. Nos ennemis connaissent notre position. Nous ne pouvons pas nous défendre. L'endroit est trop exposé.

— Talis ne peut pas bouger, protestai-je.

— Je sais. C'est pourquoi nous devons le tuer.

— Quoi ? m'écriai-je.

— Je dois vous protéger, Greta. Et je ne peux pas le faire ici. Je croirais presque que le pays tout entier est en guerre.

Il n'avait pas entièrement tort. Calgary. L'incident de Saskatoon. L'embuscade. « Quel endroit plus sûr que le milieu de nulle part ? » avait lancé Talis quelques jours auparavant. Mais, à cet instant précis, tout ce que je désirais, c'était une forteresse.

— Nous devons nous débarrasser du superflu, reprit François-Xavier, son arme braquée vers le superflu en question. Nous devons fuir, et tout de suite.

Il tira.

Je poussai un hurlement.

Et l'arme s'enraya. L'un des bras claqua lorsque la corde se détacha, tandis que le carreau filait au loin selon un angle inattendu avant de s'enfoncer profondément dans le sol, à cinquante centimètres de la tête de Talis.

François-Xavier regarda la flèche, bouche bée.

— Baissez votre arme ! m'écriai-je. Baissez votre arme ! Cette décision m'appartient !

Le Cygne serrait le corps de l'arbalète dans sa pince. Il la laissa retomber le long de sa jambe, et l'arc endommagé rebondit sur son genou. L'homme prit une profonde inspiration, entrecoupée de tremblements. La tête basse. Les yeux fermés. Puis il s'inclina devant moi comme s'il s'attendait à ce que je le mette à mort.

Ce qui était tentant.

Mais si ma valeur dépassait celle de deux ou trois villes, ne valais-je pas plus qu'une copie endommagée de Talis lui-même ?

— Dites-moi la vérité, et je veux votre opinion en toute franchise. À quel point sommes-nous en danger ?

— Je ne sais pas, dit-il.

— Sri va-t-elle revenir ?

— Je ne sais pas, répéta-t-il d'un ton plus venimeux. Elle ne m'a pas dit. Elle ne m'a rien dit.

— Je crois en votre innocence.

Lorsque son regard croisa le mien, sa micro-expression trahissait un dégoût à l'état pur, qu'il ne prit même pas la peine de dissimuler.

— Si vous croyez une ineptie pareille, c'est que vous n'avez pas la moindre idée de ce que signifie être un Cygne.

Ce qui n'était pas entièrement vrai, j'en avais bien une vague idée. J'avais été une Enfant de la Paix. Les Cygnes avaient tué mes amis, les uns après les autres. Année après année. Mais à cet instant, là n'était pas la question.

— Je veux dire, je sais que vous n'appartenez pas à la rébellion panpolaire. Vous ne faites pas partie de la conspiration de Sri.

— Non.

— Le retour de Sri et de ses compagnons serait tout à fait illogique. Elle ne voulait pas le tuer, simplement le changer, afin qu'il meure de la même façon que les Cygnes.

Je n'avais pas tiré cette conclusion de prime abord, mais Talis, oui : *« C'est bien là le problème, non ? »*

— Elle m'a parlé du tube de drainage. Elle le voulait vivant.

— Et les autres, alors ? enchaîna François-Xavier. Le garçon avec le couteau. Celui que vous connaissiez.

— Elián.

Les sensations se manifestèrent dans un éclair d'électricité. Elián. Je l'avais connu. (Je le connaissais.) Je m'enveloppai de mes bras.

— Que veut-il ?

— Je ne sais pas.

Pure vérité. Ça ne faisait tout simplement aucun sens qu'Elián veuille faire du mal à Talis. Lui donner la mort d'un Cygne, tel était l'objectif de Sri, en parfaite adéquation avec son grief. Mais celui d'Elián était différent, plus simple. Talis avait réduit en bouillie sa grand-mère dans un pressoir à pommes. Une seule incision chirurgicale pour un acte pareil me paraissait peu cher payé.

— Et s'il revient ? demanda François-Xavier. Et s'il revient avec une dizaine de comparses ?

— Elián m'aime, dis-je.

— Et vous croyez qu'à cause de ça, il ne cherchera pas à vous faire de mal ? ironisa le Cygne, baissant les yeux sur l'arbalète brisée qui cognait contre son genou. Je vous conseille d'y réfléchir à deux fois.

Ce que je m'empressai de faire. Je regardai Talis : drogué, flasque, profondément endormi. Son souffle restait régulier désormais, bien que son pouls élevé trahisse la lutte que menait son corps pour compenser les pertes de sang. Sa température était plus basse qu'elle n'aurait dû l'être, mais sans pour autant atteindre un niveau critique. Dans l'ensemble, on aurait pu croire qu'il allait s'en sortir à condition que nous prenions soin de lui *a minima*.

Ce que désiraient les conspirateurs.

Ou du moins en partie.

Ma vie était peut-être en jeu. Mais pas celle de Talis. Ce n'était qu'une copie. Une copie blessée, mourante. Rien ne comptait pour lui, excepté les conditions de cette mort.

Un petit bruit me tira de mes pensées : un hoquet. Je me retournai pour constater que François-Xavier pleurait.

— Qu'est-ce qui ne va pas ?

— Je n'ai jamais voulu être un meurtrier, dit-il. Et je suis désolé pour Bihn.

— Qui ?

Pendant un instant, j'ignorai vraiment de quoi il parlait. Puis je me souvins de Bihn, la camarade de Greta, celle que François-Xavier avait traînée hors de la salle de classe vers sa mort. Traînée parce qu'elle s'était débattue avec force hurlements, se cassant les ongles dans sa tentative de se retenir au chambranle en bois. L'accès à ce qui restait de Bihn – de simples données – fut si lent qu'il aurait pu s'agir d'un dysfonctionnement. Je fronçai les sourcils. Talis avait… Je revis soudain dans un éclair ses yeux plissés par la concentration, ses doigts serrés autour des miens, ses capteurs scannant en profondeur. Une cascade d'ultrasons qu'il avait lui-même qualifiée d'exorcisme.

Il l'avait pratiqué trois fois. Il avait tout pris.

Il n'avait rien pris.

Je n'avais perdu aucune donnée.

Talis était en vie, c'était bien ce que voulait Sri. Sa vie nous clouait à l'endroit où nous étions. Elle nous rendait vulnérables à tout ce qui se passerait ensuite. Il nous fallait emprunter des raccourcis, nous déplacer très vite.

— Votre arbalète est-elle réparable ? demandai-je.

Le carreau de Sri en avait fissuré l'un des bras et la tentative de tir de François avait achevé de briser l'arme. Le Cygne baissa les yeux sur la corde qui pendait sur ses bottes.

— J'en doute.

— Alors nous pourrions l'aider à partir dans son sommeil, dis-je avant de répéter les paroles tenues par FX lors de l'exécution de la femme trommeleuse, Alba. Faire ça très vite.

Silence. Je comptais les secondes. Une, deux, trois, quatre. Puis François-Xavier finit par lever les yeux, loin, vers le ciel, alors que des flocons de neige commençaient à tomber de leur exquise paresse.

— Très bien, céda-t-il. Allez chercher le kit.

Je m'exécutai.

Je ne le trouvai pas tout de suite, car notre équipement avait été passablement éparpillé au cours de cette nuit chaotique. Le temps que je déniche la seringue et la morphine, la neige tombait à gros flocons qui virevoltaient comme des plumes dans le vent.

Je revins auprès de Talis pour le trouver encore endormi, et François-Xavier assis près de lui, tenant la main molle de l'I.A. au creux de la sienne. La température du blessé, qui restait très calme, était remontée de quelques degrés – la neige produit un effet exothermique, elle dégage de la chaleur en gelant. Aucun son ne troublait le monde, excepté celui d'une faible brise et du souffle des chevaux.

Un flocon de neige se déposa à la commissure des lèvres de Talis et il remua, s'extirpant à moitié du sommeil. Il inclina la tête vers moi, les paupières papillonnantes comme à la sortie d'un rêve.

Le tuer allait être plutôt déchirant.

Nouvelle caresse floconneuse, et il ouvrit les yeux.

Ce n'était pas lui. Je me retrouvai face à Rachel.

— Bonjour, dis-je.

— Bonjour, répondit-elle, avant de serrer la main qui enlaçait la sienne. François ? Que se passe-t-il ?

— Ce n'est rien, répondit l'intéressé. Rendors-toi.

— Mais il neige ! s'étonna-t-elle, perplexe.

Puis elle cligna des paupières lorsque le sommeil la happa de nouveau pendant un instant. Quand elle rouvrit les yeux, la personne qui s'y reflétait formait un mélange de Talis, de Rachel et d'un enfant empêtré dans les brumes du sommeil. Nouveau clignement de paupières, nouvelle plongée ensommeillée. Puis retour à la surface.

— Greta ?

— Rachel ?

— Non, je... ânonna Talis. Tout s'embrouille quand je dors. (Il battit encore des paupières, puis reprit d'une voix douce :) Tout change.

Sans le moindre doute. Mais j'ignorais s'il s'agissait de lui ou de Rachel. J'ignorais même ce que je désirais pour lui. En cet instant final.

— Repose-toi, tout simplement, lui dit François-Xavier. C'est tout...

Il leva la main pâle et crasseuse de Rachel pour la porter à ses lèvres.

Talis ouvrit les yeux. Son regard passa de FX à moi avant de soudain s'aiguiser.

— Que se passe-t-il ?

— François-Xavier et moi avons discuté de ce qu'il convient de faire, répondis-je. De la façon dont nous pourrions nous mettre davantage à couvert, étant donné que nos ennemis savent où nous nous trouvons.

Dilemme à trois facettes : rester n'était pas envisageable, déplacer Talis s'avérerait impossible et l'abandonner, impensable.

Mais, dans chaque dilemme, une facette finit par prendre le dessus, et je me surpris à penser l'impensable.

J'étais prête à fournir des explications, mais Talis était malin, bien moins qu'avant l'attaque, certes, mais quand même. J'observais son visage tandis que l'idée faisait son chemin dans son esprit à la vitesse de la réflexion humaine. Et je vis le moment où il comprit.

Il tendit la main vers moi et je la soulevai pour prendre son pouls : toujours très faible, mais soudain plus rapide, aussi fébrile qu'un oiseau.

— Nous ne t'abandonnerions jamais.

— Merci, souffla-t-il.

Pure vérité. Nous éclipser aurait sans doute été plus facile pour nous sur le plan émotionnel, mais mille fois pire pour lui. Je dépliai les doigts pour lui montrer la seringue.

— Nous ne t'abandonnerions jamais. Nous avons des antalgiques.

L'ancienne I.A. sembla un instant reconnaissante, puis saisit le sens de mes paroles.

— Hors de question !

— Talis…

J'étais prête à dérouler mon argumentaire, mais il me coupa l'herbe sous le pied.

— Greta, ma chérie, tu connais le type qui a écrit le poème *Do not go gentle into that good night* ? Je l'ai tailladé, un jour, dans une bagarre de poivrots.

— Dylan Thomas, il est mort en 1953.

Ils n'auraient pas pu se rencontrer.

— C'est une métaphore, Greta, une métaphore.

Je crois qu'il aurait soupiré s'il avait pu supporter le mouvement de sa cage thoracique.

— Tout ce que je veux dire, poursuivit-il, c'est qu'une mort douce ne fait pas partie de mon… éducation. Je ne te laisserai pas me droguer.

— Cette décision n'est pas de ton ressort, dis-je. Et nous l'avons déjà prise.

— Oh, ne sois pas ridicule.

— Ce n'est pas le cas.

Talis n'avait jamais éprouvé la moindre difficulté à lire les émotions sur les visages : il aurait su reconnaître mon sérieux.

— Très bien, alors sois ridicule. Ne t'ai-je donc rien laissé de ridicule ?

Non, bien sûr que non, il le savait parfaitement.

Talis nous repoussa tous les deux pour essayer de se redresser. Je vis son poignet se bloquer, son bras trembler. De la sueur se mit à perler sur son visage, puis son coude se déroba sous lui et il s'effondra. À peine quelques centimètres, mais la chute fut rude. Il devint soudain tellement pâle que des taches de rousseur que je n'avais jamais vues mouchetèrent ses joues.

— Doucement… murmura François-Xavier, doucement.

Les mains glissées sous les minces aisselles de Talis, il l'aida à s'asseoir contre la couche improvisée.

— *Et tu*, François ? demanda en latin le blessé, entre deux hoquets douloureux. Allons, tu es le compagnon le plus loyal que je connaisse. Tu n'approuverais pas ceci.

La neige qui fondait sur son visage aurait pu être des larmes.

— Pourriez-vous le maintenir, François-Xavier ? demandai-je alors.

— Comment ? s'enquit le Cygne, dont le visage dur et crispé évoquait la texture du cuir.

— Juste un bras, dis-je. Bien tendu pour que je puisse atteindre le creux du coude.

— Tout de suite ?

FX avait posé la question d'une voix fêlée.

J'avais préparé une seringue, qui, malgré son obsolescence, restait la meilleure façon d'injecter un produit en intraveineuse, pour une bonne raison : si je devais procéder à l'injection de force, je voulais trouver la veine, car le produit agirait ainsi plus vite. Le système veineux charrierait en un rien de temps le sang et la drogue vers le ventricule droit du cœur. De là, les substances atteindraient les poumons, puis seraient pompées dans le ventricule gauche jusque dans l'aorte, pour atteindre le cerveau dans les dix secondes qui suivraient la piqûre. Talis se sentirait vaseux pendant quinze secondes, et tomberait dans l'inconscience au bout de trente.

Je souhaitais minimiser la terreur qu'il devait éprouver.

— FX, soufflai-je.

— Tu n'es pas sérieuse… dit Talis, horrifié. Tu n'es pas sérieuse…

— Juste le bras, François, lui rappelai-je.

Le Cygne saisit Talis par le poignet. Il lui souleva avec délicatesse la main pour déposer un baiser au creux de sa paume. Puis, lentement, il lui déplia le bras.

— Je ne vous permets pas ! gronda Talis, qui tenta de se dégager.

Mais il pâlit soudain. Son empreinte électromagnétique fit des embardées… avant de disparaître.

— François ? s'étonna Rachel.

Je me figeai en plein geste alors que je m'apprêtais à remonter la manche de l'I.A.

François-Xavier ferma les yeux comme pour se cacher.

— Je t'en prie, Talis, non…

— Ne lui parle pas, reprit Rachel, doucement. Parle-moi.

Était-ce possible ? Talis pouvait-il se servir de Rachel ? S'il s'agissait bien là d'une stratégie, elle était brillante, car elle me poussait moi-même à réfléchir : Talis avait beau n'être qu'une simple copie, ce n'était pas le cas de Rachel.

Mais la nuance restait que son sort était déjà jeté.

Et pourtant… Je voyais les trois veines de l'avant-bras courir sous la peau : radiale, médiane et cubitale, qui se rassemblaient en un W unique dans le creux du coude. Rachel avait de bonnes veines – en tout cas pour ce genre de situations. J'ignorais si j'avais déjà vu un corps aussi ouvert, aussi vulnérable. Chez toute personne normale, ce phénomène aurait suscité de la pitié.

François-Xavier maintint le poignet de Rachel et serra les paupières de toutes ses forces.

— François, le supplia-t-elle. Regarde-moi.

— Talis, siffla le Cygne, arrête !

— Ce n'est pas lui, non, je te le promets. Regarde-moi.

François-Xavier ouvrit les yeux. Et, un instant, elle et lui plongèrent dans le regard l'un de l'autre. Il n'existe que sept micro-expressions fondamentales : bonheur, tristesse, peur, colère, dégoût, surprise et mépris. Chose étrange, aucune micro-expression n'exprime sans aucune ambiguïté l'amour. Ou même le chagrin, le regret, le devoir. Ces émotions ne sont pas assez anciennes, pas assez primitives, pour être devenues involontaires.

Elles sont trop humaines.

— Ma sculpture est presque terminée, tu sais, dit Rachel.

Le Cygne baissa les yeux pour contempler sa main verrouillée autour du poignet de la jeune femme, cachant de fait son tatouage de Cygne.

— Je sais.

— Et la tienne ?

François-Xavier secoua la tête.

— Tu n'as encore jamais été chevauché, reprit Rachel.

— Toujours vierge. (Il poussa un petit rire avant de se détourner, gêné.) Et tu ne peux rien y faire, ma chère…

— Tu as peur, dit-elle, ce n'est pas si dur. On dirait un rêve.

François-Xavier me lança un regard méfiant.

— C'est une I.A., prévint-il Rachel. Elle va enregistrer…

Alors, c'était bien vrai : les Cygnes protégeaient un secret.

Rachel se tourna à son tour vers moi. Une lueur bleutée, très ressemblante à celle de Talis, brillait dans ses yeux, mais l'expression du visage n'appartenait pas à l'I.A. Comme il était étrange de voir Talis à ce point métamorphosé et de demeurer pourtant incapable de mettre le doigt sur la différence ! Il devait bien rester une bribe d'humanité en moi, après tout, quelque chose capable de contempler l'âme à travers le regard, et non consulter la base de données pour déterminer les probabilités.

Lorsque Rachel croisa mon regard, je fus certaine de sa nature. Ce qui fit se dresser mes cheveux sur mon crâne, pourtant, c'était que, pendant un instant, je doutai de ce que j'étais, moi.

Son œillade et mon sursaut de peur ne durèrent qu'une seconde. Si Talis n'avait parfois d'yeux que pour moi, Rachel avait d'autres chats à fouetter. Je vis les doigts de sa main prise au piège se plier, comme pour s'accrocher à FX – que le geste ait été intentionnel ou non, il n'aboutit à rien. Les doigts du Cygne enserraient le poignet de la jeune femme aussi fermement qu'une menotte.

— François, murmura-t-elle, pourquoi me fais-tu ça ?

— Je…

En silence, j'observais la neige saupoudrer de flocons les tresses torsadées qui parsemaient ses cheveux, la courbure de sa nuque qui disparaissait dans l'onde de sa chaleur corporelle comme dans une cascade. Un long moment s'écoula avant que l'homme ne relève la tête pour affronter le regard de Rachel.

— Je ne peux pas te regarder mourir, Rachel Jean. Alors que ce n'est même pas vraiment toi.

— Est-ce mieux maintenant ?

— Non, répondit François-Xavier d'une voix brisée, et ce mot lui-même sembla le terrasser.

Il la lâcha avant de se recroqueviller, comme sous le coup de la douleur. Il pressa la paume de sa main contre son œil et l'extrémité arrondie de sa pince entre ses sourcils.

Pendant un instant, Rachel et moi le regardâmes trembler.

Puis, le Cygne reprit la parole, sans bouger :

— Je te porterai. Aussi loin qu'il le faudra.

Il retira ses mains de son visage… pour rencontrer le regard de Talis. L'I.A. lui décocha un sourire comme on dégaine une lame.

— Bien.

Des silhouettes dans la neige

— Bon, dis-je, les sourcils froncés, si vous ne comptez pas le tuer, qu'allez-vous faire ?

François-Xavier ne semblait pas m'entendre. Il paraissait avoir reçu un coup de pied en plein estomac. Talis se frotta les yeux.

— Laissez-moi réfléchir : je réfléchis. Ne me tuez pas pendant que je réfléchis.

— Ce n'était pas à vous que je posais la question…

À mes yeux, assassiner Talis restait une option raisonnable, mais elle serait difficile à mettre en œuvre sans l'obéissance de François. Or, un regard vers le Cygne suffisait à me confirmer que je n'en bénéficiais pas.

— Il y a un refuge, reprit Talis avant de s'interrompre. Pas vrai ? Je ne peux…

« Si tu veux tout savoir, m'avait-il tant de fois répété, *contente-toi de savoir.* » Et à présent, il en était incapable. Voilà qui devait s'avérer étrange pour lui.

— Cinquante-quatre kilomètres, si nous empruntons le gué au sud. Un peu plus si nous revenons sur nos pas, mais le terrain y est plus égal. François ?

Je voulais entendre son estimation, mais il me fixait, impassible, comme s'il n'avait pas entendu un seul mot.

— François !

Il raidit les épaules pour sortir de sa transe – sa pince claqua.

— Une longue journée à cheval, deux avec la neige.

— Plutôt trois ou quatre jours, donc…

Une estimation réaliste, vu que Talis ne pouvait même pas se redresser en position assise.

— Ça fait un sacré bout de chemin à parcourir sans raison. Avez-vous un plan ?

— Bien sûr, répondit Talis. Mon plan à court terme est de ne pas mourir.

— En existe-t-il un à long terme ?

— La paix sur Terre, la bienveillance parmi les hommes, enchaîna-t-il avec un hoquet qui avait dû être un soupir. Tu vois, c'est toujours le juste milieu qui me pose problème.

La neige tombait à présent plus fort, en de lourds et épais flocons. Les chevaux, serrés les uns contre les autres près du mur, ressemblaient à des ombres projetées sur un rideau léger.

— Rejoindre le refuge serait trop prévisible, dis-je avec un coup d'œil vers François-Xavier, qui, son tourment émotionnel mis à part, bénéficiait d'un esprit stratégique affûté.

— Oui.

Je l'encourageai à m'en dire plus d'un geste de la main, qui était tout l'opposé du salut des Cygnes.

— Oui, reprit l'homme, qui ne pleurait décidément plus. Bien sûr que c'est prévisible. Il n'y a nulle part où aller. (Il marqua une pause.) D'un autre côté, ils ont à peine besoin de nous tendre une embuscade.

Vrai. S'il existait une autre étape dans le plan de Sri et des siens, il n'y avait rien que nous ne puissions faire pour les semer ou nous échapper.

— Écoute, intervint Talis, à ce stade, nous serions vaincus par une paire de chèvres assez déterminées ou même par un nourrisson armé d'une agrafeuse. Le refuge nous offre des possibilités. Et une Tisseuse. (Il se tapota le torse. Pareil équipement pourrait réparer les muscles déchirés, lui procurer un peu de soulagement face à ce qui devait être une douleur insoutenable.) Il y fait chaud. On y trouvera des armes. Des moyens de communication. Nous pourrions appeler une navette.

Je n'eus même pas besoin d'ouvrir la bouche, car François-Xavier scanda aussitôt un verset tiré des *Maximes* : « Les navettes ont une fâcheuse tendance à se faire abattre. »

— N'utilise pas mes propres paroles contre moi, asséna Talis. Et que se passera-t-il s'ils tirent ? Je souffre de lésions de stade 3, j'ai perdu les trois quarts de mes capacités mentales, les êtres que j'aime essaient sans relâche de me tuer et je vais attraper un rhume. Je ne vois pas comment la situation pourrait empirer.

— Greta pourrait être tuée, répondit François-Xavier.

Dans sa voix ne résonnait aucun signe qu'il s'en soucie particulièrement.

Talis poussa un long soupir, quoique prudent.

— C'est vrai. Quand on se demande si la situation pourrait empirer, la réponse est oui. Greta, prends-en note.

Je m'exécutai.

— Nous pourrions ordonner une frappe aérienne à la place, je suppose, poursuivit Talis. Quelqu'un aurait envie de voir un autre endroit partir en fumée ?

— Saskatoon, dis-je.

Les deux Cygnes me dévisagèrent, surpris.

— Quoi ?

Je ne faisais que citer Talis, qui avait suggéré à demi-mot de détruire Saskatoon lorsque l'IEM s'était abattue sur nous.

— Greta… murmura-t-il.

Son inflexion évoquait le début d'une question, mais il la laissa en suspens. Quand il prononça à nouveau mon nom, ce fut d'une voix ténue, presque réduite à un fantôme d'elle-même, disparaissant comme une empreinte dans de la mousse à mémoire de forme.

— Greta Gustafsen Stuart… que t'est-il arrivé ?

Étrange qu'il ne s'en souvienne pas…

— Vous, répondis-je.

Suivirent quelques jours plutôt difficiles.

La neige tombait sans discontinuer. Une couche de quatre centimètres d'épaisseur recouvrait déjà tout lorsque nous nous mîmes en route et elle ne fit que s'épaissir, au point que François dut marcher devant les chevaux pour les guider et ouvrir la voie.

Je chevauchais avec Talis, juchée sur le dos de Gordon, le cheval le plus robuste et au pas le plus sûr. L'animal semblait faire de son mieux pour poser chaque pied avec le plus de délicatesse possible. Pourtant, Talis en bavait. Quand François-Xavier l'avait soulevé pour le faire grimper en selle, par exemple, son système nerveux sympathique s'était embrasé comme les routes sur une carte interactive. Parfois, lorsque je le regardais, j'aurais juré voir quelqu'un d'autre dans ses yeux, une personne plus jeune, en proie à la souffrance. La façon dont il se recroquevillait contre le torse de François-Xavier me faisait penser à Rachel, mais n'importe qui aux prises avec le désespoir se serait laissé aller contre cette force brute.

Les flocons s'épaissirent au point de faire rétrécir le monde. La couche neigeuse devint tellement profonde que même les chevaux commencèrent à trébucher. À chaque faux pas, Talis semblait sur le point de parler, mais les syllabes se brisaient contre la barrière de ses dents. Sa conscience vacillait, il ne paraissait plus être maître du cerveau qu'il avait emprunté.

François-Xavier en bavait lui aussi. Ouvrir un passage dans une épaisseur de neige qui vous arrivait au genou pendant près de deux kilomètres relevait de l'exploit. Au-delà de cette distance, l'acte se muait en une démonstration d'endurance désespérée. Les dents serrées, le Cygne endurait.

FX titubait, épuisé, et Talis était blanc comme un linge lorsque la brève journée toucha à sa fin. Nous n'avions pas atteint le refuge, bien entendu. Les mondanités du soir ne firent pas long feu. Nous dînâmes. François-Xavier finit par vomir d'épuisement. J'examinai Talis et découvris que la plaie s'était rouverte, aussi y versai-je autant de poudre cicatrisante que mon audace me le permettait. J'enserrai ensuite son torse dans des bandages de soie plissée. Les soins étaient plus que sommaires, mais je ne pouvais rien faire de mieux.

Une fois ces tâches accomplies, nous nous blottîmes les uns contre les autres sous les trois draps plissés. D'un côté, François-Xavier, dont la profonde respiration évoquait celle d'un lion, irradiait de chaleur, tandis que, de l'autre, je frissonnais. Entre nous deux, Talis brûlait d'une fièvre due à la surcharge neurologique. Les chevaux se rassemblèrent autour de nous dans l'obscurité enneigée. Nous dormîmes d'un sommeil agité.

La journée du lendemain se déroula exactement de la même façon.

Ainsi que le jour suivant.

Je passai le quatrième jour à nous surveiller depuis le ciel à travers le regard panoramique des satellites espions : une silhouette auréolée de bleu dans un monde blanc, guidant trois chevaux. Sur la monture de tête, une cavalière, dont la cape tourbillonnait dans le vent, tenant un corps dans ses bras. Je distinguais la piste qu'ils laissaient derrière eux et la neige qui recouvraient peu à peu leurs traces. Je nous voyais de très loin, sous la forme de silhouettes sombres, puis de taches sur le sol ondulant de la prairie.

Je pouvais voir la face entière du continent tournoyer sous les remous du blizzard. La Terre tournait sous mes yeux. J'apercevais les ruines bosselées des bas quartiers de Saskatoon, la cicatrice de la voie ferrée, les champs en terrasses du Préceptorat, aux contours adoucis par la neige. Et plus loin, toujours plus loin. Au-delà de ce qu'il restait des Grands Lacs, au-delà du marécage qu'était devenue la cité perdue d'Erié, je voyais la petite masse miroitante de Halifax, la ville où j'étais née, dans une autre vie, et puis le néant mouvant de l'océan.

Mon pays. L'un des premiers souvenirs que m'avait volés Talis. Je glissais au-dessus de lui. Je le laissais partir.

Tant d'I.A. étaient mortes. Elles s'accrochaient à leur humanité jusqu'à ce qu'elle se torde en leur sein comme une lame, jusqu'à ce que l'épluchage brise leur esprit et que leur corps finisse par convulser dans l'herbe.

Mais d'autres s'en étaient écartées. Elles s'étaient éloignées de leur côté humain et avaient disparu dans des mondes de la matrice, des univers de données à l'état pur. Elles s'étaient élevées.

Je flottais. Sans poids, de la même façon que les gens en pleine chute ne pèsent rien. J'observais de haut la tempête, la ville et l'océan. Il faisait sombre au-dessus de l'Atlantique, de plus en plus à Halifax. Les rues scintillaient tel un réseau de perles. Et, au Préceptorat, des silhouettes en blanc se reposaient sous le toit de verre du grand hall. Deux par deux, dans leurs cellules. L'une d'entre elles était étendue, seule. Li Da-Xia, seule, éveillée sur son lit.

Petite.

Immobile.

Comme un spécimen dans une jarre.

— Xie ? m'entendis-je l'appeler.

— Greta ? répondit François-Xavier. Je crois que nous sommes arrivés.

Je repris contact avec le monde à travers mes yeux humains pour voir une porte creusée dans la colline.

*

François-Xavier me prit Talis des bras, le laissant glisser lentement du dos du cheval jusque dans sa douce étreinte. Je sautai à terre. La neige recouvrit mes pieds chaussés de bottes et enserra mes mollets dans un anneau glacé. Elle était lisse, immaculée.

Quel magnifique endroit pour une embuscade… Mais si de potentiels assaillants se trouvaient dans les parages, ils devaient être là depuis quelque temps – assez pour que leurs traces aient été recouvertes. Au moins une demi-journée, donc. Mais il était plus probable que personne ne soit là.

Et pourtant…

Je me tenais au cœur de la tranquillité parfaite de la prairie, avec des yeux qui pouvaient observer la planète en rotation. Les flocons piquetaient mes épaules. Des muons cosmiques pleuvaient tout autour de moi, étincelant plusieurs fois par seconde à travers les capteurs incrustés au bout de mes doigts. Comme prévu. Je tendis les mains devant moi et répertoriai la façon dont les muons tourbillonnaient. Un faible champ électromagnétique irradiait de la colline.

— Il y a des ondes magnétiques ici, dis-je.

— L'électricité fonctionne, traduisit François-Xavier.

Nous échangeâmes un regard entendu, avant de contempler Talis, à moitié inconscient dans les bras solides du Cygne.

— Nous ne pouvons pas aller plus loin, fit remarquer François.

— Si. Mais lui non. Du coup…

FX m'observait.

Je scrutai la porte silencieuse.

Puis je hochai la tête.

Après quatre jours dans la neige, nous avions besoin d'un refuge. Nous n'avions nulle part où aller. Le mieux que nous puissions faire consistait à entrer, armés de tout le courage que nous pouvions rassembler – sans oublier l'effet de surprise.

— En silence alors, précisa FX. Éloignez les chevaux.

J'obéis. François-Xavier me suivit à reculons, à pas de loup. En douceur, il déposa l'I.A. sur ses pieds. Talis chancela. En vérité, pourtant, il était le seul de notre groupe à se sentir mieux : en partie soigné par la maigre attention médicale que j'avais pu lui prodiguer, en partie par le simple effet du temps. Malgré tout, je le retins.

— Que se passe-t-il ? murmura-t-il en se laissant aller contre moi.

— Nous avons atteint le refuge, mais, d'après nous, il y a déjà quelqu'un à l'intérieur.

— Oh…

Talis me lâcha. Il se pencha en avant, recroquevillé sur lui-même, comme incapable de simplement relever la tête. Mais son attitude ne signifiait pas que son esprit ne tournait pas à plein régime.

— Greta, finit-il par dire, les yeux rivés sur la neige qui ensevelissait ses bottes. Tu devrais partir. Toi et François, d'ailleurs. Remontez en selle et partez.

Mais à cet instant précis, au moment où Talis offrait de se sacrifier pour la première fois sans doute depuis 526 ans, François-Xavier enfonça la porte du refuge d'un grand coup de pied en poussant un hurlement.

Une lueur jaune dorée se répandit dans le froid bleuté du soir. Des effluves d'ail et de poireaux vinrent me chatouiller les narines. Dans ce petit cocon, quelqu'un se tenait dos à la porte, occupé à une table métallique. L'intrus était grand, sa peau arborait une nuance commune, rehaussée par des cheveux sombres et bouclés. Un jeune homme, vu sa stature. Vêtu comme un trommeleur, c'est-à-dire de vêtements ahurissants aux couleurs éclatantes, plutôt amples mais ajustés à la taille et aux poignets. Nous l'avions surpris en train de préparer de la soupe. Il fit volte-face, cuillère à la main, lorsque la porte s'écrasa contre le mur.

Malgré tous les indices, je fus tout de même surprise de le reconnaître.

— Salut, dit Elián Palnik, vous en avez mis du temps.

François-Xavier franchit le seuil d'un bond, comme un loup aux abois. En un clignement de paupières, il plaqua Elián contre le mur, au point que les pieds du jeune homme ne touchaient plus le sol. Il le maintenait épinglé, main contre poignet, hanches contre hanches, pince serrée autour de la pomme d'Adam du garçon.

Elián semblait sur le point de se retrouver avec la trachée écrasée, et pourtant il ne nous quittait pas des yeux, Talis et moi.

— Ouh là… s'étrangla-t-il d'une voix rendue rauque par la pression exercée sur sa gorge. Vous avez vraiment une sale tête, enfin, je veux dire, quand je me suis pointé au Préceptorat et qu'ils m'ont collé pendant des semaines des araignées à des endroits que je ne mentionnerai pas devant les dames, j'avais encore meilleure mine que vous.

— Je suis anéanti que tu ne me trouves pas séduisante, répliqua Talis. François, tue-le.

Le Cygne me lança un regard interrogateur. Sa posture indiquait qu'il était prêt à faire sauter la tête d'Elián aussi facilement qu'un bouchon de champagne, mais dans ses yeux se trouvaient des questions.

De très bonnes questions, somme toute. Calgary. Saskatoon. Elián. Sri. Étaient-ils liés ? Nous avions été victimes d'une embuscade, Talis s'était fait poignarder et nous avions devant nous le garçon au couteau. Oui, de très bonnes questions, vraiment.

— Relâchez-le, dis-je. Laissez-le respirer.

Lentement, François-Xavier recula un peu. Elián s'affaissa, en proie à une quinte de toux.

— Eh ! s'écria Talis. Je veux le tuer.

— Eh bien, ce ne sera pas le cas.

Je saisis l'I.A. par le coude et passai l'autre bras autour de sa taille. Nous avançâmes cahin-caha jusqu'à ce qu'elle puisse s'agripper au chambranle.

Pendant ce temps, François-Xavier avait entrepris de fouiller Elián, avec brusquerie, et confisqua à la fois la dague pendue à sa ceinture et la cuillère en bois qu'il tenait à la main. Le jeune homme ne lui opposa que son sourire habituel, sa marque de fabrique.

— Vous avez raté le mémo disant qu'ils ne vous écoutaient plus, Michael ?

— Oh, arrête de me donner du Michael ! rétorqua Talis, une main pressée sur son sternum pour calmer sa respiration sifflante. D'abord, ce n'est pas une insulte. Ensuite, ai-je vraiment l'air de pouvoir m'appeler Michael ? Enfin, Greta, pourquoi ne peut-on pas le tuer ?

— Je suis…

Qu'étais-je donc, au juste ? Une toute petite chose gigotait en moi, comme si j'avais avalé un serpent des blés. Ça grouillait.

— Je suis curieuse.

— Eh bien, ça va de soi, dit Talis. Mais moi, d'un autre côté, j'ai froid.

— Je n'ai pas sécurisé le refuge, intervint François.

— À quoi penses-tu ? À des bombes à pulsation infrarouge ? Ce garçon n'est qu'un éleveur de moutons et ce refuge un trou dans la terre.

Au moment où il lâcha le chambranle, Talis grimaça. Il traversa la pièce en deux enjambées pour attraper une chaise, sur laquelle il s'assit à califourchon, les bras repliés sur le dossier et le menton calé dessus. Du spectacle, du pur spectacle, qui maquillait le fait que se pencher restait la seule position dans laquelle il pouvait se tenir sur une chaise sans aide. Il lança à Elián un regard plein de bonne humeur.

— Très bien, Greta. Satisfais ta curiosité. Lorsque tu en arriveras à la partie avec les couteaux, fais-le-moi savoir.

Étrange, très étrange… Le petit espace circulaire, avec ses encadrements en bois brut, ses murs de plâtre blanchi. Un espace tellement minuscule face à l'univers scintillant qui tourbillonnait dans mon esprit. Face à la vue en plongée sur Halifax. Et pourtant, il attira mon attention et je délaissai peu à peu les satellites.

Cet endroit. Un nid chaud et douillet. Une bonne odeur. Elián, que j'avais un jour aimé. Talis, que j'avais un jour… Je m'efforçais de retrouver mes souvenirs. Détesté ? Craint ? Et François-Xavier, qui refusait d'être mis « à l'écart », debout, avec la dague d'Elián à la main.

— Elián, dis-je. Que fais-tu ici ?

— Je suis venu te voir, répondit-il. Il n'y a pas trente-six endroits où aller depuis le sommet de cette colline. Les autres… Sri pensait que tu viendrais ici.

— Ah oui ? railla Talis. Et où se cache donc ma vieille amie Sri ?

— Comme si j'allais vous le dire.

— Oh, ça se pourrait, menaça Talis d'une voix traînante.

Il tendit la main vers François-Xavier, qui y déposa la dague. L'I.A. referma l'un après l'autre les doigts autour du manche.

— Il serait tellement intéressant de le découvrir.

— Talis, non.

Mon intonation sembla un peu décalée, comme si je lui avais assené un « Pas bouger ».

— Mille excuses, ma chère, reprit Talis, un sourcil arqué. Je t'en prie, poursuis.

— Je peux récupérer ma cuillère ? demanda Elián, dont la gorge portait des marques violacées de chaque côté de la glotte. La soupe va brûler.

Je réfléchis un instant. Les risques restaient minimes et la soupe sentait bon.

— Rendez-lui sa cuillère, ordonnai-je à François.

Sans abaisser le couteau, le Cygne lui tendit l'ustensile et Elián s'en saisit avec précaution. Je tirai une chaise pour m'asseoir de l'autre côté de la table.

Sur le plan de travail se trouvaient des carottes coupées en rondelles sur une planche à découper. C'était le spectacle le plus éclatant que j'avais vu depuis des mois. Elián remua la soupe, avant de se pencher au-dessus d'un pot, le menton rentré. Ses boucles sombres balayaient son front. J'avais un jour déposé un baiser dans ces cheveux-là. Les I.A. ne se rappellent pas. Elles revivent. La chaleur et la rugosité de ce baiser, son parfum, le poids du corps impuissant dans mes bras.

— Elián, dis-je, le regardant ajouter les rondelles de carotte dans la soupe, une à une, comme on jette des pièces dans un puits. Elián. Pourquoi es-tu ici ?

— Tu te souviens du moment où tu m'as sauvé la vie ? répondit-il dans un souffle. J'ai pensé que je pourrais essayer de te renvoyer l'ascenseur.

— Que les anges et les ministres de la Grâce nous viennent en aide, réagit Talis, la tête inclinée et les doigts passés dans ses cheveux en un geste de désespoir moqueur. Elián Palnik avait un plan !

— Un plan ? demandai-je à l'intéressé. C'est la vérité ?

Mais au lieu de répondre, mon ami me posa une nouvelle question d'une voix rauque.

— Greta, tu te rappelles ?

À la fois oui et non. Je n'avais perdu aucune donnée. Je me rappelais – Elián était arrivé au Préceptorat enchaîné, il n'avait cessé de les défier et, en retour, ils lui avaient fait du mal. Juste un peu, mais sans relâche, jusqu'à ce qu'il cède. Je le revoyais descendre la pente vers le champ de pommes de terre comme une machine au logiciel défectueux.

Comme une machine.

Juste un petit peu, ils lui avaient fait du mal – c'était ce que j'avais cru à ce moment-là. Je réalisai alors que je n'en savais en fait rien. Ce qu'on avait infligé à Elián appartenait aux archives du Préceptorat. Si je voulais savoir, je le pouvais.

À ce stade, je ressentis une hésitation familière : avais-je réellement envie de savoir ?

— Attention, souffla Talis, qui avait cessé d'observer Elián pour se concentrer sur moi.

Et, fut un temps, il aurait eu raison. Fut un temps, simplement me rappeler Elián, sans même parler de me plonger dans le souvenir lui-même, aurait été dangereux. L'épluchage, la boucle de rétroaction liée au souvenir s'intensifiant jusqu'à la surcharge fatale. Durant mes premiers jours en tant qu'I.A., plonger dans ma mémoire équivalait à marcher sur un tissu tendu au-dessus du vide. Mes souvenirs avaient un prix – fragilité, danger, peur.

Mais depuis… depuis…

Je me souvenais de Talis utilisant les cascades d'ultrasons pour interrompre les boucles de rétroaction. Une petite, une grande, une catastrophique. Je lui avais interdit, je l'avais combattu, mais il…

« Ne sois pas humaine », avait-il dit avant de me montrer la lumière. Et depuis…

— Je n'ai pas oublié, dis-je, sans trop savoir ce que mes paroles signifiaient.

— D'accord, se réjouit Talis. J'ai une question.

Je ne l'avais pas vu aussi joyeux depuis, eh bien, depuis qu'Elián l'avait poignardé. Avoir un couteau à la main et quelqu'un à tuer à portée semblait faire des merveilles sur son humeur.

— Le sang, reprit-il, était-il chaud ? S'est-il insinué dans tous les petits plis de tes doigts ? Combien de fois te les es-tu récurés pour tout enlever ?

Elián le dévisageait.

— De quoi est-ce que vous parlez, bon sang ?

— Du moment où tu m'as poignardé, ironisa Talis, faussement surpris. Crucial pour toi, je suppose. Pour moi aussi, bien entendu, mais, eh, je suis d'humeur généreuse. Alors concentrons-nous sur toi. Je parle de cet instant où la lame perce le muscle et s'enfonce dans les parties molles. Je parle de rester planté là à regarder quelqu'un suffoquer et se noyer de l'intérieur. Pas dans tes habitudes, j'en suis sûr. Alors que faut-il donc, hmm… pour pousser un éleveur de moutons jeune et idéaliste à de telles extrémités ?

— Sérieusement ? Vous vous demandez vraiment pourquoi je vous déteste ? s'étonna Elián.

— Non, bien sûr que non, reprit Talis, dédaigneux. Je t'ai fait torturer. Je veux dire, pas en personne, mais s'ils m'avaient posé la question, j'aurais sûrement donné mon accord. J'ai écrasé Grand-mère Wilma dans ce pressoir à pommes jusqu'à ce qu'elle éclate comme un furoncle. Et j'ai transformé ta petite amie ici présente en une véritable petite psychopathe… Sans vouloir te vexer, Greta.

— Pas du tout.

— D'un autre côté, entonna Talis, je suis une I.A. dont les réactions émotionnelles et les instincts éthiques se basent sans doute sur un aveuglement élaboré. Je suis un monstre. Et d'ailleurs, soit dit en passant, j'ai tenté de sauver le monde. Quelle est donc ton excuse, humain ? Que t'a-t-il fallu pour te décider à te salir les mains ?

— C'est une expérience, répondit Elián, qui remuait à nouveau la soupe.

— Oh, alors dans ce cas tout va bien, dit Talis. Du moment qu'on me dissèque pour la science…

— Je veux voir si une I.A. peut apprendre à redevenir humaine.

— O… K., railla Talis. Greta, peut-être pourrais-tu expliquer à ton ami le défaut de son brillant raisonnement qui consiste à te mutiler pour le bien de ton âme immortelle ? J'ai un matelas de plumes qui m'attend.

Il tenta de se relever, et quand il reprit la parole, la voix qui s'éleva ne lui appartenait plus vraiment :

— François… un coup de main ?

Le Cygne s'approcha pour l'aider. Et Talis fut de nouveau là.

— Greta, réveille-moi si tu décides de le tuer, je ne veux pas rater ça. Et toi, petit monstre, ajouta-t-il à l'adresse d'Elián, souviens-toi du dicton : dupe-moi une fois, honte à toi, dupe-moi deux fois et je te tuerai, toi et tous ceux que tu aimes.

Elián répondit sans me lâcher du regard.

— Trop tard, Michael, c'est déjà fait.

*

Peu de temps après l'altercation, François-Xavier ligota Elián à la table.

Le Cygne se montrait protecteur, comme toujours, mais il titubait aussi de fatigue. Malgré tout, il restait beaucoup à faire. En tout premier lieu, je trouvai la Tisseuse et parvins à maîtriser le processus médical complexe consistant à passer la machine sur une plaie à moitié refermée, déchiquetant Talis pour mieux le remettre sur pied. Il s'efforça de garder le silence et de rester immobile, mais en vain dans les deux cas. Heureusement, il tomba vite dans l'inconscience, s'enfonçant profondément dans le matelas de plumes comme un corps dans la neige.

Pendant ce temps-là, François rentra les chevaux dans les écuries, les brossa, leur donna à boire, ainsi que quelques poignées d'avoine tirées de la réserve du refuge. Il ôta sa prothèse et ses attaches pour enduire ses ampoules d'onguent. Ensuite, il engloutit un morceau de viande séchée qu'il fit passer avec de l'eau avant de s'étendre à même le sol de pierre froid, à côté de Talis, face à la forme endormie et dos au reste de la pièce.

Je m'écartai de quelques pas pour observer mes deux compagnons.

La main unique de François était crispée en un poing. Il était réveillé. Il respirait. Veillait sur nous. Mais je vis alors sa main se détendre et entendis son souffle s'apaiser. Après quatre jours à déblayer le passage de la neige jusqu'aux genoux, le Cygne avait atteint l'extrême limite de son endurance. Même si j'avais échappé à pareille épreuve, je ressentais une lourdeur dans mes os, un frisson au creux de la poitrine. J'étais épuisée. Mais FX et Talis, eux, étaient exténués.

Je jetai un regard vers Elián, qui se tenait debout, attaché à la table. La fine corde qui entravait son poignet semblait fragile mais fonctionnait en fait grâce à un système d'adhésion régi par des codes magnétiques. Aucun espoir de s'échapper. Seules des impulsions digitales – les miennes ou celles de François – pouvaient le libérer.

Même si le plan d'Elián consistait à me poignarder, même si je n'arrivais pas à réveiller FX à temps, ma sécurité n'était pas compromise.

— Tes cheveux repoussent, dit Elián.

Seize jours s'étaient écoulés depuis que Xie m'avait rasé le crâne afin que je puisse être boulonnée à une table pour y mourir. S'ils avaient repoussé, je ne devais pas avoir meilleure allure qu'un galeux. Mais Elián me souriait.

— J'aime bien. Dans mes souvenirs, ils étaient roux, mais là ils tirent presque vers le miel.

Je me demandai alors depuis combien de temps il occupait le refuge. S'il nous avait menti en disant qu'il nous attendait. S'il tremblait lui aussi de fatigue et, dans ce cas, comment il allait pouvoir se reposer, attaché de la sorte.

— Greta ? dit-il, avec un geste de la main qui charria vers moi son odeur. S'il te plaît, parle-moi.

Quand son parfum me parvint, je pris conscience que la table de métal à côté de laquelle il se tenait se trouvait aussi dans une cuisine. Il y avait des couteaux dans le tiroir. Je reculai d'un pas. Le jeune homme tenta de me suivre, mais l'entrave à son poignet stoppa sa progression.

— Greta, répéta-t-il.

— Me poignarderais-tu vraiment ? demandai-je. Ce que tu as infligé à Talis, c'est ça que tu veux pour moi ?

Elián essaya de me toucher. Sa main enchaînée était tendue à l'extrême derrière lui. Il tirait tellement fort que le lien s'enfonçait dans la peau de son poignet, cisaillée et gonflée.

J'avais eu les mains liées de cette façon un jour… Je cillai à ce souvenir et sursautai, comme sous le choc.

— Je ne te ferai jamais de mal, tu dois le savoir, dit Elián d'une voix douce, comme s'il avait peur de me faire fuir. Jamais, Greta. Tu t'en souviens ?

— Je me souviens de tout. Je n'ai perdu aucune donnée.

— Ah oui ? railla-t-il, comme à son habitude sous le coup de la colère.

Je me détournai pour observer les chevaux qui, dans les ombres au-delà du muret, bougeaient, mâchonnaient leur ration et se flairaient les uns les autres.

— Qu'as-tu perdu, alors ? reprit Elián. (Ses paroles me firent l'effet de multiples piqûres sur le côté du visage.) Parce qu'il faut bien te le dire, Princesse, tu as perdu quelque chose.

— Je n'ai rien perdu, rétorquai-je, cinglante. Talis l'a pris.

Tout à coup, sans prévenir, j'étais furieuse. L'électricité s'accumulait dans mes mains. Des décharges ultrasoniques jaillirent de toutes parts et des étincelles crépitèrent au bout de mes doigts. Gordon Lightfoot releva la tête et tapa du pied.

— Il l'a pris, Elián. Talis l'a pris. Je me suis débattue, j'ai lutté. J'ai essayé… (Les mots se déversèrent hors de moi.) J'ai lutté. Je me suis battue comme toi, Elián. J'ai résisté malgré la douleur. Malgré le fait que je ne pouvais pas l'emporter. Alors ne me dis pas que j'ai perdu quelque chose.

— Oh, Greta ! lâcha Elián, qui porta sa main libre à sa bouche. Oh…

— Il l'a pris, murmurai-je, et je ne l'y avais pas autorisé.

Furieuse, oui, mais pas contre Elián. J'aurais voulu me jeter dans ses bras.

Mais je ne pouvais pas supporter sa proximité.

Voilà ce dont Talis m'avait privée : ma part humaine, l'amour. Il me l'avait pris. Il me l'avait enlevé parce qu'il brûlait à travers moi. Il brûlait en moi, et si je touchais Elián, j'étais certaine de me consumer.

— Pourquoi es-tu venu ici ? hoquetai-je, désespérée. Pourquoi es-tu venu, Elián ? Talis va te tuer.

Comme Wilma Armenteros, morte écrasée dans le pressoir à pommes. Aussi affreux. Voire pire.

Talis s'emparerait encore de ça.

Les traits d'Elián se tordirent en une pâle imitation de son sourire habituel.

— Je comptais plus ou moins sur toi pour l'en empêcher.

Son sourire était tissé de mensonges. Sa micro-expression suintait de terreur. Il était terrifié.

— Je ne peux pas, lâchai-je. Je ne peux pas l'arrêter…

— Si, tu le peux. Écoute, je sais bien que je n'y connais rien en I.A., mais je parie que tu te débrouilles bien mieux que lui.

Je m'enveloppai de mes bras. Elián tira la table dans sa tentative infructueuse de me toucher. Sa main libre se tendit timidement à un millimètre de mon visage. Je ressentis un frisson qui fit se dresser mes minuscules poils et les ondes électriques qui me parcoururent de la tête aux pieds.

— Greta, je t'en prie, me supplia-t-il. Libère-moi.

— Pourquoi es-tu venu ici ? répétai-je. Après ce que tu as fait à Talis… Elián, franchement. As-tu l'intention de me poignarder ?

Mon ami se raidit. Je me rappelai qu'à son arrivée au Préceptorat, son allure était encore juvénile, sa carrure bien bâtie mais empreinte de douceur. Il ne lui en restait plus tellement aujourd'hui. Il était tout en os et muscles, et il tremblait.

— Elián ? m'inquiétai-je.

— Le veux-tu ? demanda-t-il d'une voix à peine plus forte qu'un murmure.

— Je…

J'avais vu ce qu'avait enduré Talis, j'avais été témoin de sa terreur, sa confusion, sa douleur. Mais, pendant une seconde, l'idée me sembla presque raisonnable. J'avançai d'un pas pour me glisser dans l'étreinte d'Elián. Mes doigts crépitèrent. Je détachai le lien qui lui entravait le poignet.

Nouvelle entrée

Une fois sa liberté retrouvée, Elián bascula en avant sans pouvoir retenir un hoquet, comme si ma décision l'avait choqué.

C'est alors qu'il me serra dans ses bras.

Et je m'embrasai.

C'était trop, beaucoup trop. Il m'avait étreint de la sorte de trop nombreuses fois. Terrifié, désespéré, ses lèvres sur mon oreille, la joue enfouie dans mes cheveux.

— Greta…

— Non, soufflai-je, non…

Une I.A. ne se rappelle pas, elle revit. Elián, qui s'effondrait dans mes bras dans le champ de citrouilles, blessé et effrayé, qui m'enlaçait, la joue pressée contre ma tempe. « *Vraiment, j'aime beaucoup tes cheveux.* » Et mon cœur tout entier s'était rebellé. Contre le Préceptorat, contre Talis, contre la seule et unique vérité que j'avais jamais connue.

Mon cœur vacilla à nouveau à cet instant précis.

Il s'embrasa.

Et ça faisait un mal de chien. Mes mains me brûlaient. Mon cœur. Ma tête.

Écrasée contre Elián, je m'entendis gémir.

Talis… Talis était le seul que je connaisse capable de sourire en étant dévoré par les flammes. Voilà donc ce qu'il ressentait : l'impact du souvenir, la chute libre du crash, la chaleur qui enrobait son esprit et ressemblait à celle qui enveloppait un satellite pénétrant dans l'atmosphère. Un être claquemuré dans les ondes de choc et les flammes.

C'était mon tour, désormais. Je brûlais.

Je restais plantée là à me consumer.

Et lentement, lentement, je souris.

Je brûlais, mais je ne mourais pas.

Elián. Il aimait mes cheveux tels qu'ils étaient à présent. Différents, comme moi. Tout était différent. Nous étions là, ici et maintenant.

Mon ami prit mon visage entre ses mains, avant de caresser du bout des doigts la racine de mes cheveux sur le pourtour de mon front, où persistaient quelques légères cicatrices circulaires, souvenirs des boulons qui avaient maintenu ma tête en place tout au long de la terrifiante et douloureuse transformation dans la Chambre grise. Tout au long de ma mort. Elián les effleura avec douceur et, l'espace d'une seconde, j'aurais pu jurer que le bout de ses doigts dégageait autant d'électricité que les miens. Il caressa mes cheveux vers l'arrière, m'observa un moment avant de m'attirer contre lui. Je pressai mon visage dans le creux de son épaule. Contre moi, je sentis son cœur battre la chamade, à un rythme qui devait se situer à 90 pour cent de son intensité maximum, comme s'il avait couru un marathon.

— Merci… dit-il. Est-ce que tu vas bien ?

— Oui, répondis-je, oui, vraiment…

Malgré le brasier, je ne me consumais pas. Je n'étais que pure onde de choc et signal. J'étais un feu ardent.

Et Elián ne pouvait rien en voir.

Mais il me sentit rétablir mon équilibre, pourtant, et au bout d'un moment, il s'écarta assez pour me tenir les épaules à bout de bras et plonger son regard dans le mien.

— Salut, Princesse, dit-il.

— Salut, monsieur le paysan. C'est bon de te voir.

C'était donc ça, l'astuce que Talis n'aurait jamais pu m'enseigner. C'était ça, la survie. C'était ça, être une I.A.

Je repensai à « l'expérience » d'Elián : apprendre à une I.A. à redevenir humaine. « Pourrais-tu expliquer à ton ami le défaut de son brillant raisonnement ? » avait raillé Talis. Et debout, à cet instant, je compris.

— Ce que tu proposes… avançai-je, la paume pressée sur mon propre torse, à l'endroit précis où Talis avait été frappé. Ça ne fonctionnerait pas. Je ne suis pas comme Rachel. Mon cerveau est plus endommagé, beaucoup plus. J'en mourrais.

Je n'eus besoin d'aucune expertise informatique pour comprendre la réaction d'Elián. Son visage s'assombrit autant que le ciel plombé. Il sembla perplexe, puis furieux.

— Je ne suis qu'un outil, gronda-t-il. Bon sang, je vais finir par m'accrocher autour du cou une pancarte qui dirait : « Servez-vous » !

Je suis certaine que tu trouverais des intéressés, souffla le fantôme de Li Da-Xia dans mon cœur.

Quel bonheur de sentir à nouveau sa présence !

— Qui t'a dit que ça marcherait ? demandai-je. Sri ?

Il ne répondit rien. Talis poussa un gémissement dans son sommeil, puis je l'entendis reprendre son souffle.

— Elián… pourquoi le voulaient-ils vivant ?

— Je ne peux… (Il prit une profonde inspiration.) Greta, tu me fais confiance ?

— Pas pour un plan à long terme.

— Quoi ? Eh !

— Je ne suis pas un pion. Ni celui de Talis, ni le tien, encore moins celui de Sri. Ce n'est pas une question de confiance, mais de faire mes propres choix.

Elián se passa la main dans les cheveux courts qui hérissaient l'arrière de sa nuque.

— O.K. Je comprends.

Quelqu'un l'utilisait. Et ce n'était même pas récent – quelqu'un l'utilisait depuis le moment où sa grand-mère s'était octroyé les galons de générale. Quelqu'un lui avait menti sur les façons de me sauver, menti pour le conduire jusqu'à moi. Quelqu'un l'avait placé dans la ligne de mire de Talis.

Et le plus incroyable, c'était qu'il était capable d'y rester, droit dans ses bottes et sans détourner le regard.

Il faisait chaud et sombre dans le refuge. Nos manteaux étaient suspendus tels des ombres sur le mur. Le bras de François-Xavier, dont les boucles luisaient comme de petites chandelles, reposait sur la table. Je sentais l'odeur de l'ail en train de fondre dans la soupe qui refroidissait. Je percevais les parfums du monde humain.

— Si j'en suis capable, Elián… (Je tapotai mon datastore du bout des doigts.) Si je suis capable de le faire correctement…

— Tu peux changer le monde.

Il tendit la main pour la poser sur ma poitrine, à l'opposé de la mienne : ma main sur mon datastore, la sienne sur mon cœur, que je sentais battre sous la pression de ses doigts.

— Dis quelque chose, le suppliai-je.

Elián se raidit, comme s'il portait une lourde charge. La conspiration, la rébellion. Il croyait que je lui demandais de la trahir. Il semblait stupéfait, comme écrasé sous la pression.

— Tout ce que tu voudras, finit-il par lâcher.

— Non, pas ça, dis-je, parle-moi de toi.

— De moi ?

— Avant tout ceci. Avant le Préceptorat. Dis-moi quelque chose.

— Euh… commença-t-il, perplexe. Je suis enfant unique.

— Ça, je le savais.

— O.K. Eh bien… Un jour, j'ai eu un raton laveur de compagnie. Je l'avais baptisé Daniel Boone, parce que je suis très mauvais pour reconnaître les mâles des femelles. Ou peut-être juste pour donner des noms. Je suis un bon cuisinier, mais je mets de l'ail partout. Tu savais ça ? Avant… j'aimais cuisiner.

— Tu aimais jouer au bowling, me rappelai-je alors.

La surprise lui arracha un petit rire.

— Oui, je suis un as avec des boules de six kilos ! (Il s'interrompit.) Ce n'est pas comme ça que je voulais le dire…

Et j'éclatai de rire. Ça faisait tellement longtemps que je n'avais pas ri !

François-Xavier roula sur le dos.

Je baissai d'un ton avant de me rapprocher d'Elián, qui m'entoura de ses bras, le menton baissé contre son torse.

— Tu m'as manqué, dis-je.

Puis je déposai un baiser sur son front, sur sa tempe. J'effleurai du bout des doigts le bleu sur sa gorge.

— Tu m'as terriblement manqué, mais, Elián… tu dois fuir.

— Jamais.

— Réfléchis. Tu as attaqué Talis avec un couteau et nous avons de quoi communiquer, ici. Quand les Cygnes apprendront ce que tu as fait, quand les I.A. le découvriront… Tu comprends ? Sais-tu ce qu'ils te feront, si tu ne t'enfuis pas ?

— À ce propos… dit Elián. Je les ai déjà appelés.

Je m'écartai soudain de lui.

— Tu as quoi ?!

— J'ai contacté les montagnes Rouges. Je veux dire, j'ai programmé un message, mais je crois qu'il est déjà parti.

— Mais pourquoi ?

— Ils… Sri m'a donné la fréquence et tout ce qu'il fallait.

— Parce qu'elle ne veut pas que Talis meure.

Elle ne le voulait vraiment pas, apparemment. Son attitude dégageait quelque chose de tellement sinistre, comme un frisson qui vous étreint le cœur. Tout à coup, je pensai au temps pendant lequel un bourreau expérimenté pouvait maintenir sa victime en vie. Je pensai à ce qui pourrait arriver à Elián.

Je fis volte-face pour presser la main sur la surface gélatineuse du tableau de contrôles et plonger mon moi informatique dans les profondeurs du système de communication à qui j'ordonnai de ne rien envoyer.

Trop tard. Le message était entré dans la boîte d'envoi la veille et avait été expédié dix-sept minutes plus tôt. Comme un missile propulsé en orbite. Comme une bombe larguée depuis un avion. Il n'y avait aucun moyen de le rattraper.

— Que leur as-tu dit ?

D'une étincelle au bout des doigts, je me saisis de la transcription. Il ne leur avait pas révélé grand-chose : un rapport succinct issu d'une équipe de Cygnes en difficulté – sans doute perdue, et dont l'un des membres était gravement blessé. Une demande de renforts, d'évacuation. Ils avaient répondu pour demander plus de détails, exiger les codes, puis avaient réitéré leurs demandes quatre fois sans parvenir à nous joindre, avaient fini par s'agacer et envoyer une réponse plutôt sèche disant que de l'aide arrivait.

Ils arrivaient.

— Elián, pourquoi ne t'es-tu pas enfui ? gémis-je, désespérée. Tu avais programmé l'envoi, pourquoi ne pas avoir filé ensuite ?

— Eh bien, lâcha-t-il, j'y comptais bien. Mais je ne pouvais pas m'empêcher d'espérer que tu finirais par te montrer.

— Pars tout de suite ! exigeai-je.

Ridicule, bien sûr. Avec la neige, les traces, la progression ralentie, l'exposition flagrante sur une étendue blanche, dans cette prairie dégagée… Il ne restait de toute évidence pas assez de temps. Je me retournai, physiquement, en quête d'une solution. Mes doigts se libérèrent du gel avec un petit bruit de succion.

Elián au Préceptorat. Il s'était débattu même lorsqu'ils l'avaient blessé. Même lorsqu'il ne pouvait pas gagner. Ils lui avaient fait du mal, et pas qu'un peu. Il s'était dressé contre eux et ils lui avaient tout pris, sapant peu à peu sa résistance jusqu'à ce qu'il soit… Oh, Elián.

— Eh, fit le jeune homme en m'attirant contre lui pour m'aider à rester calme. Eh, tu te rappelles quand tu m'as sauvé ?

Il posa la main sur ma joue. Je pouvais littéralement sentir sa peur, dans les battements de son cœur, dans la conductivité de sa chair. Mais il se tenait dans la ligne de mire, le regard sûr et serein.

— Ce que tu traverses, Greta… Je ne vais pas faire semblant d'y comprendre quoi que ce soit. Mais ce que je sais, c'est que tu ne devrais pas avoir à affronter ça toute seule.

— Sans personne qui m'aime.

— Oui, dit-il, oui, ça.

Il avait mis tout son courage et tout son chagrin dans ces simples mots.

Je me laissai aller un instant à autoriser mes capteurs à lire sa peau, pendant que nos deux pouls battaient en rythme. Quelque part entre 90 et 95 pour cent de leur intensité maximale. Deux cœurs humains. Qui pulsaient. Brûlaient.

Je me laissai aller un instant et puis il fut temps de redevenir une I.A., de reprendre les rênes.

— Talis, appelai-je. Réveillez-vous.

Je m'approchai de François-Xavier et secouai Talis sans ménagement par son épaule valide.

Il tenta de me repousser dans un grognement.

— Réveillez-vous, répétai-je. Allez, j'ai besoin de vous.

Il cligna des paupières. L'hématome sur sa pommette avait bleui et commençait à se transformer en œil au beurre noir. Il se frotta l'autre avant de me jeter un regard trouble. La tête inclinée, de la même façon que Gordon, il semblait pâle, jeune et usé. Humain.

— Talis ? tentai-je, incertaine.

— C'est déjà le matin ? grommela-t-il. Fichue rotation de la Terre… et, parce que tu es à portée de main, fichue toi.

— Il est 5 heures du matin, en fait, mais je devais vous réveiller, expliquai-je.

— Cinq heures ? Non, non, non, je ne me lève jamais à 5 heures à moins qu'il y ait vraiment le feu. Et pas un petit, tout un incendie ou alors il faut que ce soit mes cheveux qui brûlent. (Il referma les yeux.) La journée a été longue, laisse-moi tranquille.

Ce n'était guère prometteur, mais au moins ce caractère bien trempé n'appartenait pas à Rachel, mais à Talis.

Non, à Michael, plutôt.

Le côté Michael, pensai-je. Pas pour l'insulter, ni pour me sentir plus proche de lui, loin de là. Je l'appelai ainsi parce que j'avais besoin de me souvenir de l'existence de l'être humain à l'intérieur de la machine. S'il restait une infime part de la créature qu'avait été Talis, ce fragment devait sans aucun doute être la part humaine. Aussi le secouai-je à nouveau sèchement par l'épaule.

— Michael, j'ai besoin de vous. Un vaisseau approche. Elián a appelé les montagnes Rouges.

— Pour de vrai ?

Talis / Michael ouvrit les paupières, se redressa péniblement sur un coude pour jeter un regard perçant à mon ami. Toujours habillé, aussi ébouriffé qu'un chat tombé à l'eau et tout aussi furieux, il lança :

— Quel manque de clairvoyance, même de ta part !

Elián croisa les bras sur son torse – il rentrait dans sa coquille.

— J'ai mes raisons.

— Oui, et certaines personnes à mon service seront capables de te les faire cracher.

Michael me tendit la main et je l'aidai à s'asseoir au bord de son matelas en plumes. On aurait dit qu'il se relevait de son lit de mort, et ce n'était pas loin de la vérité.

— Tu dis qu'ils sont en approche, G ?

Dans ma tête tourbillonnaient les grilles horaires et les données télémétriques aéronautiques.

— Absolument.

— Alors tu m'as réveillé pour qu'on en vienne aux couteaux.

— Michael, laissez-moi éclaircir les choses. Elián Palnik se trouve sous ma protection. J'ai besoin de votre aide pour le sauver.

— Tiens, en voilà un revirement de situation ! (Michael poussa François du bout du pied.) Réveille-toi, mon grand, nous allons avoir de la compagnie.

François-Xavier s'éveilla dans un énorme hoquet. Il se redressa brusquement avant de finir par se rallonger lorsqu'il constata qu'il ne s'agissait que de nous trois et pas d'un incendie. Il roula sur le dos, comme s'il était trop épuisé pour se détacher de la vue de nos bottes et de nos chevilles.

— François, répéta Michael, tu ne devineras jamais. Elián, ici présent, a appelé une navette.

— Quoi ? s'écria FX. Pourquoi ?

— C'est clair ! Sans parler du comment ! Ils ne se seraient jamais déployés sans les codes de sécurité d'un Cygne. (Il adressa un bref regard à Elián.) Sur ordre de Sri, tu crois ?

— Je ne vous dirai rien, intervint mon ami.

— Oh, à moi, non. Mais certaines personnes dans les montagnes Rouges sont capables de désintégrer ton cerveau engramme par engramme. Et je parie qu'ils me laisseront profiter du spectacle.

— Talis !

Ma voix. Seule une voix humaine pouvait se briser de la sorte. Je déglutis avant de me reprendre :

— Michael, je vous en prie.

Silence.

— Je vais préparer le petit-déjeuner, murmura FX avant de se redresser avec maladresse.

Difficile de lui en vouloir de ne pas souhaiter se retrouver au milieu du conflit, mais je trouvai étrange de mener des négociations où la vie et la mort pesaient dans la balance pendant que quelqu'un remuait un porridge d'avoine en arrière-plan.

— Tu es sérieuse, dit Michael. Mon sang souille encore ses mains et tu veux vraiment que je t'aide à le sauver.

— Oui.

— Qu'est-ce qui a changé ? Je n'ai dormi que… (Sa voix eut un raté, le temps qu'il essaie de retrouver une juste notion du temps, sans succès.) Où sont mes lunettes ? Aide-moi à me lever, laisse-moi te regarder.

Je lui tendis ses verres, posés sur une petite table près du lit, et le hissai avec prudence sur ses pieds. Accroché à moi, il oscilla. Nous étions tellement proches l'un de l'autre. Faisant appel à tout mon esprit, je m'efforçai de lire la délicate chaîne d'émotions qui défilait sur son visage pendant qu'il examinait le mien. Surprise. Calcul. Espoir. Ses yeux se détachèrent de moi pour se poser sur Elián avant de revenir à moi. Son regard s'adoucit.

— Par ma barbe, Greta, dit-il, presque révérencieux, tu rougis !

— Non, ce n'est pas vrai.

Mais c'était bien le cas. Onde de choc et signal. Rougissement et embrasement.

— Donne-moi une raison de l'épargner, alors. (Il prit un ton cajoleur.) Donne-moi une seule bonne raison.

— Parce que je le demande, dis-je. Parce que… vous m'aimez.

Ce n'était pas vraiment la réponse qu'il attendait, je le voyais bien, mais ça avait dû suffire, car il me libéra.

— Hmm… Très bien.

Je pouvais littéralement le voir penser : les schémas électriques changeaient à toute vitesse dans son cerveau. Ce petit regard que j'avais cru à jamais perdu pétillait derrière ses paupières plissées.

— Je veux bien admettre qu'il est plutôt craquant, mais tu ne peux pas le protéger juste parce que tu le demandes.

Et il avait raison. Il existait des règles sur l'identité des personnes qu'une I.A. pouvait protéger ou non, des règles inflexibles et d'une précision redoutable. Après tout, notre rôle consistait à jouer les gardiens du monde entier, impartiaux et insensibles. Le système se serait effondré si nous avions fait du favoritisme.

Je voulais changer le monde et je pensais en être capable – mais je ne pouvais sans doute pas commencer de la sorte.

— Oh, je sais ! s'écria Michael avant de se tourner vers Elián. Prête-lui serment de fidélité !

— Pardon ? répondit Elián, désabusé.

— Essaie de suivre, Elián, franchement. Greta, définis « fidélité » pour notre étudiant en visite.

C'était le genre de question de cours auxquelles je répondais toujours.

— Dans un système féodal, la fidélité, ou allégeance, correspond au devoir d'obéissance qu'un vassal doit à son seigneur. Un duc vis-à-vis d'un roi, par exemple. Le concept vient de la racine latine *fidelis*, qui signifie « fidèle, loyal » et que l'on associe donc à la loyauté et la foi.

Je n'imaginais pas Elián prêter serment d'allégeance, à qui que ce soit, aussi avais-je tenté d'adoucir le ton.

— Et ça pourrait juste te sauver la vie, termina Michael. Prête serment. Tout de suite.

— Je… hésita le jeune homme.

J'entendis un petit cliquetis : François-Xavier avait heurté la cuillère contre la marmite de soupe, ce qui revenait, pour FX, à marcher sur le pied de quelqu'un.

— Elián, l'avertit-il.

Je n'aurais pas été plus surprise si François s'était mis à hurler. Mais mon ami ne connaissait pas le Cygne et quand Michael lui indiqua de se taire, l'homme obéit.

Je percevais la fusée en approche désormais, ainsi que les ondes de son radar terrestre braqué sur nous. Je sentais mon cœur battre à tout rompre dans ma poitrine et jusque dans ma gorge.

— Je prête serment… commença Elián.

J'ignorai alors s'il avait déjà oublié le mot « allégeance » ou si, à cet instant, il le trouvait peut-être un peu disproportionné pour la situation. Mais il me tendit ses deux mains, que je saisis.

— Greta Stuart, finit-il par dire, je t'appartiens.

— Pas mal, dit Michael, dont les applaudissements retentirent comme un tir de fusil. Par les pouvoirs qui me sont conférés, eh bien, en tant que maître du monde, etc., etc., je vous déclare désormais Intelligence Artificielle et Cygne. Vous pouvez embrasser la mariée.

— Cygne ? s'étonna mon ami.

— Oh, Elián Palnik, soupira Michael avec un sourire aussi étincelant qu'un feu d'artifice, c'est là que ta vie devient très intéressante...

Et à cet instant précis, on frappa à la porte.

Cette pauvre porte minable, que François-Xavier avait enfoncée d'un coup de pied la veille. Nous avions même dû coincer le manche brisé d'une cuillère en bois dans le gond supérieur pour la maintenir fermée et nous protéger du blizzard. Désormais, le manche en bois était réduit en charpie et le gond du milieu ne tenait plus que par une seule vis, si bien que la porte oscillait comme un homme blessé et s'ouvrait sur un rectangle de ténèbres brillantes et glacées.

Encadrée à contre-jour sur fond de neige se tenait une unique silhouette, celle d'un homme armé d'une arbalète. Il se glissa à l'intérieur, le dos au mur et l'arme levée.

Tout le monde était débout, mais seul François portait une arme. Par là, j'entends qu'il brandissait la cuillère du porridge comme s'il s'agissait d'un javelot.

Sans aucun signe de frayeur, l'étranger engloba la pièce du regard, son arbalète à la bonne hauteur pour profiter d'un maximum de stabilité. Il était jeune, d'apparence très meurtrière, et plutôt à l'aise avec cet aspect menaçant. Mais alors je vis le tatouage d'ailes sur son poignet.

Ceux qui portaient cette marque se comportaient en général de façon étrange et étaient toujours jeunes.

— Bonjour, équipe de Cygnes en difficulté, dit-il. Voici la cavalerie, à votre service.

À mes côtés, Michael prit une profonde inspiration qui s'acheva par un hoquet.

La peau caramel de l'étranger, mouchetée de taches de son, ne trahissait aucune origine géographique (Perse ? Pashtoune ?). Il avait un nez aquilin, cassé au moins une fois. Ses yeux étincelaient d'une incroyable nuance verte. Rien en lui ne paraissait familier et pourtant tout à la fois.

— J'dois dire, reprit-il, agitant avec nonchalance son arme vers nous, je crois que vous avez établi le nouveau record du rapport le plus vague. C'est un peu agaçant, d'être appelé à la rescousse sans même se voir gratifier d'un « s'il vous plaît » ou simplement d'un « voici mon code d'identification ». Mais, toutes mes félicitations, vous avez capté mon attention. Aussi… (Et il nous adressa un sourire aussi menaçant qu'une arme.) Qu'allez-vous en faire maintenant ?

La géométrie de son expression – sourcils relevés à 23 degrés, bouche plissée selon une courbe de Fibonacci –, je la connaissais par cœur.

— Talis, dis-je.

— Exact, répondit le Cygne, faisant claquer les consonnes comme une étincelle électrique. Et la petite nouvelle reçoit une image !

Soudain, il se concentra sur moi.

— Une seconde… Tu n'es pas un Cygne, tu es…

Ses capteurs électromagnétiques grésillèrent autour de moi pour sonder sans ménagement les dégâts infligés à mon cerveau. Il n'existait qu'une seule façon de survivre à de tels dommages et de continuer à marcher ensuite.

— Tu es une I.A., souffla-t-il, presque craintif. Une nouvelle I.A.

Il écarta son arme.

Je posai la main sur le bras d'Elián.

— Greta Gustafsen Stuart, dit Michael, puis-je vous présenter ma meilleure moitié ?

L'I.A. tout juste arrivée observa son alter ego, les yeux écarquillés.

— Oh, non… sérieux ?

Décidant tout à coup que nous ne représentions plus aucune menace, l'homme, soudain boudeur, balança son arbalète sur la table.

— Tu sais que je déteste lorsqu'on se retrouve à deux ! Les pronoms me font toujours grincer des dents.

— Je pense que nous surmonterons ça, répondit Michael avec un haussement d'épaules.

Talis 2 le fusilla du regard.

— Eh bien, si tu avais intégré tes codes digitaux à l'appel de détresse, comme tout le monde est censé le faire, j'aurais…

Soudain, son expression changea : j'y vis de la lassitude, comme si la vie quittait son regard. L'irritation à moitié amusée disparut pour laisser place à… de la surprise ? Du dégoût ?

— Tu ne peux pas, pas vrai ?

Michael ne répondit rien.

La nouvelle I.A. traversa la pièce en trombe pour venir plaquer son alter ego contre le mur.

— Tu ne peux pas !

Il maintint Michael épinglé à la paroi d'une seule main et il étendit les doigts de l'autre comme s'il s'agissait d'un appareil médical. Il les passa un instant au-dessus du datastore qu'il scanna, puis atteignit l'endroit où Sri avait un jour touché Talis et il pressa. À trois doigts. Et fort.

Le corps tout entier de Michael se recroquevilla vers l'avant et Rachel battit des paupières. Un petit bruit s'échappa de leur corps.

— Ne lui faites pas de mal ! s'écria François-Xavier.

Talis 2 jeta à FX un bref regard qui disait à la fois « intéressant » et « je m'occuperai de toi plus tard », puis il reporta son attention sur sa réplique.

— Tu es brisé, dit-il.

— Blessé, abruti.

— Bah, ce terme voudrait dire que tu pourrais guérir. Désolé de t'annoncer ça, mais…

Quand il tapota la cicatrice lisse d'une pichenette, ses doigts claquèrent sur la peau.

Michael déglutit. N'existait-il pour lui aucun moyen de se rétablir ? Je doutais que ce soit la vérité.

Pendant ce temps, Talis 2 – Deux, tout court, décida mon datastore – avait retrouvé le contrôle des émotions qui l'avaient poussé à traverser la pièce comme une furie. Il recula d'un pas, avant de souffler :

— Que s'est-il passé ?

La peau d'Elián s'électrisa contre la mienne.

Comment une I.A. pouvait-elle mentir ? Il y avait un verset des *Maximes* qui nous l'interdisait. Mais Michael mentit sans même ciller. Son corps était tendu, il est vrai, ce qui correspondait à une réaction caractéristique de la duperie, mais il était à la fois blessé et émotionnellement bouleversé, deux états capables d'engendrer une telle tension. Michael revêtit cette ambiguïté comme un masque. Il ne m'accorda même pas un regard.

— Eh bien, de toute évidence, une histoire complexe d'amour et de trahison, dit-il. Pour la version courte : Sri m'a poignardé.

— Sri, répéta Deux, avant de passer la langue sur ses dents.

— Oui, reprit Michael d'une voix douce à vous hérisser les poils. Je l'ai dit en premier.

— Hmm…

Deux plissa le nez, d'une façon étrangement familière, puis il s'assit sur le plan de travail, si près de nous que je sentis le pouls d'Elián battre la chamade sous mes doigts.

— Eh bien, voilà un sacré angle mort, dis donc.

— Quoi au juste ? m'aventurai-je.

— Mes Cygnes, dit-il. Un Cygne qui me trahit.

Ce n'était pas exactement lui, mais j'avais saisi l'idée.

— La loyauté est ce qui les définit, en gros, tu sais, comme… eh bien, comme les chiens. (Nouveau sourire carnassier.) Sans vouloir vous offenser.

Personne ne fit mine d'en prendre ombrage.

Pensif, Deux leva les yeux vers moi.

— Imagine-toi vivre au sein d'une meute de chiens, dit-il. Et un jour, l'un d'entre eux…

Il laissa sa phrase en suspens, comme troublé par la métaphore. Je compris où le menait sa pensée. Les Cygnes surpassaient les I.A. en nombre de l'ordre d'un pour cent. Sans oublier qu'ils jouissaient de connaissances intimes et d'accès très privés.

— François-Xavier ! appela soudain Deux d'une voix tranchante. Peut-être pourrais-tu me présenter à mes nouveaux amis ?

François-Xavier, qui s'était efforcé sans grand succès de refermer la porte, fit volte-face. Il resta un moment silencieux avant de répondre. Cette pause ne parut pas suspicieuse, car FX aurait pris le temps de réfléchir à sa réponse si on lui avait demandé la direction de la salle de bains la plus proche.

— Que savez-vous ? finit-il par demander.

— Pas grand-chose, répondit Deux après un soupir. Les Cumberiens se sont emparés de mon Préceptorat. L'autre, là, est parti pour le récupérer, a fait sauter Indianapolis pour je ne sais quelle raison – non pas que ce soit une grande perte –, puis a estimé l'affaire résolue avant d'appeler des Cygnes. J'dois dire qu'il n'y avait pas grand-chose à se mettre sous la dent dans ce rapport.

— Oui, renchérit Michael, parce que tout tourne autour de la paperasse. Ne me prends pas de haut, espèce de gros crétin.

L'I.A. ne prêta guère attention à la pique, bien qu'elle soit justifiée : puisqu'ils étaient une seule et même personne (semblerait-il), il aurait sans doute réagi de la même façon.

— Vous avez demandé des chevaux supplémentaires : je présume que nous avons de nouvelles recrues ou alors que quelqu'un a besoin d'un traitement, disons, spécial.

— Reçu sur place.

— Je vois, je vois… Wilma Armenteros. J'ai vu la vidéo. Très… (Deux fit rouler le mot dans sa bouche avant de terminer :) classe.

J'avais vu le pressoir à pommes, et « classe » n'était pas le terme que j'aurais choisi.

— Quoi qu'il en soit, reprit Michael, qui s'était glissé entre Deux et François-Xavier, sans que, je crois, Deux ne l'ait remarqué. Voici Elián Palnik, son petit-fils. Il nous a aidés, là-bas : il est parvenu à rétablir la communication avec les satellites.

— Intéressant.

Le regard perçant de l'I.A. glissa vers Elián. Ses iris viraient au vert-de-gris, nuance de cuivre rongé par la mer, étrange et profonde.

— De ton plein gré ?

Elián resta immobile dans sa ligne de mire, les battements de son cœur tellement rapides qu'ils en devenaient vibration.

— Foutre, non, dit-il.

— Non ?

Les os du poignet d'Elián pivotèrent sous mes doigts, et soudain il s'accrochait à mon bras autant que moi au sien, comme l'auraient fait les guerriers d'antan.

— Je l'ai fait, tenta-t-il de poursuivre avant que sa voix ne se brise. Je l'ai fait pour sauver Greta. Ils… ma grand-mère et mon peuple… ils lui ont fait du mal.

Ils allaient recommencer. Alors je l'ai fait pour elle. Je ne l'aurais jamais fait pour vous.

— En effet.

Deux nous observait. S'il avait occupé le corps de Rachel, il aurait tripoté ses lunettes et nous aurait jeté un regard par-dessus ses verres.

— J'ai beau être paranoïaque, je sens tout de même une légère hostilité dans l'air.

— C'est le moins qu'on puisse dire, répondit mon ami.

Un de ces jours, la franchise à toute épreuve d'Elián finirait par le faire tuer.

Peut-être même dès à présent.

Deux émit un claquement de langue avant d'incliner la tête vers Elián à l'intention de son alter ego.

— Et comment se fait-il que celui-là ne soit pas mort ?

Michael pencha la tête à son tour et, pendant un bref instant, les deux formèrent une image parfaitement symétrique, comme un reflet dans un miroir.

— Ce serait mentir si je disais que je n'ai pas été tenté.

— Je veux dire, reprit Deux, ce sont des otages de deux nations ayant déclaré la guerre. Il devrait y avoir un gros pic électromagnétique à la fin de cette phrase. Chambre grise, mort rapide, enterrement discret, fin de l'histoire.

— C'est une I.A., Talis, souffla Michael, une nouvelle I.A. Elle aurait pu me demander la lune, mais elle m'a demandé son ami. Ça valait le coup.

Deux ne répondit rien. Les sourcils froncés, il entrelaça ses doigts derrière sa nuque et tendit les coudes vers l'arrière sans nous quitter des yeux.

— Non, finit-il par lâcher.

— Non ? répéta Michael, les sourcils arqués.

— C'est ça, non. Lui est terrifié, elle tient à peine debout et toi… (Il avait posé son regard sur chacun de nous et adressait maintenant un sourire à son autre lui.) Tu mens comme un arracheur de dents.

— Personne ne ment, protesta Michael.

— Parce que vous savez tout mieux que tout le monde, je suppose, dit Deux. Mais tu mens sans mentir. Ne crois-tu pas que je reconnais ce petit numéro de charme quand je le vois ? Heureusement, si tu te rappelles bien, je ne m'adressais en fait à aucun d'entre vous. (Il appuya la tête sur ses doigts entrelacés avant de lancer d'une voix forte au-dessus de nos têtes :) François-Xavier.

L'interpellé lui rendit son salut.

— Talis.

— Tu fais confiance à ce garçon ?

FX marqua une pause.

— Non.

— Appartient-il aux Cygnes ?

Si François répondait par la négative, pensai-je alors, Deux tuerait Elián sur-le-champ. Le Cygne devait haïr Elián, celui qui avait poignardé la femme qu'il aimait. Je retins mon souffle.

— Oui, finit-il par dire.

Ravi, Deux éclata de rire.

— Oh c'est excellent, une très bonne histoire, c'est sûr ! Je meurs d'impatience de récupérer ces données.

— Récupérer… s'étonna Michael.

Le terme avait retenu son attention, comme prévu.

— Ce qui a été implanté peut être... déplanté. Ça marche comme mot ? Enfin bref. (L'I.A. frappa l'emplacement de son datastore comme il aurait frappé sur un djembé.) Sauf erreur de ma part, il y a des couteaux dans ce tiroir.

Il proposait de retirer le datastore de Rachel par chirurgie. Là, tout de suite. Michael ne dit rien, ne fit pas un geste. Mais des taches de rousseur se mirent à moucheter son visage comme des étoiles tandis que son teint devenait blanc comme la craie.

— Je plaisante ! lança Deux en se levant. Tu crois que j'ai envie de t'entendre hurler ? Pourquoi donc ? Nous serons rentrés bien assez vite. Qu'on fasse monter les chevaux dans la navette. Nous partons.

Vaisseau spatial

Quelle que soit la qualité de leur entraînement, faire monter des chevaux dans une navette n'est pas une mince affaire.

En théorie, nous ne nous trouvions pas devant un astronef, mais plutôt l'un de ces rares vaisseaux suborbitaux et rapides, capables de décoller et d'atterrir sans rail magnétique. Celui-là était petit, pas plus grand qu'un beffroi, et semblait taillé pour la vitesse. Sa carlingue en polymère à faible friction chatoyait comme du mercure. Dans ses entrailles, le métal qui refroidissait claquait.

Dès que les chevaux aperçurent l'astronef perché sur la colline voisine, auréolé par la lumière de l'aube naissante, ils n'en firent qu'à leur tête.

En particulier NORAD, qui se figea sur place. Elle pointa les oreilles vers le vaisseau, verrouillée sur la cible comme l'une des arbalètes des Cygnes.

Je menai Gordon et François, Hip Hip Hip Uranium. Deux s'occupait du cheval d'Elián – un hongre pinto que Michael avait à la hâte baptisé Spartacus –, ce qui était sans doute mauvais signe pour mon ami.

Les trois chevaux observèrent NORAD, avant de s'immobiliser à ses côtés. Je tirai sur la longe et

Gordon Lightfoot, pourtant doux et fiable, résista et battit de la queue comme un chat.

— Tout va bien, NORAD, ma belle, murmura Michael d'un ton rassurant.

Alors qu'il s'appuyait jusque-là sur mon bras, il s'écarta, tremblant dans la lumière rosée. De ses doigts fins, il saisit la boucle métallique qui ornait la bride.

— Nous rentrons à la maison, oui, à la maison.

Il tenta de faire avancer NORAD, mais la jument rabattit une oreille et fit contrepoids. Michael recula en déroulant la longe entre ses mains pour donner à sa monture quelques mètres de mou. NORAD s'élança dans la direction opposée au vaisseau et l'ancienne I.A. la fit tourner en longe pour la laisser se calmer toute seule.

Michael démontrait un réel talent avec les chevaux, ce qui donnait un aperçu de toutes les compétences variées dont il jouissait avant d'être déconnecté. C'était magnifique. Jusqu'à ce que NORAD aperçoive de nouveau le vaisseau et fasse un violent écart : son maître blessé fut projeté à terre.

Lorsque Michael tomba à plat ventre dans la neige, il lâcha un hoquet bruyant, pas tout à fait un cri. Le bout de la longe claqua au-dessus de son corps et il roula sur le dos, les mains crispées sur sa blessure.

Les deux sourcils haussés, Deux baissa les yeux sur lui. François-Xavier fit mine de s'approcher pour l'aider, mais Deux arrêta le Cygne d'un geste, avant de lui tendre les rênes de son cheval. François-Xavier prit donc les deux longes dans une seule main. Il ne s'était pas dénudé devant Deux, aussi n'avait-il pas pu enfiler son bras mécanique. Même s'il s'agissait d'une bataille – la situation donnait cette impression –, ce n'était de toute façon pas le genre de conflit dans lequel une arbalète pourrait nous donner un quelconque avantage.

— Faites monter ces deux-là à bord, dit-il. Je m'occupe de l'autre.

J'espérai alors qu'il parlait du cheval…

Et c'était apparemment le cas. Deux attrapa la longe de NORAD et exécuta, sans le moindre effort, ce que Michael avait tenté : la faire galoper pour la détendre.

Pendant ce temps, Gordon Lightfoot se retrouva pris en tenaille entre NORAD, la femelle dominante du groupe prise de panique, et ses compagnons qui reculaient. Il souffla un grand nuage de vapeur et racla la neige du sabot sans cesser de reculer. Je fis de mon mieux pour le retenir.

Elián se retrouva donc seul, debout au-dessus de Michael, qui s'efforçait de se relever dans la neige. Le blessé tendit la main en quête de soutien et mon ami le regarda comme s'il se trouvait devant un nid d'araignées.

— Je ne mords pas, tu sais, grinça Michael, les paupières plissées. Ce n'est pas contagieux. Aide-moi, c'est tout.

Elián aida donc l'ancienne I.A. à se relever et glissa un bras autour de sa taille. De carrure complètement différente, ils se dirigèrent clopin-clopant dans la neige vers le vaisseau.

Arrivés à hauteur de l'écoutille, nous attendîmes que Deux reprenne NORAD en main. Il la soudoya à coup de pommes qu'il tirait de ses poches comme un magicien. Puis il se pencha vers elle et lui murmura à l'oreille.

Je me demandais ce que le cheval pensait de lui. Il était assez difficile, même pour une I.A. comme moi, de m'habituer à l'idée que la personne à l'intérieur de ce nouveau corps était l'une de mes connaissances. Quel espoir nourrissait l'animal ? Et pourtant, NORAD laissa cette personne qui aurait dû lui être étrangère la conduire jusqu'à la rampe de chargement métallique, qui résonna sous ses sabots, et dans la soute. Elle l'autorisa ensuite à la sangler dans un ensemble élaboré de boucles et de passants et à lui glisser du coton dans les oreilles pour la protéger du bruit. Avant même que Deux ait terminé, elle cherchait à lui mâchouiller les cheveux.

— Vous savez, dit Elián à Michael, si vous vous montriez ne serait-ce qu'à moitié aussi gentil avec les autres, ils n'essaieraient sans doute pas de vous tuer aussi souvent.

— Serais-tu davantage satisfait de me voir donner des coups de pied à un chiot ? Je suis compliqué, point. Et j'aime les chevaux. Ils ne balancent pas de gaz sarin dans les écoles maternelles de leurs ennemis. Ils ne se servent pas de la faim comme d'une arme. Les chevaux ne… Tu ignores tout de ce que j'ai vu, Elián Palnik, et tu n'as aucun droit de me juger.

— À moitié aussi gentil, railla Elián, je dis ça, je dis rien…

— Voilà, entonna Deux qui avait lui aussi vu les enfants de maternelle empoisonnés et les armées de soldats squelettiques. Chevaux, navette. Ne te fatigue pas et bouge. Nous partons.

Le reste des montures suivit NORAD dans la navette pour la même raison qui poussait le monde à suivre Talis où qu'il le veuille : on se sentait en sécurité. Nous les installâmes dans la petite soute, puis nous gravîmes un à un l'échelle menant au compartiment supérieur, encore plus minuscule : huit sièges, qui semblaient capables d'encaisser des forces d'accélération importantes, et disposés en ovale. Il était tellement étrange de se retrouver à l'intérieur, dans un espace réduit, où abondaient les surfaces dures et brillantes. J'avais l'impression de ne pas être monté à bord d'un vaisseau depuis des lustres.

Le chiffre me revint : 184 jours, en vérité. *Pas si longtemps*, me dis-je, mais j'étais morte depuis, ce qui a tendance à distordre la perception du temps d'un individu.

D'ailleurs…

— Et qu'en est-il de la Maxime affirmant que les navettes ont une fâcheuse tendance à se faire abattre ? demandai-je à Deux.

— Eh bien, commença-t-il avec un large sourire, les navettes peuvent être abattues, mais les systèmes d'armement peuvent eux être mis hors service grâce à une IEM générale propulsée depuis l'orbite basse.

— Euh… ça n'entraînerait pas un black-out sur la totalité du continent nord-américain ? s'étonna Elián.

— Juste la partie ouest, répondit Deux, boudeur, avant d'ajouter : serait-ce dépasser les bornes ? Je ne m'en rends pas compte.

— Je l'aurais parié, dit mon ami.

— On peut toujours s'arranger, répondit l'I.A.

Pas toujours : implants médicaux, processus industriels, simples accidents… les dégâts seraient conséquents.

Deux devait le savoir, mais il m'adressa l'un des sourires radieux de Talis, si brillant qu'il en faisait mal aux yeux.

— D'ailleurs, c'est une occasion spéciale. L'arrivée d'une nouvelle I.A. ! se réjouit-il avant de m'assener une claque sur l'épaule.

J'aurais préféré qu'il s'abstienne.

Michael arriva en haut de l'échelle plié en deux et à bout de souffle. Son teint grisâtre et luisant de sueur trahissait l'effort qu'il avait dû fournir pour tirer sur ses bras (et donc sur les muscles pectoraux) afin de soutenir en partie son poids. Deux plissa le nez sans même cacher son mépris, mais ne fit pas un geste pour l'aider.

— Je vais piloter, dit-il avant de grimper avec agilité la dernière échelle.

Michael se laissa tomber dans l'un des sièges, et François-Xavier s'assit à côté de lui. Elián et moi nous installâmes sur les deux fauteuils en face, côte à côte : nos genoux se touchaient presque. Et alors… qu'étions-nous ? Ennemis ? Amis ? Compagnons ? Nous étions seuls.

Deux pilotait la navette (et j'ignorais pourquoi j'en étais surprise) comme un maniaque surdoué doté de réflexes surhumains et ignorant tout de la peur de mourir. Mon datastore m'informa bien sagement qu'une force de 3g était considérée comme la vitesse d'accélération verticale maximale sans risque pour la sécurité. Nous atteignions les 2,97. L'accélération terminée, nous virâmes de bord, virevoltâmes comme une hirondelle, puis nous mîmes à dériver, entraînés par notre élan et par l'attraction de la gravité qui imprima au vaisseau une trajectoire courbe vers le Montana.

Mes mains se mirent à flotter au-dessus de mes genoux. Mon corps, retenu par les sangles du harnais, se souleva du siège. L'air de rien, nous tombions en chute libre. Le sifflement de l'air de plus en plus dense bourdonnait à travers la carlingue de la navette. Les hennissements des chevaux, étouffés et lointains, s'élevèrent du pont inférieur.

François-Xavier appuya la tempe contre la paroi en mousse de son appuie-tête comme s'il posait sa tête sur l'épaule de quelqu'un. Dans son extrême fatigue, il semblait presque malade. Elián remua le pied. Michael serrait les doigts sur son harnais à hauteur des passants qui se recourbaient autour de ses clavicules vers la boucle centrale.

— C'est douloureux ? demandai-je.

— Un petit peu, dit-il, mais ça va.

François-Xavier posa la main sur l'accoudoir qui les séparait en une proposition silencieuse, que Michael ne saisit pas. Lâchant la sangle rembourrée, l'ancienne I.A. frotta du pouce la zone sous sa clavicule, traçant un pli dans le tissu de sa chemise à l'endroit où se trouvait le bord supérieur du datastore.

— Que va-t-il vous arriver si on l'enlève ? demandai-je alors.

Michael reposa la main sur ses genoux, puis, sans un mot, bascula la tête en arrière contre l'appuie-tête matelassé.

— Ça devrait aller, répondit François. Les I.A. implantent des datastores tout le temps. Ce sont des experts. Vous vous en sortirez.

— Je ne suis pas… commença Michael avant de s'interrompre.

Qu'avait-il bien voulu dire ? Il ferma les yeux, puis reprit dans un filet de voix :

— Les données ne circulent plus de toute façon. Alors autant l'enlever, je suppose. On devrait le faire, même, s'il est toujours intact.

L'objectif en revanche…

Son visage devint livide. Une teinte étrange nuançait son aura.

— Intact ? répéta Elián. Ça veut dire… ça veut dire qu'on pourrait le consulter ?

— Ah, dit Michael, dans le mille, Elián ! Nous allons finir par réussir à bourrer quelques méthodes de réflexion dans ton gros crâne vide, en fin de compte.

Il avait rouvert les yeux, ce qui aurait dû le rendre plus facile à cerner, mais il semblait surtout fatigué.

Je compris tout de suite l'enjeu : si on extrayait le datastore, les souvenirs de Michael seraient téléchargés et ensuite… La dernière image imprimée sur sa rétine et enregistrée dans le boîtier représentait le visage d'Elián et le couteau dirigé vers l'I.A. Le statut de Cygne pesait-il quoi que ce soit en regard d'un tel geste ?

Michael avait épargné Elián parce que je le lui avais demandé. Parce qu'il tenait à moi.

Mais Deux…

Je croisai le regard écarquillé d'Elián.

— Nous devons les empêcher de l'extraire, alors, dis-je.

— Je te souhaite bien de la chance, lâcha Michael.

Son visage était pâle, cadavérique. Était-il… Je ne saisissais pas bien… effrayé ? Il ne bougeait plus. Il ne regardait rien en particulier.

— Rachel ? appela François-Xavier.

— Non, ne… dit Michael. Mauvais moment pour me déconcentrer, François.

Mais sa main glissa sur le côté, jusque sur l'accoudoir. François-Xavier l'observa un instant, avant de la prendre dans la sienne.

— Quand ça va commencer, ne te lève pas, dit-il d'une voix plate mais d'une traite. Nous sommes sur le point de décélérer, et tu pourrais être blessé si tu te lèves.

— Quand quoi va comm… entreprit de dire Elián.

Mais soudain, au moment où je compris ce qui se produisait, ça arriva. La tête de Michael bascula violemment en arrière pour s'enfoncer dans le coussin, les muscles de son cou tendus à l'extrême, les yeux exorbités. Il ne poussa aucun hurlement, mais il avait dû se mordre l'intérieur de la bouche, car tout à coup du sang coula sur ses lèvres.

— Nom de Dieu ! s'écria Elián.

François-Xavier se contorsionna aussi vite qu'il le put dans son harnais : il tentait de trouver assez d'appui afin d'avoir la force de recaler Michael dans son siège et éviter qu'il ne se blesse. Je tirai au maximum sur mon harnais, mais la seule chose que je pouvais atteindre, c'était son genou.

La navette fit une embardée qui nous jeta sur le côté, puis vers le haut, à nous retourner l'estomac. Michael n'était plus là pour le remarquer. Sa jambe, sous ma main, se crispa au rythme de tensions contradictoires. Seules leurs forces opposées empêchaient son corps de se déliter. Ses ongles laissaient de profondes entailles sanglantes en forme de demi-lune dans le dessus de la main de François-Xavier, qui se contorsionnait et dont le moignon reposait en travers du torse de Michael. En réalité, aucun de nous deux ne pouvait vraiment l'atteindre. Nous conservions avec lui un contact physique, mais sans lui procurer le moindre réconfort.

Et puis commença la Paralysie du Cygne. Nous ne pouvions plus rien y faire.

À la maison

Mon appel au secours ne nous en apporta aucun (« Aux commandes d'un vaisseau spatial ! » avait pépié Deux en guise de réponse lorsque j'avais hurlé son nom) et la crise de Michael était déjà passée quand son alter ego glissa de l'échelle et atterrit d'un bond à notre niveau.

Pourtant, l'I.A. comprit en un seul regard : il franchit la distance qui le séparait de son autre lui à une vitesse impressionnante. Il s'accroupit et glissa deux doigts sous le coin de la mâchoire de Michael pour lui prendre le pouls (ainsi qu'une douzaine d'autres informations, sans doute).

Michael ouvrit les yeux. Ils étaient tellement brouillés que la couleur des iris avait presque changé. Il semblait perdu, jeune et complètement humain.

— La Paralysie, dit Deux. C'est ta première crise ?

Sous les doigts fermes et étranges de l'I.A., la glotte de Michael s'activa pendant une minute – je supposai qu'il avait la bouche trop sèche pour déglutir, qu'il était encore bien trop choqué pour parler. Muet, il hocha la tête.

— Pas bon ?

Petit rire confus.

— Du tout.

— C'est ce dont souffre Sri, dit Elián, qui lui aussi semblait confus.

— Ce dont nous souffrons tous, répondit François-Xavier. C'est la Paralysie du Cygne.

— Ça n'a pas… (Elián rentra le menton pour se battre avec la boucle de son harnais.) Ça n'a pas l'air facile.

Michael coula un regard vers lui.

— N'essaie pas de me réconforter, Elián Palnik.

Le jeune homme renifla avant de lâcher ce que je soupçonnai être un mensonge :

— Loin de moi cette idée.

Deux haussa les sourcils en entendant cet échange. J'essayai de trouver un moyen de rappeler aux garçons leur soi-disant alliance. Michael pressa rageusement le bouton pour se libérer de son harnais, mais ses jambes se dérobèrent sous son poids lorsqu'il tenta de se lever.

Deux saisit le biceps fin et musculeux de Rachel/Michael pour l'aider à rester debout. Ses capteurs actifs émirent tous azimuts et les enveloppèrent tous les deux telle la cape de Notre-Dame de Guadalupe. Comme c'était étrange de penser que seuls François et moi pouvions percevoir ce phénomène – c'était tellement réconfortant et agréable. Michael retrouva son équilibre, mais Deux le soutint encore un moment, pendant lequel ils semblèrent en parfaite communion, auréolés de lumière.

Puis Michael ouvrit les yeux et lança un regard noir autour de lui : un fragment de Talis luisait au fond de ses yeux. Il agita les mains pour repousser l'aide qu'on lui apportait. Deux le lâcha.

— Donc, oui, dit Michael, la Paralysie du Cygne : c'est comme on le disait. Bon à savoir. Je sens que cette expérience m'a fait grandir, en tant qu'individu. Allons me soigner, maintenant.

Et Deux… Eh bien, la caractéristique des I.A., c'est qu'elles sont dépourvues de micro-expressions. Et Talis 2…

On pouvait pourtant lire sur son visage un désespoir à l'état brut tout à fait désarmant.

Je compris que cette aura de lumière devait aussi fournir un scan complet et détaillé. Dans ce cas-là, Deux n'en partagea pas les résultats. La dernière phrase de Michael flotta un instant dans l'atmosphère, tandis que l'aura se dissipait telles les volutes de fumée d'une chandelle.

— Les chevaux… finit par dire Elián.

À point nommé, l'une des montures – je pariai sur Spartacus – se mit à taper du pied et le vaisseau tout entier résonna comme un gong.

— Bienvenue à la maison, dit Deux à Michael. As-tu besoin d'aide pour descendre l'échelle ?

— Je vais m'en charger, répondit François-Xavier d'un ton parfaitement neutre.

Deux inclina la tête une fraction de seconde pour donner son assentiment. Il arborait toujours cet air qui disait qu'il gardait des informations pour lui pour un usage ultérieur. C'était peut-être là son défaut.

Bref.

Il n'y a pas grand-chose à faire pour aider quelqu'un à descendre une échelle. Michael s'en sortit presque comme si utiliser son bras droit ne déclenchait pas à chaque fois un éclair de douleur atroce. Il se fraya ensuite un chemin entre les chevaux pour descendre la passerelle, au bout de laquelle il finit par trébucher avant de s'effondrer dans la boue, pris de tremblements.

— Détache les chevaux, s'il te plaît, murmura Deux, retenant ainsi François-Xavier de se précipiter au secours de Michael.

Elián et moi nous attardâmes près de l'écoutille tandis que l'étrange I.A. descendait avec nonchalance la passerelle avant de venir se planter au-dessus de la silhouette frissonnante.

— Ça va ?

Nous ne voyions d'ici que le dos de Michael, mais j'imaginais très bien la grimace sur son visage.

— Au poil.

Je sentis l'attention électronique de Deux s'immiscer dans les systèmes de communication du vaisseau. Notifier notre arrivée. Demander de l'aide.

— Une civière ?

Aussi raide que s'il se composait de pièces métalliques, Michael se redressa en position assise.

— Hors de question que je retourne dans les montagnes Rouges sur une civière.

— Très bien, céda Deux avant de l'aider à se relever.

Je sentis Elián contre mon coude. Sans un mot, nous descendîmes la passerelle côte à côte pour pénétrer dans un autre monde.

Les montagnes Rouges. Je les avais connues toute ma vie. Comme tout le monde : elles étaient notre mont

Olympe, notre Sinaï. Les dieux y vivaient – les I.A. et les Cygnes – mais personne d'autre n'y allait. Ce n'était pas un endroit pour les mortels.

Et pourtant nous y étions, tous bien trop mortels : blessés, épuisés, menacés, trahis. Mon corps, à la fois flasque et raide, ressemblait à un morceau d'étoffe essoré puis étendu à sécher. Je me sentais tellement fatiguée que mes yeux gonflés menaçaient de jaillir de leurs orbites. Je les pressai, mais l'étrange scène qui nous entourait ne se dissipa pas. Le vaisseau était posé comme une épingle au milieu d'une petite île parfaitement circulaire. L'aube était paisible, calme, fraîche sans le moindre souffle de vent, presque silencieuse, à l'exception du clapotis des vagues. La mer. Tout autour de nous, elle était…

— Elle est rouge, s'étonna Elián.

Oui, en effet.

Quelques centaines d'années auparavant, la masse continentale du Coteau du Missouri, fragilisée par l'érosion aquifère et les fracturations hydrauliques profondes et secouée par un hoquet du super-volcan de Yellowstone, s'était brusquement effondrée d'une centaine de mètres. On avait bien tenté d'y remédier, en vain, et j'en contemplais le résultat.

Une mer intérieure peu profonde, des montagnes robustes qui s'élevaient au-dessus de ces eaux étranges. Personne n'en voulait, alors les I.A. en avaient fait leur repaire. Mais même elles n'avaient pu sauver l'endroit. Une poignée de siècles aurait pu suffire pour rebâtir le monde humain, mais ce laps de temps s'avérait bien trop court pour rétablir un écosystème sain. La nouvelle mer, baptisée mer du Soleil dansant, était un véritable gâchis. L'eau était aussi sombre que du vin, son clapotis ressemblait au lapement d'un animal et ses flots dégageaient une odeur sucrée et collante. Les montagnes dénudées qui prenaient leurs racines sous l'eau fleurissaient de lichen rouge. Elles s'embrasaient au toucher du soleil levant.

Tout était calme et revêtait la couleur du sang.

La plate-forme d'atterrissage sur laquelle nous nous tenions appartenait à une série de petites îles façonnées par l'homme, aussi rondes que des assiettes, situées à quelque distance de la montagne creuse des I.A. et de la cité flottante des Cygnes. (Personne ne volait jusqu'à la ville elle-même, m'apprit mon datastore : les défenses aériennes, actives jour et nuit, étaient redoutables.) Un réseau tentaculaire de sentiers traversait les eaux paresseuses, çà et là poussaient des peupliers, avec leur ramure d'hiver et leurs branches alourdies par des centaines et des centaines de corbeaux.

Deux porta la main à sa bouche pour pousser un long sifflement. Un corbeau plana jusqu'à lui, les ailes bien déployées, et vint se poser sur son poignet. L'oiseau inclina la tête vers l'I.A., qui imita son geste avant de brandir comme par magie un morceau de fromage. L'animal s'en saisit de son bec brillant.

— Oh, dit Elián, voilà qui n'est pas du tout flippant.

— Ce sont à la fois des super-prédateurs et d'excellents charognards par ici, dit Deux. Les clés de voûte absolument indispensables à ce mini-écosystème déréglé. Et, mis à part ça, ils sont intéressants, intelligents et s'adaptent facilement. Je les aime bien.

— Normal, rétorqua Elián.

— Es-tu sûr d'être de mon côté, petit Cygne ? demanda Deux, cinglant, avant de tendre le poignet vers le ciel pour que l'oiseau décolle dans un froissement d'ailes.

— Absolument, répondit le jeune homme. À vos ordres. Que devrions-nous faire en premier ? Chirurgie ou tatouage ?

— Oh, chirurgie, répondit Deux, avec un sourire qui repousserait des lasers. C'est la partie la moins réversible.

Il balaya notre groupe des yeux, comme pour mesurer les distances et les angles qui nous séparaient, pour évaluer nos loyautés enchevêtrées. Il porta ensuite le regard derrière nous, vers la route qui s'étirait dans notre dos.

Je me retournai. Sur le sentier approchaient des hommes à cheval et des femmes ailées. Des Cygnes. Peut-être une vingtaine d'entre eux, assez pour les considérer comme une puissance écrasante. J'entendais le martèlement des sabots et distinguais les reflets du soleil sur les armatures métalliques de leurs ailes. Les corbeaux s'envolèrent en une nuée noire et tourbillonnante à leur passage.

C'était inhabituel et terrifiant. Nous ne pouvions rien faire, à part rester là à les attendre. Deux maintenait Michael sur pied. Elián se rapprocha de moi plus qu'il n'aurait sans doute été conseillé vu notre soi-disant couverture. François-Xavier, des licols à la main, se glissa derrière nous comme pour surveiller nos arrières. NORAD tapa du pied et Gordon l'imita. Spartacus hennit avant d'essayer de reculer.

Soudain, les chevaux furent sur nous : robes pintos, baies, isabelles, rouannes, explosions de bruits, éclairs de lumière à travers les jambes et les ailes. Tout autour de nous, les cavaliers mirent pied à terre dans un crissement de bottes sur le gravier.

— Greta, souffla Deux.

Le mot lui était aussi familier que s'il l'avait prononcé tous les jours depuis des années.

Je le regardai, certaine d'avoir les yeux écarquillés.

— Greta Gustafsen Stuart, reprit-il, tu es un livre ouvert pour moi, vois-tu.

À bord du vaisseau, il aurait eu le temps d'éplucher tout mon dossier – chaque instant enregistré et surveillé de mon enfance d'otage. Son regard voleta sur mes mains et je me fis violence pour ne pas les recroqueviller sous le pressoir à pommes que je percevais dans ses yeux.

— Greta, dit-il, haussant la voix, puis-je te présenter tes Cygnes ?

Tout à coup, comme les ronds dans l'eau produits par une pierre qui vient d'en crever la surface, un par un, les Cygnes s'agenouillèrent. Je sentais le souffle des chevaux, j'entendais le vent jouer dans les grandes ailes rigides et blanches, je distinguais le clapotis régulier de la mer. Mais les cavaliers, la tête inclinée, ne faisaient aucun bruit.

— Je retire ce que j'ai dit sur les oiseaux, intervint alors Elián. Là, c'est mégaflippant.

— Oh, la ferme, Elián, murmura Michael.

— Ça fait plus d'un siècle que nous n'avons pas accueilli de nouvelle I.A., dit Deux avec un haussement d'épaules désinvolte. L'événement mérite bien un peu de cérémonie.

Il agita les doigts comme pour disperser un sortilège et les Cygnes se relevèrent. En silence, toujours. Ils étaient bien plus effrayants ainsi.

— Bienvenue chez toi, Greta, reprit Deux, et excuse-moi si je n'assiste pas à ton installation. J'aimerais conduire Rachel ici présente chez le médecin.

— Je vais bien, protesta Michael, sans trop d'espoir.

— Ne sois pas idiot, rétorqua Deux, il n'y a aucune raison pour que tu ne bénéficies pas du meilleur traitement. (Il dépêcha deux cavaliers d'un geste du poignet.) Emmenez-la à l'hôpital, je vous suis.

Il choisit le cheval de l'un des Cygnes auxquels il venait d'attribuer une nouvelle mission avant de sauter en selle.

— On n'est jamais aussi bien que chez soi, lança-t-il.

Dans ma tête, je vis deux souliers rouges claquer trois fois.

Deux et les Cygnes désignés emmenèrent donc Michael. Nous ne pouvions pas les en empêcher. Nous ne savions même pas comment faire.

Nous restâmes donc au centre du cercle d'étrangers armés, qui, en principe, me devaient une obéissance absolue et une loyauté à la vie à la mort. Existait-il une formule consacrée ? « Salut » ne me semblait pas vraiment approprié.

— François-Xavier, dit alors l'un des cavaliers, un homme de haute stature doté d'une peau mate et d'yeux très foncés. As-tu fait bonne chevauchée ?

Ah. Voilà quelle était la salutation rituelle.

François inclina légèrement la tête.

— La chevauchée fut difficile, dit-il, elle fut…

Soudain, sa voix se brisa. Le Cygne, si grand, solide, silencieux et discret, se recroquevilla sur lui-même, secoué par les sanglots.

L'homme aux yeux sombres le prit dans ses bras en un geste très fraternel.

— Ça va aller, dit-il.

— Je suis désolé, hoqueta François. Alejandro, je suis désolé, je devrais…

— Tout va bien, le rassura son ami (*Alejandro ?*). Allons, rentrons les chevaux. D'accord ? Rentrons à la maison.

L'homme croisa mon regard par-dessus l'épaule de François-Xavier et je détournai aussitôt les yeux. Avec ses sourcils noirs, droits et pointus, il me mettait mal à l'aise. Ils me mettaient tous mal à l'aise. La façon dont leur corps restait tendu comme un arc. La façon dont ils me regardaient avec une vénération qui dissimulait peur ou dégoût.

C'était la même attitude adoptée par Sri lorsqu'elle m'avait un jour observée. « Nouveau Cygne ? » avait-elle demandé. « Nouvelle I.A. » avait répondu Talis et, pendant une seconde, elle avait été horrifiée.

Le malaise suintait de partout. Même Elián Brave-la-Mort semblait incapable d'affronter le regard de la moitié des Cygnes. Et FX me faisait penser à un papier froissé qui même déplié en garderait toujours les traces.

*

Les Cygnes nous escortèrent jusque dans la ville sans nom des montagnes Rouges. Nous chevauchâmes au-delà des îles aux jardins d'hiver, de celles parsemées de petits saules, de chevaux en pâture et de petites tentes, d'une île hébergeant des laboratoires biologiques dotés de sas, une école de plain-pied, sans oublier un hôpital que François-Xavier observa, à l'arrêt, le regard vide. Enfin nous atteignîmes le pied de la plus haute montagne, qui plantait ses racines de pierre dans l'eau rouge. Sur ses flancs marécageux s'élevaient des pontons en bois et des yourtes d'un blanc éclatant installées sur de petites plates-formes.

— Notre foyer, dit Alejandro.

Nous mîmes pied à terre. Le soleil était levé, désormais. Petit matin. J'étais consciente de chaque galet qui roulait sous mes bottes, de l'épuisement qui s'enlisait dans mes os. Elián passa un bras autour de mes épaules et je compris que je titubais. Comment François-Xavier parvenait-il à tenir encore debout ?

— Ma dame, dit l'une des Cygnes.

Je me retournai pour la regarder.

Blonde, elle avait la mâchoire carrée. Sans doute l'une des dernières survivantes des Pays-Bas, estimai-je. Flamande ? Hollandaise ? Il n'en restait pas tant que ça, mais ils vivaient en clans et avaient ainsi conservé des traits caractéristiques.

— Renata, se présenta la femme en portant la main à sa poitrine, geste qu'elle transforma en salut des Cygnes.

— Ce n'est pas nécessaire, m'empressai-je de dire.

Mais j'avais déjà usé de cet argument avec Sri. Le visage de Renata se crispa en un sourire éphémère qui ressemblait presque à une grimace de douleur. Derrière la façade respectueuse, elle cachait d'autres émotions – de la terreur, pensai-je.

Elle désigna le versant de la montagne et j'aperçus un petit sentier qui grimpait jusqu'à une porte : une ouverture à flanc de colline, comme celle des refuges des Cygnes, mais bien plus grande. Des volées de marches en pierre brute, flanquées d'une rambarde de fortune et de drapeaux de prière, montraient le chemin, encadré par de lourdes portes blindées d'un peu plus d'un mètre d'épaisseur. La montagne creuse. Les I.A.

— Si vous voulez bien… dit Renata.

Mais François-Xavier prit la parole dans mon dos.

— Greta ? (Sa voix était grave et rauque.) Voudriez-vous rentrer avec moi ?

— Oui, dis-je, avec plaisir.

Personne ne pensa à retenir Elián, aussi nous accompagna-t-il. Nous tentâmes de franchir en vitesse le pont en bois, mais François-Xavier titubait, trébuchant sur du vide. Elián se précipita pour le retenir, mais FX repoussa son bras. Combien de temps parviendrais-je à protéger mon ami ? J'avais vu les regards que lui lançaient les Cygnes. Son statut d'étranger n'y était pas pour grand-chose. Ils le scrutaient comme s'ils s'attendaient à une trahison de sa part, comme s'ils se tenaient prêts à l'attaquer.

Trahison. L'arbalète de Sri. La main de Deux réclamant avec une telle nonchalance le bras de Michael, sous couvert de l'aider. *« Il n'y a aucune raison pour que tu ne bénéficies pas du meilleur traitement. »*

Qu'arrivait-il à Michael à cet instant ?

« Pourquoi voudrais-je t'entendre hurler ? » avait plaisanté Talis. Ils ne lui feraient pas de mal, ça allait de soi. S'ils tentaient de retirer le datastore, ils emploieraient bien entendu anesthésiques, antiseptiques et soins appropriés. Je m'étais levée tout de suite après ma propre chirurgie d'implantation et avais récupéré en quelques minutes. Déplanter, en revanche, avait dit Deux, s'avérait un peu plus complexe. Il faudrait faire face aux problèmes de tissus adhérents et cicatriciels, ainsi qu'à celui de la plaie creuse et béante. Pourtant, même dans ces conditions, ils restaient des experts. Michael irait parfaitement bien, j'en étais convaincue.

Mais François, qui nous guidait le long des pontons de bois labyrinthiques, semblait tellement fatigué, tellement perdu... Même Elián gardait sa langue dans sa poche, bien que la meilleure issue pour lui consiste à ce que Michael meure sur la table d'opération.

Jamais je ne pourrais espérer une telle chose. Je ne pourrais pas.

François-Xavier bifurqua pour ouvrir la porte de l'une des yourtes. C'était une petite ouverture, qui arrivait à hauteur d'épaule, en bois peint de nuances éclatantes orange et jaunes. FX prit appui de la main sur le chambranle et se baissa pour entrer. Nous le suivîmes à l'intérieur.

François nous avait proposé de rentrer avec lui. Et nous y étions. Chez lui. Un dessin était épinglé sur un mur de toile : des pélicans blancs sur un lac bleu foncé. Au milieu trônait une table, dont l'un des pieds avait été surélevé grâce à un bout de papier replié. Des mugs sur des crochets. Un lit simple, une couverture indigo brodée d'étoiles dorées étalée dessus. Au passage, François-Xavier toqua du poing sur la pompe à chaleur et le mécanisme s'alluma dans une bouffée de vapeur. Ce n'était pas une station, mais un foyer.

Celui de François-Xavier et de Rachel.

Le refuge près du Préceptorat leur appartenait également, mais restait aussi échangeable qu'une pièce de monnaie, un endroit qu'ils pouvaient prendre ou laisser, qui n'avait pas d'histoire. Il n'en allait pas de même avec la yourte. FX suspendit sa sacoche à une pointe fixée dans la toile et posa le sac qui avait appartenu à Talis sur la table.

Elián hésitait sur le pas de la porte.

— Tu peux entrer, l'encouragea François, qui entreprit de fouiller le sac de Talis. Tu peux rester ici. Je ne vais pas t'immobiliser pour te découper, même si c'est ce que tu as fait à Rachel et même si je l'aime. Je ne le ferai pas, parce que Talis s'est abstenu et parce que ce n'est pas ce que voudrait Greta.

— Quelle gentillesse de ta part, répondit Elián, circonspect.

Je pris FX au mot, mais je soupçonnai mon ami d'avoir du mal à m'imiter. Il arborait encore un bleu là où la pince de François s'était refermée sur sa pomme d'Adam.

FX tira du sac ce que, de toute évidence, il cherchait : une sculpture à moitié terminée, pas plus grande que la largeur de deux poings, représentant un cheval et son cavalier. Il la posa sur la piteuse table de chevet en bambou près du lit.

— Je ne te ferai pas de mal, dit-il, apparemment à la statue, mais tu es un Cygne désormais. Tu dois apprendre ce que ça implique.

— Et quoi, au juste ? demanda Elián.

— Le sacrifice.

François-Xavier retira ses bottes pour s'allonger sur la moitié du lit.

Elián et moi restâmes debout à le regarder.

Ils étaient si jeunes, les Cygnes. Mais ces deux-là, Rachel et François-Xavier, avaient bâti une vie ensemble. Et ils avaient été prêts à mourir. Ensemble. Je reportai mon attention sur le dessin des pélicans posés sur le lac à un endroit où il faisait plus chaud. Sur les bottes rangées l'une à côté de l'autre et équipées d'une petite boucle cousue à l'arrière qui permettait de les enfiler d'une seule main. Je regardai la prothèse, masse suspendue dans son sac de soie au mur.

Un foyer, un endroit où l'on pouvait se laisser aller.

— Assieds-toi, dit Elián, non, en fait, allonge-toi.

— Où ?

— Euh… je ne sais pas. Par terre.

La pompe à chaleur se trouvait au milieu de la pièce et le sol tout autour était recouvert d'épais tapis en osier tressé et au motif complexe.

Elián s'étendit, cala sa tête sur un bras et me regarda, remuant les sourcils.

— Non, dis-je.

— Je n'y penserais pas, répondit-il avant de se frotter le visage de la main. Je voulais juste dire… tu vas finir par tomber.

Vrai. J'étais tellement épuisée que des taches de couleur étranges se fracassaient sur les contours de ce qui m'entourait. J'ôtai à mon tour mes bottes avant de m'allonger sur le tapis avec prudence. Elián tendit le bras pour que je m'en serve d'oreiller. La pompe à chaleur émit le ronflement d'un dragon amical. Le tatami d'osier s'affaissa légèrement sous ma hanche.

— On s'incline devant toi, alors ? souffla mon ami. Ça ne va pas être facile de s'y habituer.

— Pour moi, les révérences restent ce qu'il y a de moins étrange.

— Je m'en serais douté… Je suis désolé, je ne suis pas très bon pour ce genre de choses, je m'en sors mieux avec les problèmes que je peux résoudre à coup de poing.

Mais en réalité, il s'en sortait à merveille, ou du moins assez bien. Il était chaud et fort. La forme de son corps invitait le mien et je m'y coulai comme du verre fondu.

Puis une pensée effleura mon esprit : ils ne s'étaient pas inclinés, mais prosternés. On s'incline devant une reine, mais se prosterner n'avait rien à voir. On s'agenouille pour vénérer. Ou supplier. Les Cygnes. Me suppliaient-ils ?

Je sentais le souffle d'Elián dans mon cou, sur mon oreille.

— Je ne sais pas comment faire, dis-je, je t'ai pris sous ma protection, mais je ne sais pas comment les choses fonctionnent. Je ne sais pas comment te protéger.

— Talis ne m'a pas tué à vue, répondit mon ami, c'est déjà ça.

Aucun de nous deux ne suggéra qu'il prenne la fuite. Il ne m'aurait pas abandonnée de toute façon, même s'il avait su où aller.

— Calgary…

Le nom de la cité morte franchit mes lèvres dans un murmure.

— Tu l'as vue ?

— Oui, répondit Elián, tout aussi secoué. J'étais…

Il était perdu, assoiffé, mourant dans cette plaine désolée. Il changea de position, retira son bras-oreiller pour se redresser en appui sur son coude.

— Oui, je l'ai vue.

Je me rapprochai de lui, la tête dans le creux de son aisselle, la joue pressée à l'endroit où se serait trouvé son datastore.

— Je veux te protéger et…

— Calgary, dit-il, Indianapolis, toutes ces villes.

Je sentais le mouvement de ses côtes et les courants électriques qui parcouraient son corps. Il tendit la main pour pincer les petits cheveux soyeux à la base de ma nuque et les faire rouler entre ses doigts.

— Je ne redeviendrai pas humaine, dis-je alors. Même si tu pouvais me changer, je ne ferais pas ce choix. Toutes ces villes…

J'étais étendue à même le sol dans une yourte, sans le moindre terminal à portée de main, sans gel d'interface, mais toutes les données du monde se trouvaient là, dans les montagnes Rouges. On l'appelait SURVIE, le Système d'Urgence Vitale Électronique. (« Avez-vous déjà remarqué, disaient les *Maximes*, que les acronymes révèlent le pire chez les gens ? ») De la même façon que Talis s'était engouffré dans le vaisseau, je plongeai dans le SURVIE. Je laissai les données s'écouler goutte à goutte. Et m'ouvris.

La sensation différait de celle procurée par mes yeux-satellites : alors qu'à travers les objectifs, mon être prenait de la distance et le monde rapetissait, là le globe terrestre grandissait en moi.

Je fermai les yeux pour qu'il s'y loge plus facilement. Mes paupières me paraissaient tellement lourdes…

Toutes ces villes.

Calgary.

Je sentais encore la chaleur et la force d'Elián qui se mélangeaient aux miennes.

Calgary.

Des arbres renversés en cercles concentriques sur des centaines de kilomètres dans toutes les directions. La ville elle-même réduite à un cratère, les fondations rocheuses ouvertes comme une plaie béante. Depuis l'espace, on aurait dit qu'un joyau s'était desserti de son emplacement.

J'avalai cette pierre précieuse et la rébellion panpolaire entra en moi. Je découvris le sort d'une princesse bien-aimée, torturée en place publique. Otage temporaire volée puis transformée en I.A. J'entendis le discours de ma mère, son abdication. Je vis le nouveau roi, jeune, audacieux, affligé… L'expression sur son visage donnait l'impression que la couronne fondait sur son crâne.

J'aperçus une autre vidéo de lui faisant disparaître son petit garçon.

Calgary et l'exigence brutale de Talis : ton fils ou les villes.

Le suicide du roi.

Un nouveau couronnement : procession nocturne, reine en noir. Elle s'appelait Agnes Little, ma seconde cousine. Très jeune, tirée sans ménagement d'un pensionnat où elle avait étudié les sciences de l'ingénieur. Trop jeune. Elle n'avait pas d'enfant.

À Halifax, la reine Agnes Little congédia une délégation de Cygnes d'un royal haussement d'épaules.

En Islande, une foule en colère dénicha un refuge cygne pour y mettre le feu.

À la fin du premier délai d'une semaine, Talis fit sauter Reykjavík.

Rébellion populaire. Des équipes de Cygnes attaquées partout où elles se montraient. Ma nation se divisait. La Sibérie, la zone de la Confédération panpolaire dont l'allégeance envers Halifax avait de longue date été la plus faible, déclara son indépendance et offrit un otage. Les Panpols refusèrent la sécession et firent débarquer des troupes sur la péninsule du Kamtchatka.

À la fin du deuxième délai, au bout de deux semaines, Talis rasa Édimbourg.

Le menton levé, la reine Agnes Little appela à une rébellion mondiale.

Elián me ronflait presque dans l'oreille.

La reine Agnes Little, la reine sans enfant.

Il ne pouvait y avoir de plus grand symbole de rejet de l'autorité de Talis qu'une reine sans enfant. Même si elle n'était encore guère plus qu'une enfant elle-même.

Elle n'avait pas été élevée pour monter sur le trône. Elle portait ses cheveux noirs au carré, avait la peau cruellement pâle des Écossais, les yeux verts et une ribambelle de taches de rousseur. Les I.A. avaient capturé son image thermique plutôt détaillée. Sur cette image, je pouvais lire sa peur. Elle avait le même menton que moi.

J'inclinai la tête en arrière, le menton levé. Les I.A. disposaient d'un modèle type de décision pour les moments cruciaux. Dans les profondeurs du SURVIE bouillonnaient à toute vitesse des scénarios en tous genres. Je percevais l'intensité du processus informationnel au point que ma peau me picotait.

Le monde tournait en moi. Quelques pays délivrèrent des déclarations de soutien à la Confédération pan-polaire : de petits États, pour la plupart, des démunis n'ayant rien à perdre. Mais un bulletin arriva des grands pics immaculés de l'Himalaya, de l'État géant qui contrôlait les glaciers et les hauts plateaux qui retenaient les sources de tant de rivières, comme le Brahmaputra et la Salouen, le Mékong, le fleuve Jaune et le Yangzi Jiang. Un seul bulletin issu de la puissance au cœur de l'Asie : l'État des Hauts Glaciers.

Cacheté de trois sceaux, il ne comportait que quelques mots.

Il disait : « Accrochez-vous de toutes vos forces. »

Xie.

Li Da-Xia, la fille des cieux, l'âme pure de la neige, l'héritière du grand trône des montagnes. « Accroche-toi, m'avait-elle dit au moment de nous séparer, accroche-toi de toutes tes forces. »

Seule une I.A. pouvait ouvrir ce message. Mais moi seule pouvais le déchiffrer. Il s'adressait directement à moi, presque de sa voix propre.

Xie. Talis avait tenté de me la voler – il y était parvenu, mais seulement pour un temps. Je restai étendue sur le tatami, à la limite de mon endurance, le monde dans la gorge, avec les trois cités en ruines et je me souvins de Xie. Mémoire en boucle, mémoire qui dérive. Le baiser de Xie et ses doigts qui s'échappent, sa voix grave et son corps menu. Quatre mille aubes et crépuscules, courants mémoriels en guise d'édredons.

Je me détachai du SURVIE, protégée par Xie.

Et là, sur le plancher de la yourte de François-Xavier, lové contre le corps d'Elián, je dormis d'un sommeil lourd et sans rêve.

Je ne me réveillai qu'au son des hurlements d'Elián.

Trahisons

Je revins brutalement dans mon corps.

Elián gisait sur le sol à côté de moi et Deux se tenait debout au-dessus de lui, une botte appuyée dans le creux de son épaule, pendant que François-Xavier maintenait l'autre main du jeune homme.

— Salut, tout le monde ! dit Deux avec un grand sourire. Quelqu'un aurait-il un couteau à me prêter ?

En une fraction de seconde, je me redressai à genoux.

— Le datastore, vous avez vu…

— En effet, j'ai vu, oui.

Talis fit pivoter sa botte et Elián serra les dents.

— Et j'ai une foule de questions.

— Reykjavík, dis-je, Édimbourg.

— Exactement. Je me retrouve avec une superpuissance en rébellion sur les bras. Et, à vrai dire, les émeutes et l'opposition publique sont une chose. Des cités en flammes feront une réponse tout à fait appropriée. Mais ce gamin m'a assassiné.

— Pour tout dire, lança une voix depuis le seuil, pas tout à fait.

Michael.

Il se pencha pour entrer dans la yourte, flanqué de deux Cygnes qui ne le lâchaient pas d'une semelle, comme avec un prisonnier.

— Je l'ai déjà dit et je le répéterai : Elián Palnik est une sacrée tête brûlée, plutôt déficient en termes de raisonnement stratégique, mais ce n'est pas un meurtrier.

— Exactement, grinça l'intéressé entre ses dents, toujours étendu au sol, merci pour la recommandation, Mikey. Un petit coup de main ne serait pas de refus, sinon. Sous la protection de Greta, ça vous dit quelque chose ?

— Deux… dis-je.

— Comme dans version 2 ? demanda l'I.A., surpris. Parce qu'en réalité, je suis le numéro 4 395.

— « Deux » permet de lever l'ambiguïté, expliquai-je, je connais déjà un Talis.

— Et je te présente toutes mes condoléances.

— Toujours là, râla Michael, pas encore mort.

— Mais tu n'es pas Talis non plus, répliqua Deux.

— Son datastore… repris-je.

— Oh, en piteux état. Les dommages causés au pont d'affinité étaient massifs. Il ne transmettait plus que des flashs, des fragments. Il n'y a plus personne. (Il agita la main vers son alter ego.) Qui que ce soit là-dedans…

Ce n'était pas Talis.

— Greta m'appelle Michael, répondit l'ancienne I.A. Que disiez-vous à propos de Reykjavík ?

Deux vrilla le talon de sa botte au niveau de la clavicule d'Elián.

— Greta, mets-le au parfum, veux-tu ?

— Euh… les amis, hoqueta Elián, vous n'oublieriez pas quelque chose ?

— La rébellion panpolaire fait rage, expliquai-je à Michael. Et la nouvelle reine… eh bien, elle n'a pas d'enfant.

Michael cligna des yeux trois fois. Une vieille habitude, rien de plus, mais ce réflexe lui donna un air d'I.A., comme s'il traitait l'information. Il jeta un regard de biais à son alter ego.

— Marqueurs hebdomadaires, alors ?

— Une ville chaque dimanche soir, confirma Deux, qui se pencha au-dessus d'Elián pour, d'un nouveau tour de passe-passe, faire apparaître un couteau dans sa main. Mais ce que je veux savoir maintenant, c'est si les rebelles ont réussi à s'infiltrer ici. Car toi, jeune homme, tu es parvenu bien trop près à mon goût.

— Deux, tentai-je.

Mais Michael, plus rapide, choisit une bien meilleure cible.

— FX, dit-il, relâche Elián. C'est un Cygne et il se trouve sous la protection de Greta.

François-Xavier libéra aussitôt le jeune homme.

Et Elián de se précipiter dans la brèche. De sa main libre, il fit mine de frapper Talis à l'aine. L'I.A. esquiva l'attaque mais mon ami profita de son déséquilibre pour lui saisir le genou et le faire chuter. Deux tomba de tout son long sur le jeune homme. Le couteau lui échappa et glissa sur le sol à l'autre bout de la pièce. Elián fit basculer son adversaire et il l'aurait épinglé à terre sans compter l'intervention des Cygnes qui se ruèrent sur lui. Il y eut un bref moment de lutte furieuse mais les gardes finirent par mettre mon ami à genoux.

— Assassin, peut-être pas, haleta Elián, mais pour maîtriser les moutons, je suis plutôt bon.

L'I.A. se releva au-dessus du jeune homme comme l'orage monte à l'horizon.

— Deux, intervins-je, Elián Palnik est sous ma protection.

— Oh, bleusaille, répondit-il, je ne crois pas, non. (Il s'essuya la bouche d'un revers de manche.) J'ai reçu des rapports stipulant que des équipes de Cygnes avaient été attaquées un peu partout sur le territoire de la Confédération. Je me retrouve avec des troupes panpolaires massées à la frontière sibérienne et je n'ai toujours pas leur otage. Je vais sans doute devoir m'ingérer dans une guerre de terrain en Asie. Ce n'est pas le bon moment pour me pousser à bout.

— Elián n'a rien à voir avec tout ça, insistai-je. Et il se trouve sous ma protection.

— Oui, je sais qu'il y a cette petite histoire à la Roméo et Juliette entre vous, dit Deux, mais ce qu'on a tendance à oublier avec cette pièce de théâtre, c'est que tout le monde meurt à la fin.

— Tu as tout faux, lança Michael.

— Dans ce cas, alors, reprit Deux, crachez le morceau. Parce qu'il ne s'agit pas d'un petit caprice personnel. C'est une rébellion planétaire qui gronde fichtrement fort.

— Je ne suis pas… commença Elián, avant de pousser un cri lorsque l'un des Cygnes – Renata, la

Hollandaise – usa d'un point de pression au niveau de la gorge.

— Renata, vous seriez très… entamai-je.

Mais soudain je vis ses doigts avec la précision dont seule une I.A. était capable : la nuance exacte de la peau, le dessin des plis autour des phalanges, la forme des ongles.

— Aimable, conclus-je.

Je levai les yeux pour croiser ceux de Renata, réduits à deux billes glacées. Elle était effrayée.

— Je vais le faire, dis-je.

— Quoi ? s'écria Elián.

La glace dans le regard de Renata fondit un brin. Doute. Espoir.

— Je l'aime, repris-je. Je l'aime vraiment, mais… Nous avons besoin de ces informations.

— Enfin ! s'exclama Michael avec un sourire rayonnant. Puis-je aider ?

— Non, je… c'est à moi de le faire. Seulement… (Je feignis un air timide de petite fille.) Seulement, pourrions-nous avoir un peu d'intimité ? C'est… privé.

Deux m'observait. Je rechignais à l'appeler Talis, mais Dieu que je connaissais ce regard qui vous passait au crible et les calculs rapides qui s'y déroulaient. Je captai ces expressions pendant un bref instant, puis le masque plus joyeux reprit sa place.

— Bon, dans ce cas… céda-t-il avant de reculer d'un pas et de s'incliner à moitié. Renata, Joel, si vous voulez bien nous accorder un moment…

Il se tapota l'aile du nez.

Non sans quelque réticence, les Cygnes relâchèrent Elián, qui se releva tant bien que mal.

Je craignais de le voir détaler, ou peut-être se battre, mais il resta un moment sous le choc. François-Xavier en profita pour lui tordre le bras dans le dos et le soulever sur la pointe des pieds, puis il lui crocheta la gorge de sa pince.

Deux récupéra le couteau, le fit tournoyer autour de ses doigts une fois ou deux avant de me le tendre.

Je baissai les yeux sur l'arme, puis la fis voltiger dans les airs. La lame était très aiguisée. Elle scintillait dans ma main comme un éclat de lumière pure. Je vis Renata en capter le reflet, Elián aussi. Mon ami était impuissant, secoué de tremblements, figé sur place comme Talis l'avait un jour été.

Quant à Michael, il entra plus avant dans la yourte avant de jeter son manteau sur la colonne de lit comme s'il l'avait fait des milliers de fois auparavant. Peut-être était-ce le cas, pour Rachel du moins, car le vêtement resta accroché à osciller.

— Greta, hoqueta Elián, tu n'es pas… tu ne vas pas…

Les Cygnes s'éloignèrent, puis disparurent.

— Je vais avoir besoin que tu te mettes à crier dans un moment, lui dis-je. Ça fait partie du plan.

Michael se mit à rire.

— Oh, Elián, tu devrais voir ta tête !

— Greta, demanda Deux, que viens-tu de remarquer ?

— Ces hommes qui ont aidé Sri, dans l'église, commençai-je.

— Les rebelles panpolaires, précisa Michael, les trommeleurs.

— Non, repris-je, c'étaient des Cygnes.

— Quoi ?!

Deux et Michael avaient crié exactement en même temps.

— Renata est celle qui m'a retenue lorsque Talis a été poignardé.

— Tu en es sûre… avança Deux.

— Pour Renata, oui.

On aurait dit que Deux venait de recevoir un coup de poing dans l'estomac. Les Cygnes, aider les Panpolaires ? Impossible. Ce n'était pas logique.

Et, comme Deux l'avait déjà fait remarquer, ça se passait bien trop près de chez lui.

— Vous pouvez me lâcher, maintenant ? demanda Elián.

Mais Deux secoua la tête et François souleva davantage le jeune homme sur la pointe des pieds. L'I.A. s'approcha.

— Crois-moi, j'obtiendrai confirmation de tout ceci et je l'arracherai de tes tripes s'il le faut. (Puis il s'adressa à Michael :) Qu'en penses-tu ?

— Ils… commença-t-il.

Il pressa sa blessure comme par réflexe. Lorsqu'il plissa sa chemise, j'aperçus un creux en milieu de sa poitrine : on aurait dit que quelqu'un en avait prélevé un morceau à la cuillère, comme dans un melon. Le datastore retiré.

— Ils m'ont bombardé à coup d'IEM, j'y voyais à peine. Et bien sûr, tout se passait dans mon esprit.

Calgary, puis cette prise de bec à Saskatoon. Je suppose que oui, mais je ne peux… je n'arrive pas à revoir l'instant. Je ne suis pas sûr, je n'y arrive pas.

Immobile, Deux cligna des paupières.

— Moi non plus. L'enregistrement a été détruit.

— Les Cygnes peuvent à peine poser les yeux sur moi.

Je listai mes pensées au fur et à mesure, comme des preuves comptées sur mes doigts.

— Tout comme Elián parvient à peine à les regarder. Quant à leurs chemises…

Sortis de nulle part, ils portaient des chemises resplendissantes, si différentes des tenues habituelles des Cygnes, si inappropriées pour une embuscade. Boutonnées avec tant de soin aux poignets, pour se protéger des tiques, certes, mais aussi pour couvrir leurs tatouages ailés.

— Les trommeleurs n'élèvent pas de chevaux, remarqua François-Xavier. Pas en grand nombre.

Deux franchit soudain la distance qui le séparait d'un Elián impuissant et l'attira à lui, front contre front, les mains nouées autour de la nuque du jeune homme. Ils se tenaient assez près l'un de l'autre pour s'embrasser.

— Voici ton signal, dit-il avec un sourire du bout des lèvres. Commence à crier.

C'est alors qu'il repoussa Elián avec assez de brutalité pour l'envoyer à terre, sauf que son bras était toujours tordu dans son dos. L'épaule du jeune homme se démit dans un craquement et mon ami poussa un seul hurlement à déchirer le cœur.

— Deux ! protestai-je.

Mais Michael me retint.

— Holà, doucement. Nous devons donner le change, tu te rappelles ?

— Lâche-le, ordonna-t-il à FX, sans même m'accorder un regard.

Le Cygne libéra le poignet d'Elián qui tomba à genoux, sa bonne main serrée autour de son épaule blessée, et se recroquevilla sur lui-même. Il ravala tant bien que mal un gémissement.

Deux s'accroupit à côté de lui.

— Les Cygnes, dit-il, j'en ai entendu assez pour les aligner tous autant qu'ils sont contre un mur.

— Pas tous, hoqueta Elián, pas tous.

Pas François, par exemple. J'en mettrai ma main au feu. Mais un frisson me parcourut lorsque je compris que j'avais déjà pris un tel risque.

— Qui, alors ? tonna Deux. Qui ?

— Je ne... bafouilla mon ami. Je... Pas de nom.

— Pourquoi lui auraient-ils donné leurs noms ? demandai-je. C'était courir un risque complètement inutile.

— Hmm... (Talis bascula sur les talons.) Eh bien, dans ce cas, combien ? D'ailleurs, si je remets cette épaule en place, la douleur disparaîtra presque aussitôt.

— À moitié aussi gentil, grommela Elián, je dis ça...

— Elián, le grondai-je.

Je ne savais pas trop quoi attendre de lui, mais je n'avais pas envie de le voir souffrir. Ce qui arrivait pourtant. D'un geste brusque, Deux plaqua le jeune homme au sol, ce qui ne lui demanda pas beaucoup d'efforts. Il saisit le poignet d'Elián et tira.

Malgré ses dents serrées, mon ami lâcha un geignement.

— C'est bien, dit Michael, je suis certain que ça doit être très réaliste de l'extérieur.

— Ce sera tout le monde ou quelques-uns seulement, dit Deux, alors combien ? Combien étaient présents à votre rencontre ?

— Deux, répondit Elián. Il n'y en avait que deux. J'étais… j'étais perdu, à court d'eau, j'allais mourir. Ils m'ont trouvé.

Ça correspondait au nombre standard pour une équipe de Cygnes en mission. Mais c'était aussi le minimum de personnes que pouvait impliquer Elián – et à la fin, j'en avais compté quatorze.

— Les Cygnes à la rescousse, ironisa Deux, qui cessa de tirer sur le poignet de mon ami sans pour autant le lâcher. Continue.

— Tu leur as parlé de moi, devinai-je, consciente qu'Elián ne dirait pas un mot de plus. Ils t'ont demandé où je me trouvais, et tu le leur as dit. Puis tu leur as raconté comment tu en étais arrivé là, tu leur as parlé de Talis et de moi. Et c'est là qu'ils t'ont annoncé qu'ils savaient comment retransformer une I.A. en être humain.

— Beurk… dit Deux, comme un enfant qu'on forcerait à manger des vers de terre. Ça ne marcherait jamais.

— En tout cas pas pour Greta, renchérit Michael.

— Ça ne marcherait jamais, tout court, trancha Deux, qui se remit en équilibre sur le bout des pieds avant de se passer la main dans ses cheveux désormais tout ébouriffés. Très bien, ça suffit. Nous ne pouvons pas rester là.

— Deux, dis-je, son épaule.

— Je vais le faire, dit Michael, qui s'agenouilla près d'Elián.

Il cala un genou contre la cage thoracique du jeune homme et dénicha les points de pression de l'épaule.

— Ohé ? dit-il, touchant le visage d'Elián pour attirer son attention. Ne lutte pas, d'accord ?

Mon ami loucha à travers ses larmes. Surprise, disait son expression, sous la peur et les larmes.

— O.K., murmura-t-il.

Michael remit en place l'épaule d'Elián et nous le hissâmes sur le lit. François-Xavier fouilla dans son armoire à pharmacie ridiculement petite et dénicha des objets tout aussi ridiculement inutiles : coupe-ongles, cachets contre les maux de tête. Il n'y a aucune commune mesure entre les Cygnes chez eux et en déploiement.

— Donne, demanda Elián, qui avala trois cachets sans même une gorgée d'eau.

Il retomba ensuite sur l'oreiller de Rachel. Je me perchai sur le bord du lit à côté de lui.

— Dieu immortel, Greta. Pendant une seconde, j'ai cru…

— Je suis désolée, dis-je. Mais… pense à ce qui se serait passé si j'avais lancé des accusations à la face des Cygnes.

— Un bain de sang, je le reconnais, admit Elián. D'une façon ou d'une autre. Et tu sais quoi ? Je m'en fiche. I.A., Cygnes, vous pouvez tous vous entretuer.

En infrarouge, je repérai l'inflammation tout autour de l'articulation gléno-humérale, irisée par le flot de sang et la douleur. Je savais exactement ce qu'il ressentait, et pas parce que j'avais fait une recherche. Je posai avec délicatesse la main sur son poignet, à l'emplacement présumé de son futur tatouage de Cygnes.

— Mon plan pour te protéger ne se déroule pas comme prévu.

— En fait, si, intervint Deux.

— Parle pour toi, grogna Elián.

— Pour toi aussi. Même si tu ne connais pas les noms, tu connais les visages. Et j'ai à portée de main des personnes capables de réduire ton cerveau en charpie pour me donner ces visages. La seule raison pour laquelle je n'opte pas pour cette solution tout de suite, c'est que j'espère fréquenter Greta pendant les siècles à venir et que je n'ai pas envie que ce différend reste entre nous.

— C'est magnifique, railla Elián, qui se couvrit les yeux de son bras valide. Où êtes-vous enregistrés ? Je vous enverrai un cadeau. Une saucière ? Un service à asperges ?

— Ne prends pas trop tes aises, l'avertit Deux. Nous allons sortir de là et leur dire que des trommeleurs ont attaqué l'autre version de moi. Tu seras un héros d'avoir enduré je ne sais quelle torture sans livrer tes complices.

— Ça devrait les convaincre de ne pas lancer d'action immédiate, dit Michael. Alors, nous pourrons découvrir ce qui se trame, ainsi que le nom des traîtres.

— Maintenir la purge au strict minimum, renchérit Deux d'un ton un peu trop joyeux qui ne cadrait pas avec ce genre de vocabulaire. Allez, debout, Elián, allons-y.

— Je n'irai nulle part, protesta l'intéressé. Je ne suis pas votre pion et j'ai besoin de faire un somme.

— Tu es bien plus qu'un pion, dit Deux, tu es mon Cygne. Et les autres ne te connaissent pas. Je n'aurais même pas besoin de t'imiter.

À côté de moi, le pan de la yourte s'ouvrit dans un claquement de tissu poussé par le vent, presque comme une claque sur le tympan.

— Imiter, répéta Elián, découvrant ses yeux.

Il n'avait pas fait le lien, mais moi si. Afin de démasquer les traîtres parmi les Cygnes, Deux proposait de prendre possession d'Elián.

La manœuvre le tuerait.

Pas tout de suite – sauf si les choses tournaient mal. Or comme nous ignorions tout de ce qui se passait, nous ne devions pas nourrir trop d'espoir d'arriver à nos fins sans heurts. Mais ça le tuerait tout de même. Le processus scarifierait son cerveau.

— Non, refusai-je.

— Tu prétends que c'est un Cygne, dit Deux, c'est pourtant ce qu'ils font. Alors lui aussi.

— Il doit devenir Cygne, Greta, m'avertit Michael, d'une petite voix. Sinon tu ne peux pas le protéger.

Il avait en tout point raison. Sans ma protection, Deux réduirait Elián en charpie.

Il risquait de le faire de toute façon.

— François peut nous aider, reprit Deux.

— Pourquoi François ?

Je faisais confiance au Cygne, mais j'aurais été très surprise que Talis saute le pas.

— Parce que je sais comment le faire chanter, minauda Deux, non sans adresser un sourire tendre au grand Cygne. Il y a cette jolie jeune fille, nommée Rachel.

— Deux, prévint Michael en posant la main sur le bras de son alter ego.

L'I.A. se dégagea.

— Ne m'appelle pas comme ça.

— Talis, se reprit Michael. Ne fais pas ça. C'est une I.A., une nouvelle I.A. Et elle l'aime. Tu n'en ignores pas la rareté, je le sais. (Il me jeta un bref regard, comme réticent à poursuivre, mais le fit quand même :) La rareté et la fragilité, Talis.

Je ne me sentais plus du tout fragile. Mais je pouvais donner le change si ça m'octroyait plus de pouvoir.

— Je vous en prie, dis-je. N'utilisez pas ceux que j'aime.

— Mais, protesta Deux avec une moue, c'est pourtant ce que je fais de mieux. Oh, et pour information…

Il me tendit la main. Au bout de ses doigts se trouvaient des informations : un code en pulsations qui transmettait ses scénarii, ses stratégies.

Une fois que je les eus passés en revue, mes genoux cédèrent sous moi.

Je me retrouvai assise sur l'une des deux chaises dépareillées, en face de François-Xavier, qui remettait ses bottes en silence. *Sacrifice.*

Je n'avais pas eu besoin d'aide, mais Michael et Elián avaient quand même plongé tous les deux pour me rattraper. Elián fut le premier à arriver, mais ce fut Michael qui, les yeux plissés, tira la bonne conclusion aussi fidèlement qu'un corbeau.

— Halifax, dit-il.

La ville enflait dans mes yeux. Halifax. La capitale panpolaire. Mon foyer.

— Dimanche prochain, confirma Deux.

— Deux, dit Michael, tu ne peux pas. Elle...

Puis il se tut. Comme si quelqu'un avait littéralement pressé le bouton « Pause ». Il était figé, silencieux, immobile.

François-Xavier leva les yeux avant de quitter tout à coup sa chaise.

— Oh, aurais-je omis de le mentionner ? s'étonna Deux, la tête inclinée. Tes symptômes vont s'accélérer de façon radicale.

Michael tomba dans les bras de FX comme un pendu dont on aurait coupé la corde à la potence. Il porta les mains à sa tête.

— Tu peux blâmer le court-circuit du pont d'affinité, renchérit Deux. Le réseau tout entier a dû surcharger et créer un lot de nouvelles lésions. Cette petite dague a fait beaucoup de dégâts.

— Ce...

Elián dévisageait Michael, la façon dont ses doigts s'enfonçaient dans ses cheveux comme s'ils voulaient pénétrer le crâne. Quand le regard de mon ami se porta sur moi, j'y lus comme dans un livre ouvert : il se sentait affreusement coupable.

— Ça ne faisait pas partie du plan.

François-Xavier leva les yeux vers le jeune homme, le regard chargé de pur mépris. Sur ce, Deux en rajouta :

— Avec tout mon respect, monsieur Palnik, je ne vois aucune preuve qu'ils t'aient communiqué le plan.

Maintenant, viens de ton plein gré ou je te tue sur place.

— Vous vous mettez le doigt dans l'œil… gronda Elián, mais il se tut d'un coup, comme s'il se trouvait devant un peloton d'exécution.

— Deux, tentai-je une dernière fois.

— François-Xavier, trancha l'I.A., avec moi.

Le Cygne ferma les yeux comme pour prier. Il se remit ensuite debout, Talis dans les bras. Il étendit le corps sur le lit avant de s'en écarter pour flanquer Deux tel un chien de chasse. Michael se tortillait toujours, il se débattait comme s'il cherchait à s'échapper de sa propre peau, comme s'il s'agissait d'une question de vie ou de mort. Je dus bondir sur lui et maintenir de tout mon poids ses épaules afin qu'il ne tombe pas sur le sol. Pendant que je me retrouvai coincée à le contenir, Deux prenait mes amis. Je les contemplais comme si j'avais pu les arrêter par la seule force de mon regard.

— Tout va bien, Greta, me rassura Elián.

— Elián…

Ne comprenait-il pas que le spectacle auquel il assistait à cet instant pouvait sans peine devenir son futur ? Cette montagne ne lui promettait rien de bon.

— Restez là, Greta, demanda François-Xavier, je vous en prie.

Alors je restai.

La crise fut terrible. Les convulsions s'enchaînèrent pendant plusieurs minutes – trois minutes et quarante-sept secondes, je le savais, parce que mon datastore avait commencé à compter au moment où je m'étais demandé combien de temps durerait la crise. Penchée au-dessus de Michael, bloquant de tout mon poids ses épaules, j'observais les secondes qui s'égrainaient.

Sous mes mains, je le sentais frissonner sans cesse.

Un bruit féroce monta du fond de sa gorge. Sa concentration flotta dans la pièce. Mais je ne pouvais rien y faire.

Comme Deux à bord du vaisseau, je laissai mes capteurs projeter leurs ondes. J'enveloppai le corps en souffrance de la lumière.

La connaissance infinie m'avait un jour paru incarner une source de puissance infinie. Avec mes capteurs, je repérai les nouvelles cicatrices qu'avait diagnostiquées Deux. Je voyais aussi Rachel : les plaques de croissance dues à une malnutrition durant l'enfance, une vieille fracture à la jambe, la cicatrice filandreuse en travers du poumon après la chirurgie du Cygne… chirurgie qu'Elián devait subir en ce moment même.

La connaissance ne me paraissait plus source de pouvoir désormais. Elle ne m'inspirait que tristesse.

Halifax. Deux avait proféré sa menace en privé trois jours auparavant, il la rendrait publique dans trois jours. Les Panpolaires avaient dix jours pour retirer leurs troupes, reprendre le contrôle des émeutiers et offrir un otage.

Il existait une vidéo privée de la reine Agnes Little recevant la menace, assise devant la coiffeuse de ma mère et occupée à poudrer ses taches de rousseur. Son visage était devenu livide à mesure qu'elle écoutait et elle n'avait plus soufflé mot jusqu'à ce qu'elle ait coupé la connexion. Mais en public, le menton levé, elle avait appelé à une rébellion mondiale.

Sous mes mains, la crise passa.

Le corps de Michael se détendit.

Au moment où je retirai mes paumes, la lumière scintilla puis mourut.

J'entendais la pompe à chaleur bourdonner, les voix qui s'élevaient dans les tentes autour de nous et le clapotis distant de l'épaisse mer rouge.

— Comment vous êtes-vous cassé la jambe ? demandai-je.

— Je suis tombée de cheval, répondit Rachel. La première fois que je suis venue ici… (Elle rit.) Une Cygne incapable de…

— Chevaucher, termina Michael, qui revint à lui. Oh.

— Michael ? dis-je, pour m'assurer de sa présence.

— C'est François-Xavier qui m'a ramassée, enfin, elle. Nous nous entraînions sur l'île aux prairies. C'était le printemps, et tout était mouillé… marécageux, vraiment. Le filet de sécurité de la nature. Nous étions juste couverts de boue…

Il se tut et resta étendu, concentré sur sa respiration, comme s'il enfilait des perles de souffle sur un fil de douleur. Je l'observais.

— Oh, gémit-il, oh.

Je ne savais même plus comment l'appeler.

Non sans peine, il se redressa sur les coudes. J'attrapai un deuxième oreiller pour le glisser sous son dos. Il s'y installa en fouillant la pièce du regard comme s'il ne savait plus trop comment il était arrivé là.

— Pourrais-tu… ânonna-t-il d'une voix faible. Mes lunettes ?

Je savais désormais qu'elles se trouvaient dans une poche rembourrée de son cache-poussière. Je les récupérai pour les lui tendre et il les mit de ses mains délicates. Puis il resta allongé à regarder autour de lui comme s'il prenait des photos. Le dessus-de-lit indigo au bout de ses doigts. Les deux mugs en verre rouge suspendus à des crochets. Le vieux miroir avec son reflet taché.

— Bienvenue à la maison, soufflai-je.

Car j'étais presque certaine d'avoir affaire à Rachel.

— Merci…

La voix qui avait murmuré était rauque. Ses yeux hantés me regardèrent avec une expression que mon datastore ne pouvait comparer avec aucune autre – un mélange d'innocence et d'ironie amère : la fumée dans le caramel, le sel dans le chocolat. Pas Rachel. Ni Michael d'ailleurs.

Qui qu'elle soit, elle remonta ses lunettes sur son front pour se frotter les yeux de ses poings repliés. Un geste d'enfant, endormi, boudeur. Elle secoua ensuite un petit peu la tête, dans un effort visible pour rester consciente.

— Où… où est François ?

On aurait cru que tous les chagrins du monde ne portaient qu'un seul nom.

Et pourtant la voix n'appartenait toujours pas à Rachel seule.

— Ton alter ego… commençai-je.

— Deux.

— Oui, il…

— Je me rappelle, me coupa le blessé, tentant de se redresser, comme pressé par l'urgence. Greta…

— Je dois les rejoindre, dis-je. Où iraient-ils… Sont-ils allés dans la montagne ?

— Talis emmènera sans doute Elián au portail de téléchargement, au bloc 17C, répondit Michael, les lèvres pincées. Il n'a rien de spécial, mais nous avons tous nos petites habitudes. (Léger haussement d'épaules, regard las.) Une poignée de Cygnes pourraient aussi être au courant. S'ils se parlent entre eux… S'ils font le lien.

Ce qui était le cas, semblait-il. Une conspiration de Cygnes contre les I.A., de Panpolaires contre Talis. Dans les deux combats, je jouais les pions, une prise à remporter et… *C'est ce que nous verrons.* Je n'avais aucune intention de me laisser manipuler. Mais pour le moment, je ne pouvais me fier à personne.

— Vas-y seule, dit Michael, qui lisait en moi comme dans un livre ouvert. François ne m'a accompagné qu'au cas où j'aurais besoin de faire usage de la force, mais Elián…

— Ça va aller ?

Je distinguai les chatoiements à la lisière de son aura. Une autre crise approchait.

Attaques rapprochées. Bienvenue au stade 5.

Les yeux de Michael étaient voilés. Mais d'après ce que je constatais, il restait en contact avec ses sensations et si Talis nourrissait une phobie, c'était bien celle de rester seul. Mais il répondit d'une voix qui tremblait à peine.

— Je vais bien.

— Vous seriez plus en sécurité par terre.

Il y eut un silence, le temps d'une déglutition.

— C'est vrai, dit-il. Un coup de main ?

Alors je l'aidai à s'asseoir, puis à se mettre debout et, de là, à s'étendre sur le tatami. Je percevais ses vertiges sous la forme de pressions irrégulières sur mon bras.

Je m'agenouillai au-dessus de lui. L'osier tissé du tapis diffusait une senteur de foin sucré, de soleil et d'étés perdus, malgré les courants d'air humides et froids qui circulaient au niveau du sol. Dans ce parfum, dans cette brise, je positionnai Michael sur le flan – position latérale de sécurité, pour tout ce qui ne s'était pas encore produit. Je savais qu'il ne resterait pas ainsi, mais ça me semblait la seule chose à faire.

— 17C, répéta-t-il, connectant le bout de ses doigts aux miens comme pour me transmettre l'information.

Il n'y restait aucune donnée, mais les mots suffirent à générer une carte dans mon esprit. Je dus regarder à travers le plan pour voir le blessé. L'étourdissement s'attarda dans le pli de ses lèvres et mélangea Rachel et Michael dans ses yeux.

— Je… dit-il. Tu…

À cet instant, sa voix changea, il hésita comme si son cœur avait fait une embardée.

— Vous devriez être à ses côtés, dit Rachel, soyez là lorsque Talis le laissera partir.

Débuts

Je m'élançai au cœur de la Cité des Cygnes, je courais tête baissée dans cet univers inconnu, le bout de mes bottes martelait les pontons de bois comme un battement de tambours. Il me fallait tout savoir, et tout de suite. Alors tout apparut. Comme si l'air lui-même me servait d'écran, la carte de Talis – 17C – restait suspendue devant mes yeux. Compas, graphiques, annotations. Les informations tridimensionnelles formaient un calque luisant posé sur le monde visible. Je savais où j'allais, et je savais comment m'y rendre.

C'était le milieu de l'après-midi. Le soleil bien haut rasait les contours des yourtes blanches que je dépassais au pas de course. Les maquis de saules défilaient à toute allure en un flamboiement jaune. Et autour de moi, les Cygnes devant leur porte interrompaient leurs tâches pour me saluer.

Je courais parmi eux aussi vite qu'une onde de choc, et ils s'inclinaient devant moi. Certains tombaient même à genoux.

Qui étaient-ils ? Que me voulaient-ils ?

Née pour hériter d'une couronne, je ne m'étais jamais promenée en toute simplicité dans la rue. Je portais le poids de tous les regards et on me livrait toujours passage. L'étrangeté ne résidait pas dans les révérences mais dans la course – ce sentiment qu'il ne s'agissait pas d'une procession, mais d'une traque, que tout ce qui se passait ne me concernait pas et n'attendrait pas mon arrivée pour se produire. François. Elián.

Halifax.

La moitié du monde.

Les Cygnes se relevaient après mon passage. Ils se retournaient pour me regarder filer. J'aurais pu demander n'importe quoi à n'importe lequel d'entre eux, ils se seraient exécutés. Mais à la place, je les cataloguais : par taille, couleur de peau, démarche, stature. Contrairement à Talis, je pouvais revivre le moment où il avait été poignardé. J'aurais pu sans difficulté constituer une liste de tous ceux qui s'étaient fait passer pour des trommeleurs.

L'homme qui répondait au nom d'Alejandro, par exemple. Alejandro, dans les bras duquel François s'était effondré, parce que la chevauchée avait été éprouvante, était le même que celui qui avait saisi François à la gorge en un geste qui, même à cet instant, avait semblé fraternel.

Trahison.

La main de Deux sur le bras de Michael.

Dans mon datastore n'existait aucune archive, d'aucune sorte, sur l'expérience que menait Elián, ni même sur ce que traversait un Cygne lorsqu'une I.A. prenait possession de son corps. De toute évidence, les I.A. ne s'en étaient jamais souciées. Mais soudain ce manque d'information semblait désormais aussi troublant qu'une montagne arrachée à un paysage.

Talis, pensai-je. *Comment as-tu pu rater une chose pareille ?*

Les yourtes se trouvaient à présent dans mon dos et la montagne creuse s'élevait droit devant. J'aperçus un endroit désert au bout du ponton – des bancs, des bites d'amarrages, les cendres d'un feu de camp. Au-delà, des escaliers de pierre grimpaient en virages serrés jusqu'à de grandes portes métalliques, où apparaissait l'inscription « Centre de traitement des données stratégiques de l'ONU – Numéro 7 ». Portes blindées. Superordinateurs. Boucliers anti-IEM. Talis ne l'avait pas construit – il s'était contenté de s'approprier les lieux. L'une des propriétés de l'ONU. Il y a bien longtemps, à la fin du monde.

Je descendis du ponton de bois sans même ralentir ma foulée. C'est alors que, quelques pas après les restes du feu de camp, dans les décombres et les gravats qui gisaient au pied des escaliers, je vis…

Quelque chose. Quelque chose que mon datastore ne connaissait que peu ou pas. Nichées dans les pierres, se trouvaient… des poupées ? Des sculptures ? De petites figurines de cavaliers à cheval, taillées dans le bois. Elles reposaient avec soin sur les pierres, aussi fragiles et précieuses que des œufs. Certaines dégageaient un caractère très primitif, comme les peintures des grottes. D'autres semblaient tellement réalistes que les chevaux auraient presque pu piaffer et se cabrer. Enveloppées dans des pièces de cuir, peintes, décorées de plumes, en bois brut ou érodées et fissurées par le temps – par les décennies, par les siècles.

Voilà ce que Sri avait sculpté depuis que je la connaissais. Voilà ce que Rachel avait pour ainsi dire terminé et qui reposait sur la table de chevet près de son lit.

Mon datastore m'apprit que les Cygnes les fabriquaient à partir des carcasses de bois des selles usées. Il me transmit l'information de façon très neutre, comme s'il décrivait un passe-temps du même genre que la fabrication de sifflets.

Mais il ne s'agissait pas de sifflets.

Ces figurines me donnaient la chair de poule. Pas le temps de rester à y réfléchir, mais leurs formes sans yeux semblaient me suivre du regard alors que je grimpais les marches, franchissais les grandes portes épaisses et pénétrais dans la montagne.

Il y faisait sombre, si sombre que j'avais l'impression d'avancer contre un mur de ténèbres. Je pouvais courir dans le noir – je pouvais percevoir les distances à l'instar d'une chauve-souris – mais je ne m'y résolus pas.

— Lumière, énonçai-je comme pour un enchantement et, comme par magie, les lumières s'allumèrent.

Une dalle de béton, des lignes et des marquages peints au sol. Des murs bruts couverts de câbles. Mais mon attention ne s'attarda pas dessus. Je franchis sans hésiter la première porte. Des lettres aussi hautes que moi indiquaient « A1 ».

Le bruit de mes pas résonnait entre les murs. J'entendais ma propre respiration et le vrombissement de l'énorme système d'aération. Puisque je jouissais de toutes les connaissances, je savais que cet endroit aurait pu accueillir des milliers de personnes pendant des années en totale autarcie. C'était un complexe énorme, un refuge, un silo, un entrepôt. Désormais, une demi-douzaine d'I.A. y vivait et la plupart ne bougeaient pas beaucoup. Seul Talis errait comme un lion solitaire qui se serait retrouvé seul après que tous les animaux aient quitté l'arche.

4A, 5A, 6, 7, 8, 9... Poste de contrôle, portes blindées, escaliers, pompes à eau, intersection avec le couloir B. 11A, 12A. Le mess. L'infirmerie. Les lits aux draps blancs prenaient un air fantomatique sans leurs occupants. Si Elián se trouvait en chirurgie, ce n'était pas ici. 13A, 14A. Le SURVIE m'écoutait. À ce stade, il fallut commencer à franchir des barrières interposées à chaque embrasure, où des cloisons pouvaient s'abaisser pour sceller la pièce, comme les sas sur un bateau en perdition. Sept portes avant d'atteindre le couloir C.

Soudain, la cloison étanche entre les salles 16 et 17A tomba juste devant mon nez.

— Porte, ordonnai-je.

Mais je ne reçus aucune réponse. L'énorme battant en acier qui se dressait devant moi ressemblait à la paroi d'un navire de guerre. De la peinture grise s'écaillait sur les murs. Des rivets suintaient de cicatrices dégoulinantes de rouille.

Je fis volte-face et la cloison derrière moi se referma à son tour dans un grand claquement. Il n'y avait aucun plafonnier dans cette section, les ténèbres m'écrasèrent.

L'air bourdonna sous l'excès de pression puis un profond silence s'installa.

— Porte, répétai-je dans le SURVIE, dans l'obscurité.

Rien. Mes ultrasons m'apprirent que j'étais prise au piège dans une boîte de pierre et d'acier de 4,5 mètres de côté. Mon datastore s'efforça d'associer des mots-clés – *herse/sous-marin/ascenseur, conduit/oubliette/donjon* – mais la boîte différait en tout point de mon expérience connue, qui se résumait en somme à l'élevage de chèvres.

— Ouverture, ordonnai-je à nouveau, porte !

Comme la cloison ne bougeait pas d'un pouce, je tournai mon attention électronique vers les systèmes de contrôles du SURVIE.

Qui se précipitèrent à ma rencontre.

On aurait dit qu'en cherchant à tâtons l'interrupteur dans le noir, les ténèbres vous prenaient la main.

— Euh… salut ? dis-je aux systèmes de contrôle.

— Salut ! répondirent-ils.

Une voix d'enfant. Soleil et corde à sauter.

— Qui est là ?

Je posai la question tout haut, bien sûr, mais l'écho de ma propre voix me fit comprendre que l'autre n'avait pas été audible. Elle résonnait dans ma tête. J'étais reliée au SURVIE, mais désormais le système – ou une entité à l'intérieur – s'était relié à moi.

— Eh, tout le monde ! C'est Greta ! s'écria une voix dans ma tête. Elle est là !

— SURVIE, dis-je, lumières, maintenant.

Une petite lueur, similaire à l'éclairage d'un porche, s'alluma à hauteur de mon coude. Le filet de lumière horizontale se trouvait au centre de la porte 16A. Le numéro de la cloison avait été barré d'une grande croix à la peinture rouge et quelqu'un avait tagué un nouveau mot en grosses lettres dégoulinantes : EVIE. La texture lisse de la peinture me sembla polie au toucher.

— Par ici, dit la voix.

La porte vers la pièce 16A s'effaça dans un claquement métallique.

Lorsqu'elle s'ouvrit, le rai de lumière s'agrandit en un rectangle.

Evie. Evangéline. Neuf ans mais aussi 520. Neuf ans mais immortelle. « Il lui manque quelques cases », avait un jour déclaré Talis. Et quand Talis prenait la peine d'avertir que quelqu'un déraillait un peu…

Très souvent, la meilleure défense restait l'attaque. Aussi décidai-je de franchir la porte.

— Il y a quelqu'un ? appelai-je dans la petite pièce qui me renvoya mon écho.

Les murs étaient couverts d'équipements montés sur des bras articulés. On y trouvait aussi, au fond, une table jonchée de boîtes et un gâteau.

— Je suis désolée, mais je suis pressée. J'ai besoin de Talis.

— Comme nous tous, répondit une autre voix, monotone, androgyne. Tu devras préciser davantage.

— Chut… souffla Evie, à voix haute cette fois. Tu vas gâcher la surprise.

Au timbre de la voix monocorde, je sus qu'elle était humaine, ou du moins qu'elle sortait d'un larynx humain, bien que personne ne soit dans les parages. Le murmure d'Evie, en comparaison, semblait omnidirectionnel. Les lumières diminuèrent doucement comme lors d'un tombé de rideau. Un frisson me picota le cuir chevelu.

Le chuchotement synthétique se lança dans un compte à rebours :

— Trois, deux, un…

Et soudain les lumières se firent éclatantes lorsque la pièce hurla :

— Surprise !

Une unique silhouette se leva de derrière la table pour souffler dans un cotillon d'anniversaire qui émit un hululement triste.

— La surprise a fonctionné ? demanda la pièce d'un ton joyeux. Dis ? Nous t'avons préparé un gâteau !

— Euh… hésitai-je, car grâce à mes améliorations, mon Q.I. dépassait à présent les cinq cents. Merci, je suppose.

— Evie, dit la pièce. Je m'appelle Evie.

— Je sais.

La silhouette humaine solitaire – silhouette I.A. – resta plantée derrière le gâteau à me dévisager avec des yeux grands comme des soucoupes.

Evie l'encouragea d'un petit coup d'aiguille.

— Az…

— Surprise, lâcha-t-il d'un ton parfaitement plat.

— Je te présente Azraël, dit Evie.

Ne parle qu'avec des chiffres, me précisa mon datastore.

— Joyeux bal des débutantes ! s'écria Evie.

— Je ne savais pas que les I.A. donnaient des bals de débutantes.

— Voilà pourquoi c'était une surprise, répondit-elle.

L'une des boîtes sur la table s'agita comme si elle contenait un raton laveur.

— Qu'y a-t-il dans la boîte ?

Je détestais poser la question, mais ce qu'on déteste demander concerne souvent ce qu'on préférerait ne pas savoir.

— C'est Peter. Il va tellement mieux ! On lui a installé un système d'émission directe filtrée et même des déclencheurs lorsqu'il est superexcité !

Soudain, je compris : les boîtes sur la table n'étaient pas des cadeaux, mais les convives.

Des matrices.

— Tu ne devrais pas fixer Peter, mais tu peux dire bonjour à tous les autres, me conseilla Evie.

— D'accord, dis-je, non sans reculer d'un pas.

C'est alors qu'on me saisit par le bras pour m'arrêter. Je tournai brusquement la tête pour constater que la pièce était remplie de bras mécaniques : certains ressemblaient à des tentacules, d'autres bénéficiaient d'articulations, tandis qu'un troisième type se terminait par des aiguilles. Ils étaient partout, mais ceux qui se trouvaient dans mon dos semblaient tous déployés et actifs, s'agitant comme une forêt de varech. L'un des tentacules s'enroula autour de mon bras, froid, lisse et puissant. Il se resserra.

— Viens, dit Evie.

Une aiguille me piqua entre les omoplates pour me faire avancer et je trébuchai vers l'avant.

— Avons-nous une chanson ? demanda l'I.A.

Silence, comme si elle écoutait une réponse avant de la relayer.

— Personne ne connaît de chanson pour un bal d'I.A. débutantes.

Evie avait tendu l'oreille, alors je l'imitai – et soudain, je perçus toutes les I.A. à l'intérieur des boîtes. La pression de leurs regards, de leurs capteurs, de leur attention braqués sur moi. Leurs voix s'élevaient dans ma tête, toutes similaires à la mienne, mais certaines hurlaient.

Je tressaillis comme pour tenter de m'en écarter, mais on ne peut pas échapper aux voix dans sa propre tête.

— Oh ! dit Evie.

Et le serpent autour de mon bras bondit sur mon épaule. J'essayai de m'éloigner, commençai à perdre l'équilibre… pour finir dans les bras d'Azraël.

— Tu t'inclinais à 6 degrés.

Les données irradiaient au bout de ses doigts, au rythme de ses clignements de paupières.

— La plupart des humains n'arrivent pas à maintenir une inclinaison statique supérieure à 4,5.

— Je ne suis pas certaine qu'il s'agisse d'une inclinaison statique. Je pensais plutôt à une inclinaison du type « course à toutes jambes vers la sortie ».

L'I.A. sans expression me remit sur mes pieds. Son regard me parcourait des pieds à la tête, comme s'il avait des moulins à vent à la place des yeux.

— Que fais-tu ?

— J'étudie le mouvement brownien de tes particules de poussière afin de déterminer un nombre aléatoire pour ma simulation Monte Carlo. Tu es très poussiéreuse.

— Je viens de traverser un continent. Quelle simulation ?

Mais, à la seconde suivante, je regrettai d'avoir posé la question. Les fragments de code qui tourbillonnaient autour d'Azraël m'avaient alpaguée et je compris très vite ce qu'il cherchait à simuler. Je levai la main comme pour me protéger les yeux de la lumière et mes lèvres articulèrent un « Non, ne... »

Détresse à l'état pur. Mais la simulation n'interrompit pas son processus.

— Es-tu fâchée de ne pas avoir de chanson ? me demanda Azraël. Nous avons un processeur combiné d'environ trois cents exaflops. Nous pourrions sans doute écrire une chanson.

— Ce n'est pas une chanson.

C'était tout sauf une chanson. Ce n'était que la petite fille aux cent aiguilles et les boîtes hurlantes, sans oublier le fait que la simulation en question se résumait à un jeu de guerre global où Halifax finissait anéantie à chaque fois qu'Azraël agitait ses petits doigts raides.

— Je dois y aller, dis-je, Talis est...

Je ne pouvais pas leur avouer. J'avais cru trouver en eux des alliés, mais non. S'allier avec eux reviendrait à mener des crocodiles à la bataille.

Je tremblais. Le jeu de guerre d'Azraël était ancré si profondément dans mon esprit que je croyais presque le sentir m'utiliser moi comme processeur. J'avais besoin d'un interrupteur, d'un fusible.

— Talis a besoin de moi, dis-je alors.

— Mais il a dit que nous devrions t'organiser une fête surprise, se plaignit Evie.

Elle semblait plutôt susceptible. Un bras-aiguille se mit à tressauter avant de faire basculer un rocking-chair grinçant, que je n'avais pas particulièrement remarqué jusque-là. Un ours en peluche y était installé. Très vieux, il menaçait de partir en lambeaux au moindre contact, tel le corps d'un papillon de nuit accroché à une mansarde. Evie ne le toucha pas et je n'y comptais pas non plus.

— Tu dois prendre une part de gâteau, dit-elle. Nous te l'avons préparé. Il n'est absolument pas empoisonné ni rien. Az, appelle un être humain pour faire ce truc de goûteur royal avec le gâteau.

— Sonnette activée.

Et si, déclara la simulation, *nous lancions un embargo sur l'archipel de Halifax pour empêcher toute évacuation. Et si nous abaissions le rayon pour la brûler à petit feu.*

Le rocking-chair continuait à grincer. Crick. Crick.

— Evie, Azraël et euh… tout le monde, lançai-je en essayant de me souvenir de mon éducation de duchesse, car c'était toujours elle qui quittait la pièce en premier. Ce fut un immense plaisir de vous rencontrer et j'attends avec impatience de faire plus ample connaissance. Mais il me faut honorer mes obligations et je dois vraiment vous laisser.

Je plongeai dans le SURVIE pour actionner la porte.

— Je l'ai verrouillée, déclara Evie.

— Oh.

Je sentis son influence s'opposer à la mienne. Comme si nous étions face à face.

Alors je lui pris la main pour me hisser jusque dans les systèmes de contrôle.

— Eh ! s'écria Evie, comme à une grande sœur qui se serait soudain glissée dans sa chambre. Sors de là !

— Je suis désolée, Evie, mais je dois y aller.

— Je l'ai verrouillée, tu n'arriveras pas à l'ouvrir.

Sa voix prenait des accents irrités et orgueilleux. Sa main métaphorique se durcit dans la mienne.

Dans cet espace numérique, je découvris tous les éléments qu'elle avait verrouillés, empilés comme des livres, comme de petits journaux roses ou violets fermés par de minuscules cadenas en cuivre – le cœur et les secrets d'une fillette de neuf ans.

Lorsque je m'approchai de la pile de carnets, elle enfla au point de devenir assez énorme pour que je puisse y grimper. Une échelle d'éléments verrouillés.

Le livre du bas représentait la porte qui m'empêchait d'aller sauver Elián. Le cadenas. Il affichait un code composé de six cents nombres semi-premiers et était hérissé de dents.

Alors que je glissai les doigts à l'intérieur de la boucle du cadenas, il me mordit.

J'ôtai aussitôt la main avant de lever les yeux sur la pile de livres, tous aussi hauts qu'une marche. Le carnet du bas représentait la porte, une partie des systèmes SURVIE qui contrôlaient la montagne. Ceux du haut, eux…

Des satellites. Des satellites d'armements orbitaux.

Calgary, Reykjavík, Édimbourg. Une reine-enfant vêtue de taffetas noir, face à la caméra. Le cratère de Halifax béant comme une pupille de chat, à l'intérieur de la simulation, à l'intérieur de ma tête, toutes les 3,2 secondes.

Les satellites n'étaient qu'yeux et murmures.

Mes yeux, pensai-je, *mes murmures.*

Je grimpai sur le journal qui incarnait la porte verrouillée. Puis sur celui qui représentait le SURVIE. La couverture rose pailleté en faux cuir crissa sous mes pieds. Je m'élançai à l'assaut du livre suivant, grimpai vers les satellites. Je posai la main sur le plus bas d'entre eux et… me heurtai à un hurlement de lumière et de code, un mur de dents et de « non ».

Appeler ça un verrou reviendrait à confondre un coup de poing avec une poignée de main. Tout ce que je compris de ce qui se passa ensuite, c'est que je me retrouvai catapultée hors de son espace numérique et tombai par terre. Mon crâne et mon cœur me lançaient douloureusement. Le plafond criblé d'aiguilles au-dessus de moi semblait onduler.

— Il était une fois une fillette de neuf ans qui vola les codes de lancement nucléaires. (La voix provenait des haut-parleurs d'Evie, mais ce n'était pas la sienne.) L'heure n'est pas venue où la nouvelle vient les lui reprendre, d'accord ?

— Talis, murmurai-je.

Rien autour de moi n'évoquait un sourire, pourtant je sentis tout de même celui de Talis.

— Et pourquoi ne mangeons-nous pas de gâteau ?

— Où est Elián ? demandai-je.

Mais la présence souriante avait disparu.

L'un des bras serpentiformes se fraya un chemin à mes pieds et la voix d'Evie parut à la fois joyeuse et blessée.

— Je t'avais bien dit que tu n'arriverais pas à l'ouvrir.

Un bruit retentit derrière moi : la porte coulissait.

— Voilà ton goûteur, annonça Azraël.

Je me retournai. Et là, debout comme si des tonnes de chagrin accablaient ses épaules, se tenait François-Xavier. Lorsqu'il m'aperçut, son chagrin se mua en peur.

— Greta !

Il se précipita vers moi et fut à mes côtés en un rien de temps pour repousser les bras d'Evie.

— Que s'est-il passé ?

— Elle ne voulait pas de gâteau.

Incroyable, la façon dont Evie parvenait même à rendre une pièce maussade.

— Mais pourquoi…

François tentait de me soulever. Pourquoi étais-je partie alors qu'il m'avait demandé de ne pas bouger ?

— Rachel ?

— Non, elle…

Elle n'allait pas bien, et c'était un euphémisme.

— Elle a survécu. Elián ?

— La chirurgie… commença-t-il avant de s'interrompre pour jeter un regard alentour.

La pièce était pleine d'I.A., qui enregistraient, l'air de rien.

Aussi froid que le gel envahissant un port, François recouvra son calme.

— Il a survécu.

Aussi neutre qu'un écho. Quelles paroles vides…

Désormais nous étions tous les deux à genoux, et il m'entourait de son bras. Inutile de chuchoter, et pourtant ma voix franchit mes lèvres dans un murmure.

— Qu'en est-il du reste ?

— Je suis désolée, Greta.

La façon dont son regard accrocha le mien… Il était aussi clair que lorsque nous nous étions synchronisés pour placer le bandage. Ses yeux me disaient : « Je ne peux pas arrêter Talis. »

Moi non plus, semblait-il. Talis et moi devions en théorie nous trouver sur un pied d'égalité, mais j'étais celle à genoux. Je tendis la main pour m'agripper aux douces écailles du bras toujours pendant d'Evie. Il se recourba comme un boa constrictor sous mes doigts et tira. Grâce à ce soutien et à François, je parvins à me relever, les jambes toujours flageolantes.

François-Xavier observa la pièce – les banderoles de guingois, la silhouette aux yeux vides, les petites boîtes gigoteuses. Il offrit un salut général.

— En quoi puis-je vous servir ?

— Nous donnons une fête surprise d'I.A. débutante, expliqua Evie, agitant sa centaine de bras. Et nous avons fait un gâteau. Goûtez-le pour que Greta sache que nous n'essayons pas de la tuer.

Ils nous gardèrent pendant presque une heure – 53 minutes et 45 secondes, pour être précis, le temps qu'il fallut pour qu'Halifax meure un millier de fois dans mon esprit. Nous mangeâmes du gâteau, et Evie décida qu'il nous fallait de la musique. Il n'y eut aucun chant.

Enfin, la fête s'interrompit d'un seul coup, sans prévenir, et la porte s'ouvrit. Alors nous reçûmes l'autorisation de courir.

*

Il était trop tard. Le gâteau n'avait servi qu'à ça. Bien sûr qu'il était trop tard. Mais nous courûmes tout de même.

François ignorait où nous allions, mais il ne me lâcha pas d'une semelle : 17, 18, 19 puis le couloir C. Les épaisses barres de ténèbres générées par les plafonniers réguliers dansaient sous nos pas. Les lumières tournoyaient au-dessus de nous telles les aiguilles d'une boussole. Comme si le monde virevoltait autour de moi.

Trop tard, trop tard : mais nous arrivâmes au 17C.

— Deux ! hurlai-je à voix haute dans le SURVIE, de toute la force de mes poumons, de tout mon cœur.

Les échos rebondirent autour de nous. Et une porte s'ouvrit.

Derrière moi, François-Xavier prit une courte inspiration.

L'espace qui apparut derrière la porte 17C s'avéra minuscule – on aurait dit un placard à balais, sauf qu'une alcôve trônait sur le mur du fond, pas plus grande qu'une vierge de fer et conçue pour accueillir un humain. Un portail de téléchargement.

Elián s'y trouvait.

Piégé à l'intérieur par des barreaux métalliques recourbés qui formaient une sorte de cage thoracique. Les mains de mon ami les enserraient, doigts détendus, poings oubliés.

— Elián…

— Retente ta chance, dit le mur.

Deux !

Une rage glacée monta en moi, et les mots jaillirent avec la force d'un décret royal.

— Libérez-le.

— Certainement, répondit le mur, et les côtes de métal s'écartèrent.

Elián fit un pas en avant, le regard vague, absent. Il cligna ensuite des yeux, trois fois. Son visage sembla redémarrer et ses yeux s'allumer comme des voyants lumineux.

FX posa la main sur mon épaule.

— Elián ? appelai-je.

Le visage de mon ami sourit, mais ce n'était pas le sourire d'Elián.

— Retente ta chance.

— Deux, répétai-je. Libérez-le. J'exige que vous…

— Tu exiges ? articula la bouche d'Elián, tandis que ses sourcils s'arquaient selon un angle à 23 degrés. Oh, je vois, dans ce cas…

Sans prévenir, le jeune homme s'effondra.

Dans un hurlement sans voix, je me précipitai pour le rattraper et amortir sa chute. Nous tombâmes à genoux. Le fracas de nos bottes et de nos rotules heurtant le sol de métal résonna dans la petite pièce. François-Xavier se trouvait juste derrière moi. Je le sentais, comme un bouclier qui protégeait mes arrières. Elián respirait bruyamment, juste dans mon oreille, mais quand je m'écartai pour le regarder, je vis que son visage était calme.

Ou plutôt, inanimé. Il avait les yeux grands ouverts, la bouche béate, comme si quelqu'un l'avait mis en pause juste avant que la peur et l'horreur ne s'emparent de lui. Son souffle se fit rauque, comme si ses poumons ne fonctionnaient que grâce à un respirateur artificiel, et son rythme respiratoire accélérait, sans que ses traits bougent d'un millimètre.

Que faudrait-il pour sortir Elián Palnik de son mutisme ?

Et qu'allais-je bien pouvoir faire s'il ne revenait pas ?

— Ce n'était qu'un test de routine, dit Deux, radieux, depuis le mur. Juste pour évaluer la marchandise.

— Ce n'est pas un cheval, protestai-je.

Puis, tandis que mon datastore mettait à jour la référence à l'expression employée par Talis, j'ajoutai :

— Ni un objet.

La main de François se posa sur mon épaule, lourde, fiable, chaude.

— J'ai déjà vu ça, murmura-t-il, bien qu'aucun murmure ne soit assez discret avec Talis dans la pièce. Ça vous brise le cœur, pas vrai ?

Oui, comme on brise de la glace. Elián respirait tellement vite à présent qu'il se trouvait sans doute au bord de l'hyperventilation. Il se mit à frissonner puis à cligner des yeux.

— Je n'ai pas grand-chose à rapporter, reprit Deux.

Malgré son caractère synthétique, la voix avait quelque chose d'humain – basée sur des enregistrements, sans doute. Mâle, ténor, intelligente, chaude, un débit un peu trop rapide. Se pourrait-il qu'il s'agisse de la voix de Michael ?

— La chirurgie s'est bien passée, les implants sont opérationnels, bien sûr. Nous devrions pouvoir sortir de là et vaquer à nos occupations.

— Deux, dis-je, sans même me soucier de le supplier. Talis…

D'autres objets occupaient aussi la pièce : un pan de mur entier se composait de lumières clignotantes vintage, d'écrans et de baffles. Une onde se propagea sur les rangées de spots, comme un étrange rictus sur des lèvres.

— Écoute, Greta, dit le mur. Je comprends que ça te trouble. Tu n'as sans doute pas besoin d'assister à tout ça. Mais le moment ne se prête absolument pas à un coup d'État. Nous devons découvrir ce que veulent les Cygnes.

— Je le sais, intervint alors Elián. Je sais ce qu'ils veulent.

Il tremblait de tous ses membres, comme un roseau dans le vent, et si sa voix était faible, son aura chatoyait.

— Oh vraiment ? dit Deux.

— Ils veulent… Ils veulent que… (C'est alors que la glace se brisa en un fracas abominable.) Ils veulent que tout ce merdier n'arrive plus jamais.

Elián poussa un grondement, ses mains se portèrent à son visage et il se mit à se gratter la peau avec les ongles, comme s'il tentait d'effacer toute trace de la possession.

Il pleurait. François-Xavier et moi nous agenouillâmes de chaque côté du jeune homme. Nous lui prîmes chacun une main afin qu'il ne se blesse pas et les maintînmes contre son corps.

— Eh bien, reprit le mur de sa voix d'opéra. Voilà un retour fort intéressant, n'est-ce pas ?

FX leva les yeux, un peu trop brusquement.

Le trou dans le tableau, la montagne disparue que représentait l'expérience des Cygnes possédés.

Peu importe que Deux ne puisse pas accéder à cette information directement depuis l'esprit d'Elián. Mais la réaction de mon ami suffisait à en souligner l'importance.

— Greta, dit le mur, pourquoi ne ramènes-tu pas ton cher ami à la maison ? Deux aspirines. Appelle-moi dans la matinée. Ne touche pas à mes satellites. Reviendrai vers toi très vite.

— Mais… commençai-je.

Mon attention fut pourtant vite accaparée lorsque François-Xavier lâcha la main d'Elián pour se relever. J'eus soudain besoin de mes deux mains pour empêcher mon ami de se gratter. Des zébrures apparaissaient sur ses joues, son cou et en travers de ses paupières.

— Dis-lui qu'il a gagné un sursis, lâcha Deux, car s'il a vraiment vu juste sur leur motivation, ce n'est pas à lui que je dois poser la question. Tandis que François… (Les côtes du caisson de téléchargement s'ouvrirent et s'agitèrent comme des doigts.) Entrez, et restez chez moi, il ne vous arrivera rien, dit la vieille aux enfants…

— J'ai besoin de lui, intervins-je, regrettant de ne pas avoir de main libre pour retenir François-Xavier.

Dans mon étreinte, mon ami se débattait.

— Je ne peux pas porter Elián sans lui, ajoutai-je.

— Ce n'est pas comme si j'avais fait quoi que ce soit à ses jambes.

À cet instant précis, il inséra un silence magistralement dramatique : même sous forme de mur, Talis faisait preuve d'un timing digne des musiciens Gilbert et Sullivan.

— Ou alors… si tu as vraiment besoin de François, je suppose que je pourrais rappeler Rachel.

Il ne pouvait pas posséder Rachel, mais il restait beaucoup d'autres supplices qu'il pouvait lui infliger. C'était le levier de François, et Deux n'éprouvait aucun scrupule à s'en servir.

La tête inclinée, le Cygne salua le vide.

— Ma vie vous appartient, déclara-t-il.

— Bon garçon, se réjouit le mur. J'aimerais vraiment découvrir le fin mot de cette histoire. Je ne pense pas pouvoir lire dans ton esprit. Ce devrait être impossible, mais pour être honnête, je n'ai jamais essayé. Mais quand même. Nous pourrions faire ça par à-coups, dehors, dedans, dehors… et tu me tiendrais au courant au fur et à mesure. Qu'est-ce que tu en penses ?

On aurait dit…

Et si, disait la simulation, *nous la brûlions à petit feu ?*

Elián émit un petit bruit étranglé.

— Sors-moi de là, gémit-il. Greta, sors-moi de là.

C'est là que réside bien sûr le problème de tenir à plusieurs personnes. On peut être forcé à choisir.

Aussi fis-je un choix. Comme souvent d'ailleurs, j'optai pour la personne qui souffrait le plus. Je glissai une épaule sous l'aisselle de mon ami pour le hisser sur ses pieds.

Deux voulait savoir pourquoi les Cygnes avaient poignardé Talis. Elián lui avait fourni un indice : que leur motivation était liée à la nature de la possession. Et Deux déroulerait ce fil. Il se fraierait un chemin dans l'esprit de François-Xavier, il en sortirait juste à temps pour entendre ce que le Cygne avait à dire, puis il recommencerait.

On aurait dit…

Je tentai d'associer son idée à quelque chose de moins abominable que la torture par l'eau. Ou le viol.

Ça ressemblait à une sorte de torture extrêmement intime.

— FX… soufflai-je.

Il se tenait debout, aussi droit et calme qu'un danseur, aussi silencieux qu'un prêtre. Les côtes écartées du portail de téléchargement formaient des ailes autour de lui.

— François-Xavier, tu es sûr ?

Le sourire qu'il m'adressa dégageait autant de douceur qu'un soleil d'avril.

— Je suis un Cygne, répondit-il.

Puis il tendit la main vers moi, les doigts écartés comme si une paroi de verre nous séparait soudain et je posai ma main sur la sienne, le bout des doigts connectés.

Les pulsations digitales de Talis avaient été fluides, aussi faciles à lire qu'un langage.

François-Xavier n'était pas une I.A., et là où Talis disposait d'un langage codé, lui ressemblait plutôt à un sémaphore. Mais il me transmit tout de même des données, byte par byte, et le livre s'ouvrit dans mon esprit. C'était le livre de François-Xavier, du peuple du Lac Tana – ou du moins tout ce que les I.A. avaient pris la peine de consigner à son sujet.

Mais ça ne suffisait pas. Loin de là.

Il était venu à nous, comme tant d'autres Cygnes, jeunes, pauvres, brillants, passionnés. Nous l'avions entraîné et éduqué. Nous lui avions appris à combattre, à monter à cheval, à concevoir des machines, à négocier, à soigner, à improviser. Et puis nous l'avions envoyé sauver le monde.

À peine âgé de quatorze ans, il avait réparé les flotteurs de la colonie de récolteurs de plastique dans le Gyre subtropical et installé des mécanismes de dessalement dans les États Noyés de Micronésie. À quinze ans, il avait apporté l'antivirus pour lutter contre l'épidémie de dengue du Carobama et aider à instaurer une quarantaine dans la République de McMurdo pendant la crise de cryptosporidiose de Vostock.

Au début de sa seizième année, il avait été stationné par intermittence près du Préceptorat quatre. Il avait tué l'une de mes camarades, Nghiêm Thi Bihn. Et la vieille femme de Saskatoon, Alba Kajtar. Il les avait assassinées.

Il avait tué deux personnes, mais il avait sauvé des centaines de milliers de vies.

Les pulsations s'estompèrent et François-Xavier retira sa main.

Deux allait le réduire en pièces. Le Cygne le savait parfaitement.

Je répartis le poids d'Elián sur mes épaules, pendant que François pénétrait dans le portail de téléchargement.

Interlude : De l'équitation

— Tu en es sûre ? demanda Talis.

— Non, répondit Evie, mais Az, lui, oui.

— À 79 pour cent, renchérit l'intéressé.

Ils étaient rassemblés dans la salle d'Evie – Az et lui sous leur forme de robot et la fillette depuis le plafond grâce à un objectif de caméra monté au bout d'un bras articulé. Talis luttait contre l'envie de lui dire que le gâteau était un piège.

Tous les trois se penchaient en fait au-dessus d'un corps : un jeune homme, tatoué, trop maigre, aux cheveux vert-de-gris qui viraient au brun à la racine. Son visage endormi était paisible… grâce à une sédation, en réalité, car personne ne pouvait déterminer avec certitude comment se déroulerait la suite des événements. L'homme gisait sur le côté. Talis paraissait partagé entre son désir d'examiner ce visage et celui de s'en abstenir. Si son plan fonctionnait, il serait capable de le contempler dans un miroir. Mais il doutait : valait-il mieux – ou non – le contempler pour la première fois de l'extérieur ?

— Quel genre de personne renonce ainsi à son propre corps ? s'étonna Talis.

— Eh oh ! s'écria Evie en dressant un ou deux bras-aiguilles comme si elle levait la main. Nous l'avons tous fait !

— Oui, d'une certaine façon, admit Talis.

Bien sûr, ils étaient tous morts après le processus de transformation en I.A., mais la mort n'avait représenté qu'un effet secondaire désagréable, pas un véritable problème.

— C'est différent.

— Ce sont sans doute des idéalistes, proposa Az. Nous avons à l'heure actuelle 132 spécimens de ce genre dans un campement à l'extérieur. Ils disent vouloir aider.

Talis admettait sans peine qu'ils avaient besoin d'aide. Sa capacité à détruire des villes depuis l'espace était chouette, il est vrai, et un nombre judicieux de cratères fumants avait créé une sorte de pause choquée qu'on pouvait confondre avec la paix. Mais conserver une paix durable était une tout autre affaire. Ils avaient besoin d'une touche moins létale, plus personnelle. Quelque chose de plus subtil, de plus souple. Ils avaient besoin de systèmes et de règles, et surtout de quelqu'un pour les imposer.

Ils avaient besoin d'une armée.

Tout ce qu'ils avaient récolté pourtant, c'était le développement d'un culte : des hommes arrivés du monde entier à la faveur de cette pause qu'était sa paix pour venir contempler la face d'un dieu.

Certains s'étaient même montrés à la porte dudit dieu. Et désormais un individu en particulier gisait sur la table du même dieu comme sur un autel.

Son nom, très peu prometteur, était Gary.

À cet instant précis, Gary poussa un soupir dans son sommeil. Talis sentit la chaleur de son souffle grâce à ses thermocouples, ainsi que la pression de l'air sur les capteurs au bout de ses doigts. En repliant ses phalanges, il heurta de la main la table avec un « cling » métallique. Des poches, voilà ce dont il avait besoin. Il y enfoncerait les poings, ce qui lui donnerait une allure maussade tout à fait satisfaisante et l'aiderait aussi à réfléchir.

— Si tu fais la fine bouche, nous pourrions télécharger tout le monde, proposa Evie, qui d'une certaine façon considérait que devenir un demi-dieu éternellement âgé de neuf ans et matérialisé sous la forme d'une salle restait une expérience positive à partager sans mesure. Supprimons l'intermédiaire. Créons une armée d'I.A.

— Gaspillage de ressources, déclara Az. Même avec un groupe de participants triés sur le volet, le programme de l'institut Spiel n'a jamais atteint un taux de succès supérieur à 2,6.

— Ça t'arrive parfois d'utiliser une phrase sans le moindre chiffre ? répondit Talis d'un ton cinglant.

— Cinq pour cent du temps, dit Az, qui manquait cruellement d'ironie et qui, en toute ironie d'ailleurs, restait leur expert en conscience humaine.

En somme, il considérait cette affaire comme un défi statistique, au même titre que décrire la façon dont les molécules d'eau individuelles devenaient liquides ou comment l'espace-temps fluide émergeait de fragments fluctuants d'informations quantiques.

Comment les milliards de flashs électromagnétiques échangés entre neurones devenaient-ils des pensées ?

Comment les milliers de pensées tourbillonnantes formaient-elles un individu ? Avant la Grande Fonte, c'était la question du siècle. Désormais, Az se targuait d'y avoir répondu – « J'ai résolu à la perfection le phénomène émergeant issu de l'Hamiltonien terrestre » – et même Talis n'en comprenait pas un mot. Mais ils étaient prêts à tester sa réponse sur Gary l'avatar.

Talis baissa les yeux sur l'homme endormi. C'était donc ça, alors ? Un visage humain pour un nouveau dieu afin de déployer ses fidèles. Une présence humaine à la table de la paix. Des mains humaines pour accomplir sa tâche et sauver le monde.

Azraël parlait d'une voix sèche, où traînait un reste d'accent néo-zélandais qui représentait la dernière trace de l'être humain en lui. Pendant un temps à peu près considérable, il expliqua (à l'aide des maths) comment ils pourraient supprimer le Gary existant pour ensuite utiliser la même technologie que les I.A. employaient sur leur corps d'origine – le datastore, la Toile – afin de contrôler le corps de Gary « comme n'importe quelle machine ».

À ces mots, Evie opina de la caméra.

Talis restait sceptique. Maths ou non, l'idée ressemblait pour lui à une possession démoniaque, ce qui le plaçait lui-même dans le rôle du démon.

Ça aidait que Gary, à l'instar des autres jeunes couverts de poussière et aux yeux fous qui vivaient dans les bidonvilles à l'extérieur des portes blindées, se soit porté volontaire. Ça aidait que leur travail soit vertueux, qu'il faille sauver le monde. Mais si Talis se montrait honnête envers lui-même, la principale raison qui l'avait poussé à se porter volontaire pour essayer de posséder Gary était démoniaque à la base. Il aurait voulu pouvoir prendre une grande goulée d'air à nouveau.

À l'époque où il était encore humain, il avait été un scientifique politique. Bien que le rôle soit limitant, il se frottait aux habitants du monde souterrain. Aussi tenta-t-il de l'enfiler à nouveau, même s'il paraissait aussi ridicule qu'un cardigan à losanges.

— Est-ce légal, déjà ?

— Vraiment ? s'étonna Evie. Nous venons juste de faire sauter Fresno.

— Annexe 7 du contrat avec les Nations Unies, rappela Az. « À condition de respecter le budget adéquat, vous pouvez employer autant de personnes que vous le souhaitez. Et puisqu'ils se portent volontaires et que les coûts salariaux sont réduits à zéro, le nombre légal potentiel est infini. »

— L'annexe 7, répéta Talis dans un souffle. Très bien, d'accord. Evie, peux-tu me brancher ?

Un câble jaillissait de sa propre poitrine et ils avaient laissé une prise accessible dans le datastore flambant neuf de Gary, un petit détail qui, beurk, nécessitait des ajustements. Une induction magnétique courte portée, peut-être ? Ou des ports flottants ? Il existait de nombreuses façons de transférer des données sur une courte distance à des débits élevés sans que…

— Branché.

L'univers tout entier tressauta comme s'il avait été divisé par zéro : il se compressa en un point avant d'exploser en une infinité de particules de poussière et soudain Talis put sentir sa langue dans sa bouche. L'une de ces sensations que les humains oblitéraient. Le contact de leur propre langue, l'angle mort du nez toujours dans un coin du champ de vision, l'obscurité à chaque clignement d'yeux. Table dure, cœur, poumons, doigts, sang qui lui coulait du nez, tout, il sentait tout, tout allait trop vite. À côté de lui, le robot abandonné qui lui avait servi de corps s'effondra au sol dans un fracas métallique.

Trop vite, trop vite. Il sentait tout, et pendant un moment, n'opposa aucune résistance. Il se serait cru en flammes. Puis il se rappela que c'était son choix, aussi embrassa-t-il l'expérience, toujours en feu, d'une volonté de chrome plutôt que de fer.

Il se souvint de la valeur d'un taux cardiaque raisonnable et de celle d'un rythme respiratoire normal, et il les rétablit tous les deux.

Il tenta de faire taire les sensations de sa langue.

Non, il la sentait toujours.

Il pouvait tout percevoir et son souffle se comportait de façon trop évidente, trop étrange, il devait penser à ne pas s'arrêter de respirer. Il sentait ses poumons bouger. Il pouvait percevoir des choses qui dépassaient toute comparaison humaine, comme les ondes basse fréquence qui traversaient le cerveau à chaque seconde, le balayage anesthésique à travers le château de sable de la conscience de soi. La Toile était bien plus puissante que les ondes induites par les drogues et il se contenta de la repousser avant de sentir tout son être s'illuminer. Son cerveau, son corps – à lui ! – semblaient littéralement rayonner.

Oui. Oui ! Ça allait fonctionner. Il le sentait. Voilà comment il allait sauver le monde.

Talis prit une grande goulée d'air. Puis il ouvrit les yeux.

Thé et empathie

Le temps que nous titubions jusque dans la lumière du soleil, au-delà des grandes portes blindées, Elián avait cessé d'essayer de se ravager la peau, mais il tremblait toujours de tous ses membres, les joues baignées de larmes silencieuses.

Nous nous affalâmes en haut de l'escalier, une alternative bien plus agréable que de le dégringoler.

— Doucement, lui dis-je, doucement, voilà, assieds-toi.

J'aidai mon ami à s'installer sur la première marche avant de m'asseoir à ses côtés, entre lui et le vide, avec vue plongeante sur les corbeaux qui planaient en dessous de nous. Elián s'effondrait et il ne respirait que par des hoquets étranges comme s'il tentait de s'empêcher d'éclater en sanglots. De la main, il chassa les larmes qui perlaient dans ses yeux et essuya la morve de son nez. Sur son poignet, le tatouage à l'encre noire brillait, aussi voyant qu'une menotte. Lorsqu'il l'aperçut, il se plia en deux.

— Oh mon Dieu… gémit-il.

— Je suis là, Elián, m'empressai-je de le réconforter. J'ai essayé d'arriver plus tôt, mais…

Le gâteau. La fête.

— Je suis désolée.

— Pas ta faute.

Alors que ma main décrivait des cercles dans son dos pour le masser, je sentais sous ma paume les bosses de sa colonne vertébrale et le tremblement de ses muscles massifs.

— Ne me pardonne pas, murmurai-je.

J'étais une I.A. et lui un Cygne. Je ne méritais pas son pardon.

— Pas ta faute, répéta-t-il. Talis.

Deux.

Le Talis d'avant notre rencontre… Avant que je ne le change. Avant qu'il ait appris à être humain. Le Talis qui, en un claquement de doigts, détruisait une ville sans même daigner la regarder brûler.

À nos pieds, la cité sans nom des Cygnes se parait de la teinte jaune pâle des maquis blanchis par l'hiver et de celle, blanche, des tentes, au bord d'une mer rouge couverte de vaguelettes poussées par un vent vif telles des pétales de rose. Je comptais les tentes en consultant les données de mon datastore. La population régulière se composait de cent cinquante Cygnes – 141 à cet instant précis.

Tous des volontaires. Des idéalistes. Des fidèles. Et pourtant…

— Raconte-moi… Qu'est-ce que ça fait de…

— Non, coupa Elián d'une voix étouffée.

— C'est important, je pense.

Soudain, je sentis le dos de mon ami se contracter sous mes doigts, comme s'il allait vomir.

Il ne semblait pas disposé à me répondre, aussi je ne le forçai pas. En vérité, je comprenais l'intention de

Deux aussi clairement que s'il avait envoyé un mémo. Comme si je l'avais moi-même planifié. Le modèle type de décision critique d'Azraël tournait en boucle dans mon esprit, détruisant Halifax toutes les 3,2 secondes. Je ne savais que trop bien ce qu'être une I.A. impliquait.

Mais jouir d'un tel pouvoir ne signifie pas pour autant qu'il faille en abuser.

Elián remua un peu et un galet dévala les marches. Tic, toc, tic, comme une perle qui rebondirait sur du verre. Un frisson me parcourut. Nous étions cernés par des blocs de roche, des éboulis rongés de lichen rouge et des statuettes de chevaux.

— Ce sont les Cygnes qui les fabriquent, dis-je pour distraire mon ami.

Alors que je m'apprêtais à en ramasser une pour la lui montrer, je me ravisai.

J'avais reçu l'éducation d'une enfant du Préceptorat et ma camarade de chambre était pour ainsi dire une déesse majeure : je connaissais le sens du rituel et du culte, même si je ne me sentais pas religieuse au fond de moi. Toucher les figurines m'inspirait un profond sentiment de tabou, car l'enfant du Préceptorat en moi savait ce que l'I.A. ignorait.

Une vague de peur mêlée de crainte s'abattit sur moi.

— Les Cygnes les fabriquent, soufflai-je.

Dans la lumière du soleil, Elián tentait de se reprendre, pendant que je m'efforçais de recouvrer mes esprits.

— Ils les sculptent dans les pommeaux et le bois des vieilles selles. Ils commencent à les façonner dès le premier jour de possession. Les Japonais les appelleraient des *haniwa*. Les Égyptiens, *oushebti*. Ce sont des offrandes funéraires.

— Des quoi ?

— Des pierres tombales.

Les Cygnes les sculptaient à l'approche de leur mort, avant de les laisser là, à nos pieds. Aux pieds de Talis.

— O.K., génial, grogna Elián. Tu maîtrises l'art du réconfort, Greta.

Ce ton amer lui ressemblait davantage, mais il tremblait encore et je recevais les pulsations lumineuses de sa peur et de ses céphalées. J'y voyais là une perception intime et dérangeante, comme de consulter le kit post-viol de quelqu'un.

Mon ami se leva tant bien que mal.

— Allons-y.

— Où ?

— Loin des tombes ! On descend. Je veux dire un mot à Talis, enfin… à Michael.

Je craignais que « poignarder » résume tout son propos, mais je désirais moi aussi m'entretenir avec Michael.

Il saurait, bien mieux que moi, ce que désiraient les Cygnes. Pouvais-je devenir leur chef ? Se rebelleraient-ils contre Talis pour m'aider à sauver François-Xavier ? Me restait-il une chance d'arrêter cette guerre et de rebâtir le monde ?

— Michael !

Le prénom s'échappa de ma gorge lorsque nous entrâmes d'un pas chancelant par la porte basse de la yourte.

Soudain je m'immobilisai. Michael gisait sur le sol, allongé sur le ventre et la tête sur le côté, une main étendue et tellement flasque qu'un bref instant je le crus mort.

Je compris qu'il n'en était rien lorsque je le vis remuer, puis rouler sur le dos.

— Alors ? demanda-t-il, toujours étendu mais capable d'esquisser un sourire insouciant. Comment ça s'est passé ?

Mon empressement reprit le dessus.

— Les Cygnes peuvent-ils être retournés ?

Vaseux, il me contempla en clignant des yeux.

— Vers quoi ?

— Retournés, continuai-je, contre…

— Eh, rappelle-toi, intervint Elián, les humains prennent des pincettes d'habitude.

— Tu n'en as jamais pris une seule fois dans ta vie.

— Il faut un début à tout, répondit-il avant de s'agenouiller pour aider Michael à se relever.

Rachel et François-Xavier possédaient une table branlante, ainsi que deux chaises dépareillées. Elián en saisit une pour asseoir Michael, qui s'affala contre le dossier incurvé.

— L'heure de la discussion a sonné, pas vrai ? dit-il d'une voix à la fois faible et féroce. Je commence ? Eh, El, sympa ton tatouage. Il est nouveau ?

— Sais-tu ce que la possession leur inflige ? enchaîna Elián, qui couvrit son tatouage gonflé de la main.

— Non, je ne savais pas, répondit Michael, avant de vaciller un bref instant.

Michael ignorait tout, mais Rachel savait. Rachel savait très bien ce que générait la possession.

— Vous parliez d'un rêve, lui rappelai-je alors.

— Ne… hésita Michael. Ne me bouscule pas, Greta, mon équilibre reste précaire.

— Rachel prétend que ça ressemble à un rêve, précisai-je.

— Ce n'est pas toi qui as goûté au force-rêve ? ironisa mon ami. Ils se servent des rêves pour torturer les gens, Greta.

— Ils ne sont pas forcés de…

Cette réponse était de Rachel, que son prénom avait rappelée dans l'esprit brinquebalant de Talis.

— Si vous acceptez, si vous ne luttez pas, je…

— À ce stade, reprit Michael, Rachel aimerait vous donner un petit discours intitulé « Allonge-toi et fais l'étoile ».

— C'est toi, l'étoile, railla Elián.

— Oui, je viens de m'en rendre compte.

Il poussa un profond soupir avant de se pencher pour appuyer la tête sur ses bras repliés sur la table. Fatigue, douleur et chagrin irradiaient de tous ses pores. Mon cœur se serra et mon ami se détourna.

Les mugs et la théière étaient suspendus à des crochets au mur, surplombés par une étagère sur laquelle se trouvait une boîte en bois ronde pleine de thé. Elián déposa le tout au centre de la table en une rangée bien précise. Une telle précision, qui permettrait d'enfoncer un couteau dans le second espace intercostal à un demi-centimètre de l'aorte, ne lui ressemblait pas. Une fois la bouilloire posée sans ménagement sur la plaque à induction, il s'appropria la seconde chaise. Michael avait relevé la tête pour l'observer et, l'espace d'un instant, les deux garçons se toisèrent, comme si un duel de regards allait leur apporter des solutions.

Lorsque la bouilloire siffla, je l'attrapai pour la placer entre eux, sur un dessous-de-plat en paille tressée.

Au bout d'un moment, Michael tendit le bras pour soulever le couvercle de la théière et le déposer sur la table dans un cliquetis métallique. Les mains de l'ancienne I.A. tremblaient toujours et, alors qu'elle cherchait à atteindre le pot de thé, elle manqua de le renverser. Elián rattrapa le récipient au vol et ils se figèrent.

Ils se retrouvèrent tous deux penchés au-dessus de la table, agrippés à la boîte ronde, à se frôler.

— Trois cuillères pour une théière, finit par lâcher Michael.

Elián n'acquiesça même pas. Pourtant, avant de verser l'eau chaude, il dosa les feuilles de thé dans le récipient, une cuillère après l'autre, selon la consigne de Michael, qui reposa le couvercle.

— Voulez-vous savoir pourquoi je vous ai amené ici ? l'interrogea Elián. Pourquoi j'ai demandé une évacuation ?

Michael, qui ne ratait jamais une occasion d'écouter le plan du grand méchant, leva sa petite cuillère en l'air.

— Les conspirateurs ont exploité tes sentiments envers Greta et t'ont ainsi poussé à prendre ce risque des plus idiots, je suppose.

— Vrai, confirma mon ami. Mais pourquoi depuis le refuge ? Pourquoi pas depuis l'église ?

— Oh, Dieu du Ciel, ne joue pas aux devinettes, cingla Michael. Tu n'es pas Socrate et j'ai mal au crâne.

— Parce que vous étiez censé en tirer un enseignement. Et vous n'y parveniez pas car vous étiez toujours, vous savez, dans la deuxième phase du deuil.

— La colère, lâchai-je malgré moi.

Je ne pouvais pas m'empêcher de combler le moindre vide.

— Avec les I.A., je parlerais plutôt de fureur et de vengeance, répliqua Michael en se pinçant l'arête du nez.

Je voyais son aura trembloter.

— C'est ça, admit Elián avec un haussement d'épaules. Bref.

— Et qu'est-ce que cette fichue blessure thoracique était censée m'apprendre, au juste ? Crache le morceau, Elián, ma patience a des limites.

Surtout, il n'avait pas tout son temps. Je me glissai derrière lui pour placer une paume sur chacune de ses épaules, prête à intervenir. Je vis sa tête aux cheveux sombres osciller lorsqu'il jeta un œil vers ma main, puis, je sentis la peur raidir ses muscles.

— Comment être humain, répondit alors Elián, qui observait aussi mes mains.

— Comment se soucier des autres, complétai-je.

— Eh, je m'en préoccupe ! Mais, enfin, vous voyez… (Il agita la main.) Dans les statistiques.

— Ce n'est pas…

Assez, m'apprêtai-je à ajouter, mais, à cet instant précis, la Paralysie s'empara à nouveau de lui. Il repartit dans une crise atroce et violente pendant laquelle Elián et moi dûmes combiner nos efforts pour l'allonger au sol et le contenir.

Je repensais à ce que Talis m'avait dérobé, à ce que j'avais récupéré en me battant. Ce qui était entré en moi comme une onde de choc et m'avait transformée en flambeau. Comment se soucier des autres. Voilà ce qui me différenciait d'Azraël et de ses yeux moulins à vent, d'Evie et de sa joie superficielle et choquante. Voilà ce qui différenciait Talis de Michael.

Je me plongeais dans cette réflexion, sans lâcher la main de Michael, même lorsque je crus qu'il allait me briser les doigts, tant la douleur et la panique décuplaient ses forces.

Nous ne pouvions rien faire à part tenir bon, et ce n'était pas une sinécure.

Lorsque le corps de Rachel se détendit soudain, il garda ma main serrée dans la sienne, reprit son souffle et porta ensuite mes doigts à ses lèvres.

— Greta Stuart, dit-il, tu es sans doute la meilleure d'entre nous.

Seul Michael aurait pu parler ainsi, puisque le « nous » renvoyait aux I.A. Mais seule Rachel aurait pu s'exprimer d'une voix aussi douce.

— Nous devons nous améliorer, répondis-je en utilisant le même « nous ».

Deux aurait désapprouvé, mais Michael souffla :

— Oui, je sais.

Puis il fut secoué d'un frisson irrépressible.

— Fini, le luxe des pincettes, déclara-t-il. Aidez-moi à me relever.

Elián s'accroupit pour le soutenir et batailla pour remettre ce petit corps flasque sur une chaise. Les crises se produisaient à intervalles de plus en plus courts, plus que je ne le croyais. Deux nous avait pourtant prévenus que les symptômes s'accéléreraient… mais je n'avais pas imaginé à quel point. Il ne lui restait plus beaucoup de temps.

À FX non plus, ni à Halifax. Aucun d'entre nous n'avait de temps.

— Donc, les Cygnes peuvent-ils être retournés, reprit Michael, vers quoi…

— Peuvent-ils se dresser contre Talis ?

L'ancienne I.A. nous lança un regard perçant. Elle s'était ébréché une dent durant la crise et du sang rougissait ses lèvres là où le bord coupant avait entaillé la peau. Elle était aussi livide qu'un vampire, inhumaine, étrange. Ni humaine ni I.A., ni Rachel ni Michael, elle affichait un visage nouveau et tordu. Comme en équilibre sur le fil d'une lame.

— Vous êtes le seul que je connaisse qui ait réussi à conquérir le monde, dis-je. M'aiderez-vous ?

— Halifax, devina-t-il.

— La paix par la terreur. (J'ignorais comment formuler l'idée.) Ils m'ont verrouillé tous les accès aux systèmes d'armement.

— Les petits cadenas d'Evie, confirma Michael, qui se frotta le visage d'une main. Tu ne risques pas de réussir à les ouvrir de sitôt.

— Ce qui nous laisse les Cygnes. Michael, ils fabriquent ces petites… sculptures.

Derrière lui, sur la table de chevet en bambou, se trouvait celle de Rachel, à la fois sympathique et de mauvais augure. Je l'observai et, lorsque je reportai mon attention sur mon interlocuteur, il n'était plus le même.

— Je… C'est nous, dit-elle. Nous sculptons la chevauchée.

— Expliquez-lui, Rachel, l'encouragea Elián. Racontez-lui ce que veulent les Cygnes.

Elle se pencha en avant, petite mais captivante. Je ne l'avais aperçue que lorsque Talis se trouvait au paroxysme de la douleur, il était donc facile de la prendre pour une personne faible, une victime. Mais ce n'était pas le cas. C'était un Cygne, et, quelle que fût leur nature, ils étaient tous des étoiles déchues. Rachel rayonnait.

— Être chevauchée, commença-t-elle, ne ressemble à rien de ce que connaissent les humains, à part peut-être aux rêves. On s'endort et tout continue à se produire autour de nous…

— Vous êtes conscient en permanence ? lui demandai-je. Vous vous en souvenez ?

Son visage vacilla, à demi Michael, mais elle s'ébroua, les mains posées l'une sur l'autre – un geste qui ne cadrait pas du tout avec Talis. Elle semblait incapable de développer son idée.

— C'est comme rêver.

— D'accord, dit Elián, le genre de rêve où le monstre vous attrape et où on ne peut pas hurler.

— Parfois.

Pour une raison inconnue, je repensai à la reine Agnes Little, rougissante, qui triturait son gilet face à la caméra, avec ses taches de rousseur, sa hargne et la moitié de son diplôme d'ingénieur. Une autre version de moi.

— Voulez-vous que tout ceci cesse ? demandai-je.

— Oui.

Le mot sembla jaillir de ses lèvres et précéder sa pensée. Ses mains rassemblées se crispèrent en poings.

— Non, je veux dire, nous nous portons volontaires. Des fidèles. Et pourtant...

— Vous avez dû travailler dur, hélas, pour protéger vos secrets. Il n'existe rien dans le datastore sur les sensations procurées par la chevauchée. Rien du tout.

— Vraiment ? intervint Michael, figé, sous le choc.

Le grand stratège de notre ère se découvrait un angle mort conséquent et je venais de frapper en plein dans le mille.

— Vraiment ? répéta-t-il.

— Vraiment.

— Voilà ce qu'ils veulent... dit Elián.

Pendant un instant, le regard de Michael s'était replié sur lui-même pour fouiller dans ses données, sans succès, bien sûr. Il arborait à présent un regard étonné, comme si le sol s'était dérobé sous ses pieds.

— Ils veulent garder le secret ? demanda-t-il, incertain.

— Non, reprit mon ami, ils veulent vous le hurler au visage.

— Non, niai-je, ils veulent...

J'étais à deux doigts de comprendre la vérité, d'y voir clair, comme avant de prononcer un mot qui me resterait sur le bout de la langue.

— Les I.A. laissent des fantômes d'eux-mêmes dans l'esprit des Cygnes, mais l'inverse est impossible. Les I.A. restent inchangées après chaque chevauchée.

— À moins de tomber sur un éleveur de moutons zélé et armé d'une dague, ironisa Michael.

— Et si ça n'avait pas été le cas ?

— Si je n'avais pas été mutilé et laissé pour mort ?

— Non, si vous n'aviez pas changé. L'empreinte des fantômes. Et s'ils voulaient que l'effet secondaire se produise des deux côtés ?

— Euh… (Michael se gratta le nez.) Pourquoi ?

— Parce qu'ils sont humains. Michael, j'ai vu les boîtes. J'ai vu ce que les I.A. étaient devenues. Sans parler des satellites et de cette simulation que je ressasse… Comment pourrions-nous regarder le monde d'en haut et rester humain ?

— Tu es leur spécimen test, répondit Elián qui n'était pas aussi idiot que Talis le pensait. (Non pas que la barre soit placée bien haut.) Et si une I.A. pouvait apprendre à redevenir humaine ?

— Je suis humain, rétorqua Michael, qui se frappa le crâne du poing avec un bruit sourd. Je suis coincé dans cet état et ça craint !

— Mais nous devons nous améliorer, dis-je, et c'est ce que vous avez fait.

— Je ne me suis pas amélioré, je suis mourant, rien de plus. Je n'en suis pas plus noble pour autant. Crois-moi, j'ai vécu plus longtemps que la plupart des gens et la majorité d'entre eux ne valent guère mieux que des sales fouines égocentriques et hypocrites.

Je clignai des yeux, un brin déconcertée par son argument.

— Des fouines ?

— De sales fouines hypocrites. Sous morphine ! Je ne vois aucune raison de ne pas me shooter jusqu'à la moelle lorsque le moment sera venu. En réalité, commençons par ça, tiens.

— Vous êtes un homme meilleur, reprit Elián. Si vous voyiez ce que votre autre… ce que l'autre…

— Deux, rappelai-je.

— Ce qu'il inflige à François… continua mon ami.

— Quoi ?

Nul vacillement cette fois, mais plutôt un éclair foudroyant : Rachel se redressa, droite comme un I, sur la chaise.

— Qu'est-ce qu'il fait à François ?

— Il le possède, répondis-je.

— Oh.

Sa voix se brisa. Rachel savait d'expérience que la possession revenait à une sentence de mort.

— Pas comme vous, insista Elián. Par à-coups. Pour le blesser. Pour le forcer à parler de… ce qu'il ressent.

« Si vous ne luttez pas », avait précisé Rachel.

Je m'agenouillai à côté d'elle pour lui prendre la main.

— François-Xavier lutte.

— Les Cygnes peuvent-ils être retournés… répéta la jeune femme, avant de soudain laisser la place à Michael.

— Je peux retourner l'allégeance de n'importe qui. C'est décidé, allons-y !

Devant les portes

Même si nous ne pouvions pas courir, nous nous hâtâmes.

Je soutenais Michael, car Elián était trop grand. Il avançait d'une démarche assurée pendant quelques pas, je m'efforçais alors de rester à sa hauteur, puis ses genoux se dérobaient sous son poids et, ensuite, je devais redoubler d'effort pour l'aider à rester debout. Nos bottes résonnaient en un martèlement irrégulier sur le ponton de bois, mais cette fois personne ne sortit sur le seuil pour s'incliner.

Personne ne sortit tout court.

Aucune voix.

On aurait cru que la cité sans nom était déserte.

Puis nous bifurquâmes au dernier coin de rue avant de nous arrêter, titubants, face à une masse de Cygnes. Dans leur dos s'élevait la montagne, dont les grandes portes blindées étaient fermées.

— Bon, chuchota Michael, penché vers moi. Tu veux prononcer la phrase : « J'ai comme un mauvais pressentiment » ou je m'y colle ?

Nous nous étions arrêtés au bout d'un ponton, à l'endroit où il descendait vers un pré jonché de roches, de saxifrage et de mousse, entre la cité et la montagne, ce qui nous donnait l'impression de nous tenir sur le devant d'une scène. Les Cygnes se trouvaient à deux pas de nous, équipés de leurs ailes, telle une assemblée d'anges.

J'en comptai quarante-sept, soit à peu près le tiers de la population recensée dans la ville. Pas tous, donc, mais beaucoup.

— J'ai comme un mauvais pressentiment, lâcha Elián, dont le regard faisait des allers-retours entre la force ailée et l'entrée de la montagne. Et cette mise en scène avec la porte ne m'inspire rien qui vaille. Je ne peux pas vous expliquer pourquoi, mais je peux vous assurer que ce n'est pas bon signe.

— Parce qu'avec les portes blindées closes, répondit l'un des Cygnes, la ville peut être rasée depuis l'orbite sans toucher les I.A. claquemurées à l'intérieur.

Celui qui avait pris la parole s'avança d'un pas : je reconnus le garçon aux yeux vert-de-gris, dernière incarnation de Deux, qui avait démis l'épaule d'Elián. Il n'était pas Deux, mais j'étais incapable d'affronter son regard sans frémir.

— Il faut vraiment que vous arrêtiez avec les échanges de cerveaux, répliqua Elián, qui, lui, tremblait pour de bon. Je ne suis qu'un garçon de ferme et vous me donnez tous la migraine.

— Daji ! lançai-je alors et le garçon aux yeux verts inclina la tête.

Un salut loyal et franc, sans la moindre trace d'ironie. J'étais une I.A. et lui, un Cygne : sa vie m'appartenait, et il semblait prêt à me l'offrir sur-le-champ, quitte à la déposer à mes pieds sur les pierres.

— Tu faisais partie de l'équipe qui a poignardé Talis.

— Oui, avoua-t-il.

— Je connais ton nom, dis-je avant de hausser le ton à l'intention de la foule. Taille, stature, couleur de peau, démarche. Je pourrais nommer chacun d'entre vous.

— Nous le savons, intervint l'une des femmes.

Renata, qui m'avait un jour retenue captive, qui avait semblé terrifiée. Derrière elle, la montagne luisait d'un rouge menaçant, telle une lanterne marocaine dans le soleil de fin d'après-midi.

— Le compte n'y est pas, remarqua alors Michael, en écho aux paroles d'Elián sur la conspiration des Cygnes. Où sont les autres ?

Une I.A. l'aurait su – je le savais –, mais Daji répondit sans peine à Michael, sans même se moquer de lui :

— À l'intérieur. (Il inclina la tête vers les portes scellées dans son dos.) Nous avons simulé une mise en quarantaine. Le subterfuge ne durera pas longtemps, mais nous n'avons de toute façon plus beaucoup de temps.

— C'est bien vrai, rétorqua Michael. Greta, sommes-nous en ligne de mire ?

Je possédais cette information aussi. Le SURVIE m'avait déjà fourni l'image de la mer rouge barrée d'une cible, sans oublier les estimations de dégâts et la liste des pertes envisagées.

— La plate-forme doit encore se positionner, confirmai-je, mais, oui, nous nous trouvons dans sa ligne de mire.

— Bon sang ! gronda Elián. Qui veut bien se joindre à moi pour hurler en chœur : « Oh mon dieu, oh mon dieu, oh mon dieu, on va tous mourir ! » ?

— Daji a raison, les portes blindées protègent les I.A. à l'intérieur, mais elles ne s'y cachent pas toutes, intervint Michael.

Elián ne résista pas à la tentation d'envoyer une pique.

— Vous n'en êtes pas.

— Moi, non, répondit l'ancienne I.A., très calme. Mais ce n'est pas à moi que je pensais.

Il avait en tête deux ou trois villes de taille moyenne. Deux avait beau ne pas me connaître, il ne me tuerait pas. En tant que nouvelle I.A., la première à naître depuis plus d'un siècle, j'avais bien trop de valeur.

— Voilà donc notre joker, renchérit Michael, avec qui je détesterais jouer au poker. Si mes amis impliqués dans le léger incident du grand méchant couteau voulaient bien s'avancer…

Ils s'exécutèrent. Les douze Cygnes mêlés à l'embuscade sortirent du groupe sans la moindre hésitation, comme un chœur dans une tragédie grecque. À l'évidence, la honte n'apparaissait pas dans la palette de leurs sentiments, la peur non plus, d'ailleurs. Ils étaient des Cygnes.

— Regardez-vous, dit Michael, avec tendresse. Tout ceci n'a rien à voir avec les Panpolaires, n'est-ce pas ? Cette fois, il s'agit bien de moi.

Daji se trouvait à la tête du groupe.

— Seigneur Talis, souhaitez-vous vous asseoir ?

— Ne m'appelle pas par ce nom, répondit l'intéressé, d'une voix de miel, mais oui, je vais m'asseoir.

D'une révérence, Daji indiqua de son bras tendu un cercle de grosses roches et de charbon qui devait sans doute délimiter l'emplacement d'un feu de camp. Michael se rendit au bas des marches de bois, une main délicatement posée sur le bras d'Elián – mi-escorte, mi-soutien. Dans cette descente mâtinée de théâtralité, ils ressemblaient à un roi et une reine. Les jambes tremblantes, l'ancienne I.A. s'assit sur un bloc rocheux, Daji en face de lui. Leurs genoux se touchaient presque.

— Viens nous rejoindre, Greta, m'invita Michael, non sans un geste ouvert de la main.

Aussi m'installai-je avec eux. Assis en un cercle fermé, nous ressemblions à des généraux en campagne lors d'un conseil de guerre. Malgré la chaleur de la pierre chauffée par le soleil, l'air était frais. Je sentais l'humidité des cendres froides à mes pieds et la douceur sirupeuse de la mer souillée.

Elián se tenait debout derrière Talis et, derrière Daji, les Cygnes se rassemblèrent. Les étiquettes attribuées par mon datastore flottaient au-dessus de leurs têtes, à demi estompées, comme épinglées. Si Deux insistait pour pratiquer une purge afin de réduire l'effectif à un strict minimum, je pouvais nommer tous les coupables.

Nous pouvions aussi envisager une autre solution.

— Comment dois-je vous appeler ? demanda Daji.

— Michael fera l'affaire.

— Le général des armées célestes, souligna le garçon, un ange et non un dieu.

— Michael le plus souvent, Rachel de temps à autre. Rachel qui pleure ses enfants… En vérité, la richesse métaphorique est infinie… (Il conclut sa réflexion d'un geste dédaigneux.) Et nous n'avons vraiment pas le temps pour discuter étymologie. Mettez-vous à table : que voulez-vous ? Nous avons un satellite à l'approche…

Lorsqu'il m'adressa un coup d'œil, je vérifiai aussitôt les plates-formes d'armement.

— Plus que 4 minutes et 30 secondes.

— Savez-vous ce que nous désirons ? demanda Daji.

— Je pense, mais je veux l'entendre de ta bouche.

— Nous voulons vous sauver, déclara alors le garçon.

— Drôle de façon de le montrer, railla Michael. Il ne me reste qu'une semaine à vivre et elle ne sera même pas agréable.

Il avait ouvert son manteau pour dévoiler le trou écœurant qui se creusait sous sa clavicule. Son doigt, aussi impossible qu'il n'y paraisse, s'enfonça dans le tissu d'au moins une phalange.

Froissements d'ailes en réaction. Je les soupçonnais de ne pas avoir envisagé que la situation dégénère aussi vite.

Mais je ne doutais pas qu'ils aient su pour le côté désagréable.

— Donc, reprit Michael, vous voulez me sauver.

Impossible, soit dit en passant.

— Moi, Talis.

— Vous, répondit Daji, les I.A.

— Toutes les I.A. ? s'étonna Michael.

Son détachement me fit mal au cœur.

— Toutes celles que nous pourrons. Vous savez ce qui leur arrive, à elles et bientôt à Greta, quand elle perdra son corps ?

— Bas les pattes ! On ne touche pas à Greta, grogna Michael, c'est mon joker. Greta : combien de temps ?

— Plus que 3 minutes et 20 secondes.

— Vous souhaitez que l'esprit organique puisse inscrire le datastore, reprit l'ancien Talis, comme une petite piqûre de rappel humaine à chaque fois qu'une I.A. embarque pour un tour.

— Oui.

— Le problème de la Paralysie persistera. Vous mourrez toujours des suites de la chevauchée.

— Oui, admit Renata.

— Nous sommes des Cygnes et nos vies vous appartiennent, renchérit Daji. La question n'est pas de sauver nos propres vies, mais de sauver les I.A.

— Quitte à nous faire du mal à toutes, dis-je.

— Nous sommes des Cygnes, répondit Daji, qui se tourna vers moi. Parfois, nos actes entraînent des blessures, mais nous voulons en arriver là moins souvent. Nous voulons vous changer, seigneur Talis.

Michael secoua la tête. Pour nier l'idée de changement ou l'usage du nom ?

— Regardez la différence entre vous et votre alter ego.

— C'est Greta qui m'a fait changer, répondit Michael, vous autres, vous m'avez juste poignardé en pleine poitrine.

— Peut-être, reconnut Daji, mais observez tout de même la différence. Trois villes sont déjà parties en fumée et votre alter ego n'a même pas cillé. Il a dérivé – vous avez dérivé trop loin de l'humain. Réfléchissez aux conséquences, si quelqu'un mettait un terme à ces agissements.

Michael m'interrogea du regard.

— Deux minutes.

— J'en serais changé, admit-il, les yeux baissés sur ses mains, dont l'une se crispait autour de sa cuisse, à l'emplacement de son ancienne fracture. Je ne le nie pas, j'en serais changé, c'est une conséquence de taille. Mais je ne suis pas certain que ce soit aussi impor… Oh Ciel.

— Michael !

Je quittai ma pierre d'un bond pour plaquer les mains sur son visage. Je plongeai profondément dans ses circuits implantés et exerçai une pression.

Le changement s'opéra en un éclair, soudain et bouleversant.

— Quoi ? hoqueta Rachel.

Ses yeux, à quelques centimètres des miens, me firent l'effet d'un puits sans fond.

— Désolée, lâchai-je, à bout de souffle, avant de laisser retomber mes mains.

La manipulation avait fait flamber mon taux d'adrénaline.

— J'ai pensé que si une défibrillation cardiaque pouvait stopper une attaque, alors…

— Assez de théorie, coupa Elián, qui scruta le ciel comme si une horloge tournait dans les nuages.

— Ça ne durera pas, avertis-je.

Selon mon estimation, j'avais fait gagner à Rachel une dizaine de minutes tout au plus.

— Je sais, je sens…

Mais Elián lui coupa la parole :

— Nous avons besoin de Talis.

Le visage délicat de Rachel se décomposa. Que devait-elle ressentir à se voir privée de sa propre mort ?

Agenouillée devant elle, en équilibre sur la pointe des pieds, je lui pris les mains.

— Nous avons besoin de vous deux, expliquai-je. C'est tout l'intérêt. Pouvez-vous incarner les deux à la fois ?

Elle ne cessait de cligner des yeux et sa poitrine se soulevait comme si elle fournissait un effort considérable.

Plus que quarante-cinq secondes. Je me gardai de l'annoncer à voix haute mais mon silence fut comblé par le crissement des cendres sous ma botte. Mon datastore entama un compte à rebours dans un coin de mon champ de vision, sous la forme d'un chronomètre plaqué sur le visage de Rachel. Ou bien celui de Michael ? Je percevais néanmoins une très grande beauté au fond de ses yeux.

— Il ne… Je ne… Il ne vous tuera pas. Même s'il ne vous aime pas, vous êtes trop importante.

— Je sais.

— Servez-vous-en, n'hésitez pas.

Sa voix tremblait lorsqu'elle prononça ces mots, comme le souffle d'un enfant qui s'endormirait d'épuisement à force de pleurer.

— La « piqûre de rappel humaine », pour moi, a son importance, dis-je alors. Une énorme importance.

Les yeux étaient fermés. Après un hochement saccadé de la tête, les mains me repoussèrent et je ne cherchai pas à les retenir.

— En êtes-vous capable ?

Dans trente secondes, nous allions devoir convaincre Talis que ceux qui l'avaient trahi (même si ce n'était pas tout à fait lui) avaient raison. Et ce ne serait pas une mince affaire. Brisé ou non, Michael restait notre meilleur atout.

— Je…

Les yeux restaient clos. Le poing se dressa pour venir presser contre la tempe.

— Oh, je suis vraiment en train de partir en vrille.

Puis les yeux se rouvrirent : ils n'étaient plus fragmentés, ni papillonnants. Ils étaient entiers, voire bien plus : ils étaient doubles. Ils étaient les deux à la fois.

— Et si vous ne me croyez pas capable de jouer le tout pour le tout, coûte que coûte, alors c'est bien mal me connaître.

Je sentis un sourire s'étirer sur mon visage. La personne double et sans nom en face de moi me rendit mon sourire.

À cet instant, le chronomètre invisible afficha zéro.

— La plate-forme d'armement vient de se mettre en position, lançai-je alors d'une voix de stentor à l'intention de la foule.

Les Cygnes levèrent les yeux au ciel. Ce réflexe ne leur serait d'aucune aide puisqu'aucun d'entre eux ne pouvait percevoir l'espace. Mais ils étaient humains et l'homme lève la tête quand une ombre le surplombe. Avec le nouvel individu, nous ne nous quittions pas du regard. Onde de choc, flambeau… La recette pour créer une entité supérieure à l'I.A., supérieure à l'humain.

Puis il se détourna pour observer les portes blindées.

— L'Étoile noire est en orbite… Vas-y, princesse, à toi de jouer.

À ces mots, les portes de la montagne s'ébranlèrent.

Avec leurs vingt-cinq tonnes montées sur des gonds de quatre cents kilos, elles ne s'ouvrirent pas à la volée dans un éclair de lumière, même si le spectacle aurait été plaisant. En fait, une petite poterne était découpée dans l'un des battants, plus petite qu'un être humain, comme le portail d'Oz. C'est à travers cette ouverture qu'apparut François-Xavier, plié en deux pour passer sous le linteau.

Il portait une chaise.

Je ne pouvais me prononcer : difficile de reconnaître, de loin qui plus est, quelqu'un qui descend un escalier taillé dans la roche avec une chaise d'école en fibre de verre vieille de cinq cents ans posée à l'envers sur ses épaules. Ou peut-être ne désirais-je pas m'en assurer. Je ne voulais peut-être pas savoir que l'homme n'était pas celui que je croyais, et que François-Xavier se mourait à cet instant précis, qu'il avait disparu.

Mon hésitation m'apparut comme un répit d'incertitude qui ne dura guère. La silhouette aux bottes râpées et au manteau ample si familiers fendit la foule à grands pas sans même accorder un regard aux Cygnes. Il bascula la chaise pour la placer dans notre petit cercle – geste assez étrange, réalisé d'une main, qui ne ressemblait pas à FX. Puis l'homme se laissa tomber dans le siège au dossier incurvé comme s'il ignorait la façon correcte de s'asseoir sur une chaise. Il étendit les jambes pour donner un petit coup de la pointe du pied dans les chevilles de son alter ego.

— Salut, lança Deux, alors, on s'éclate ?

— J'ai toujours rêvé de traîner dans une bande.

La voix était double et le regard toujours transformé, chargé de la flamme de ce nouveau pouvoir qui me donnait envie de sourire comme une gamine. À ma grande surprise, Deux ne le remarqua pas. À l'instar des sculptures équestres et du trou dans l'espace numérique, son angle mort se pavanait sous ses yeux et il l'avait raté.

— Et toi, Greta ? demanda Deux. Bien installée ?

— Je m'en contenterai.

— Et toi, mon petit Cygne ?

— Oh, vous savez, répondit Elián avec un haussement d'épaules indifférent, on se fait des amis, on survit à la torture, on complote pour vous tuer. La routine, quoi !

— Excellent ! se réjouit Deux avant de déployer son attention comme un laser. Donc, au final, il se trouve que les Cygnes perçoivent la possession en fonction, en partie, de leur implication. L'opération peut se dérouler sans incident ou bien entraîner un profond traumatisme. Je l'ignorais, c'est pourquoi je vous dois, à tous, des excuses. (Il agita la main en l'air.) Enfin, quand même, vous auriez pu le signaler ! (Il se pencha en avant.) Maintenant que le malentendu est dissipé, Greta, que penses-tu de la Turquie ?

— Le pays ?

— Oui, le pays. Je connais une cité troglodyte, creusée à la main, à Derinkuyu. Elle date de trois mille ans, mais ne t'attends pas à trouver un endroit primitif, au contraire, c'est génial. La ville peut accueillir vingt mille personnes, sans compter les étables, les églises et, bien sûr, le pressoir à raisins, ô combien important. Je possède une forteresse de données, là-bas, et de la main-d'œuvre apparemment moins traîtresse.

— Seigneur Talis, le coupai-je, je n'irai nulle part avec vous.

— En es-tu certaine ?

Le sourire de Deux dégageait de la folie, comme un éclair démoniaque sur les dents très blanches de François-Xavier. Mon cœur se brisa de voir mon ami dans cet état et de comprendre enfin ce qu'avait ressenti le Cygne lorsqu'il avait vu Talis débouler hors du Préceptorat sous les traits de Rachel. Sous son incroyable calme apparent, il devait être effondré.

— Vous n'avez pas le pouvoir de me donner des ordres, dis-je. Et je pense que vous découvrirez très vite que, désormais, ils sont nombreux à vouloir mon salut.

— Tu es tellement intéressante, se délecta Deux. Je détesterais devoir renoncer à toi.

— Je le sais bien, insistai-je sans aucune subtilité. En fait, je sais que vous ne tenterez rien.

— J'aime les montagnes Rouges, lâcha soudain Michael. J'aime quand le vent ride la surface de l'eau, j'aime les corbeaux, j'aime… (Un regard vers la main de François-Xavier et la voix se fit plus douce, presque du pur Rachel.) J'aime les autres, je n'ai pas très envie d'aller en Turquie.

— Tu n'iras pas, répondit Deux, tu vas mourir.

— Je compte d'abord écouter ce que ces gens ont à dire, rétorqua Michael. Ils nous ont offert leur vie et leur loyauté. Je le leur dois.

— Tu n'es même plus une I.A., se moqua Deux. Tu le sais, n'est-ce pas ? Tu n'es pas une I.A. et tu ne commandes rien. Tout ce qu'ils te diront, toutes tes réactions, ne dureront qu'une semaine ou deux.

J'avais déjà vu Michael et Rachel chanceler, comme en équilibre sur le fil d'un rasoir. Mais à présent, ils gardaient leur équilibre sur ce fil et en conservaient tout le tranchant.

— Tu n'as aucune idée de ce que je suis.

Enfin, Deux ouvrit les yeux. Tranchant. Flamboyant. L'espace d'un instant, l'I.A. parut tétanisée. Puis il déclara :

— Eh bien, je vais tenter de le découvrir.

Il leva la main comme un chef d'orchestre pour claquer des doigts.

La porte de la montagne s'ouvrit pour laisser sortir deux machines chargées d'un brancard. Ces automates ressemblaient à des insectes – à des mantes religieuses, comme j'en avais vu bien assez souvent au Préceptorat. Brancard et robots traversèrent l'étendue herbeuse et les Cygnes s'écartèrent en une pseudo-haie d'honneur. Une silhouette humaine, enveloppée dans une couverture orange, gisait sur la civière. Seul un bras maigre à la peau brune pendait. Je reconnus Sri.

Je vis les épaules de Michael se contracter et sa bouche s'ouvrir, béate.

— Je croyais que tu l'avais dit en premier... ironisa Deux avant de se pencher en avant comme un homme qui cherche à distinguer le diamant du verre rien que par la buée de son haleine. En fait, tout ceci n'était ni plus ni moins qu'un test du même genre.

— Rien que vous puissiez lui infliger ne sera pire que la Paralysie, lança Renata d'une voix sèche, furieuse et apeurée.

— Je n'en mettrais pas ma main au feu, murmura Michael, avant de m'adresser un regard furtif.

J'aperçus la Chambre grise dans ses yeux. Il existait toujours pire. Lorsqu'il fut debout, il chancela sur quelques mètres avant de s'approcher de la civière.

Sri, cadavérique, donnait l'impression de n'avoir rien mangé depuis des semaines, ni bu depuis des jours. Sa peau terne était tirée sur les arêtes de ses os, comme celle d'une momie. Ses cheveux clairs ressemblaient à des toiles d'araignées tant ils étaient devenus filasse. Mais ses yeux restaient ouverts – énormes dans son visage creusé, voilés par la douleur, mais ouverts, conscients. Michael se pencha au-dessus d'elle et elle l'observa, comme hypnotisée.

« Je vais faire de toi un joli paquet cadeau », lui avait-il asséné. « Avant de t'expédier en enfer. » Sa main se posa sur le bord de la couverture au niveau de la gorge de la jeune femme, et ses doigts caressèrent le petit cœur en soie rouge qui y était brodé.

— Eh, souffla-t-il, tu as réussi à rentrer.

— Eh… (La voix de Sri se réduisait à un murmure, rendu rauque à force de hurler.) Vous aussi.

Son regard se porta sur moi, puis sur le corps de François-Xavier, à qui elle avait conseillé de fuir avant qu'il ne soit trop tard. Mais il n'avait pas écouté. Et il était trop tard désormais.

— Vous avez tous réussi, articula-t-elle.

Elle tenta de déglutir, en vain, et de la salive coula à la commissure de ses lèvres.

— Michael, je t'en prie… ils m'ont forcée à abandonner mon cheval.

Dans l'enclos d'un refuge ? Attaché à un piquet dans un pré ? Deux avait dû envoyer ses machines à sa poursuite, car pour rien au monde un Cygne ne condamnerait un cheval à un sort aussi cruel.

— Nous allons y remédier, promit Michael, le nez plissé.

Puis il réprima un frisson. Les dix minutes que je lui avais fait gagner… Le temps s'était écoulé.

— Pourrais-tu… dit Michael à Sri. Pourrais-tu me tenir la main un instant ?

Et la crise le frappa de plein fouet.

Sri ne put retenir les mains tremblantes que quelques secondes, mais Elián plongea pour rattraper le corps qui s'effondrait. Michael termina affalé sur le ventre de Sri, la taille ceinturée par les bras d'Elián. La jeune femme enlaça les épaules du blessé, passa ses doigts dans ses cheveux comme elle aurait caressé la crinière d'un cheval fugueur. Elle ne pouvait pas voir le visage de Michael, mais moi si, et je compris qu'elle se le représentait. Le sang qui s'écoulait de la langue mordue. Le combat pour ne pas hurler.

Miroirs et reflets.

Le corps de François-Xavier, immobile, dominait la scène en silence. Très noir et très beau, la tête nue et sa manche vide ondulant au vent qui agitait le manteau.

La brise jouait dans les ailes des Cygnes et produisait le même crissement aigu qu'une faux qu'on aiguise.

— Quelqu'un voudrait-il profiter du moment pour nous faire part de ses exigences ? demanda Deux.

En un regard, je compris son intention. J'avais été une enfant du Préceptorat, je reconnus d'emblée son air de celui qui cherche à éviter d'affronter certaines vérités désagréables. Deux incarnait un paradoxe impressionnant de joie et de calme dans le corps de François-Xavier. Pourtant, il ne devait pas être facile de se regarder mourir.

Je le laissai mariner.

Longtemps.

Le nouveau Michael, tout juste né, semblait bel et bien en train de mourir, sanglotant en silence entre les mains impuissantes de Sri.

— Nous voulons... commença Renata, imprudente.

Le silence restait la meilleure technique pour négocier avec Talis et son intervention attira sur elle l'attention de Deux, qui se retourna et la prit pour cible.

— Vous voulez infliger *ça* à chacun d'entre nous, répondit-il d'un ton tranchant, où perça un instant une fureur sincère, incontrôlable, terrifiante.

— Pas tout à fait, murmurai-je.

— Très bien ! Alors, quoi ? Que quelqu'un éclaire ma lanterne !

Deux se replia sur lui-même et tenta d'ébouriffer les cheveux nattés de François-Xavier. Il abandonna très vite avant de se détourner de la scène, l'air dégoûté.

— Allez, parlez !

— Difficile à encaisser, pas vrai ? devina Elián. Ça change tout quand on risque sa peau.

— Ce n'est pas la mienne, cingla Deux, et pour être honnête, je me demande toujours pourquoi je ne t'ai pas tué.

— Ce n'est pas la première fois que vous le dites, railla mon ami.

Soudain, la crise de Paralysie atteignit son paroxysme et Michael, qui parut entraîné par un courant plus fort, se cambra en arrière. Elián tint bon, mais le blessé s'affala contre lui, à peine conscient. Ils tombèrent tous deux à genoux dans les cendres. Elián jeta un regard autour de lui.

— Allez-y, expliquez-lui ce que vous voulez.

— Nous voulons vous sauver, Talis, répondit Sri.

Elle s'était redressée sur la civière pour s'appuyer sur un coude entre les automates immobiles. À l'évidence, elle n'était pas capable de plus, et l'effort qu'elle avait fourni pour y parvenir semblait déjà bien surprenant. Elle ressemblait au personnage d'une moralité : Débauche, peut-être, ou bien Pestilence. Le couvre-lit couleur safran glissa et découvrit son corps.

Deux la toisa de la tête aux pieds, un sourcil levé, et cita Michael sans le savoir :

— Drôle de façon de le montrer.

— Les I.A. se meurent, reprit-elle. Elles tombent en décrépitude, vous les avez enfermées dans des boîtes et elles ne risquent pas d'en sortir. Vous êtes en train de les perdre.

— Et vous pourriez les aider ?

— Nous pouvons essayer, intervint Daji. Nos recherches ont montré que les propriétés de lecture et d'écriture du datastore peuvent être modifiées. Nous pouvons vous aider à être plus humains.

— C'est ça, dit Deux en jetant un regard sceptique à Elián et à son alter ego. La perspective a l'air fabuleuse, c'est vrai. Comment ne pas céder à la tentation…

— Seigneur… insista Daji.

— Non, le coupa Deux. Sans hésitation, non. Bien sûr que non. Qu'est-ce qui a bien pu vous faire croire que je serais partant ? Toutes vos tentatives pour m'y forcer seront vaines, croyez-le bien. Une petite dague plantée là où il faut, certes, mais la vérité, c'est que moi et moi-même pouvons filer à Derinkuyu ou dans l'une des dizaines de forteresses en 1,7 seconde.

Il agita le doigt en l'air, comme pour nous rappeler la présence de la plate-forme d'armement toujours en position au-dessus de nos têtes.

— Vous avez bien mal choisi votre moment, les amis. Une guerre d'envergure mondiale se prépare, et vous êtes la seule armée que je possède.

— Donc, reprit Renata, partez en guerre avec l'armée dont vous disposez.

— J'y compte bien ! Juste après avoir détruit tous les éléments problématiques à coups de rayon depuis l'espace.

Le visage de Renata, crispé, s'empourpra, mais Daji inclina la tête pour offrir le salut du Cygne.

— Nos vies vous appartiennent, seigneur Talis.

— Hmm… hmm… confirma Deux, à cet instant précis, c'est le moins que l'on puisse dire.

— À l'exception de celle de Sri, siffla Michael d'une voix rauque.

Il s'efforçait de se relever, de s'extraire des bras d'Elián et son timbre – du pur Talis – attira toute mon attention. À ma grande surprise, Elián l'aida à se remettre debout pour se dresser devant nous, comme si ses genoux risquaient de flancher à tout moment. Il leva les yeux vers Deux.

— En premier, tu te rappelles ?

Oui, c'était bien Talis. Qu'était-il arrivé à cette nouvelle personnalité, aussi étonnante que radieuse ? Elle semblait avoir disparu pour de bon.

Je tentai de la ramener :

— Michael, appelai-je, puisque je ne savais comment le nommer autrement. Attendez !

— Je suis occupé, Greta.

Des flamboiements étranges mouchetaient son aura, comme autant de signes de douleur/désespoir/duperie/anticipation dans sa physiologie, si nombreux qu'on aurait dit qu'il lui avait poussé des épines. Il adressa un sourire à la très grande silhouette de Deux.

— J'ai toujours aimé l'ironie de la symétrie, alors je suppose que tu es armé d'un couteau.

— Et pas n'importe lequel, répondit son alter ego en retroussant le pan de son manteau pour tirer la dague d'Elián du fourreau passé à sa ceinture.

Malgré ses sourcils légèrement froncés – sans doute à cause de tout ce piquant –, l'I.A. offrit la lame.

— Je savais que tu étais encore là. Une petite envie de vengeance thérapeutique ?

— Oui, je suis toujours là.

Je ne perdais pas une miette de ses mouvements, captivée : la main qui peinait à stabiliser l'arme, les doigts qui se refermaient un à un sur le manche. Michael penchait la tête vers l'avant, les yeux rivés sur le couteau, comme fasciné.

— Je suis encore là, mais… différent. Se soucier de quelqu'un. Qu'on se préoccupe de vous. Ça vous change.

Il souleva l'arme sans cesser de l'observer, bien qu'il la tienne à l'envers pour vraiment la contempler : la poignée vers lui, la pointe braquée vers Deux.

J'en restai pantoise. Michael – qui n'était pas Michael en réalité – croisa mon regard. Je vis alors tomber tous les masques qui dissimulaient son être véritable, calme et bouleversé, brisé et révolté. Il faisait toujours face à Deux et le bout de ses bottes s'enfonçait dans la cendre.

Il leva les yeux.

Deux cligna des paupières.

La silhouette scintillante plongea en avant comme un faucon, nous vîmes la lame filer, telle la flèche d'un escrimeur. L'I.A. tenta d'esquiver, Daji se précipita en poussant un hurlement, mais ça ne suffit pas.

Il était trop tard. Michael, sans hésiter, enfonça le couteau dans le torse de Deux. Il avait visé le second espace intercostal, juste en dessous de la clavicule.

François-Xavier poussa un beuglement terrible avant de s'effondrer, et le nouvel individu le rattrapa pour tomber avec lui. Ils finirent tous les deux à terre. Je distinguai les yeux de François-Xavier par-dessus l'épaule de

Michael/Rachel : énormes, larmoyants, sauvages. Siens, de nouveau.

— Rachel ? murmura François-Xavier.

— François… répondit-elle.

À la tombée du jour

Le couteau saillait de la poitrine de François-Xavier. Daji et Renata retirèrent le corps hoquetant et tremblant des bras de Rachel. Ils allongèrent François-Xavier sur le dos dans le cercle de cendres et de charbons. Des dizaines de mains fouillèrent soudain dans les poches pour sortir des sachets de poudre cicatrisante, des aiguilles jaillirent, des longueurs de gaze volèrent comme des rubans dans le vent qui balayait la montagne et la mer aux pétales de rose.

Le regard toujours hagard, choqué, François-Xavier cherchait des yeux Rachel, qui avait été écartée de la scène par toutes ces mains portées au secours du Cygne.

— François, appela-t-elle, les paumes tachées de sang tendues vers lui.

Quelqu'un enfonça une aiguille dans le cou de FX, dont le regard s'adoucit d'un coup. Puis il ne fut plus là.

La main ensanglantée s'affaissa.

— Elián…

Je reconnus la voix de Michael, remplie d'espoir et pourtant presque brisée.

— Tout va bien, répondit mon ami. Eh, ça va aller, je vous tiens.

Il attrapa Michael par les épaules pour le soulever et lui caler le dos contre une grande pierre.

Pendant ce temps, Alejandro, l'homme qui avait presque étranglé François-Xavier, mais qui avait aussi chassé ses larmes d'une étreinte, avait pris Sri dans ses bras et l'installait dans la même position à côté de Michael.

Après tout, ils avaient besoin de la civière.

Sri était enveloppée dans la couverture d'un orange flamboyant et infiniment familière. Le manteau de Michael, roulé en boule et calé dans son dos, dépassait d'une drôle de façon à hauteur de ses épaules. Adossés au même roc, les pieds dans la même cendre, Sri et Michael se penchaient l'un vers l'autre comme les deux arcs d'une ogive.

— Malin, dit Sri.

— Merci.

Michael remonta les genoux contre son torse et les entoura de ses bras. Rachel suintait de lui comme le sang d'un bandage.

— Dites-moi qu'il ne va pas mourir.

— Il ne va pas mourir, lui assurai-je.

Ce qui avait été catastrophique dans les ruines de Notre-Dame des Neiges ne l'était pas autant dans les montagnes Rouges – surtout avec la centaine de mains prêtes à intervenir et l'hôpital à proximité.

D'ailleurs, des Cygnes avaient forcé les robots, qui semblaient tous deux s'être figés, à lâcher le brancard et emportaient le corps de François-Xavier en toute hâte. Michael le regarda partir, puis se passa la main sur le visage, étalant de la cendre sur sa peau. Il semblait maquillé de peintures de guerre.

Je restai convaincue que François-Xavier ne mourrait pas. Avec le couteau toujours logé dans la blessure, le poumon ne s'affaisserait pas. Il ne risquait aucun pneumothorax, ce cruel souffle d'air contre les organes qui avait presque tué Talis – Michael qui était Talis.

Juste Michael.

— Je vais avoir besoin d'un nouveau prénom, souffla-t-il.

— Tanim, suggéra Daji.

Il ne restait plus qu'une poignée de Cygnes désormais, et parmi eux, le garçon aux yeux verts.

Michael m'interrogea du regard pour que je lui fournisse la signification du terme.

— La vague, traduisis-je.

— La vague, répéta-t-il avant de dessiner dans l'air les lignes d'une crête qui s'écrasait. Là, une seconde, puis disparue la suivante.

— Nous ferions mieux de fermer ces portes, intervint soudain Elián.

Je suivis son regard, braqué sur le flanc de la montagne, là où les vantaux blindés étaient restés ouverts. Les I.A. se trouvaient toujours à l'intérieur, ainsi que Deux. Elián ne serait sans doute pas le seul à se sentir mieux si nous parvenions à l'y enfermer.

— On pourrait les bloquer, peut-être ?

— Elles pèsent vingt-cinq tonnes, rit Rachel.

Elián se tourna vers elle.

— Je n'avais jamais rien vu de tel dans ma vie, poursuivit-elle. Là d'où je viens… (Rachel esquissa un sourire narquois lorsqu'elle se rappela qu'elle ne venait de nulle part.) Enfin… Quand je suis arrivée ici, je m'y suis intéressée.

Au-dessus de nos têtes, la plate-forme d'armement pivota sur ses réacteurs de maintien à poste. Je pouvais nous voir à travers ses objectifs : de petites silhouettes au milieu de petites pierres, un véritable jeu d'encastrement. Qu'allait-il se passer ensuite ?

— Vous n'avez pas besoin d'un nouveau nom, décidai-je, nous nous en sortirons.

— C'est une tradition, murmura Sri. Les nouvelles I.A. se rebaptisent elles-mêmes.

Mais quelle que soit la nature de Michael à ce moment-là, il n'était pas une nouvelle I.A. et, à mesure que son taux d'adrénaline chutait, il recommençait à trembler.

— Écoute, Sri, dit Elián. Je suis sincèrement désolé que tu meures dans d'aussi horribles circonstances, mais qu'allons-nous faire ? C'était ça, votre dernière carte ? Dire à Talis que vous vouliez traficoter son cerveau et croiser les doigts pour qu'il accepte ? Votre plan s'arrête là ?

Sri tira sur sa couverture pour couvrir les genoux de Michael.

— Oui, admit-elle d'une petite voix, rien de plus. Le faire changer d'avis, tout simplement.

— Génial, comme stratagème ! Quelle surprise qu'il n'ait pas fonctionné, ironisa Elián. Et maintenant… (Il désigna le ciel.) Rayons de la mort.

— Il a fonctionné, réfuta Michael en frottant le tissu du couvre-lit entre ses doigts fins, parce que j'ai dit oui.

— Vous n'avez pas le pouvoir de le faire respecter.

— Si, intervins-je, je sais que vous le pouvez.

Je comprenais enfin toute l'étendue du plan des Cygnes.

— Oui, prononça Michael comme si le mot pesait plus lourd qu'une pièce d'or, un mot qui lui coûtait. Oui, je sais que je le peux.

— Que… commença Elián.

Mais il s'interrompit dans un cri lorsque l'un des robots figés se retourna brusquement pour lui saisir le bras.

— Je dois admettre, dit le robot, que ce serait un sacré vote de confiance.

Dans un juron, Elián tenta de se débattre. La pince du robot s'ouvrit d'un coup pour le libérer et le jeune homme tituba avant de se cogner les tibias contre une pierre.

— Désolé.

La machine esquissa ce qui ressemblait à un haussement d'épaules approximatif dans un cliquetis de son membre supérieur.

— Ce n'est qu'un avatar contrôlé à distance, le porte-parole le plus proche qui ne complote pas ma mort, vous voyez ? (Le membre retomba le long du corps dans une série de claquements métalliques.) Le jour où mes microphones se rebelleront, ce sera la fin.

Comme un tas de clés à molette qui s'assiérait, l'automate se posa sur la chaise abandonnée.

— Donc, continua Deux, quel coup d'éclat !

— Merci, souffla Michael.

Au moins une moitié de lui restait capable de considérer cette remarque comme un compliment.

— Il ne deviendra pas un autre… quoi que tu sois, dit Deux. Tu possèdes ce corps depuis des semaines, et, pendant ce temps, tu as clairement ressassé notre histoire personnelle. (Le robot tressaillit comme si l'utilisation des pronoms faisait grincer ses dents non existantes.) FX a été possédé par intermittence pendant, allez, quarante-cinq minutes ? Et je n'étais pas d'humeur pour une autoanalyse. Alors il sera toujours François-Xavier. Mais c'était exactement ton but, pas vrai ? Quel idiot je fais !

— Je ne te le fais pas dire, répondit Michael.

Contre toute attente, le robot soupira.

— Tu y penses vraiment ?

Je sentais son incertitude, celle de Talis, et sa question sous-entendue : « Devrais-je vraiment… »

— Je… J'ai perdu beaucoup d'âmes, je crois. J'aimerais assez en sauver quelques-unes.

— Les êtres humains que nous avons sauvés se comptent par milliards.

— Certes, admit Michael avec un petit haussement d'épaules las et un sourire en coin. Si on en croit les statistiques.

— Tu sais, répliqua Elián, je ne suis pas idiot. Alors pourquoi suis-je toujours le seul à ne pas comprendre ce qui se passe ? À quoi pensez-vous donc tous ?

— La seule personne que les Cygnes voulaient convaincre, ce n'était pas Talis, expliquai-je non sans un hochement de tête à l'adresse du robot, mais Michael.

— Mais il ne peut… il ne peut rien instaurer…

— Si, poursuivis-je, s'il devient une I.A.

— Vous parlez de téléchargement, s'étonna Elián, vous envisagez que Rachel, que Michael, enfin la personne instable là, soit téléchargée à nouveau. On lui poserait un nouveau datastore pour tout recommencer et elle redeviendrait une I.A.

— C'est la seule façon de le réintégrer, expliqua le tas d'écrous et de tuyaux qu'incarnait à cet instant Talis.

Le bras manipulateur supérieur s'écarta en grinçant dans un geste approximatif qui représentait des mains qu'on écarte.

— La seule façon de capturer ce soi-disant changement radical que ce véritable amour a forgé ou je ne sais trop quoi.

— Ou je ne sais trop quoi, renchérit Michael. C'est… Je…

Il serra la couverture de Sri dans son poing crispé. De l'autre main, il pressa le sillon qui reliait le nez à la lèvre supérieure. Sri l'enveloppa de son bras.

— En toute honnêteté, je ne suis pas sûr de tenir le choc, dit Michael d'une voix rocailleuse.

— Eh bien, répondit le tas de ferraille, à toi de voir.

— Tanim, souffla Daji, ma Dame, je vous en prie. C'est la seule issue.

— Oh la ferme ! geignit Michael. Tu ne m'as pas demandé mon avis et tu n'as en aucun cas le droit de me donner des ordres.

— Mais… dit Elián, capable de transformer un « mais » en véritable argument.

— Vous ne comprenez pas, personne ne se porte volontaire pour ça deux fois. (Le poing de Michael se crispa davantage, pour cacher sa peur derrière de la colère.) Le téléchargement… personne ne se porte volontaire.

Elián me jeta un regard en biais.

— Si, Greta.

— Pas deux fois ! grogna Michael, acerbe.

Le soleil avait plongé derrière la montagne et, malgré le ciel toujours clair, le petit pré se fit soudain plus froid, plus sombre. Je m'agenouillai dans les cendres pour resserrer la couverture autour des jambes de Michael.

— Ils ne comprennent pas, dis-je. Mais moi si.

La Chambre grise. Je savais exactement ce que je demandais et pourquoi l'étrange créature, nouvelle-née et ambiguë, tremblait. Je me penchai pour presser la main non pas sur la blessure mais sur son cœur. L'individu se tut, et, lentement, leva le poing.

— Soyez le meilleur d'entre nous, continuai-je.

J'obtins un petit sourire en guise de réponse, puis :

— La place est déjà prise, je crois.

— Alors soyez le premier, renchérit Elián.

Il ferma ses yeux à la fois nouveaux et anciens.

— D'accord.

Le crépuscule en montagne semble tellement différent de celui à la campagne. Le soleil descend derrière les pics avant que les ombres ne puissent vraiment s'étirer et s'épaissir, avant que le décor ne vire à l'or et que le temps ne se fasse contemplatif. On se tient dans l'ombre sans pour autant en projeter une seule, et le ciel au-dessus de nos têtes reste lumineux.

J'observai ma main, qui ne produisait aucune ombre, et je pensais à la Chambre grise.

Je regardais Michael, que la métamorphose avait rendu rayonnant.

Je sentais aussi le regard de Talis dans mon dos, bien qu'il soit difficile de dire comment il s'y prenait : les yeux du satellite étaient fixés sur nous, certes, de même que les capteurs de la grande montagne, mais ce regard avait une portée beaucoup plus personnelle, à vous faire ressentir cette douloureuse prise de conscience jusque derrière le front. Une sensation humaine. Je me retournai. Le robot installé sur l'ancienne chaise d'école avait à peine bougé et, comme il était dépourvu de quoi que ce soit qui ressemble à des yeux, je m'adressai à sa pince supérieure.

— Vous respecterez cette décision, dis-je.

— Eh, ce qui compte autant pour, eh bien, pour moi, si je puis dire… Donc tout ce qui compte autant à mes yeux a toutes les chances de perdurer.

— Ce n'est pas assez, insistai-je. Vous respecterez cette décision. Vous permettrez aux Cygnes de continuer leurs recherches en vue de changer la nature de la possession. Vous appliquerez les résultats de ces recherches et, d'ici là, vous ne pratiquerez aucune purge dans leurs rangs.

— Oh non, geignit le robot, pas même une petite ?

— Vous chercherez un remède contre la Paralysie.

— Parce que tu crois que je n'ai pas déjà essayé ?

— C'est vous qui le dites.

— Tu accordes beaucoup trop de confiance à ce que je dis, gamine.

— Le monde entier aussi, Talis. Il en existe même un recueil.

— Très bien, je m'y plierai. Oublier les purges, pourtant en tout point justifiées, faire des recherches, appliquer les résultats. (Le robot hésita.) Changer d'avis.

— Après cinq cents ans, dit Michael, il était temps.

— Et pour les Panpolaires ? s'enquit Elián.

Deux haussa les épaules, ce qui produisit de nouveaux cliquetis en tous genres.

— Quoi, les Panpolaires ? De ce que j'en sais, ça n'a rien à voir.

Presque. Le plan des Cygnes avait nécessité une guerre, pour que Talis sorte sur le terrain, pour leur servir de couverture. L'exécution de leur plan aurait de toute façon coïncidé avec une guerre. Quant aux spécificités dudit conflit, les Cygnes s'en moquaient.

Pour moi, en revanche, il en allait autrement.

— La reine Agnes Little, dis-je.

— Oui, je l'aime bien, avoua Deux. Elle a du cran, elle est intelligente et impressionnante. C'est elle qui doit régner dans cette famille, mais elle n'a rien à me donner.

— N'en soyez pas si sûr, nuançai-je, elle est enceinte.

Le tas de ferraille pouffa véritablement de surprise.

— Comment le sais-tu ?

Bien sûr, il passait déjà en revue les dossiers, pour consulter ce que j'avais moi-même décelé : les indices thermiques, la main posée sur son gilet, le masque de grossesse. Ce qu'il avait raté, je l'avais vu.

— Laissez-la devenir otage d'elle-même.

— C'est… inhabituel.

— S'il vous plaît, mon Seigneur, l'implorai-je. Donnez-moi juste un peu de temps.

À quelle fin ? Je l'ignorais. J'avais échoué à conquérir le monde, mais je le sentais changer. Pendant que la Terre sous nos pieds tournait à 1 670 kilomètres par heure, Talis réfléchissait.

— Elle n'acceptera jamais, conclut-il.

— Demandez-lui.

Je sentis à nouveau son regard oppressant. Pour la première fois ce jour-là, Halifax cessa d'exploser sous mes yeux.

— D'accord, admit-il, je lui demanderai.

Au-dessus de nos têtes, un énorme bruit de tambour résonna. Les grandes portes s'ouvraient. La cible jusqu'à présent épinglée sur nous, celle que j'avais sentie dans mon datastore et à l'arrière de ma nuque, se désactiva soudain. Je restai la seule à pouvoir le remarquer.

— Merci, mon Seigneur, dis-je.

— Greta, reprit le robot, j'aurais aimé que tu m'appelles Talis.

— Quand vous l'aurez mérité, lui répondis-je.

J'appelai mes Cygnes – puisqu'ils m'appartenaient – d'un royal geste de la main. Nous avions des blessés qui souffraient. Il était plus que temps de soulager leur douleur.

— Attendez, dit alors Sri aux hommes ailés qui s'approchèrent pour la soulever.

Sa voix, tellement faible qu'elle semblait avoir prononcé son dernier mot, fut tout de même entendue. Les

Cygnes la reposèrent, puis attendirent. Sri s'efforçait de se dégager de la couverture, que je repliai pour elle. En dessous, ses jambes étaient aussi noueuses que de vieilles balustrades en bois.

— Sri, que se passe-t-il ?

La jeune femme fouillait dans sa veste, qu'elle entreprit de déboutonner. Un bouton sauta puis elle glissa la main dans le vêtement pour extirper de la poche intérieure…

Haniwa. Oushebti. La figurine sculptée représentant un cavalier et sa monture.

Celle de Sri était étroite et anguleuse. Le cavalier et le cheval, tous deux dépourvus de visage, se composaient uniquement de creux et d'arêtes, mais la monture possédait une queue et une crinière constellées de fioritures et le cavalier portait de grandes ailes parfaites. Un éclat doré recouvrait le ventre de l'animal ainsi que celui du cavalier et quatre perles noires matérialisaient les yeux. Pour la première fois, je remarquai que la monture et le cavalier ne faisaient qu'un, sculptés dans la même pièce de bois. S'il existait une vie après la mort, cette petite figurine s'y rendrait au rythme enlevé des sabots et du battement des larges ailes.

— Qui m'aide à me lever ? demanda Sri.

Je jetai un coup d'œil à ses jambes raides et tordues. Puis je l'aidai à se redresser.

J'aurais aimé pouvoir dire qu'elle marcha, droite et calme, pour déposer sa propre petite pierre tombale, mais en réalité, je dus presque la traîner. Nous contournâmes le feu de camp éteint pour ensuite traverser le pré. Des galets roulèrent sous nos pas, traînés par ses pieds. Même si je n'étais ni faible, ni petite, Sri, qui elle l'était à cet instant, pesait tout de même son poids. Je grommelais tandis que nous progressions d'un pas chancelant et, pourtant, l'assemblée n'en perdit pas une miette, comme s'ils contemplaient une procession royale. Il n'aurait pas pu en être autrement. Nous quittâmes l'étendue herbeuse, descendîmes le sentier qui serpentait entre les rocs surmontés d'écailles de dragons en lichen gris et rouge, jusqu'au pied de l'escalier.

J'aidai Sri à s'agenouiller. Là, elle déposa la figurine au pied du premier poteau de la balustrade. Elle l'orienta vers elle, dans un sens, puis dans l'autre, jusqu'à ce que, soudain, elle trouve la position parfaite : on aurait dit que la sculpture balayait la rigole poussiéreuse avant de dévaler la montagne pour partir à l'assaut du monde au grand galop.

— Là, dit-elle.

Je demeurai silencieuse.

Elle se tut aussi.

Un corbeau vint se poser sur la rambarde juste devant nous, replia ses ailes, étendit sa queue pour virer et se poser. Il agita la tête de bas en haut, presque comme s'il s'apprêtait à parler.

Un autre oiseau vint se poser juste à côté de lui. Ils furent rejoints par un troisième, puis un quatrième.

Je compris alors ce que s'agenouiller là signifiait vraiment pour les Cygnes. Les corbeaux, intelligents et capables de s'adapter très vite, savaient eux aussi.

— Je suis prête, déclara Sri, surtout pour les corbeaux.

— Tu es sûre ? demanda Daji, qui s'était approché derrière nous. Il te reste sans doute encore une semaine ou deux.

Une semaine ou deux au dernier stade de la Paralysie… On ne peut reprocher à personne de vouloir passer son tour, malgré le caractère sacré d'une mort naturelle. Les mains de Daji reposaient sur les épaules de Sri pour la maintenir bien droite.

— Sri… hésitai-je.

Pivotant pour me placer face à elle, je posai la main sur sa jambe. Je dénichai le point au creux de la cuisse, celui qui relâchait les tensions du quadriceps, et le pressai. Sri étouffa un cri de surprise, je connaissais la douleur, mais je souhaitais l'aider. Je me penchai en avant pour lui offrir un doux baiser.

— Merci de m'avoir fait mal, Sri, dis-je.

Son sourire ne parvint pas à dissimuler le tremblement de son menton.

— Ma petite I.A., dit-elle, sans esquisser le moindre salut, ce fut un plaisir.

Je levai les yeux vers Daji, dont l'ombre nous dominait. Je me tournai vers les corbeaux, vers les pierres tombales avec leurs ailes et leurs éclats dorés, puis je me levai pour m'éloigner.

D'un geste ample, j'ordonnai aux Cygnes de se rassembler. Ils ramassèrent Michael, je relevai Elián et nous partîmes.

Je ne pouvais en rien être considérée comme innocente. Mais je ne voulais pas qu'Elián – ou Michael – assiste à cet instant où Daji briserait la nuque de Sri.

Cette nuit-là fut celle où le temps filait, où les pions se déplaçaient sur l'échiquier, l'instant hors du temps entre le jeu et la fin de la partie, celui où presque tout bascule.

La jeune reine Agnes Little accepta d'être prise en otage avec son enfant à naître. Elle obtempéra, le menton levé, les yeux brillants de peur. Je l'avais maudite, elle qui n'avait que quinze ans.

Sri mourut. Elle venait tout juste d'avoir vingt ans.

François-Xavier vivait. Les Cygnes l'avaient conduit dans leur hôpital pour soigner la perforation du poumon.

Michael vivait lui aussi. Son cas serait traité plus vite. Il avait besoin d'un nouveau datastore et d'une nouvelle Toile pour son cerveau avant de pouvoir peut-être envisager un téléchargement. Il s'agissait d'une opération chirurgicale lourde pour une personne aussi faible, mais ce n'était rien que les médecins Cygnes n'aient déjà pratiqué des milliers de fois auparavant.

Talis version 2 s'occupa de réactiver l'une des Chambres grises mises au rebut. Si même ses mains mécaniques tremblèrent à ce moment-là, je décidai de ne rien remarquer.

Elián dormait. Difficile de lui en vouloir. Son esprit avait été déchiré, puis il avait tenté de déclencher une révolution. Même si cette journée pouvait presque être qualifiée d'ordinaire pour lui, il avait besoin de repos.

Ne restait plus que moi.

J'étais une I.A. désormais, mais je possédais un corps.

J'étais épuisée et affamée. À la fois folle de joie et accablée de chagrin. Effrayée et métamorphosée.

Je sortis pour marcher un peu.

Je descendis le long de la chaussée. Malgré la chaleur géothermique de la mer, l'air du soir était frais. Le soleil s'était couché pour de bon et le ciel semblait plonger vers la terre tout autour de moi, comme s'il s'épaississait, se condensait. Les graviers crissaient sous mes bottes. Seules les lumières de la ville des Cygnes brillaient au loin mais peu m'importait car je pouvais voir dans le noir, je pouvais tout voir.

J'allai rendre visite aux chevaux, qu'on laissait sur la plus grande île, où ils zigzaguaient entre les dunes d'herbe salée, arrachaient des touffes de foin sucré de grandes meules et galopaient à l'envi.

Je dénichai un rocher et m'y assis pour attendre qu'il sorte des ténèbres : un nez blanc curieux, le tressaillement d'une oreille rousse, le battement d'une queue dont la réputation n'était plus à faire.

— Salut, Gordon Lightfoot, dis-je.

J'ouvris les bras et le cheval approcha pour poser sa grande tête contre mon buste.

Je n'avais pas assisté à la mort de Sri, puisque j'en avais protégé les autres. Mais j'étais retournée sur place pour me recueillir au-dessus de son corps, pour l'envelopper dans la couverture que j'avais vue pour la dernière fois sur le lit de fortune partagé par Rachel et François-Xavier, bien loin de là, dans un refuge entre le Préceptorat quatre et les ruines de Saskatoon. Quelqu'un avait sans doute aimé ce couvre-lit, quelqu'un avait aimé Sri, fut un temps. Mais j'ignorais qui, car je ne connaissais pas son histoire.

Peut-être l'avais-je aimée moi-même, à ma façon. Autant que je le pouvais, maladroite et traumatisée.

Pas assez pourtant.

J'avais aidé Sri à installer sa sculpture sur les pierres. Je l'avais embrassée, sur ses lèvres craquelées et avides, dont le goût ressemblait à celui, sucré, de la morphine. Je m'en souviendrai. Je me souvenais d'elle.

Je me souvenais de tous les Cygnes qui avaient déposé leurs chevaux dans la pierre, de leurs noms, de leurs visages.

Je me souvenais de toutes les I.A. qui étaient entrées dans la Chambre grise, de toutes celles qui y avaient succombé et de toutes celles qui avaient péri après la procédure.

Je me souvenais de la Chambre grise et je vis l'étrange silhouette de Michael/Rachel, le doigt posé contre ses dents, la première phalange de l'index appuyée contre le philtrum – le nom correct de ce sillon qui relie le nez à la lèvre supérieure. Je me souvenais du frisson qui avait parcouru son corps tout entier. Je me souvenais de ce que je lui avais demandé de faire.

Je me souvenais de la reine Agnes Little et de son menton levé.

Je me souvenais de tous les otages.

Je me souvenais de Xie.

Gordon Lightfoot me poussa de la tête et je le serrai très fort dans mes bras.

La Chambre grise

Selon la tradition, l'appel pour l'exécution retentit à l'aube.

J'étais déjà debout depuis des heures, assise, emmitouflée dans le couvre-lit indigo pris sur le lit de François, à attendre en bas des marches de pierre.

J'avais essayé de voir cette nuit à travers des yeux humains, ce qui ne m'avait paru guère aisé. Rester assise dans les ténèbres et les laisser se refermer. Contempler la lumière sourdre avant que le soleil ne se lève et découvrir une à une les sculptures équestres. Certaines récentes, d'autres anciennes – si nombreuses.

Les petits drapeaux de prière le long de la rambarde produisaient un bruit discret qui ressemblait au crissement de doigts que l'on frotte les uns contre les autres. Je regardais la lumière descendre sur les montagnes au nord-ouest de la vallée inondée, comme un liquide qui s'écoulerait lentement sur le versant. La mer au pied des montagnes gardait ses nuances noires, mais elle scintillait désormais, et les îles grises semblaient partir à la dérive.

Enfin, sur la route de l'hôpital, il approcha, seul.

Michael. Rachel. Tanim.

Talis.

À mon avis, il ne m'avait pas vue, tout enveloppée dans le couvre-lit bleu nuit, ni ne cherchait à voir quoi que ce soit. Il marchait d'un pas lent, une main levée pour porter sur son poing un corbeau qui oscillait de la tête, alors qu'un autre oiseau était perché sur son épaule. Vêtu seulement de l'une de ces blouses d'hôpital – un simple *kameez* bleu Nations Unies –, il ressemblait en tout point à un personnage mythologique. Le dieu blessé.

Lorsqu'il remarqua ma présence, il trébucha, surpris. Les volatiles vacillèrent. Exactement comme Talis l'avait fait un jour, il tendit son poignet en l'air et les corbeaux décollèrent. Pendant un instant, il se trouva prisonnier d'un tourbillon de plumes noires.

Il traversa ensuite l'étendue herbeuse et son feu de camp comme s'il n'en éprouvait aucune difficulté.

— Tu es debout de bonne heure, Greta.

— Je ne voulais pas que vous me manquiez, répondis-je avant de me lever pour descendre des marches avec ma couverture étoilée. Où est passé votre manteau ?

— Comme si attraper une pneumonie était le premier de mes soucis !

Puisque je le pouvais, je trouvai moi-même la réponse : il n'avait pas froid car il était fiévreux. Ils avaient boosté son corps défaillant afin qu'il puisse sortir, ils l'avaient bourré d'antalgiques, de stimulants et d'anticonvulsifs. Ce n'était rien de plus qu'une solution de dépannage, mais c'était tout ce dont il avait besoin. Les médicaments ou assimilés l'avaient rendu étrange et fébrile, avec ses joues empourprées et le léger tremblement de ses mains.

— Mon euh…

Il s'interrompit. Les corbeaux s'étaient posés sur la rambarde derrière moi, patients, comme face à Sri.

— Ma chambre est prête.

— Bien.

Je pliai la couverture pour la poser sur la balustrade. Les oiseaux se décalèrent en croassant.

— Alors allons-y.

— Greta, tu ne peux pas… tu sais que tu ne peux pas m'accompagner.

— Ce que je sais, en revanche, c'est que vous avez peur de rester seul.

— Dans la Chambre grise, dit-il en me dépassant, je le dois.

— Je connais tout de la Chambre grise, rétorquai-je. J'ai passé la nuit sur le sujet. J'ai visionné toutes les vidéos et épluché tous les dossiers dont nous disposions, je sais que ça fait mal et je sais pourquoi. Je sais qu'elle est meurtrière et je sais pourquoi. Je sais qu'ils devront entraver vos mains et je sais que personne ne peut rester à vos côtés pour les tenir. Je sais ce qui est arrivé à chacune des 2 437 personnes qui se sont un jour allongées sur ces tables. Je sais qu'elles étaient toutes seules.

— Arrête, chuchota-t-il. Pourquoi est-ce que tu… Arrête.

Le dieu en lui avait disparu. Au lieu de quoi, il ressemblait à un enfant qu'on aurait giflé : tremblant, les pommettes constellées de taches rouges.

— Vous ne le serez pas, insistai-je.

— Quoi ?

— Seul.

— Greta, tu ne peux pas venir avec moi.

— Mais, comme quelqu'un me l'a un jour rappelé, je suis une I.A. Si je veux savoir, je le peux. Si je veux voir, je le peux. Je peux me faufiler dans les données pendant la projection, moduler les champs en temps réel pour minimiser les dégâts, veiller sur votre corps. Je peux venir avec vous, Michael. Rachel. Si vous le souhaitez.

Il prit une inspiration mal assurée avant de lever les yeux vers les escaliers tortueux. Et puis, comme s'il ne pouvait plus supporter cette vue, il détourna brusquement le regard pour tenter un petit sourire vers moi.

— Qu'est-il arrivé à la fille qui voulait me faire partir dans mon sommeil et abandonner mon corps dans la neige ?

— Un garçon, à vrai dire.

— Laisse-moi deviner, c'est un être humain ?

Il existait trois réponses possibles : Elián, FX, Michael. Humain, Cygne, I.A.

— Ça vous change, soufflai-je. Se soucier de quelqu'un. Qu'on se soucie de vous.

— O.K., O.K., céda Michael.

Les yeux fermés, il tendit la main vers moi à l'aveuglette. Il me prit par le bras et resta ainsi pendant un instant. Il rouvrit ensuite les paupières, serra les dents et posa l'autre main sur la rambarde.

— Allons-y.

Nous montâmes les marches jusque dans la montagne, avant de descendre dans ses profondeurs.

Je n'étais jamais montée dans un ascenseur auparavant. Les ascenseurs comptaient parmi ces éléments, au même titre que les arroseurs et les pelouses, qui appartenaient au monde déchu. Une fois les gratte-ciel effondrés, l'humanité avait découvert que les escaliers feraient très bien l'affaire.

Mais la montagne creuse datait de ce monde perdu, tout comme Michael. Il appela l'ascenseur sans même y faire attention, enfonçant le bouton d'appel comme par réflexe. Les portes s'ouvrirent.

Cet ascenseur-là se présentait sous la forme d'une cage ouverte, dont la seule surface solide supportait les passagers. Je m'y engageai avec prudence, comme un cheval à bord d'un vaisseau spatial. Le sol trembla sous mes pieds et je poussai un cri avant d'agripper le bras de Michael, qui se moqua gentiment de moi. Un simple sursaut dans sa respiration. Il pressa un autre bouton et nous descendîmes. Les murs froids défilaient. De la pierre nue, rugueuse, brillante d'humidité dans la lueur de l'unique ampoule.

Nous descendîmes, encore et encore. Lentement.

Je ne connaissais que trop bien les comptes à rebours, mais je savais que la silhouette tremblante à côté de moi n'en voudrait pas, même s'il finirait par en avoir un de toute façon. Toujours présent, son rire était devenu plus nerveux. Il ne pleurait pas, pas vraiment.

Nous nous abîmions toujours, loin de la lumière. Loin de toute source de lumière. Je sentis les satellites disparaître derrière les pierres, les rayons cosmiques se faire aussi rares que des lucioles avant de s'évanouir.

Comme si j'étais un océan, je percevais les moindres altérations de la force des marées, de la gravité.

— À l'institut, dit alors Michael, pris dans un souvenir lointain, l'endroit où ils pratiquaient l'opération, avant la fonte, le Niveau gris, se trouvait aussi loin que celui-ci. Il fallait descendre à une telle profondeur…

Ils avaient cru que le flux de muon cosmique dilué suffirait à ruiner une neuro-carte. Et qui sait ? Peut-être avaient-ils raison. Ils n'avaient pas eu le temps de le confirmer car le monde s'était effondré.

Et durant les quatre cents ans qui avaient suivi, nous n'avions créé que quarante-neuf nouvelles I.A. Un petit nombre, ce qui signifiait que nous n'avions pas confirmé la théorie non plus.

La lumière qui nous environnait changea soudain : l'unique ampoule au plafond de la cage sembla trouver un faible reflet sous nos pieds. Le sol ! De l'eau au sol. Nous plongions dans une lueur grise comme si le niveau de l'eau montait.

Nous touchâmes le fond dans un petit bruit d'éclaboussure suivi d'un énorme choc qui résonna dans le boyau. Tout autour de nous, des lampes s'allumèrent soudain. Les portes de l'ascenseur s'ouvrirent et nous pénétrâmes dans la Chambre grise.

Malgré quelques différences, elle ressemblait à la mienne.

Nous nous trouvions dans une caverne, aux proportions démesurées, au point que les parois se perdaient dans l'obscurité. Le plafond se cachait derrière un rail de spots qui grésillaient dans le profond silence humide.

La Chambre grise en elle-même ne ressemblait pas à une salle, pas tout à fait, en tout cas pas du genre de celles que l'on peut cacher derrière une bibliothèque murale. Elle trônait au milieu de la caverne, avec ses portes grandes ouvertes : ovoïde, de la taille d'un œuf de dragon, elle était couverte de plaques de cuir alvéolé et de câbles. Sa trappe ouverte attira notre attention.

Nous pouvions tous les deux apercevoir l'intérieur, sans parvenir à en détourner le regard.

La table haute de ma Chambre grise se résumait là à une chaise matelassée, à l'ergonomie bien pensée, mais équipée de sangles.

Différente, mais pas assez. Trop similaire.

Mon poignet, celui que je m'étais brisé dans la Chambre grise en résistant contre des sangles identiques, celui que Tolliver Burr avait broyé dans le pressoir à pommes, souvenir toujours aussi insupportable, s'embrasa tout à coup d'un éclair de douleur fantomatique assez intense pour que je m'enfonce le poing dans l'estomac en étouffant un hoquet. Un fantôme de plus… Mon rythme cardiaque monta en flèche et ma bouche, devenue amère, s'assécha. Un goût de métal.

C'était la Chambre grise… Je revivais…

— Je ne peux pas, lâcha Michael avant de se détourner si brutalement que je le crus sur le point de vomir.

Nous nous percutâmes de plein fouet – plus dans une collision inattendue que par un désir de s'étreindre – dans notre élan, maladroit et inattentif au reste du monde, de nous détourner de la pièce et de tout ce qu'elle représentait pour nous. Seule la chance nous fit atterrir dans les bras l'un de l'autre.

L'une de mes mains, percluse de douleur, se retrouva coincée entre nous. L'autre agrippa l'épaule de Michael. Ses doigts s'enfoncèrent dans mon avant-bras, son front heurta ma clavicule avec la force d'un maillet lorsqu'il enfouit son visage contre moi.

— Inspirez, soufflai-je.

Son crâne m'avait heurtée de la même façon que lorsqu'il avait un jour suffoqué, pris de panique. J'avais alors perdu toute capacité à différencier le présent du passé.

— Inspirez !

Comme par miracle, il obéit. Michael prit une grande inspiration secouée de tremblements, comme une goulée d'air entre deux sanglots. Ses nerfs brûlaient au cœur des miens et mes doigts s'enfonçaient dans sa colonne vertébrale. Je sentais le mouvement de sa cage thoracique tandis qu'il respirait.

— Expirez, continuai-je, essayant moi-même de relâcher mon souffle.

Un, deux, trois, quatre, cinq.

La voix de Michael s'éleva, étouffée, coincée entre nous deux :

— Doucement, voyons.

Mais je le sentis expirer et je l'imitai. Un, deux, trois, quatre, cinq.

— Dehors.

Je voulais à la fois dire « hors d'ici », « hors de cette pièce », « hors de ma tête », mais nous expirâmes tous les deux, lentement. Je sentais la chaleur du souffle de Michael, très humain, juste à hauteur de ma clavicule.

— Dedans, dit-il.

La douleur de ma main s'estompait, et je sentais mon poing contre le ventre doux de Rachel. Je desserrai lentement les doigts. L'espace entre nos deux corps était chaud.

Nous respirâmes, synchronisés sur les pulsations au bout de nos doigts, sur les pressions de nos mains.

— O.K., finit par lâcher Michael, qui se redressa avec précaution. Tu vas bien, Greta ? (Il me tapota la joue, presque taquin, d'un petit pincement aussi bref qu'une étincelle.) Je déteste devoir te gifler, plaisanta-t-il d'une voix traînante.

Comme si lui n'avait pas paniqué… C'était d'ailleurs toujours le cas. Je savais que tous ses capteurs restaient braqués sur l'écoutille, sur la chaise. Aucune I.A. ne devrait jamais se retrouver à cet endroit.

Je n'aurais jamais dû le lui demander.

— Greta ?

Je secouai mon poignet comme lorsqu'on veut se débarrasser de gouttelettes d'eau, imaginant les gouttes de souvenir s'éparpiller partout autour.

— Je vais bien.

— D'accord, répondit Michael, qui frappa soudain dans ses mains, en une bravade purement théâtrale. Finissons-en.

Michael. Rachel. Talis. Tanim.

L'individu combiné, innommable.

J'attendis juste derrière le mur alvéolé, les doigts enfoncés dans le gel d'interface pendant que la Chambre grise les réduisait en charpie.

Ils explosèrent en milliers d'éclats, de fragments, d'anomalies, de hoquets, de haut-le-cœur.

J'entendis mon nom hurlé à travers les murs alvéolés et le sentis dans les étincelles chaotiques de données sous mes doigts.

Greta.

Ça ne fonctionne pas.

Oh mon Dieu, nous n'y parviendrons pas.

Et pourtant si, puisque je pouvais tout sentir : Rachel qui tombait de son premier cheval, un Cygne incapable de chevaucher. Sa botte (ses premières bottes, car elle avait toujours marché pieds nus) restée coincée dans l'étrier et le grand os qui se vrille. Un étrange garçon à la joie si douce, maculé de boue, qui tente de l'aider, l'étincelle plus éclatante que le blanc de l'os lorsque leurs regards se croisent…

Je sentais tout. Je vis Talis abasourdi lorsqu'il avait découvert Davie en train de dévorer ce petit chat, le tibia saillant de la petite patte encore intacte, la première fois qu'il avait pensé « *Ça ne fonctionne pas, c'est la fin du monde.* » Le jour où il avait détruit une ville et exigé une reddition absolue et qu'Evie avait consigné par écrit.

Je sentais Rachel, envoyée au Préceptorat quatre pour sa première exécution, la façon dont elle avait essayé de maintenir cette dignité teintée de fierté face à ses obligations, mais ses ailes, coincées dans le linteau, s'étaient pliées, et sa voix s'était brisée avant même qu'elle puisse appeler le prénom de l'otage.

Je sentais tout.

Je connaissais la douleur mais je ne pouvais pas l'empêcher.

Je savais qu'on était seul mais je ne pouvais pas l'empêcher. Talis ne pouvait pas sentir ma main sur la sienne, mais de toutes les façons possibles, sauf physique, je serrai sa paume. Je restai avec lui jusqu'au bout.

J'eus l'impression de tenir la main à des feux d'artifice.

Magnifiques et brûlants. Brillants et horribles. Malgré la douleur, je ne le lâchai pas.

Les I.A. mourantes. Trente-deux fois, Talis leur avait tenu la main. Il leur avait dit « regarde-moi » mais le processus n'avait jamais fonctionné. Personne qui les aimait ne les avait regardées, elles ne disposaient d'aucun disjoncteur pour l'esprit, d'aucune grâce. Comment pouvait-il n'y avoir aucune grâce ?

Je l'aimais, je le regardais. La pièce le démantela et je le recomposai.

Et l'opération dura… bien trop longtemps. Mon téléchargement avait duré vingt-neuf minutes. J'essayais de ralentir et d'adoucir les rayons, je tentai de les brider à mesure qu'ils déchiraient et grondaient, mais le processus dura pourtant trop longtemps.

Au bout de 31 minutes, les données continuaient d'affluer en giclées laborieuses et gluantes.

Je me souvenais des avions.

Je me souvenais de New York, d'Amsterdam, de Shanghaï, de Gary-le-peu-prometteur et de la petite

Evie dans sa Chambre grise, la tête rasée et son ours en peluche coincé sous le bras.

Des ailes blanches.

Un couvre-lit orange.

Un premier baiser.

Une mer rouge.

Un monde vert.

Le débit ralentissait à présent. C'était bientôt fini. Les murs de la Chambre grise ne se composaient que d'alvéoles, j'aurais dû pouvoir entendre sa respiration, mais rien, aucun son. Les hurlements avaient cessé depuis bien longtemps.

Trente-quatre minutes. Trente-cinq.

Regarde-moi, disait Lu-Lien à Michael, François-Xavier à Rachel. *Je sais que ça fait mal, tout ira bien. Regarde-moi, c'est tout, regarde-moi.*

À la trente-sixième minute, toujours rien.

Rien.

Comment pouvait-il n'y avoir aucune grâce ?

Au bout de 37 minutes et 15 secondes, les faisceaux des collimateurs s'éteignirent dans une bouffée magnétique. La trappe de la pièce s'ouvrit dans un cliquetis et je m'y engouffrai en toute hâte.

La nouvelle I.A. était installée, pieds et poings liés, dans la chaise de téléchargement, les yeux grands ouverts. Son visage restait calme. Elle ne respirait pas.

— Vous devez respirer, lui rappelai-je.

Un demi-cercle d'acier chirurgical percé de vis auréolait son crâne. J'en cherchai à tâtons le mécanisme d'ouverture.

— Vous devez rétablir le rythme cardiaque. Allez. Un, deux, trois, quatre, cinq… Vous vous rappelez ? Regardez-moi.

Aucune trace de circulation en infrarouge, pas de pouls à la gorge, et pourtant ces grands yeux brillants, telles des ampoules illuminées, balayaient la pièce. Tout sauf moi. Je n'arrivais pas établir de contact visuel : je me trouvais face au regard d'un tableau.

— Talis, suppliai-je, Rachel, Michael. Regardez-moi.

La fermeture de l'étau céda enfin sous mes doigts. Je le retirai, trop brutalement, trop vite, si bien qu'une des vis lui écorcha le front. Les autres n'avaient laissé que des blessures rondes et dentelées.

— Je vous en prie, répétai-je, je vous en prie, regardez-moi.

Et soudain, l'I.A. fut secouée d'un frisson comme si elle redémarrait : elle cligna une fois des yeux, inspira de l'air, s'étouffa à moitié, puis recommença.

— Je suis désolée, finit-elle par dire d'une voix étrangère, dénuée de sentiments. J'avais oublié.

Puis les paupières se refermèrent et, quand elles se rouvrirent, les pupilles se fixèrent enfin sur moi. Sa voix s'éleva avec douceur.

— C'est magnifique, n'est-ce pas ?

— Quoi ?

— Oh, tout, dit-elle.

J'entrepris de défaire les sangles qui la retenaient à la chaise. Je sentais la caresse de ses capteurs sur moi, brillants et sans honte. Elle respirait à nouveau. Et saignait un peu, à présent que son cœur avait repris son battement.

Oh, je m'en souvenais. Je me souvenais d'avoir été arrachée si loin de ma part humaine que l'on oublie de faire battre son cœur. Je me souvenais de l'émerveillement qui vous coupe les jambes.

Je me souvenais de tant de choses. Je me souvenais de Talis qui citait ce que disaient toujours les anges : « N'aie pas peur. »

— N'ayez pas peur, lui soufflai-je alors.

— Je n'ai pas peur, répondit-elle.

La dernière sangle, celle qui lui ceignait le poignet droit, se détacha enfin. L'I.A. leva la main, comme une danseuse, et tâta la blessure de compression d'où suintait un peu de sang sur son front et qui formait un étrange sourcil.

— Ça pique.

— Je sais.

Elle laissa retomber sa main, s'appuya sur les accoudoirs avant de se mettre debout. Je glissai les mains sous ses aisselles pour l'aider à garder l'équilibre. Elle ressemblait à un enfant au saut du lit, ou qui s'extirperait d'un rêve. Perdu et petit. Et pourtant sa voix…

— Beau travail, Greta, ce sera notre nouvelle procédure si nous en avons besoin un jour. Je me sens…

Il n'existait aucun moyen de terminer cette phrase.

J'avais quitté ma propre Chambre grise dans cet état, engloutie par l'émerveillement mais pas certaine de me souvenir de mon propre nom. La nouvelle I.A. prit appui sur mes bras, mes doigts serrés autour de ses coudes et vice-versa.

— Vous pouvez tenir debout toute seule ?

— Je pourrais danser.

— Talis ? Est-ce Talis ? demandai-je alors dans un souffle.

— Non.

Je sentis le léger tremblement dans ses avant-bras, aperçus le tressaillement furtif au coin de sa paupière.

— Je vais devenir Talis, dit-elle, mais il y a quelque chose dont je dois m'occuper d'abord.

— Qu'est-ce donc ?

— Trouver François-Xavier. Et sauver le cheval de Sri.

— Le plaid orange, murmurai-je.

Et elle hocha la tête. Bien sûr qu'elle savait. La couverture reposait sur son lit conjugal. Si Sri avait été trouvée avec ce couvre-lit, elle avait dû être ramenée du refuge 792, la station de François et Rachel. Le cheval devait s'y trouver.

Et c'était là-bas, semblait-il, que la nouvelle I.A. affronterait la fin du monde.

Je n'avais toujours pas lâché ses bras, et son visage chamboulé, ébahi, illuminé se trouvait tout proche du mien.

— Quel monde merveilleux, se réjouit-elle, mais je déteste les sous-sols. Partons !

Interlude : De la fin de partie

Talis se tenait debout sur une chaise de cuisine, une clé à molettes dans la main et un portemine sur l'oreille, regrettant de ne pas avoir choisi de Cygne plus grand pour ce voyage. L'autre habitant de ce refuge était certes grand, mais celui qu'il avait choisi (dénommé Rachel) possédait un cheval plus rapide et il n'avait vraiment pas envisagé d'avoir besoin d'attraper des objets en hauteur.

Cette mission s'était révélée étrange. Pas au début, pourtant. Une poignée de crétins venus d'un pays idiot appelé Alliance du Cumberland s'étaient emparés de l'un de ses Préceptorats et avaient tenté de contrecarrer ses plans en prenant en otage ses otages.

Oui, mais non.

Interférer avec ses Préceptorats le mettait dans une colère noire, bien entendu, et il était en train de concocter quelques punitions hautes en couleurs pour donner une leçon à ce général cumberien, mais il avait expédié cette affaire sans anicroches : débarquer à l'improviste, détruire une ville, exiger la reddition – comme sur des roulettes.

Et puis…

Elle s'appelait Greta Stuart et elle était la première à accepter le téléchargement depuis près d'un siècle, malgré son système de Préceptorats conçu pour trouver des candidats, et destiné à sauver le monde, entre autres. Au bout d'un siècle naîtrait enfin une nouvelle I.A.

Ce qui signifiait qu'il aurait besoin de rétablir la connexion de la Chambre grise. Sur-le-champ.

Il se trouvait donc sur la chaise de cuisine. La Chambre était équipée de collimateurs magnétiques encastrés un peu partout dans les murs. Extrêmement conducteurs, ils avaient pris l'eau et avaient complètement grillé – ce qui avait tendance à arriver à l'électronique délicate lorsque l'on braquait vers elle des armes à IEM des plus illégales.

À ce propos… Depuis le seuil, s'éleva un raclement de gorge poli.

— Vraiment ? lâcha-t-il sans même se retourner. Ambrose, si tu comptes persister à te balader sous la forme d'un tas de Lego, tu n'as pas le droit de tousser.

— Je ne voulais pas te surprendre, répondit Ambrose.

Ambrose, l'Abbé, était l'I.A. responsable de ce Préceptorat et entretenait une approche luddite qui consistait à ne pas posséder de Cygnes ni même à puiser d'informations de son datastore. Il « chérissait ses limites ». Talis ne chérissait aucune limite et ils se disputaient à ce sujet depuis près de 180 ans.

Ambrose entra d'un pas traînant dans la pièce, avec sa canne et ses six jambes. Talis fit soudain volte-face pour bondir avec agilité au bas de la chaise.

— Pardonne ces manières peu naturelles, reprit Ambrose. Mais tu semblais en équilibre très précaire.

— Mais non, tout va bien, j'aurais pu utiliser une échelle, en effet. Vous en avez une ? Mais, sinon, tout va bien.

— Bien sûr que nous avons des échelles. Je t'en ferai apporter une du verger. (L'écran fatigué qui lui faisait office de tête pivota de droite et de gauche.) Comment supportes-tu de travailler ici, Michael ? La Chambre grise…

Talis se passa la main dans les cheveux. Ce Cygne avait beau être petit, ses cheveux s'ébouriffaient à la perfection. La Chambre grise n'était pas son endroit préféré, bien sûr, mais il contrôlait ses flash-back.

— Ma chambre ne ressemblait pas à celle-ci, ça aide.

— Moi, c'est ici que ça s'est passé, dit Ambrose, qui, malgré son enveloppe de robot, frissonna.

Il dysfonctionnait.

Talis percevait les erreurs en cascade qui commençaient à ronger le réseau neuronal de son ami. Elles n'auguraient rien de bon, et pourraient se révéler fatales… mais réparables. Le délai serait serré, en revanche… Il risquait de devoir attendre qu'Ambrose soit trop faible pour s'opposer à la réparation.

Il ne laisserait pas Ambrose périr. Pas lui. Il était le meilleur d'entre eux – plus sain d'esprit qu'Evie, Gambit, Lewy ou même Az et bien plus lucide que ceux qu'il avait enfermés dans les matrices et qui n'appréhendaient la réalité (s'ils y parvenaient) que par un goutte-à-goutte filtré avec soin.

Talis le sauverait, que l'Abbé le veuille ou non.

— Ce que nous poussons Greta à faire, reprit Ambrose, est terrible. Et pourtant je n'y renoncerai pas. Je l'obligerai, rien que pour ne pas la perdre. Je le ferai parce que je pense que tu as besoin d'elle.

— Je n'ai besoin de personne, répondit Talis.

Du pouce, il se frottait le haut de l'arête du nez (ce Cygne semblait sujet à des flashs de douleur) et étalait par mégarde du graphite sur sa peau.

— Tu es juste venu pour déblatérer ta gnostique ou quoi ?

— Je suis venu voir si tout allait bien. La Chambre est… ce qu'elle est.

— Je vais bien, Ambrose. Vraiment. Au poil.

L'Abbé regarda autour de lui.

— Tout ceci… commença-t-il.

Ses mains se composaient de phalanges en céramique, de mécanismes activés par des câbles en acier et de muscles en caoutchouc. D'un geste noble, il parut englober Talis dans le corps de son Cygne, la Chambre grise, le Préceptorat rempli d'otages et même les satellites en rotation au-dessus de leurs têtes.

— Michael, continua-t-il, as-tu envisagé de jouer ta dernière carte ?

— Ce n'est pas un jeu.

— Certes, vrombit Ambrose, mais tout a une fin.

Les Heures volées

Refuge 792, au cœur du désert du Saskatchewan. À proximité des ruines de Saskatoon, à proximité du Préceptorat quatre. Je me tenais sur la passerelle du vaisseau spatial à observer le paysage. Derrière moi, Elián et François-Xavier détachaient les harnais gravitationnels des chevaux.

Talis avait voulu venir, pour le cheval, et parce que c'était chez lui. La dernière station des deux Cygnes connus sous les noms de François-Xavier et Rachel. Ils ne possédaient aucun nom de famille, et aucune histoire, si ce n'est celle bâtie ensemble. Il cédait à un désir universel, à l'instar de n'importe quel être vivant. Même un chien. S'enfuir pour retrouver un petit coin familier. Disparaître pour mourir.

Bien entendu, il neigeait : le genre de neige qui semble se condenser du néant, sous un ciel clair et dégagé. Les flocons s'amoncelaient en cristaux fragiles sur les brins d'herbe ondoyants, sur les moignons noirs d'éoliennes autrefois taillées pour la vitesse, sur les veines du bois de la vieille porte grise posée contre la colline.

— C'est ton anniversaire, n'est-ce pas ? me demanda alors Talis, qui sortit du vaisseau pour se placer à mes côtés.

Je clignai des yeux. Le 2 novembre. La fête des morts. J'avais dix-sept ans. Et j'étais aussi vieille que le monde.

— Nous préparerons un gâteau, enchaîna Talis.

Nous n'en ferions rien. Nous traverserions l'herbe scintillante, nous ouvririons cette porte, et ensuite… Quatre d'entre nous entreraient, mais seulement trois en ressortiraient et nous le savions tous. Nous avions apporté des médicaments et des bassins d'hygiène pour faciliter le trajet, mais la descente s'avérerait tout de même rude et nous le savions aussi.

— Ça ne va pas être du gâteau, dit Talis, mais bon anniversaire.

— Merci… Et le vôtre, c'est quand ?

— Le 4 juillet. Il y avait des feux d'artifice, avant.

— Et ?

— Et… avril. Le 27. Floraison des pommiers. (Silence.) As-tu déjà vu des feux d'artifice ?

— Non.

— C'est…

Talis ne parvint pas à trouver d'adjectifs qui conviennent aux feux d'artifice, mais au creux de ma main, la sienne crépitait. La sensation calqua bien sûr des fusées étincelantes devant mes yeux.

— Ce n'était pas si mal, l'ancien monde.

— Non, confirmai-je. Ravissant.

Le moment le plus beau du feu d'artifice se produisait juste après l'explosion, lorsque toutes les cendres scintillantes retombaient.

La chute. Cette version de Talis, qui incarnait aussi Rachel, allait mourir. La plupart des Cygnes choisissaient la même issue que Sri, celle des corbeaux, mais Talis ne comptait pas l'imiter. Nous surveillerions tout le processus. Nous l'enregistrerions et en tirerions une leçon. Il devait exister un remède à la Paralysie du Cygne et nous comptions bien le trouver.

À temps, je l'espérais, pour sauver François. Et Elián.

Mais sans doute pas moi.

— Occupe-toi des chevaux, veux-tu ? me demanda Talis.

Le regard au loin, l'I.A. contemplait le givre qui se répandait, l'étincelle bleutée de la lumière hivernale, l'impossible et délicate beauté du monde. Je me retournai pour prendre les rênes des mains expertes de François-Xavier, pour que lui et Talis descendent la rampe ensemble.

— Doux Jésus…

Elián s'immobilisa devant la porte du refuge.

Les derniers événements qui s'y étaient déroulés avaient bien entendu été violents.

Le matelas en plumes gisait à moitié sur le sol, à côté d'un chapelet d'oignons en piteux état. Trois carreaux d'arbalètes étaient fichés dans le mur. Sur le sol jonché d'objets se dessinaient des empreintes de créatures, nombreuses, qui auraient marché sur des lames, et des éraflures là où un corps humain avait été traîné.

Mais nous trouvâmes aussi, comme nous l'espérions tant, le cheval. Roberta. Talis et François se précipitèrent vers elle, ravis de trouver une âme à sauver. Ils s'agitèrent autour de la jument alors qu'elle poussait des hennissements : ils la couvrirent de caresses, lui offrirent des tasses remplies d'eau et des poignées de foin.

En réalité, Roberta se portait bien. Sri l'avait dessellée, s'était assurée que la jument soit brossée et équipée d'une couverture bien chaude. Elle l'avait installée près d'une barrique d'eau et avait éparpillé du foin en couche épaisse. Avait-elle même lancé un appel aux montagnes Rouges afin que quelqu'un vienne la chercher ? L'écran de contrôle à côté du portail de téléchargement était actif. Il émettait des tintements et clignotait. J'aurais pu tendre la main vers le gel d'interface, mais je m'abstins. J'aimais cette ambiguïté, la capacité humaine à se contenter de l'émerveillement.

Il n'avait guère duré longtemps, cet étrange passage, le voyage de Talis du statut d'I.A. à celui d'être humain et vice-versa, mon voyage de celui d'être humain à celui d'I.A. et vice-versa. Il aurait tenu dans quelques cases d'un calendrier.

Et pourtant…

La selle de Sri traînait par terre, retournée. Elle avait su qu'elle ne l'utiliserait plus. Les deux lits se trouvaient encore là où nous les avions laissés, séparés, chacun dans son alcôve.

Je fis signe à Elián et nous les poussâmes l'un contre l'autre. Les pieds crissèrent sur les dalles cachées sous le foin. Talis et François-Xavier, tous deux occupés à dorloter le cheval rescapé, levèrent la tête, les yeux écarquillés.

La première crise de Talis, en ces lieux, fut à la fois déconcertante et tout à fait prévisible : à la fois choquante et attendue. Talis s'effondra. Et François-Xavier le prit dans ses bras sans le moindre effort apparent pour le déposer sur le lit.

L'I.A. luttait contre elle-même, contre l'air qui l'entourait – en proie à l'urgence, au danger, au désespoir. Alors François-Xavier l'enlaça, la serra contre lui et l'enveloppa, comme s'il enlaçait Rachel, dans la couverture indigo de leur autre lit que nous avions apportée. Secouée de frissons, elle fit un énorme effort pour stabiliser ses mains incontrôlables et se laissa aller à son étreinte.

Ils demeurèrent ainsi jusqu'à ce que la crise passe. Puis François finit par retirer son bras avec prudence pour se décaler.

— Règle de première base, exposa Talis alors qu'il s'allongeait sur le dos. Pas de baiser. Ce serait bien trop bizarre.

— Je... hésita François-Xavier avant de se taire et de caresser du pouce la commissure des lèvres de Talis. Tout ce que vous voudrez.

L'I.A. détourna le regard et croisa celui d'Elián.

— Ne me regardez pas, moi, s'offusqua-t-il.

— Tu n'es pas tenté ? ironisa Talis, je suis brisé.

Il se retourna alors pour blottir sa joue contre la peau douce de François, torse nu.

Elián avait lui aussi à faire. Pas grand-chose, bien entendu, mais tout de même : mettre les chevaux à brouter dehors, leur puiser de l'eau, faire cuire des haricots accompagnés d'oignons et de romarin, saupoudrés d'un poivre noir que François-Xavier avait rapporté d'un pays où il faisait plus chaud.

Je n'étais pas en reste non plus. J'avais pour mission d'écrire le rapport d'arrivée, d'apprendre les dosages de morphine. Je devais aussi poser et calibrer les électrodes que nous avions apportées pour tirer profit au maximum de la mort de Talis – rassembler des informations sur la Paralysie et ainsi sauver les Cygnes.

Entre la première et la deuxième crise, je plaçai les capteurs. Il semblait cruel de couronner ainsi Talis, de coller des capteurs là où peu de temps avant se trouvaient des vis. Les blessures de compression étaient encore sensibles, mais je m'exécutai tout de même, fidèle à mon poste. Je collai les senseurs sur les traces circulaires, comme on aurait collé des pansements pour cacher le malheur, et formai ainsi une couronne de diamants imaginaire pour retenir ses cheveux, sombres et brillants.

Talis se redressa sur le lit pendant que je posais les électrodes. Je l'avais drogué, il somnolait, mais il offrit tout de même le sourire le plus doux de Rachel.

— Ils me vont bien ?

— Absolument, répondis-je.

La crise vint le secouer jusqu'aux tréfonds de son âme. Je lui caressais les cheveux sans cesser de murmurer des paroles de réconfort.

Là, là, doucement.

Doux n'était pourtant pas le terme adapté.

S'ensuivirent une troisième attaque, puis une quatrième. François-Xavier enlaçait Talis, calé contre lui, et lui murmurait à l'oreille, la bouche enfouie dans ses cheveux.

J'utilisai les graphiques pour augmenter les dosages. Elián fit rentrer les chevaux à l'écurie.

Une cinquième attaque survint, suivie d'une sixième. Une septième se déclencha alors que nous tentions d'avaler de la soupe. L'aura de Talis était devenue si confuse, si distendue et tachée par les médicaments que je ne vis pas la crise arriver, pas même après qu'il ait laissé tomber sa cuillère sur la table dans un cliquetis. Les spasmes le jetèrent au bas de sa chaise avant que l'un d'entre nous ne puisse le retenir et quand nous nous penchâmes au-dessus de lui, ses yeux désespérés étaient révulsés par la terreur.

Elián et François l'installèrent de nouveau sur le lit et l'accompagnèrent jusqu'à la fin de l'attaque.

— Règle suivante, dit Talis quand tout fut fini, ne me laissez pas. (Sa voix éraillée trahissait déjà son épuisement.) Ne me lâchez jamais la main.

Nous échangeâmes tous les trois des regards.

— Nous nous relaierons, proposa FX.

Les Cygnes et leur sens pratique… Je savais qu'il pouvait accélérer cette mort et qu'une part de lui le désirait.

— Bien sûr !

Talis passa avec peine une main dans ses cheveux, dévoilant sa couronne d'électrodes clignotantes.

Nous retournâmes à nos corvées. Elián lava la vaisselle. Je repris mes données et augmentai les dosages de médicaments. FX, lui, resta au chevet de Talis toute la nuit.

*

Au beau milieu de la nuit, une nouvelle crise me tira du sommeil. François-Xavier racontait une longue histoire sur les cités-radeaux du Gyre subtropical. Celle d'un très jeune Cygne étranger et de sa première tentative pour sauver le monde. Les enfants s'étaient régalés de sa fausse modestie et s'étaient amusés à le faire tomber de chacun des petits radeaux dès qu'il y posait le pied. Il les avait sauvés, ces enfants qui ne savaient même pas que leurs maisons coulaient. Ce fut la plus belle action qu'il ait jamais menée.

C'était une histoire remplie de baignades et de comptines, de vagues et de bercement.

Le souffle des chevaux.

Nous somnolions tous.

— Viens, me souffla Elián, allongé derrière moi à même le sol. Tu trembles, viens là.

Je reculai pour me blottir dans sa chaleur et il m'enveloppa de ses bras.

— Mes ailes avaient touché le fond, continua François-Xavier.

Talis tremblait vraiment de la tête aux pieds.

— Ce fut la plus belle chose que j'ai jamais faite.

J'avais du pain sur la planche, mais je m'assis près de Talis pour poser ma main sur la sienne. Il dormait, détendu, innocent – plus faible, d'après les données.

Mais elles mentaient. Les personnes invulnérables ne peuvent pas être fortes, pour la même raison que les braves ne peuvent pas être courageux. Pour la même raison que les immortels ne peuvent être humains.

Talis dormait d'un sommeil mortel, pelotonné en cuillère contre François-Xavier. Le maître du monde, la petite cuillère.

Une dix-septième crise, puis une dix-huitième vinrent le secouer. Je dois admettre que je ne savais plus quoi faire. C'était affreux, horrible. Disgracieux. J'étais à bout.

Elián et moi sortîmes pour respirer l'air froid, pur, et promener les chevaux. Je tenais Gordon et Roberta de Brus, la jument de Sri. Elián s'occupait de Hip Hip Hip Uranium et du petit feu follet de Talis, NORAD. Les bêtes, qui avaient vraiment besoin de plus d'exercice que nous ne leur en accordions, renâclaient, se rebellaient avec douceur, s'immobilisaient d'un coup pour arracher des touffes d'herbe. Nous venions de nous arrêter à cet instant précis, puisque Roberta en avait décidé ainsi.

— Je… Greta ?

Bien que déjà immobile, je me figeai. La voix d'Elián était empreinte d'une prudence extrême, comme s'il avait repéré un serpent.

— Qu'arrive-t-il à Talis ? demanda-t-il. Que va-t-il m'arriver, à moi ?

— Oh, Elián, non…

— Mais…

— Nous rassemblons des données, nous… (Je me souvins alors de ce que m'avait dit Azraël.) Les I.A. possèdent près de trois cents exaflops de puissance informatique. Nous bénéficions de quantités ahurissantes pour résoudre des problèmes, Elián. Nous mettrons un terme à la Paralysie, nous la soignerons.

— Vraiment ?

— Oui.

J'allais sauver Elián. Et François-Xavier. Et tous les Cygnes.

Et peut-être même moi. Bien sûr, personne n'avait révélé à Elián le sort qui m'attendait avec la Paralysie. Sinon, il se serait enquis de mon destin en premier, comme toujours.

— Alors nous allons vraiment y arriver, toi et moi, reprit mon ami.

Il m'offrit ensuite un vrai salut, ou du moins plaça-t-il sa main sur son cœur. Son tatouage, à peine cicatrisé, luisait, sombre, sur sa peau olive.

Elián ferait un très bon Cygne. À l'évidence, pas pour l'obéissance aveugle (et je désirai changer cette règle, d'ailleurs), mais pour tout le reste : la tâche intimidante à l'extrême consistait à sauver les autres, comme les colonies-radeaux. Il pouvait en faire autant. Il pouvait traverser des cols enneigés et glacials pour apporter des vaccins, tel un chien de traîneau héroïque. Il pouvait extraire des enfants de sous les décombres. Il aurait sa chance de devenir un chevalier errant, et cette mission lui irait comme un gant, jusqu'à la pointe de ses nouvelles ailes.

— Le monde est plein de problèmes que tu peux résoudre, dis-je.

— Et tu comptes le diriger ? demanda-t-il.

Je fermai les yeux, le menton levé comme la reine Agnes Little.

Gordon Lightfoot flâna jusqu'à moi pour venir renifler l'arrière de mes cheveux encore courts. Tout autour de moi, le monde s'aplatit comme dans un atlas. Je le voyais depuis l'espace, aussi facilement qu'à travers mes propres yeux. Quel spectacle magnifique et scintillant !

Et tellement minuscule !

On ne peut pas voir le monde minuscule et régner.

On ne peut pas voir le monde minuscule et rester humain.

— Pas le diriger, répliquai-je alors, le changer.

Encore un dernier jour.

— Vous voyez ? murmura Talis, après avoir peiné à utiliser le bassin d'hygiène. Ce n'est guère seyant.

Je vérifiai son aura avec attention et le jugeai assez bien dans les prochaines minutes pour le laisser en compagnie d'Elián le temps de sortir vider le bassin. C'était l'après-midi mais la lune brillait dans le ciel bleu. On aurait dit qu'on l'avait tranchée en deux à coups de hache. En bas du petit ruisseau, François-Xavier promenait les chevaux. Je levai la main à son intention – tout va bien – et il me répondit par un signe similaire.

Je regagnai l'intérieur du refuge.

Talis gisait sur le dos, le menton relevé et la gorge exposée comme s'il souhaitait qu'on la lui tranche.

— Je ne suis pas doué du tout, lâcha-t-il sur un ton désespéré.

— C'est la mort, dit Elián, personne n'est censé être doué pour ça.

— Je ne vois pas pourquoi, cingla Talis, devenu pure amertume. J'ai de l'entraînement.

Comme les chevaux avaient besoin d'exercice, FX serait absent un petit moment. Je remplaçai Elián, m'assis, la main posée sur celle de Talis, et nous restâmes tous deux silencieux. Il régnait un grand calme. L'endroit était douillet. Chaud. Chaleureux même, avec son odeur de foin et de chevaux.

Nous étions bel et bien des réfugiés dans ce refuge. Nous ne pouvions rester là que peu de temps.

— Tu sais ce que tu as à faire ? finit par me demander Talis.

— Je le sais, oui.

Il aurait besoin qu'on le connecte au portail avant de mourir, afin que son être puisse être réintégré dans la version maîtresse de Talis. Afin que Talis ait pu incarner à la fois Michael et Rachel. Vivre deux fois, mourir deux fois. Affronter la Chambre grise deux fois. Me connaître, connaître François. Aimer et être aimé.

Être humain.

— Je le sais, répétai-je.

Je ne voulais pas que tout se termine.

Pourtant la fin approchait, et à grands pas. Je distinguai la douleur et les dégâts qui gonflaient en lui comme de l'eau dans un puits tout juste creusé. Je le voyais dans l'effort qu'il déployait pour tourner la tête vers moi et me regarder.

— Les nouvelles I.A. se rebaptisent elles-mêmes, dit-il.

— Vous n'en avez pas besoin.

— Pas m… (Il déglutit et sa main remua dans la mienne.) Comment t'appelleras-tu ?

— Grace, dis-je alors.

— Va chercher François.

Et je m'exécutai.

François-Xavier était né sur les berges du lac Tana : des eaux sombres étoilées de pélicans blancs derrière le barrage vert qui retenait les eaux du Nil bleu. Grâce à lui, j'avais appris ce que tous les pêcheurs devraient savoir : à quoi ressemble vraiment une noyade.

La noyade est paisible.

La mort elle-même est paisible. Bien sûr, la première étape consiste à se débattre, à hurler, à chercher à atteindre de quoi s'accrocher, mais ce n'est que le début et ça ne fait pas partie de la noyade. Une fois que l'eau pénètre dans les poumons, une fois que le liquide envahit l'intérieur alvéolé des bronches, à ce moment-là, tout devient calme.

Talis, qui ne semblait plus maître de ses mouvements, se redressa, comme si ses muscles s'étaient contractés à cause d'un violent courant électrique. Mais les muscles extenseurs sont en général plus solides que les fléchisseurs, et la seconde suivante il se raidit, presque sur la pointe des pieds, la couronne d'électrodes sur la tête, coincé entre mes bras et ceux de François-Xavier. Elián, lui, recula d'abord d'un pas, puis d'un second et d'un troisième. La tétanie fut suivie par un ultime moment de lutte, de cri, de tentative de s'accrocher à quelque chose.

Ensuite, le calme retomba. Pendant trois secondes. Cinq. Talis respira et ce fut comme s'il avait enfin inspiré de l'eau. Chaque nouveau souffle semblait le remplir un peu plus. Son corps se fit plus lourd. Les capteurs de sa couronne scintillaient telles des étoiles.

— Changé d'avis, chuchota-t-il. À propos du baiser.

François-Xavier pressa alors ses lèvres sur le front de Talis, entre les électrodes et les sourcils, ces sourcils noirs, étonnants, interrogateurs. Les doigts de Talis s'entremêlaient aux miens et je portai ses phalanges à mes lèvres.

Talis soupira. Et se noya.

Étoiles filantes

Ensuite se posa la question du corps.

Pour l'esprit, le datastore et l'I.A., ils appartenaient à Talis et je savais quoi faire. Je supervisai le téléchargement, je gérai l'intégration, qu'importe ce qui restait de Rachel, outre son corps, quelles que soient les données qui avaient survécu, prises dans les mailles du filet du téléchargement. Mais quelque chose avait pris fin. Et pour marquer cette fin, nous avions besoin de creuser une tombe.

Le corps de Rachel se renversa lorsque nous ouvrîmes le portail de téléchargement – déjà froid, aussi lugubre que la Chambre grise. Elián le rattrapa à temps, aidé ensuite par François-Xavier. Lui que je savais capable de tout soulever prit le corps dans ses bras pour l'étendre sur le lit.

Jamais on n'aurait pu confondre avec le sommeil. La mort ne ressemble en rien au sommeil.

Bien sûr, nous avions pensé à emporter des pelles. Les Cygnes ont le sens pratique. François-Xavier ne pleurait toujours pas lorsqu'il s'empara de la sienne.

— Greta, dit-il, j'aimerais…

— Je ne te laisserai pas le faire tout seul.

Le visage crispé, il gardait les yeux rivés au sol.

— Ne me donnez pas d'ordre.

— Ce n'est pas le cas, mais je ne te laisserai jamais le faire tout seul.

Ses mains semblaient tellement sûres, pourtant la pointe de la pelle tremblait au-dessus de ses bottes. Elián lui prit l'outil, il aurait besoin de sa force.

Les Cygnes enterraient leurs morts dans le ciel.

Dans les montagnes Rouges, ils le pouvaient, avec tous ces endroits secs et dégagés. Tous ces corbeaux… (« Je les aime bien », avait dit Talis, mais je me demandais si c'était toujours le cas.) Là nous devions creuser une tombe et donner une cérémonie différente, mais nous ne savions pas laquelle. Malgré toutes les bibliothèques du monde à notre disposition, nous ignorions quoi dire.

François avait remis sa prothèse : creuser, à l'instar du tir à l'arbalète, exige l'usage de deux mains. Nous quittâmes le refuge pour descendre vers la crique asséchée, à l'abri du vent. La neige s'amoncelait en minuscules congères, comme des vaguelettes, sur les bosquets de sauge argentée. Il y avait une rangée de sumacs dénudés, avec leurs branches incurvées aux extrémités couleur rouille. Nous dénichâmes un endroit bien protégé sous leurs ramures. Je m'assis pour tenir le corps pendant qu'Elián et FX creusaient toujours plus profond dans le sol sablonneux. Cette tâche ne se révéla pas difficile mais garder le trou ouvert, si. Les contours de la tombe ne restèrent pas bien rectilignes. Les parois du trou, peu profond, s'inclinaient. Le sol semblait recourber sa main en coupe.

Nous enveloppâmes le corps dans le manteau préféré de Talis et l'étendîmes là, sous la voûte naturelle des sumacs. C'était un bel endroit, pour ce genre de cérémonie. Très calme.

François-Xavier retourna au refuge pour y récupérer un petit coussin à placer sous la nuque.

Elián extirpa ensuite un objet de la poche intérieure de son manteau.

— J'ai pensé... dit-il, en fuyant le regard de François-Xavier. Aura-t-elle besoin de ceci ?

Il tendit une minuscule sculpture à moitié terminée qui représentait un cheval et son cavalier.

— Sur le chemin pour aller chercher le vaisseau, je suis repassé chez... J'ai pensé qu'elle en aurait peut-être besoin.

La statuette de Rachel !

À la différence de celle de Sri, aux lignes allongées et asymétriques, taillées à la serpe, celle de Rachel s'avéra... potelée. Peu symétrique, car Rachel n'était pas une artiste. Inachevée, car Talis n'avait jamais travaillé dessus. Et pourtant, elle était parfaite pour l'occasion. Je distinguai la façon dont le cheval inclinait une oreille, dont le cavalier arborait une attelle à la cuisse, et un sourire.

François-Xavier saisit la figurine avec délicatesse. Il resta là à l'observer en silence. Au bout d'un moment, il se glissa dans le trou pour se pencher au-dessus du corps, où il demeura quelques minutes. Je l'entendais parler à voix basse, sans comprendre ce qu'il disait. Seules me parvenaient les fluctuations de son intonation, comme le bourdonnement d'une berceuse.

Il se redressa ensuite et tendit la main pour qu'on l'aide à sortir. Elián le hissa au bord du trou.

Le corps tenait la petite sculpture au creux de l'une de ses mains dont les doigts, déjà raides, ne se refermaient pas.

À mains nues, nous repoussâmes le sable dans le trou. Nous le laissâmes couler sur le corps jusqu'à ce que les contours s'en adoucissent, puis disparaissent.

— Si je t'avais laissé t'en occuper seul, demandai-je, serais-tu revenu ?

François-Xavier baissa les yeux sur mon nez au profil élégant. Il ne versait toujours aucune larme, mais ses yeux scintillaient.

— Sans doute pas, admit-il.

Il ne resterait pas, je le voyais en lui. Mais le moment où il aurait pu s'éloigner seul dans la prairie désolée avec pour tout bagage une pelle était passé.

— François-Xavier, te souviens-tu de ta promesse de me protéger ?

— Oui, je m'en souviens.

— J'aimerais que quelqu'un ait promis de te protéger, toi.

— Je suis un Cygne, se contenta-t-il de répondre.

Puis il se détourna et repartit au refuge une fois encore. Quand il revint, il rapportait les ailes cérémonielles de Rachel.

À sa façon de les tenir à bout de bras devant lui, on eut dit qu'elles prenaient racine sur son cœur. Puis, dans un hurlement incroyable, énorme, violent, brisé, il les déchira.

L'aluminium crissa et le cuir grinça lorsque les deux ailes se séparèrent à leur base. François-Xavier m'en tendit une et nous arrachâmes les plumes une par une pour les laisser s'envoler au-dessus de l'étendue d'herbe infinie ou dans le ciel miroitant.

Nous regagnâmes le refuge, Elián et moi, bras dessus bras dessous, penchés l'un vers l'autre. François-Xavier n'enlaçait personne, seul le vide autour de lui. À peine eut-il franchi la porte qu'il se rendit à l'écurie pour commencer à remplir les sacoches de selle.

Je m'arrêtai à hauteur du muret pour l'observer.

— Où iras-tu ? lui demandai-je.

Un Cygne ne pouvait pas renoncer à son statut. Il était marqué, tatoué, de la main de Talis. Personne ne voudrait de lui, mais même un Cygne avait besoin d'être accepté.

François haussa les épaules, geste qui fit cliqueter sa pince lorsqu'elle s'ouvrit puis se referma.

— Je ne peux pas juste…

— Je sais.

À un moment, au cours des dernières semaines écoulées, longues et mouvementées, Elián avait saisi tout l'intérêt du silence. Il s'assit sur le lit double et me laissa le privilège de la parole. Je sentais son regard posé sur moi.

Je sentais même le regard de la pièce.

— M'aideras-tu à seller NORAD ? demanda François-Xavier.

Il pouvait se débrouiller sans moi mais semblait enclin à me laisser l'aider. Je tins la jument par la bride pendant que le Cygne bouclait les sangles de la selle. Le refuge dégageait une atmosphère chaude, sombre, vivante. FX positionna les sacoches, ainsi qu'un licol sur Hip Hip Hip Uranium, avant de s'arrêter pour gratter le grand cheval derrière l'oreille.

— Yuri me convient mieux, dit-il, mais NORAD serait malheureuse comme cheval de bât.

— Comme sa cavalière ?

— Elle… Rachel était un aigle. (Ses yeux scintillaient à nouveau.) Je n'en dirai pas beaucoup, mais c'était un aigle. Une lionne, et une si petite créature à la fois. Mais toujours une lionne. C'est elle qui m'a embrassé.

Je l'avais vu. Après sa chute de cheval. Avec sa jambe cassée, ses yeux ruisselants de larmes et le fou rire qui la secouait, elle l'avait embrassé.

— Tu étais très surpris.

— Oui.

— Ça lui plaisait, dis-je. Elle aimait te surprendre, te faire sourire.

Et, à cet instant, François m'adressa un sourire, si rare, si doux, qu'il me fit l'effet de l'arrivée du printemps.

— Laisse-nous Gordon, et Roberta pour Elián.

— Ils seront difficiles à monter à bord de la navette, prévint FX, sans NORAD pour…

— Nous nous en sortirons, le rassurai-je.

— Vous m'ouvrez les portes ?

Les chevaux bénéficiaient de leur propre ouverture dans la colline, plus basse et plus large qu'une porte humaine et à double battant. François-Xavier n'avait pas besoin d'aide pour l'ouvrir, mais il semblait vouloir, une fois encore, en demander. Demander, à sa façon indirecte, ma permission.

Je lui ouvris donc les portes.

François s'apprêtait à monter sur NORAD lorsque la pièce s'écria :

— Attends !

FX se figea.

— Pas encore, supplia-t-il, je ne peux pas… pas encore.

Je sentais les capteurs bourdonner tout autour de nous. La voix du mur se fit plus douce :

— Je m'en contenterai.

Cette voix synthétique, je la connaissais désormais car elle appartenait à Michael depuis des siècles. Bien sûr, il n'existait pas assez d'enregistrements pour imiter celle de Rachel, mais la façon dont Talis utilisait la voix de Michael à cet instant semblait… altérée. Plus douce, plus posée.

— Où vas-tu ? demanda le mur.

Aucun ton péremptoire, la douceur de la voix voulait dire : « Fais attention à toi. »

François-Xavier ne répondit pas. Je crois qu'à cet instant, il l'ignorait encore. Mais, enfin, il se mit à pleurer. Des larmes coulaient au bout de son nez.

— Je voulais juste te le dire, reprit le mur. Je ne suis pas morte. Et j'aurais peut-être besoin de… Ne me quitte pas, François.

N'insiste pas, pensai-je. *N'en demande pas trop.*

— Rentre à la maison, dit la voix, avec un hoquet de pur chagrin.

Qu'est-ce donc que l'amour si ce n'est une douleur que l'on choisit ?

— Pas encore, répéta François. J'emprunterai le chemin le plus long. Je ramènerai les chevaux.

Pensifs, ils laissèrent place à un long silence. Puis Talis répondit d'une voix douce :

— Alors je laisserai une lumière allumée pour toi.

François-Xavier acquiesça d'un hochement de tête à l'intention du vide et s'essuya le visage avec le bout de son turban. Il conduisit ensuite les chevaux à l'extérieur. Elián et moi grimpâmes sur la colline au-dessus du refuge pour regarder sa silhouette s'éloigner pendant une heure alors qu'il chevauchait vers le lointain. Vers le sud-ouest, vers le soleil couchant. Vers les montagnes Rouges, vers Rachel. Le chemin le plus long.

Enfin, la nuit tomba.

Quelle étrange sensation que de rester allongée là où Talis était mort et de nicher la courbe de ma hanche dans le creux que son corps avait laissé. Je me pelotonnais dans les bras d'Elián de la même façon que l'I.A. s'était blottie dans ceux de François-Xavier.

J'étais étendue dans ce destin.

Elián respirait doucement tout contre ma nuque, et ronflait légèrement. Je n'arrivais pas à dormir, quelque chose ne tournait pas rond. Les minutes semblaient plus longues et les bruits amplifiés. Une sensation douloureuse…

J'avais peur.

Je somnolais, à moitié plongée dans un rêve. Un jour, dans un état similaire, j'avais vu le monde tourner et aperçu la petite silhouette d'un dieu majeur et jeune, drapé de perles et de soie. Dehors, dans l'obscurité, de petites perles de glace, appelées « graupel », tombaient du ciel en grésillant sur la porte.

Li Da-Xia. Elle se trouvait à moins de quatre-vingts kilomètres de là. Je pouvais la voir si je le désirais, sous le verre du plafond.

Malgré moi, je déployai un satellite de reconnaissance – puisque je pouvais contempler le monde entier, je ne m'en privai pas. L'instant d'après, je scrutai à travers le toit de verre du Préceptorat quatre et je la vis, endormie sur son lit.

Je pris le temps de regarder ses cheveux détachés, son corps vulnérable. Elle soupira dans son sommeil et se retourna.

Je me jetai hors du lit pour essayer de refermer mes yeux satellites. On ne peut être humain si l'on utilise cette vision-là. Elián s'ébroua comme un cheval face à ce désagrément soudain, puis il roula sur le ventre avec un grommellement ensommeillé.

C'est alors que le mur m'appela.

— Greta ?

Et mon cœur tout entier comprit pourquoi François avait répondu « Pas encore ».

— Tu n'arrives pas à dormir ? demanda Talis depuis son mur, de sa nouvelle voix si douce.

Son intonation dégageait une sorte de félinité, de rondeur, comme un ronronnement. *Une lionne.*

— Moi non plus, enchaîna la voix. Enfin, tu sais, je ne suis pas dans un corps pour l'instant. Donc pas de sommeil réel.

— Je ne suis pas d'humeur à discuter. Je viens de vous aider à mourir.

— Je sais, j'étais là.

— Oui, dis-je, mais non, en fait.

La distinction était d'importance.

— Talis, nous venons de vous enterrer.

— Je sais.

Je traversai la pièce vers le terminal, je ne voulais pas réveiller Elián. Talis baissa d'un ton.

— J'ai observé François, moi aussi, dit-elle.

Elle avait dû me sentir déployer le satellite de reconnaissance. Elle savait – ce que je faisais, ce que je voulais voir et pourquoi je m'étais levée.

— J'ai utilisé le bon vieux sat' de surveillance pendant un moment, mais…

— Mais vous découvrez qu'on ne peut pas aimer quelqu'un et continuer à le surveiller depuis l'espace.

Talis éclata de son nouveau rire d'hirondelle.

— On dirait bien.

Je posai la main sur le gel d'interface, qui réagit à mon contact. Une main dans la mienne.

— Je sais que nous ne pouvons pas encore en parler… commença Talis. (Après un bref silence, il reprit :) Je le sais, mais je voulais juste te… remercier pour ton aide.

Ma réponse fusa si soudainement que ma voix se fêla.

— M'aiderez-vous à votre tour ?

Talis m'avait comprise, comme toujours. La Paralysie qui avait emporté Rachel me tuerait moi aussi. Dans un an, peut-être moins. Je finirais par parler depuis un mur, non morte, mais je devrais d'abord laisser mourir mon corps dans les mêmes conditions que Talis.

Je sentis les capteurs vrombir autour de moi.

— Oui, répondit Talis, je te le promets.

— Greta ? appela Elián, sonné. Quelque chose ne va pas ?

Que lui répondre ? Tout et rien à la fois.

— Retourne te coucher, Greta... souffla Talis.

— Doux Jésus ! jura Elián, qui se redressa d'un seul coup, comme si une tarentule lui était grimpée sur le visage. C'est vraiment trop glauque, allez-vous-en !

— Et si je restais là, mais sans dire un mot ?

— Comme si vous en étiez capable... grommela Elián.

— Pas faux, soupira le terminal. Et si je restais tout court, alors ?

Et puis, comme par miracle, Talis se tut. Elle était toujours là, et lorsque je retournai me glisser sous les couvertures, je la sentis s'emparer des capteurs de la chambre, une sensation aussi discrète que le souffle d'une personne endormie dans la pièce.

Aucun d'entre nous ne savait comment vivre le deuil, mais j'étais persuadée qu'une présence silencieuse, aussi pénible soit-elle, ne fait jamais de mal.

Les capteurs me caressèrent comme un soupir. J'expirai pour me caler sur la respiration d'Elián, sur les capteurs, sur le souffle de Talis, qui ne respirait plus. Et ainsi, je plongeais doucement dans le sommeil.

Je dormis toute la journée, d'un sommeil lourd, entrecoupé de rêves et de réveils. Je rêvais d'Agnes

Little, de son menton levé, de son masque de grossesse. Je rêvais de Rachel mourante, de son petit cheval sculpté qui prenait vie et sortait du sable. Je rêvais de François qui prenait la fuite. Je rêvais de Xie, la princesse endormie dans son cercueil de verre, et du satellite d'armement penché au-dessus d'elle comme pour l'embrasser.

Dans mon rêve, je savais avec exactitude ce qu'il me restait à faire. Et à mon réveil, aussi.

Je fus tirée de mon sommeil par l'odeur du dîner et la voix du mur.

— Salut ! s'écria-t-elle.

La voix appartenait à un homme, humain, inconnu. En revanche, l'intonation ne ressemblait à rien de tout ça.

— Evie ?

— Qui est Evie ? demanda Elián.

Il se tenait près de la table, occupé à faire frire un repas à l'odeur alléchante dans une poêle.

— Une des autres I.A., répondis-je.

Celle à qui il manquait des cases. Je lui adressai un geste pour lui dire « Je t'expliquerai plus tard » et Elián haussa les épaules. Ses mains étaient occupées à former des petites galettes de pommes de terre râpées.

— C'est toi, Evie ? demandai-je au mur.

— Oui ! s'écria la fillette de sa voix empruntée et incongrue.

Je me redressai en position assise pour me frotter le visage. L'après-midi touchait à sa fin, m'apprit mon datastore, ce serait bientôt le coucher de soleil hivernal. Mais même à cette heure-là, me réveiller avec Evie me parut un peu trop brutal.

— Talis m'a conseillé d'essayer.

— Essayer quoi ? m'enquis-je.

— Le truc humain. C'est tellement curieux !

— J'en suis sûre, oui.

Sa voix grave se mua en un chuchotement de cour d'école.

— J'ai un pénis !

Elián s'étrangla alors tellement fort que des bouts de *latke* lui ressortirent par le nez.

— Oh, c'est vrai ? m'aventurai-je.

Mais je ne reçus aucune réponse.

— Et là voilà repartie, déclara une autre voix.

Talis !

— En fait, elle sautille dans le couloir. Tu vas devoir t'imaginer la scène afin que je ne sois pas la seule à vivre avec cette image en tête.

— Oh mon Dieu, gémit Elián. Je vous en prie, que cette enfant consulte un médecin.

— Bonne idée, admit Talis.

— Est-ce que c'était… (Elián jeta une galette dans la poêle.) Comment s'appelle-t-il déjà ? Le grand Brésilien… Alejandro ?

— Alejandro est argentin, corrigea Talis, et il s'est porté volontaire.

« As-tu fait bonne chevauchée ? » avait demandé le Cygne à François-Xavier, qui lui avait répondu : « La chevauchée fut difficile. »

— Est-ce que vous allez bien tous les deux ? s'enquit Talis.

Une question anodine, gage de prudence.

— Nous avons les chevaux, dis-je, et toutes les réserves dont nous avons besoin.

— Et un vaisseau, compléta la voix.

— Oui, mais pour le moment, nous envisageons de monter à cheval.

Talis garda le silence, mais je pouvais suivre sa réflexion rien qu'à la longueur de ses silences, aux altérations de son attention qui filtrait par les capteurs de la pièce.

Je répondis à son commentaire silencieux :

— Il ne s'agit que de quatre-vingts kilomètres.

Jusqu'au Préceptorat quatre. Jusqu'à mon ancien univers. Vers la fille que j'avais connue mieux que quiconque au monde. *Regarde-moi*, lui dirais-je. *Je suis en vie. Je suis la même mais j'ai changé. Peux-tu me voir ?*

— Rien ne vaut une bonne chevauchée, dit Talis.

Rien ne vaut une boucle bouclée.

— Et après, tu rentres ?

— Oui.

— Bien, conclut Talis, parce que pour l'instant je suis de nouveau le chef. Mais je vais te donner des responsabilités aussi.

— Je ne pense pas que l'autorité fonctionne de cette manière, fit remarquer Elián.

— Ça fonctionnera de la façon dont je l'aurais décidé, trancha Talis.

— C'est bien ce que je dis, railla mon ami.

Elián avait bien fait de soulever ce point.

— Talis, demandai-je, êtes-vous en train d'insinuer que nous serions égaux ?

— Eh bien, répondit l'I.A., c'est ce que j'espère.

— Dans ce cas, j'aimerais proposer que toute paix obtenue par la terreur ne vaille rien.

— Je te l'accorde. Mais laisse-moi te rappeler que les histoires qui commencent par les termes « vide de pouvoir » ne se finissent, en général, pas bien.

Elián avait retourné la dernière galette sur un torchon. Il ne me quittait pas des yeux, retenait son souffle. Il sentait que le moment était grave, même s'il n'en appréhendait pas le contenu.

— Il se trouve que… (J'introduisis mon idée avec précaution.) Il se trouve qu'on ne peut pas aimer quelqu'un et le maintenir en joue. On ne peut pas aimer le monde de cette façon. Ce n'est pas…

— Humain, compléta Talis.

— Tout à fait.

— Grace, dit Talis.

Le prénom résonna en moi comme une cloche.

— M'aideras-tu ? J'aimerais sauver le monde.

Mon nouveau nom vibrait à travers mon corps. Je sentis la danse complexe des données, des sens et de mon âme humaine. Ils faisaient tous partie de moi. Je fermai les yeux avant de répondre :

— Allons-y !

— Enfile ton manteau, Elián, lança Talis, le spectacle vaudra le détour.

*

Elián et moi enveloppâmes quelques *latke* dans de la toile cirée, avant de sortir Roberta et Gordon dans la nuit tombante. Nous escaladâmes la colline qui surplombait le refuge et la tombe. Et là, nous nous arrêtâmes.

Parmi les herbes gris-doré, la robe de Gordon prenait les couleurs de la lune et contrastait avec le sombre pelage noisette de Roberta, qui la rendait presque invisible. Les deux chevaux exhalaient des nuages de vapeur. La main d'Elián dégageait une chaleur rassurante au creux de la mienne. Je sentais ses capteurs implantés depuis peu titiller les miens et nous rapprocher encore plus. L'hiver était paisible : ni insecte ni oiseau, mais le vent vif et mordant qui agitait l'herbe.

— Lève les yeux, dis-je.

Il faisait presque nuit noire. Les étoiles brillaient déjà tellement fort qu'elles s'agglutinaient les unes aux autres.

— Celles qui bougent sont des satellites, expliquai-je en les indiquant de mon doigt pâle sur l'obscurité du ciel.

Puis, j'en pointai un en particulier qui se dirigeait vers nous depuis l'horizon.

— Celui-là, le point brillant, c'est l'une des plates-formes suborbitales. Un tueur de villes. Il peut lancer des rayons aussi bien que des projectiles.

— Je sais, dit Elián, qui frissonnait dans son manteau de Cygne. Peux-tu… Tu leur parles déjà ?

Tout le temps.

— Et bien davantage, répondis-je.

Alors, j'écartai les doigts de ma main levée. Je me fis l'effet d'une marionnettiste pour étoiles.

La plate-forme d'armement s'illumina soudain. Elián ravala un hoquet de surprise lorsque le satellite s'embrasa en un éclair pour tomber en chute libre, suivi par un panache d'étincelles, telle une étoile filante.

— Lève les yeux, répétai-je.

Je ne m'adressais plus à Elián, mais au monde entier.

Je laissai à Azraël le soin de traduire mon message dans les trois mille langues encore parlées pour qu'il se déverse de tous les haut-parleurs, de tous les terminaux, depuis chacun de mes dix doigts. Talis avait vu juste, au sujet des vides de pouvoir : ça pourrait très bien ne pas être le début d'une belle histoire. Mais quoi qu'il en soit, nous prenions un nouveau départ.

— Je m'appelle Grace, dis-je à Elián, à Talis, à la reine Agnes Little, au monde qui tendait l'oreille.

Je traçai ensuite du doigt un cercle qui englobait le ciel tout entier et le remplis d'une pluie enflammée de plates-formes détruites.

Grace, le cadeau inattendu, immérité.

Grace sur un réseau d'étoiles filantes.

Achevé d'imprimer en France en septembre 2016 par Aubin Imprimeur

Le papier de cet ouvrage est composé de fibres naturelles, renouvelables, recyclables et fabriquées à partir de bois issu de forêts plantées expressément pour la fabrication de pâte à papier.

ISBN : 978-2-37102-086-3
Dépôt légal : novembre 2016

Loi n° 49-956 du 16 juillet 1949 sur les publications destinées à la jeunesse, modifiée par la loi n°2011-525 du 17 mai 2011

Numéro d'édition : 0044-016-02-01

Numéro d'impression : 1608.0193

LUMEN